万桥赋

WAN QIAO FU

张者 宋潇凌 著

四川文艺出版社　重庆出版集团　重庆出版社

图书在版编目（CIP）数据

万桥赋 / 张者, 宋潇凌著. — 成都：四川文艺出版社；重庆：重庆出版社, 2024.4
ISBN 978-7-5411-6937-3

Ⅰ.①万… Ⅱ.①张… ②宋… Ⅲ.①长篇小说—中国—当代 Ⅳ.①I247.5

中国国家版本馆CIP数据核字(2024)第064396号

WAN QIAO FU

万桥赋

张 者　宋潇凌　著

出 品 人	冯　静
书稿统筹	张庆宁　宋　玥
责任编辑	刘芳念　周　平　吴向阳
封面设计	叶　茂
责任校对	段　敏
内文设计	史小燕
责任印制	桑　蓉　崔　娜

出版发行	四川文艺出版社（成都市锦江区三色路238号） 重庆出版社（重庆市南岸区南滨路162号1幢）
电　　话	028-86361802（发行部）　028-86361781（编辑部）
排　　版	四川胜翔数码印务设计有限公司
印　　刷	成都东江印务有限公司
成品尺寸	146mm×210mm　　开　本　32开
印　　张	12.75　　　　　　　字　数　260千
版　　次	2024年4月第一版　印　次　2024年4月第一次印刷
书　　号	ISBN 978-7-5411-6937-3
定　　价	78.00元

版权所有，违者必究。如有印装质量问题，请与出版社联系调换。
联系电话：028-86361796。

持一片心盟白水，
桥不成兮镜不死

目录

001 — **第一章** 背叛者

020 — **第二章** 意外事件

038 — **第三章** 闺蜜苏锦

047 — **第四章** 一场好戏

053 — **第五章** 万桥飞架

065 — **第六章** 正法与邪法

084 — **第七章** 姓蓝，名天凤

094 — **第八章** 与逃离有关

102 — **第九章** 麻哈江上

123 — **第十章** 在川藏线

143	**第十一章**	二郎山高万丈
156	**第十二章**	"桥三代"与"一根筋"
169	**第十三章**	拯救圣甲虫
181	**第十四章**	迷迭香之谜
191	**第十五章**	北盘江大桥
209	**第十六章**	田园是吾家
224	**第十七章**	红军桥
235	**第十八章**	赤水河畔
252	**第十九章**	喜遇崖上捉星星

272	第二十章	花江峡谷大桥
288	第二十一章	猫道惊魂
304	第二十二章	凤凰意象
315	第二十三章	沉重的肉身
326	第二十四章	鸡鸣三省
337	第二十五章	薰衣草之恋
355	第二十六章	无面天使
374	第二十七章	万桥山河图
385	第二十八章	以金做器　器器皆心

第一章 背叛者

逢山开路，遇水架桥。

葛念镜开着她的老吉普在高速公路上狂奔时，想起老爹经常说的这句话，他那副豪迈的神情，势不可当的气派，立马浮现眼前，令她烦躁的心里突然有了一些底气。

不就是辞职吗？不就是失恋吗？有什么大不了？！我可是老葛家的第十七代传人，佛来斩佛，魔来斩魔，这样一想，都是小儿科，不过是我升级打怪路上的必修课罢了。

葛念镜眼前的这条高速公路，除了桥梁，就是隧道，桥隧比大概为70%。她记不清自己跨过了多少桥，又钻过了多少洞。这种体验倒是像极了人生，过隧道就是经历人生幽暗时刻，当你铆足劲冲出黑暗时，眼前顿时豁然开朗；可是还来不及放松，来不及歌唱，前面的隧道又张开大口将你吞没。

葛念镜一脚油门踩下去，老吉普迅速冲出又一个隧道，把黑暗抛在了身后。前面不远处，就是父亲葛啸天设计的乌江大桥了。葛啸天是一名桥梁设计师，他设计建造了很多座大桥，这些桥虽然是在贵州，影响力却是国际级别的，因为在国际桥梁界有一句话："世界桥梁看中国，中国桥梁看贵州。"总之他老人家还是很厉害的。据说他还拿过很多大奖，葛念镜没有特别关注过这事，她也不记得是从哪里听过一耳朵，可能这就是所谓的灯下黑吧。

以往葛念镜从重庆回贵阳，也要跨越父亲设计的这座大桥，心里并无什么波澜，然而今天，不一样了，再要强的人，也有一口真气提不上来的时候。她觉得自己有点慌，不，不装了，她承认自己非常慌乱，迫不及待地想投奔父母，寻找一点依靠。

因为她正在经历一场真正的逃离。

当葛念镜跟副校长拍桌子的那一刻，事情已不可逆转，她不可能继续在大学干下去了。曾经她以为大学老师这个工作她能干十年，她幻想着能在学生心中种下三颗种子：爱、勇敢和善良，她要看着这些种子长成参天大树。然而猝不及防间，她的人生大梦就被那场突如其来的意外事件给毁掉了。

非要跟副校长拍桌子吗？非要壮怀激烈含恨而去吗？

是的，非要！一定要！哪怕时光倒流回到事发的那一刻，她还是会那么干的。

但是她心里有太多委屈，有太多无法释怀，还有太多不甘心。

终于到了，那座大桥扑面而来。它像一个钢铁巨人横贯在两岸的悬崖峭壁之间，桥头笔直的塔柱，如巨人手中的利剑直指苍天；而那无数道白色的斜拉钢索，恰如巨人的铮铮铁骨依次向前铺开，撑起了巨人巍峨的身躯。

如此的雄伟壮观，如此的巧夺天工。

葛念镜放慢车速，让车子缓缓从桥面上驶过，车轮与桥面摩擦时，丝滑得如行云流水，而她似乎正被一股巨大的力量托举着，包围着，踏实且笃定。

她心里轻叹一声，老葛，你不是能吗？现在你闺女的桥可是真塌了，一片废墟之上，你能帮她重建吗？

傍晚时分，葛念镜在途中停车加油，有两个也正在加油的男孩冲她吹口哨，行为轻佻，却带着一丝喜欢，或许因为她的与众不同。硕大的墨镜和黑色棒球帽，黑色背心扎在宽大的军绿色工装裤里，脚蹬一双黑色牛皮短靴，手持油枪的姿势像极了一名女战士。

加完油，她忽然来了兴致，双手握着油枪，故意抬高枪口，对着那两个吹口哨的男孩做出扫射的动作。一个男孩很配合地惨叫一声，做出被击中的夸张表情，双方爆发出一阵愉快的哈哈大笑。

葛念镜一甩短发，上车，一脚油门踩下去，吉普车狂奔而去，给那男孩留下一个洒脱不羁的背影。

看，姐是天地一惊鸿，人间一过客。

她向来不喜欢长发，觉得拖沓碍事，总是一头干净的短发，英姿飒爽。当清风穿过发丝时，灵魂都是飞扬的。

想起来了，大学三年级的一天早上，她洗了头发赶着去上课，走在路上，迎着阳光一甩头发，细密的水珠飞出去，阳光下，亮闪闪的像无数水晶珠子。

高明说，真是美极了！

就是在那天早上的那一刻，那个叫高明的男生被她俘获了。他喜欢她的容颜，欣赏她的独立，心疼她凡事咬牙自己扛的倔强，也惊叹她小事不计较、大事不慌张的淡定与从容。可是……那又怎样，所有这些，最后都变成了一句"你没有女人味"。

天色慢慢暗下来，葛念镜在月下奔袭，她想着红颜易老，似水流年，相爱八年，一别两宽，终究是意难平……恨啊！

恨谁呢？恨高明的移情别恋？恨那个女人味十足的性感女人？还是恨自己拿不起放不下的尿样？

算了，男人有毒，从此水泥封心。

赶到贵阳时，已是晚上，她没有回家，直奔门前的羊肉粉店买了一碗羊肉粉，又加了一份羊肉。吃饱饭，才有力气回家面对父母。

咳，说到做父母的那两个人，他们一辈子都在省交通系统工作，一个是造桥的设计师，一个是交通医院的妇产科医生。在外人眼里，他们都是专业人士，有职业资格证，大概还是最高级别的那种资格。

在葛念镜眼里，他们却不是称职的父母。这个世界上做任何工作都需要资格证，医生开刀要资格证，教师教书要资格证，厨师炒菜要资格证，哪怕脚底按摩的师傅也得有张技师资格证；唯独做父母这件事，不需要任何证件，短期靠心动，长期看心情。

不过话说回来，如果做父母需要持证上岗，估计80%以上的人没有资格生孩子。

粉不好吃，煮烂了，味同嚼蜡，但也没关系了，反正家里也没有丰盛的晚餐等着她。做父母的那两个人，都在忙自己的事业，长年累月加班加点，节假日都要值班。

葛念镜很奇怪，又不是什么国家栋梁，他们的工作热情到底从何而来？这么多年，是什么在支撑他们？

是钱吗？挣得又不多，她去国外读个研究生，就差点把他们搞破产了。每次跟父母要生活费，他们都敲打她，以后要加倍偿还，好像两个放高利贷的。

为了防止这高利贷变成滚雪球那种，她刚到国外半年，就开始想尽一切办法勤工俭学。在餐馆打工，给人家割草坪，在大街上摆摊给路人画素描，还兼职给一家文化公司画插画，连滚带爬、手脚并用，后面基本没跟父母要过钱。

学成归来，父亲葛啸天拿出珍藏的茅台举行家庭聚会，他喝得红光满面，双眼发亮，向朋友夸耀自己教女有方。

葛念镜静静地坐他旁边，喝一口茅台，入口绵柔，唇齿生香，酒是好酒，贵是真贵，这得给人家洗多少盘子啊！她嘴角挂着佛性的微笑，心里恨恨地哼一声：老葛，您就别吹了，我是被逼独立好吧。

葛念镜吃完羊肉粉径直回家，她没有带行李，只背了一个小包上楼，推开门时，母亲刘珊正坐在沙发上看一本医学杂志。人家的母亲，这把年纪，大约在刷短视频，或者追肥皂剧，为剧中憋屈的女主角哭得鼻涕一把泪一把，在别人的故事里追寻自己的影子。刘珊就不一样，再过两年她就退休了，还准备发光发热，正跟她的几个老同事合计开个妇女诊所，救助那些经济困难的妇女，基本不收钱，半慈善那种。总之，她的父母都是有追求的人。

刘珊看见女儿一惊，继而一喜："哎，闺女，怎么回来了？"

葛念镜懒洋洋地："不能回来呀。"

刘珊从沙发站起来，走到女儿身边："也不提前说一声。"

葛念镜："说了，有惊喜？"

刘珊捶一下她肩膀，亲昵地："阴阳怪气地，就不能好好说话吗？"

葛念镜不以为然地："不一直都这样嘛。"

刘珊："你大晚上回家总得有个原因吧？"

葛念镜瞥一眼那间密室，从门缝里透出一道灯光斜斜地淌在地板上，这说明父亲葛啸天今晚也在家。她呼出一口气："等会儿吧，跟你俩一起说，懒得费口舌。"

刘珊转身去给她热一杯牛奶，葛念镜坐在沙发上，听到从那间密室传出低低的说话声，不知父亲又跟哪路神仙在里边密谋。看着密室门口的灯光，葛念镜突然想起来了，小时候，就是在这间密室，曾经她被父亲狠狠揍过。

那时葛啸天三十多岁，正是风华正茂的年纪，他常年在外，一出去就是一两个月。这间密室总是房门紧锁，钥匙由葛啸天随身携带，任何人不得私自进入。

葛念镜对这间密室有一种天然的惧怕，总是躲得远远的，似乎那里边藏着鬼魅，幸好有一道门阻挡着，倒也相安无事。

在葛啸天回家的日子，他总是抱着一大卷图纸一头扎到密室里，偶尔在里边焚香磕头，整夜踱步，或者自言自语，从门缝里飘出一股淡淡的青烟，带着某种怪异的香味。小小的葛念镜担心父亲可能被怪兽控制了灵魂，为此她十分恐惧。

更可怕的是，那一年的大年三十晚上，葛念镜正在客厅看春节联欢晚会，葛啸天很郑重地让女儿洗手净脸，换上了崭新的新年衣服，然后他破天荒地让女儿到密室里去。

葛念镜本能地抗拒，葛啸天就把她拖进了密室。确实是拖进去的，起先，她还用双手抓住门框，跟父亲僵持了一会儿，可怜年幼弱小的她，很快就被父亲拎了进去。当时她的妈妈刘珊正在看电视，竟然没有制止父亲，只是笑眯眯地看着。

所以葛念镜坚定地认为，在接下来那场封建迷信活动中，做父母的两个人，一个是主谋，一个是帮凶。

那是葛念镜第一次进这间密室，贴墙有一张长桌，上面放着一个大相框，果盘里摆着一些水果和点心，香炉里烟雾袅袅。一位面容清癯的老人从相框里看着她。他留长须，穿长袍，头戴方巾，表情深邃，虽然只是一张画像，老人的眼睛却像幽暗的深潭，散发着不可抗拒的魔力，当缭绕的烟雾飘散在他的脸上，他影影绰绰地活过来了。

小小的葛念镜内心一惊，还来不及反应，父亲已双膝着地在供桌前跪下了，他侧脸对葛念镜低声说："跪下，磕头。"

她愣着，一时间手足无措。葛啸天伸手拽她，她固执地站在原地不动。葛啸天没想到这个平常沉默无语的孩子如此顽固，他抓住她想按在地上，一身反骨的葛念镜像一头小犟驴，不肯跪。父女俩挣扎的时候，她的身体撞在供桌上，那老人的脸在相框中摇晃，供桌上其他各种东西也一阵乱晃，一只瓷瓶翻倒了，滚下来，摔得一地碎片。

嘭的一声响，父女俩人都被吓了一跳。葛啸天大惊失色，抬手就是一巴掌扇在她脸上，留下五个清晰的红掌印。她捂住脸恨恨地瞪着父亲，眼泪在眼圈打转，却不肯哭出来。

这是第一次，葛念镜因为密室中的这个老人挨打。那时，她还不知道镜框中的老人叫葛镜，是葛氏家族青史留名的老祖宗。她也不懂老人旁边那块牌匾的意思：持一片心盟白水，桥不成兮镜不死。每一个字，她都是认识的，合在一起，却令人不解。

她并不认识这个怪异的老人，她仿佛也不认识父亲，并且本能地抗拒他们。被称作爸爸的这个人很少出现，一旦出现就是命令式的口气，他惯常的句式是"你必须这样……你必须那样……"他不是爸爸，他是笼罩在她头顶的一片乌云。

有一次，她走在放学路上，看见父亲从不远处迎面走过来，她赶紧躲到路边的臭水沟里，贴着地面猫下腰，眼瞅着父亲走过去了，她还一动不动地蛰伏在那里，盯着父亲的背影。

那个背影充满了威严，她屏住呼吸，直到很远很远，连背影都看不见了，她才从臭水沟爬出来。当时她脚底踩了黏糊糊的垃圾，身上的衣服也沾了臭烘烘的东西，但是心里却很快乐，因为避过了与父亲面对面。

葛念镜真是搞不懂，为什么朱自清要写个父亲的背影，就因为这个背影，她被老师追着总结中心思想，非说是体现了深深的父爱。

父爱？那是什么东西？

因为这一巴掌，关于父爱，葛念镜终于有了深刻体会。

那天，葛啸天打完女儿，自己也愣住了，他顿了顿，低声骂道："逆子！"

这是第一次，葛啸天掌掴自己的独生女儿。

葛念镜是早产儿，她自小体弱多病，被全家当成掌上明珠。但是不知为何，这个孩子越长越歪，小小年纪，已经很不听话。别人家的孩子让干什么，就会乖乖地听话服从；而葛念镜凡事总喜欢问为什么，能说服她才会做，否则梗着小脖颈死犟。

平常葛啸天都不会跟女儿较真，但是葛念镜在先祖面前的忤逆却是决不允许的。在他心目中，老祖宗葛镜是不可冒犯、不可怠慢、更不可亵渎的存在。

葛氏先祖葛镜生于嘉靖二十九年（1550）平越卫一户将门世家。葛镜少小离家，被父亲送到时任云南大理卫指挥葛云叔伯公处寄读培养，他小小年纪便发愿为国读书，夜以继日、兢兢业业，后来果然不负众望，学有所成，中举入仕，先后任云南省祭官、云南大厅、云南兵备道、四川中江知府等职务。万历十四年（1586），不知何因，他辞官回乡，是看透官场险恶心生厌倦？或是不想被卷入黑暗腐朽的政治争斗全身而退？

归乡的葛镜每日看书写字，与乡邻相谈和谐，只是有一事令他苦恼。他的家乡有一条大江，名曰麻哈江，为明代京滇驿道必经之地，两岸绝壁千尺，江水汹涌，每到春夏便洪水暴涨，给过往行人带来诸多不便，行人溺亡之痛，时有发生。

此时的葛镜三十多岁，正值英雄壮年，他不忍百姓受苦，发愿修桥，他不向官府求助，不向乡绅筹款，全凭一己之力启动修桥壮举。

发心容易，成事难。期间困难重重，葛镜呕心沥血，然而他壮志不改，且发誓："持一片心盟白水，桥不成兮镜不死。"他倾尽全部财力，竭尽毕生精力，历经三十余年，两毁三建，终于完成壮举。

就这样，在福泉古城东南五里的叠翠山下，奔腾的麻哈江穿峡而过，就在"夹岸两山高，犀江水怒号"的砥柱峡犀牛潭处，巍然耸立起一座奇迹之桥——葛镜桥。

1941年，中国现代桥梁奠基人茅以升先生发现葛镜桥，大为震惊，他认为这是一个难解之谜，也是一个几乎不可能完成的壮举。茅以升先生将葛镜桥与赵州桥相提并论，赞叹："北有赵州桥，南有葛镜桥。"

于是，一条江、一座桥、一个人——江是麻哈江，桥是葛镜桥，人是葛镜，他们穿越四百年的时光变迁，跨越沧桑流变的世道人心，凝聚成贵州崇山峻岭中一道厚重的人文景观。

麻哈江水，日夜奔腾不息；葛镜桥，巍然屹立不动。它始终沉默，从不曾有过只言片语，却已胜过千言万语。几百年来，这座桥被世人所称颂，先祖葛镜也被世人所仰望与钦敬。

葛镜是葛氏家族的灵魂所在，家族里的每一个人都以他为骄傲，很多后人都继承了他的衣钵，或者修桥，或者修路，或者成为交通系统的一名员工。

葛啸天希望女儿能成为当代的林徽因，光宗耀祖。可是他太心急了,以至于毫无铺垫就想把年幼无知的女儿纳入家族事业体系,他忘记了,葛念镜是一个90后的孩子。

这一代人在互联网大环境的影响下长大,有强烈的反叛意识,他们思想独立、行为另类,对父辈、学校一些不合理的说法和规定敢于反抗和质疑。有些孩子不可避免地受到一些社会风气的影响,他们通过奇装异服、疯狂追星、哈韩、极度沉迷网络游戏等行为来彰显自己的存在。

葛啸天曾经看过一个笑话,有个小学老师想帮孩子们树立远大的理想,上课的时候,她说:"同学们,长大后你们的理想是什么呀?"

二蛋同学踊跃发言。他说:"老师,我的理想是成为亿万富翁。"

老师有点不高兴,作为一个孩子,理想应该是科学家、医生、军人、老师,等等,怎么能满脑子都是钱呢。老师决定树立一个好的典范,就请三好学生丽丽起来发言。

丽丽说:"我的理想是长大以后嫁给二蛋。"

这样的笑话让葛啸天很不愉悦,这好笑吗?绝不!

何以解忧?唯有一夜暴富。这样的人生信念让葛啸天很抗拒。我葛氏家族的信念是"桥不成,镜不死"啊!老葛家的人,就是这么任性,不贪财不贪名,还要捐尽全部家财。

可怕的是,葛啸天管得了自己,却管不了自己的孩子。他发现女儿葛念镜长歪的可能性极大。证据是他曾经偷偷翻过女儿的一个小本子,发现她的理想是打舌钉,穿鼻环,染着绿色长头发,身上要文女圣斗士萨尔娜同样的文身。

萨尔娜是什么鬼?他不知道。但是,统统不允许!

为了防止女儿葛念镜长歪了,葛啸天决定多陪陪女儿,他争取各种机会与女儿在一起。毕竟他对这个孩子寄予厚望,想把她培养成林徽因那样的女建筑家,集才华与美貌于一身。

问题是女儿与自己隔膜已深,如何打破父女之间那层壁垒呢?葛啸天想到了一个好办法。他搜集了很多关于林徽因的资料,包括传记、插画、诗歌、图片,等等,并且非常用心地隐藏掉了其中关于爱情的那部分,他让女儿认真学习、深刻领会,可谓用心良苦。

周末,别的孩子都在撒欢玩耍,葛啸天却强迫女儿坐在桌前学习,写完作业也不允许出去。

从窗外传来孩子们嘻嘻哈哈的笑声,他们从巷子里跑过,像风一样自由。

葛念镜内心的抗拒像雨后春笋茁壮成长,她要求出去玩一会儿。葛啸天说:"你跟他们不一样,你是成大事的人。"

葛念镜狠狠地咬着铅笔头,把木屑咬进嘴里,嚼碎了,又苦又涩。她在内心发誓:苍天在上,我绝不成为他(父亲)那样的人!

对于女儿有着怎样的心理,葛啸天并不了解,他只活在自己的世界里。他以自己的标准要求女儿,要求她做一个纯粹的人,一个高尚的人,一个脱离了低级趣味的人。

于是当那一天,他把女儿拉进那间密室,按在祖宗牌位前,想让她跪下磕头时,他遭遇了前所未有的反抗,父女俩之间爆发出真正的博弈。

这场抗争以葛念镜打碎了一只青花瓶而告终，据说那花瓶是葛镜老祖宗留下来的。葛啸天恼羞成怒将她赶出去，在心里把这个不孝之女拉黑了，从此葛念镜再也没资格进入这个密室。

对葛念镜来说，无所谓，反正她也不喜欢。

后来的葛念镜，进入少女时期，更是沉默寡言，与父母少有交流。她寄情书画，尤其醉心山水画。她痴迷张大千、李可染、傅抱石诸大师的作品，却又并不完全迷信某一人，而是汲取诸位大师技法中与自己默契的部分，细心揣摩、潜心练习，融入自己的意象，长久濡染，最终形成了她极具辨识度的作品风格。

当年葛啸天很纳闷，为什么女儿花了那么多时间学习功课，成绩却总是上不去？他不知道的是，葛念镜闷在家里偷偷临摹大师的作品，光临摹画册就有二十多本。

刘珊端着一个果盘出来，有葡萄、车厘子、桂圆和荔枝。葛念镜拿了一个桂圆边剥边问："某些同志，又在里边做法呢？"她向母亲示意那间密室。

刘珊"嘘"一声："那你吃饭没有？"

葛念镜抬眉笑道："怎么，你要给我做好吃的，好像自己厨艺多好似的。"

刘珊扬起胳膊，佯装打她："我可以呀，我给你泡个康师傅。"

葛念镜跌坐在沙发上："得了吧，装什么母慈子孝，咱家不兴这个哈。"

这时从那间密室传出父亲和堂哥说话的声音，紧接着，房门轰隆一响，八岁的小侄子葛思桥旋风般冲出来，手里拿着一个半米长的吊桥模型,尖叫着:"姑姑,姑姑。"尖锐的声音冲进耳膜。

她下意识地闭了一下眼睛,人类幼崽真是杀伤力巨大,幸亏不是自己生的,偶尔抱抱逗逗,还挺有意思,若是每天都要面对这个精力充沛的幼崽,她真是会崩溃。

她伸手揽住侄子:"原来你在里边呀,你怎么那么安静。"

葛思桥一本正经:"我在学习,我爱学习。"

葛念镜笑了:"完了,可怜的小东西,你被洗脑了。"

葛啸天和堂哥葛文正随后走出来,葛啸天扫了一眼女儿,继续对葛文正说:"这个项目,意义重大……我们一定要打开思路,在桥梁设计初期就要全方位考虑。"

葛文正笑着冲堂妹点点头,葛念镜撇撇嘴,算是打过招呼。

葛思桥在她身上扭来扭去,把那个桥梁模型举在她面前,大声地:"姑姑,你知道这是什么桥吗?"

葛念镜摇头。她有必要知道吗?当然不!

那小家伙来劲了,得意地:"你可真笨。这是吊桥,我还知道很多桥,有斜拉桥,有拱桥,有梁桥……那你知道赵州桥是什么桥吗?"

葛念镜:"哥,你们就别祸害孩子了,他才八岁呀。"

葛文正叫冤地:"我可没祸害,他自己喜欢,他的理想就是长大以后成为世界上最棒的桥梁工程师。"

葛念镜:"得了吧,还不承认,胎教时,人家放音乐,你和嫂子给他放的啥,世界桥梁解说词。真是服了你们。"

葛啸天逮着机会了,揶揄地:"你以为都像你,那么没出息。我们家族振兴,就指着葛思桥了。"

葛思桥得意地哈哈大笑,在葛念镜身边扭来扭去:"我会画大桥,我还教小朋友画大桥……"

葛啸天转向女儿:"你怎么突然回家了?最近怎么样?"

葛思镜顿一下:"不怎么样。"

葛啸天皱起眉头:"不怎么样,是什么样?"他最烦这种模棱两可的回答,作为一名桥梁设计师,他需要严谨、精准、实事求是。

葛念镜:"我辞职了。"

葛啸天一怔:"辞职了,什么时候?"

葛念镜淡淡地:"某年某月某天的下午3点,不,应该是下午3点零5分。这样回答,您满意吧?"她的口气带着一丝揶揄。

气氛越来越不对劲了,她明明是回来寻找依靠的,可是眼前的父亲,眉头紧锁目光炯炯地盯着她,显然不是能给她温暖的样子,伤口撒盐,也许他更擅长。

"你为什么辞职?你的理由呢?"葛啸天语气生硬地问道。

果然是她想多了,所谓的理解、安慰和鼓励,都是不存在的,教育专家说的"无条件的爱"也是不存在的,那是个神话。

"算了,说了你也不懂。"葛念镜已心意阑珊。

堂哥插话,调侃地:"好好一姑娘,满身是刺。"

葛念镜与堂哥的感情向来很好,上学的时候都是堂哥护着她,眼下就直接冲他撒气了:"别光挑我的毛病,你先管好自己,就这葛思桥,小小年纪就失去了自由。我就搞不懂,他为什么要继承你们的梦想,非要去搞什么桥梁,也许他未来是个音乐家、画家、作家,让他自由发展不好吗?"

葛啸天抢白地:"你是自由发展了,你现在发展成什么样了?你都长歪了,长废了。"

堂哥冲葛念镜偷偷做个怪脸,准备溜之大吉,他冲儿子喊道:"桥桥,走了,我们回家了。"

葛思桥不愿意走,还想跟姑姑各种显摆,葛文正上前拉他,他在葛念镜身上扭来扭去,像条滑不唧溜的泥鳅。一不小心,他手里的吊桥模型重重地砸到葛念镜鼻子上。

葛念镜"哎呀"一声,只觉得鼻子一酸,伸手一摸,手上竟然沾了血,原来她的鼻子被那个桥梁模型砸流血了。她本来就在强压怒火,此时下意识地训斥道:"你干什么,烦人!"

葛思桥身子一挣,滑到地上,他看着葛念镜,瘪了瘪嘴,哇的一声大哭起来,好像谁先哭谁有理似的。

刘珊赶紧上来哄孩子:"没事,没事哦,都是姑姑不好,等我打她。"

葛啸天皱起眉头,瞪葛念镜一眼,责怪道:"三十岁的人了,没大没小,跟个小孩较劲。"

葛啸天不愧是当爸的,最擅长踩女儿的雷区,果然葛念镜成功被激怒。她重重回敬道:"二十九岁,好吧?"她最烦别人提年龄,明明是二十九岁,那一岁被狗吃了吗?

葛啸天:"还差八个月,虚岁不就是三十岁的人嘛。"

堂哥上前哄儿子,打趣地:"桥桥,不哭了啊,姑姑最近失恋了,心情不好,她不是故意的。"

他们每句话说得都对,为什么听起来就那么刺耳?

"我不但失恋，我还失业了呢，我就是个垃圾，你们满意了吧。"葛念镜内心的火苗噌地蹿出来，再也压不下去了。

堂哥跟刘珊悄悄摆摆手，赶紧带着儿子走了。

葛念镜长吸一口气，腾地站起来，径直一头冲向自己的卧室，这样的行为，看在父母眼里，肯定是不懂事、不可理喻、朽木不可雕也……算了，随他们去吧，她并不想假装温良恭俭让，重要的是，她也装不出来。

鲁迅先生早就说过，人类的悲欢并不相通。看来他老先生是对的。

推开卧室门，她立刻愣住，咦，这什么情况？

一股浓烈的男性荷尔蒙味道直冲鼻腔，衣架上还挂着两件崭新的男式衬衫，下面垂着标签，墙角一双崭新的男式篮球鞋，它们像是早就藏在这里等着看她笑话了。

她扶住门框，缓了一下，才有力气咆哮起来："什么情况？这什么情况？"

刘珊跑过来，解释道："忘跟你说了，那个孩子，在贵阳读书……"

葛念镜气愤地打断她："……哪个孩子呀？"

刘珊瞥了门外的丈夫一眼，低声地："乡下聪慧弟弟，他宿舍太吵，高考前你爸怕他受影响，也就临时住住。"

葛念镜眼睛红了："怕影响他，你们……就把我赶出去！"

葛啸天走过来，息事宁人地："你又不回来住，这房间空着也是浪费。"

葛念镜冷笑一声："你们可真行，我在这个家里，就一点地位都没有吗？既然你们不喜欢我，当初就别生我。"

葛啸天和老婆对了一下眼神，他眉头紧锁地："你这个孩子，心胸就不能开阔点。一天到晚小肚鸡肠，当初真不该让你去学画画，就你这样，能干成什么大事儿啊！"

葛念镜终于彻底爆发，她冷笑一声："哼！成大事儿？我能活下来都是个意外。从小到大，你们俩管过我的死活吗？！"

葛念镜开始控诉父母，从她意外早产说起，生下来就被扔在保温箱，出了保温箱又被扔给保姆；三岁时被扔在幼儿园全托，上学之后呢，他们更是大撒把了；从小学到初中，从初中到高中，除了偶尔想起来管教她一下，其余时候都把她扔在学校宿舍；有时周末他们都不去接她。

葛念镜劈头盖脸把这些统统说出来，当然愤怒之下，难免有夸张的成分，她反复使用"扔"这个字眼，希望能刺痛他俩，遗憾的是，首先刺痛了自己。她哽咽道："整个宿舍，就剩我……一个人……你们知道那种滋味吗？"

既然撕破脸，她也不想再忍了，原来自己的心里挤压着那么多的怨恨。

葛啸天惊讶地瞪大眼睛，辩解道："怎么就不管你了？你在爷爷奶奶家也住过好久呀。"

葛念镜嘲讽道："对，幸亏我在爷爷奶奶家住过半年，否则我的成长史，就是一部纯粹的黑暗史，这是唯一的一点亮光。"

葛啸天被女儿的反应惊着了，他试图讲道理，不是不管她，真的是没有时间管啊，天天忙工作。然而此时的任何道理，都无异于火上浇油。

葛念镜含着眼泪,看着做父母的这两个人,心里说:你们那么忙,干出什么惊天动地的大事业了吗?不管家,不管孩子,好像自己有多重要似的,不就是一个小螺丝钉嘛,还真当自己是国家栋梁了。

刘珊内心也知道亏欠孩子,可是说出那句"对不起"还是很难,她解释说他们适当放手,也是为了锻炼孩子的独立能力。

母亲的话,却再一次刺激到葛念镜,她呵呵一声:"我谢谢你们。你们那不叫适当放手,那叫遗——弃!"她重重吐出最后两个字。

终于都说出来了,如鲠在喉,一吐为快。

葛啸天长吸一口气,神情悲伤地:"没想到,你对我们意见那么大,我一直以为我把你培养得很好,虽然不能继承老葛家的衣钵,至少是个独立上进的孩子,没想到,我真是没想到……"

葛念镜一字一顿说道:"你不用遗憾,你很成功。你成功培养了一个孤家寡人。"她回头瞪着那双鸠占鹊巢的男球鞋有一秒钟,长长呼出一口气,这个家,是时候断舍离了。

行了,葛念镜,她在心里对自己说:你醒醒吧,这么多年,船是你,灯塔是你,彼岸也是你。

葛念镜掉头冲向门口,"嘭"一声摔门而去。

第二章 意外事件

摔门而去是容易的,可是她能去哪里呢?

坐在公园的凌烟湖畔,她的手机一直被狂轰滥炸,是妈妈刘珊。葛念镜不接,她妈妈就发短信,字里行间都在极力表达着担心与爱。

早干吗去了?现在想起自己还有个闺女了,晚了!

她关掉手机,看着黑暗湖面上的反光,一道一道水波,如暗流涌动的时光,那么多的往事涌上心头。

以前遇到事情,她喜欢抓起电话就打给男朋友高明。在等待他接通的那一刻,心情也是甜蜜蜜的;当他那一声浑厚的"喂"传过来,烦恼已经消失一大半。有时候聊了半天废话,把找他的原因忘得一干二净,因为光是听他说话,已经开心得不得了,哪还有什么烦恼。

感情的事也就这样吧,情深意浓时,无话不说;恩断义绝时,无话可说。

再也不会有了,那样的时光。

多么美好呀,他坐在她身边,摸着她的短发一脸宠溺地说:"宝宝,我有的,我都愿意给你。"

情人真美妙啊,情话真好听啊。曾经以为,自己的爱和爱人都是这个世界独一无二的;现在想起来,不过是俗世中的饮食男女重复着千百年的老游戏罢了。

恋爱中的你,大脑可能被狗啃了吧。葛念镜在心里嘲讽自己。

葛念镜让自己打住,不想放任自己继续在回忆中沉沦。

夜空高远,清风明月,心情是落寞的,这大约就是李白说的那个意境吧,我歌月徘徊,我舞影凌乱。可惜没有酒,葛念镜后悔了,应该买点啤酒带到湖边来,边喝边想想自己的伤心事,没准还能趁机写出一篇好文章呢。《少年维特之烦恼》不就是歌德失恋才写出来的嘛。

想到这里,葛念镜甚至笑了一下。她貌似柔弱,实则有着超强复活能力;她偶尔崩溃,也会间歇性失去力量,但是她对自己的情绪很警惕,但凡发现有焦虑抑郁的苗头,她就会想办法把自己从消沉的泥潭里捞出来。

她自救复活的秘诀除了运动,还有唱歌,亲近大自然,拥抱大树,或者喝点小酒,一喝就美,觉得全世界都爱她,她也爱全世界。

对了,她发现帮助别人也会让她很快乐。经常会有学生向她求救,他们崩溃的原因很多,失恋打击、原生家庭阴影、容貌焦虑症、成功恐惧症,等等,任何一件事都可能困住那些大学生,她总是不厌其烦地帮助、开解他们,当一个孩子恢复正常后,她就特别开心。

她自己思考了一下,是因为这件事情有意义、有价值,她在付出爱的过程中,得到了爱的滋养,这种爱是慈悲,是不求回报,因而更纯净。

一个愿意帮助别人的人,此刻却是最需要帮助的人。

向谁求救呢?

远处,街道上嘈杂的喧闹声渐渐隐去,夜深了。她看着湖,湖面越发幽深黑暗,一张脸浮现出来,是苏锦呀。

想到苏锦,她下意识地笑了一下,立刻掏出手机,刚一开机,好多条短信噼里啪啦一起涌进来,应该还是妈妈,她也懒得去看。直接找到苏锦的手机号码,拨通。

一声慵懒的"喂"传过来,漫不经心。

"你在干什么?"葛念镜也不客套。

"还能干吗,谈恋爱呗,你是知道的,追我的人那么多哈哈。"依然是那么没心没肺。

"我失业了,还有失恋,还有……"

"什么?你在哪里?"苏锦的声音立刻高了八度,不等她说完,立刻打断她。

"在凌烟湖边,坐了一晚上,左思右想,还是不甘心就这么跳下去,我花容月貌,我前程似锦……"葛念镜自嘲,她听到话筒里传来"哗啦"一声瓷器摔碎的声音,大概正歪在红木床上打瞌睡的苏锦弹起来时碰翻了一只茶碗。

苏锦叫道："给老娘闭嘴,地址发来。"

葛念镜找地址定位的时候,听见苏锦在嚷嚷:"你个瓜娃子,老实点,一点点儿都不许动,我拍马赶到。你要是敢跳河,做鬼我都不放过你,听见没有?"

苏锦在电话里一通乱骂,听在葛念镜耳朵里像唱歌一样美妙动听。

大约二十分钟后,一辆红色小跑车驶过来,嘎地停在湖边小路上。

车门一开,苏锦跳下车。她趿拉着拖鞋,穿着白色的长睡裙,一边跑一边焦急地叫唤:"嗨,葛念镜,葛念镜,你在哪儿?"

葛念镜站起来向她招手,苏锦径直跑上前,月光下,白色长裙缥缈得像个仙女,却又莽撞得像只呆鸟。她冲到葛念镜身边,一把抓住她的手按在自己胸脯上,那里跌宕起伏,Q弹十足,葛念镜惶惑地惊叫一声。

苏锦上气不接下气地说:"你个憨脑壳,你摸摸,小心脏都跳出来了,吓死我了,真怕你想不开跳了。"

葛念镜撇嘴道:"我有那么脆弱嘛。"

苏锦:"万一你娃鬼迷心窍,害我也没法活了。"

葛念镜捶了她一下:"去你的。"两人笑着抱成一团。葛念镜也不是不感动,只是她们太熟了,熟到彼此不需要客套。

苏锦拉着她向车子走去,安慰道:"宝贝,没事咯,以后我养你。"

葛念镜："大姐，我也有尊严好吧。"

苏锦："你要啥尊严嘛，抱紧我的大腿多舒服。"

苏锦开车，两人一起回家。葛念镜按下窗玻璃，看着窗外城市的灯火，熟悉的街景，流动的灯火。那个街角有家面包店，她经常在那里买牛奶菠萝包当早餐，总是买两份，一份给自己，一份给高明。在拐角的地方，有一家电影院，她和高明一起去看过电影《致青春》，那歌曲的旋律萦绕起来：

……
他不羁的脸　像天色将晚
她洗过的发　像心中火焰
短暂的狂欢　以为一生绵延
漫长的告别　是青春盛宴
……

苏锦一边开车，一边教育她："你个瓜娃子，醒醒，分手这事，也就礼节性地哭三天。第一天该哭哭，该闹闹，就是千万别上吊。第二天，该删除，删除，该拉黑，拉黑，过往一切全作废。第三天，脱去旧羽，换新装，姐主打一个灾后重建。总之，生命短暂，切勿浪费在渣渣身上。"

葛念镜不理她，继续沉浸在音乐的忧伤里：……疯了，累了，痛了，人间喜剧，笑了，叫了，走了，青春离奇……

苏锦继续念经，她告诉葛念镜，做女人，格局一定要打开。你要这么想，论地位、智慧、财富和美貌，古往今来，我们比不过的，多了去了。但这些女中之凤的老公还到处拈花惹草呢，况且咱们这样的凡妇。

葛念镜让她好好开车，别叨叨，苏锦却打开话匣子，收都收不住。葛念镜斜她一眼："你这是憋多久没跟人说话了。"

苏锦摸摸她头顶，故意用老母亲般的语气说道："你知足吧，孩子，我都是为你好。"

苏锦和葛念镜，两人从上幼儿园时就是好朋友，小学、初中、高中，基本上形影不离，直到上大学，两人才不得不分开。

好在她们离得不远，葛念镜考上了四川美术学院，在重庆上学，苏锦在贵阳上学，但凡想念了，就跑到对方学校去，白天连体人一样，晚上就挤在一张小床上窃窃私语地展开闺蜜夜话。

一眨眼，她们都长大了，正是青黄不接的年龄。在葛念镜父母眼里，像她们这些三十岁左右的女孩子，家未成，业未立，总是让人担忧，虽然不会直接催婚，各种怪话和情绪却不会少，不催，并非通透，只是硬憋着不说罢了。

"对了，你为什么辞职？你不是很喜欢当大学老师吗？"苏锦问道。

葛念镜一声长叹，那是一场意外事件。

太突然了。猝不及防间，那个男生从座位站起来，冲向窗户，以旋风般的速度。

空白，血液停滞，发生了什么……

就在刚才，教室里还是欢声笑语。葛念镜记得她给学生布置了一道课堂练习题：清晨，当你走过校园那棵五百年的菩提树下时,一阵风刮过来。你突然变成了……

这是大学一年级创意写作课的思维训练。同学们可以选择变成任何一种东西,蝴蝶、飞鸟、野花、爱人的一滴眼泪、来自寒武纪的一颗砂砾,等等,很浪漫,对不对?

那个叫老F的男生板着脸说:"一阵风刮过来,我突然变成了一只屎壳郎。"

同学们哄堂大笑。

七月的重庆,蝉在嘶鸣,它们拼尽全力聒噪着,是在释放生命的激情,还是在抗议生命的短暂?不管是什么,都令人厌烦。

据说为了这一夏的嘶鸣,它们已在地下蛰伏了三年、五年,甚至长达十七年。夏虫不可语冰,说的就是它们。对它们而言,拼尽全力挣得这一夏的生命之光,是对天命的抗争,是冲破命运束缚的勇敢。对人类而言,却是短视和局限的代名词。

值得吗?它们的生命,意义在哪里?

教室里空气沉闷,没有空调,因为停电,那几只操劳过度的老风扇也终于消停了,呆头呆脑地吊在半空,一时难以适应这突然的清闲。

老F黑色的T恤胸前被汗水浸湿了一大片,他面无表情地接着说道:"我周围的人都变成了屎壳郎,于是,我们都不用上创意写作课了。"

笑声再次卷过教室,男生故意拍打着桌子,女生故意笑得花枝乱颤。小吊带一定要露出乳沟吗?小热裤一定要短到大腿根吗?这样……真的好吗?

"一块板砖"同学笑出"鹅鹅鹅"叫,名字是粗犷的,长得却唇红齿白，是风摆杨柳一般美好的女同学。

作为创意写作课的老师，葛念镜感受到了明显的不友好，还有冒犯。

可是……不可以吗？既然卡夫卡可以变成一只甲虫，老F为什么不可以变成一只屎壳郎？

当然，也不是不可以，只是作为老师，她本能地希望她的学生不要滋生审丑的恶趣味，或许在她的内心，审丑与扭曲、变态、堕落有着某种内在关联。所以她是有点生气了，但她必须稳住自己，貌似淡定地问："你为什么要变成屎壳郎？是因为喜欢吗？"

他才十八岁，大学一年级的新生，他年轻毛嫩，他应该意气风发，应该追逐诗和远方，他却已经是一团苍老的废物。

是他自己承认的，葛念镜曾经跟他探讨过：为什么叫老F？他解释说，我是苍老的废物。

此时这个十八岁苍老的废物，面对老师的提问，反击道："我，一个打螺丝的废物，为什么要学习写作？"

葛念镜用双手撑住讲桌，暗自轻吸一口气，努力使自己脚步站得稳，后背挺得直。就像一位老教师教她的那样，做到身定、眼定、语定、神定，如此这般，才可以控制场面。尤其是眼神要有碾压感，要以师道尊严将他按倒在地进行摩擦，使之心悦诚服。

很遗憾，她做不到。

对手是一个身高185厘米、体重将近两百斤的怪兽，当他偶尔不经意从她面前走过时，她感觉被他踩过的大地微微战栗着腾起尘烟，他如一头大象，缓慢地挪动脚步，喷着响鼻，但凡有障碍物挡住前路，他只需轻拂一掌，那障碍物便飞了出去。

一时间，葛念镜的脑子有点乱。她下意识地反问道："你认为一个打螺丝的人，上大学应该学什么？"

她快速整理着思路，尽量不让自己露怯。在体形上她完全不占优势，但是她知道脑子是个好东西。

葛念镜身高160厘米，体重105斤，她并非白幼瘦，是个运动型小美女。因为常年坚持跑步，每周都去健身房撸铁，她身材匀称，四肢健美，难得还有六块腹肌。那麦色的皮肤、立体的眉眼、紧致流畅的面部线条，使她有一种干净清爽的美。

她小小的身体，似乎蕴藏着满满的能量。只是跟老F比起来，就像蚂蚁和大象，完全不在一个量级上。更要命的是除了老F，讲台下体形庞大的怪兽还有很多，像蛰伏的象群，令她力不从心。

于是，她抬高视线，避免与讲台下七十二双眼睛有任何碰触与交流。她听到自己的声音响起来，陌生、空洞。

她声调沉稳地说道："你来上大学，就是要学习两种知识，一种是有用的知识，一种是没用的知识。有用的知识就是你的专业，比如你是汽车修理，毕业后，这可以保证你有一碗饭吃，有独立谋生的能力。那么没用的知识是什么？"她抬高声音。

台下鸦雀无声，学生们一起看着她。

葛念镜一鼓作气说下去："没用的知识，就是文学、诗歌、美术、音乐、戏剧，等等。这些知识貌似没有用，可是当你拉开距离，就会发现，这个世界上没有任何一种工作能保证你永远不失业。比如曾经那么火热的房地产，现在衰败了。曾经那么抢手的银行工作，也被支付宝和微信取代了。所有的职业都是暂时的，艺术却是永久的，它可以滋养你的心灵，让你感受到生命的宽广，生命的美好，感受到活着的意义。

"尤其，当你遭受一些困难、挫折或者磨难的时候，恰恰是这些无用的东西，才可以抚慰你、疗愈你、鼓舞你。正所谓无用之大用。"结尾这一句话，她说得意味深长。

道理是对的，为什么说起来却有些心虚？

是的，老F真有必要学习写作吗？如果不出意外，一眼可见，他将在他既定的命运轨道内运行，生于平庸，归于平庸，从起点到终点。

当然，她不是说平庸的生命没有意义，她的意思是，有多少人能接受自己将拥有平庸的一生？如果不能接受，那么文学、艺术这些是什么？是胡椒粉，是增色剂，是调味剂，是阿斯巴甜，是……某种意义上，也许生活就是不新鲜不美味的食物，需要那些光怪的东西进行掩盖和篡改，使之对视觉嗅觉味觉形成欺骗，进而制造出一种幸福的假象。

有没有一种方式，可以让生命真正充满意义？

有没有一种东西，可以让生活真正拥有价值？

葛念镜还在寻找，而她的学生老F已经对生活缴械投降。他理直气壮地说："当我向一个女孩求爱，我不能给她房子、车子，我说给你写一首诗吧，她会嫁给我吗？当我爸妈躺在医院等钱救命时，我跟医生说给你写一首诗吧，他能免了医药费吗？"

同学们笑得前仰后合，连那些两耳不闻天下事，只管趴在桌上睡大觉的同学都狂笑起来，惺忪的睡眼闪动着愚钝的光芒。

　　事情就是在这时发生的。

　　老F突然从座位站起来，向她冲过来，她愣怔着，看他庞大的身躯卷起狂风，呼啸而至，却突然折向窗户，他攀住窗户的围栏向上爬去。

　　窗外，是自由的世界。

　　葛念镜的大脑一片空白，全身的血液猛地凝滞，她本能地冲过去，似乎她为这一刻已准备了很久。此刻她是一颗子弹，弹出枪膛，精准地击中目标。她冲上去抱住了老F垂在围栏上的一条腿。

　　老F以赴死的决绝猛踹一脚，葛念镜被踢翻在地，如同一只摔断弹簧的玩具娃娃，她动不了，也喊不出，她被封印了，瘫在地上无法动弹，只剩空洞的眼神，瞪着眼前的一幕。

　　那么遥远、虚幻、恍惚，不过是短短的距离，近在咫尺，却无能为力，像看一部黑白老电影，老F被放大成特写镜头，他是巨大的变形虫，挂在半空的蛛网上。她看着，自动脑补了后面的情节，变形虫飞出窗户，奔向自由，奔向巨大的虚无，在虚无与现实接壤处，他砰然落地，像一只跌烂的薄皮西瓜，液汁四溅……

　　尖叫，"一块板砖"在尖叫，是电钻穿透铜墙铁壁的锐利和喧嚣，她用了生命在尖叫。

　　几个男生冲上前，攀上去，抓住老F。老F用手脚死死扣住窗户护栏，像八爪章鱼伸出所有的触须。这只巨大的变形虫紧紧粘在窗户的铁栏上，几个人合力撕扯着，才把他从窗户上撕下来，啪嗒一声摔在地上，他不甘心地挣扎，被几个学生按压住了。

老F发出一声野兽般的嚎叫，就是这一声嚎叫，让葛念镜揭印了。

突然间，吵闹声、尖叫声、哭喊声，蜂拥而至，她全身的血液突然被激活，它们是惊醒的蛇群在血管里窜动，四散奔逃，寻找出口。

她的意识苏醒了：六层楼，六层楼的高度，结束一个十八岁的生命，绰绰有余。

瞬间，葛念镜浑身冷汗淋漓，她瑟瑟地抖起来，像一片狂风中的枯叶。

不能说与自己有关，也不能说与自己无关。

那么，一个大学生要跳楼自杀与谁有关？与创意写作课有关吗？

葛念镜坐在副校长办公室，这个长着一张狐狸脸的女人迟疑地问道："念……镜？你叫葛念镜……"

最后这个"镜"字，她的声调不由自主地向下降，直到变成一声的"经"，她皱起眉头，"这名字……"

这名字好久没人叫了，从葛念镜来这个学校上班开始，她就失去了自己的名字。同事和学生一般会叫她小葛、葛老师。表现不好时，在教研会上，院长不会点她的名，她叫"极个别同志"。最近她表现尤其不好，院长仍不会点她的名，她叫"更有甚者"。没想到，她的真名在这个场合被使用到。

葛念镜面无表情地："叫我'念经'就行。就和尚敲木鱼那个'念经'。"

副校长猛地笑了，像动画片里一朵诡异的花忽然绽放，又戛然凋零。这样的笑容，葛念镜见多了，从小到大，她被太多人戏称为念经，念经，她已经活成了一个笑话，活在一个巨大的阴影里，苟延残喘。

曾经她极力抗争，十三岁时强烈要求改掉这个鬼名字。父亲指点着她的额头教训道："这是你的荣幸，如果你不是老葛家第十七代长孙女，你何德何能叫这个名字？"

老葛家，呵呵，她何其有幸！

就因为那个四百多年前的老祖宗葛镜，她就必须活在他的阴影下，连名字都是他的延续。他就像一棵百年老榕树，母树已枯萎，却生出无限气根，气根长成子榕树，子孙成林，无穷无尽，绵延上百里。这个家族里的人都笼罩在巨大的族群里，延续着母树的命运。是荣幸？是悲哀？

十三岁的葛念镜，八十斤的体重，一百斤的反骨，她嘲讽父亲："大树底下，寸草不生。"

父亲抬手一个耳光，怒骂道："叛徒！"

那一个耳光，永远印在葛念镜的脸上，也烙在她的灵魂上，成为至今无法揭掉的印记……

"你对他说过刺激性的语言吗？"副校长问道。

这句话惊醒了陷入往事的葛念镜，当年被父亲扇了一耳光后，她下意识的反应也是跳楼，或许在这个年龄段解决问题的本能方式就是自我了断。

虽然不理智，虽然太任性，但年轻人的世界可能就是这么冲动。

葛念镜摇头，突发事件的过程，她已复盘多次，她与学生老F之间，没有冲突，没有争吵，没有预兆，这是一桩随机事件。

副校长再问："以前呢？以前说过吗？"

葛念镜低头看着白色西装胸前那个黑色的脚印，那是老F临门一脚留下的。脚印并不完整，只有半个，横亘胸口与锁骨，走势向上，越靠近锁骨，越轻淡。这是一桩出走的阴谋，已消失不见，却将疼痛留给她，是生理的，也是心理的。

是的，她感觉自己受了严重的内伤。

"那学生摔断了腿，医药费学校可以出，学生父母很激动，扬言决不善罢甘休，要求赔偿，巨额的……事件因你而起，你要知道，学校是在保护你，但是……"副校长在絮絮叨叨，话里蕴藏着大量信息，在创意写作课里，这个技术叫伏笔。

伏笔之后，是反转，转向哪里呢？未可知。

明明自己什么也没做，明明自己才是受害者，却成了整个事件的始作俑者。她想起来老F父母和舅舅把她围在中间推来搡去，她变成一只轻巧的皮球忽而向东，忽而向西，真是恨不能立马落地生根，变成一个三百斤的胖子，看你们还能奈我何。

"你要跟学生父母道歉，承认自己的问题……"

"我有什么问题？我没问题！孩子的问题，首先是父母的问题。"葛念镜终于忍无可忍。

"……你……你什么态度？"副校长始料未及。

"我实事求是的态度，他爸是赌鬼，连孩子学费都拿去赌。

他妈是酒鬼,满世界寻找爱情。学生在这样的父母身边生活了十八年,凭什么把责任全推到老师身上?"既然撕破脸,葛念镜也懒得再装。

"你……不要把事情闹大!"副校长抬高声音吼道。

"人不是还没死吗?他父母继续闹下去,那就真死了。"葛念镜眼前闪过老F手腕上那一排伤疤,长长短短,有好多条,每一条都是伤心的河流。

这不是一个老师应该说的话。副校长愣怔着,一时被气得失语。

葛念镜想起在一次课堂练习上,她让同学们讲故事,不知为何,那天老F突然敞开心扉,他讲起自己的故事。五岁时,父母吵架,他上前拉架,被父亲一脚踢到床底下,他鼻口蹿血,放声大哭,父亲把他从床底下拉出来关进储藏间,他们俩在外边继续打得天翻地覆。老F在里边哭,哭得撕心裂肺,成为父母干架的背景音乐,刺激得他们血脉偾张,愈战愈勇。

后来老F发现了一窝蚂蚁,他就跟蚂蚁玩了起来,忘记哭了。他父母觉得很奇怪,打开门发现他在玩,非常生气,父母在打架,他竟然还有心思玩,这孩子太坏了。于是当父母的那两人一起合伙把他打哭了,重新关进储藏室里去。

……

老F说着伤心的往事,表情淡定,语气平静,似乎往事中的人,与他无关。他木然的脸,却在葛念镜心里掀起巨浪,那一瞬间,她有一种冲动,想把她的学生抱在怀里,她不受控制地向他走过去,老F捕捉到了她的信息,他眼中闪过一丝渴望,夹杂着些许的戒备和惶惑。

葛念镜感觉到了……一个女老师，把一个男学生抱在怀里；一个一百斤的瘦子，试图温暖一个两百斤的胖子，显然，不是很合适。于是她伸出手，小心翼翼轻轻用手拍了一下他的肩头，那个壮硕的肩膀，瞬间坍塌了。

在那一刻，葛念镜与她的学生之间，建立起了一种微妙的连接，是带着某种温度的连接。

也许心理治疗的本质，不过是让人说真话，而后，做真实的自己。不必假装自己是个好孩子，不必假装自己很幸福，也不必假装自己对伤害不在乎，并且不会因此而被孤立，也不会因此而被贴上异类的标签。当一个人可以真实表达自己的爱与恨，喜欢或者憎恶，这个人才是一个活的人，有温度的人。

理论上讲，应该这样。

但是葛念镜明白，在"知道"和"做到"之间，隔着万丈鸿沟，这是世界上最远的距离。

况且，老F的父母根本就不想"知道"，更不愿意"知道"，一旦"知道"了，就意味着是他们错了，他们要为这个问题孩子负责，要为他们失败的生活负责，打死他们都不会承认的。把问题推到别人身上多好啊，哪怕再离谱，都可以理直气壮。

想想电影中那些十恶不赦的大反派，最后总会声泪俱下地控诉：都是你们逼我的，都是你们逼我的。小时候看到这样的情节，葛念镜不明所以，总觉得很好笑，现在她终于懂了，这是人性的一面，也是困住人们得不到幸福的深层根源。

老F的父母就是这样的人,所有人都是错的,唯有自己是对的,全世界都对不住自己,所以自己可以为所欲为。

在医院走廊上,他们野兽般咻咻低鸣着围住葛念镜,幸好有几个人冲上来,把他们拉开,否则自己一定会被他们撕成碎片……

葛念镜想到这里,巨大的委屈裹挟着羞辱像潮汐一波一波在体内奔涌,它们聚集在眼睛里,时刻准备决堤而出。葛念镜使劲忍住,逼眼泪退下,心里告诫自己:姓葛的,不许哭!你不许怂。

为了控制这股委屈,她低着头下意识地用食指在腿上涂抹起来,此刻那不是手指,而是她的画笔。她要把这乱糟糟的一切画出来,就像当年她在加拿大留学时坐在安大略湖边写生,湖水、鱼虫花鸟、树与倒影、阳光折射的光波、恋人的私语,都可以用一支笔画出来。她能从一朵花听到春天的消息,从一粒沙看到全世界。

明明她的理想是当一个画家,却因为发表了几篇文章而当上了大学创意写作课的老师;明明她想在学生心里种下三颗种子:爱、勇敢、善良,却被抑郁症发作的学生一脚踹醒了幻想。

幻灭!全都是幻灭!

"你必须给学生家长道歉!必须!"副校长被葛念镜激怒了,她拍着桌子吼道。

"凭什么?我凭什么道歉?"葛念镜也拍桌子了。

谁怕谁呀?不就是拍桌子吗?你是校长就能颠倒是非吗?不可能!于是葛念镜一怒之下就辞职不干了。

……

苏锦驾驶着车子从街上快速驶过,葛念镜看着窗外,轻轻吁出一口气,那个老F,还会再自杀吗?心念及此,她的心似被刀尖划过,细密而锐利的疼痛涌过全身。

第三章 闺蜜苏锦

苏锦的新家,是城郊接合处的一栋三层别墅,有四百多平,装修得纸醉金迷,墙纸都是铂金色。

这是苏锦男朋友蓝天凤的房子,葛念镜是第一次来。要说品味,也真谈不上,楼上楼下,一水的红木家具,据说花了三百多万。要说名贵,她不懂,也不感兴趣,也就是金钱的味道吧。

葛念镜嘴毒,她忍不住吐槽:"就这风格,等你八十岁比较般配哈,那会儿你肯定能胖出三层双下巴,浑身上下戴满翡翠帝王绿,就倚在罗汉榻上,看一群孙子孙女跪着给老奶奶磕头请安。"

苏锦:"唉,越住越压抑,我快提前进入更年期了。"

葛念镜:"这老祖母的家具,不喜欢,你为啥买呢?"

苏锦自嘲地:"我有病,穷病。"

苏锦没说谎，她七岁时，父亲病逝，母亲改嫁，自此她跟着年迈的奶奶生活。奶奶没有工作，靠捡破烂维持生活，更重要的是她身体不好，经常生病住院。邻居看她们可怜，东家帮一把，西家帮一把，每月还能领到街道发的一笔救助金，活命是够的，但美好生活与她们无关。

"穷人乍富，说的就是我。"苏锦自嘲，她对自己的定位相当准确，不愧是当过新闻记者的主儿，她一向犀利，看人看事，一眼看透本质，剖析起自己，也毫不留情。

葛念镜随手捡起沙发上的包包、丝巾、衣服看着，LV、爱马仕、香奈儿，连发夹和胸针都是动辄几千的奢侈品，她边看边吐舌头："全是大牌，你娃被金钱迷住了双眼。"

苏锦不以为然地："你喜欢，随便挑。挑那些没开封的。"

葛念镜："我又不走贵妇风，戴着你的翡翠手镯去撸铁，背着你的LV去攀岩，我疯了，还是你疯了。"

苏锦撇嘴："不要拉倒，我拿着猪头找不到庙门了。"

葛念镜："说实话，这些玩意，除了贵，真没啥。"

苏锦翻个白眼，叫起来："葛念镜，你现在寄人篱下，明白不，我就靠这些虚荣的玩意儿活着呢。"

葛念镜佯装打自己一耳光："对，我马上闭嘴。"

苏锦："金山银山，也填不满我这颗贪婪的心，喝点小酒吧，本小姐不开心。"

葛念镜揶揄地："你都不开心，穷人还怎么活。"

苏锦懒懒地："穷人，富人，都是爹妈生的血肉之躯，都一样。"

两人走到酒柜前，一起端详着里边的各种洋酒，葛念镜从中抽出一瓶红酒，也不知道是什么牌子，看着眼缘不错，就它了："来，我们一醉解千愁。"她跟苏锦是不用客气的。

苏锦嗤地笑了："你娃有眼力，这瓶是82年的拉菲，一瓶十二万。"

葛念镜差点惊掉下巴："十二万啊！丧心病狂，一瓶破酒，顶我两年工资。"

苏锦故意气她："小葛老师，原来你工资那么低啊，早该辞职不干了。"

葛念镜："去你的，典型的何不食肉糜。你不懂得劳动人民的辛苦。我也不懂这82年的拉菲，它凭什么那么贵？"

苏锦把那瓶酒拿在手里，用手指弹了弹，她告诉葛念镜，这瓶拉菲是殿堂级别的，市面上买不到，有人托老蓝办事送他的，据说是在香港苏富比葡萄酒拍卖会上拍的。说到最后，她强调道："据说哦。"

不就一瓶酒嘛，怎么就那么贵呢？

葛念镜抱起双臂，看苏锦转动着瓶身，讲述一瓶红酒的前世今生。

1982年，据说对法国波尔多地区的拉菲酒庄是一个难得的好年份，气候条件十分适合葡萄的生长，当年的葡萄品质极佳，酿成酒后，在国际上受到了各大著名酒评师的高度好评。随后，82年的拉菲身价暴涨，从当初刚出产的几千块钱涨到现如今的十多万一瓶，价格上涨了十几倍，成了全世界葡萄酒爱好者的收藏最爱。

葛念镜突然想起电影里那些富人炫富，动不动就说：给我开一瓶82年的拉菲。原来这是身份和财富的象征。

葛念镜从苏锦手上拿过酒，塞回酒柜去："懂了，是我不配。我喝来自40亿年前的自来水，行了吧。"

苏锦把酒又抽出来："宝贝，不要妄自菲薄，你能看上它，是它的荣幸，咱就这瓶了。"

两人撕扯起来，苏锦有点急了："你别给我丢脸，小家子气，好像咱没见过世面似的。"

葛念镜："无聊，十二万，我喝了上西天啊。赶上我爸一年的工资了，他老人家可是造大桥的，我就不信，这一瓶破酒的技术含量比一座大桥还高。"

苏锦："你急什么，宝贝，你现在有点愤世嫉俗，三十岁的人了，成熟点吧，又不是小孩子。"

葛念镜悻悻地："十二万，能给我十个贫困学生交一年的学费，你知道他们有多难吗？"

苏锦不为所动，她语重心长地告诉葛念镜，不要轻易介入别人的因果，如果此时葛念镜的学生陷入困境，这是他命中注定必须过的一道关、一场劫。能渡过去，他的功力就更深一层，有本事去面对更大的挑战。如果不能，那他就永远在他的劫难里纠缠、打转，除非他自救，其实没人能救得了他。

任何人都一样，除非自救。

葛念镜松手了，她想不到苏锦竟然说出这样的话，貌似有点道理，却总觉得冷血无情，这么快就忘掉自己也曾经是个穷人了。

苏锦拿出一个手电筒似的开瓶器,压上去,轻轻一拔,砰的一声闷响,葛念镜心里咯噔一跳,十二万啊,随着砰的一声就云消雾散了。

苏锦瞥葛念镜一眼,笑了:"心疼了?大可不必哈。"

苏锦让葛念镜还原事物的本质,剥去人为附加它的价值,它就是一堆葡萄。你会因为吃一串葡萄有罪恶感吗?答案是,不会!就像钻石,钻石恒久远,一颗永流传,当你剥去经销商的烟雾弹,还原它的本质,它就是一堆碳元素,跟感情有个毛线的关系,对不对嘛。

葛念镜若有所思地点头,当红酒跟身份结合,当钻石和爱情结合,都会产生某种心理暗示,暗示你想得到的虚荣心、安全感、美好的爱情,还有世人的尊重和羡慕,你都拥有了。

葛念镜皱起眉头:"这个世界,太离谱了,还有救吗?"

苏锦拿来两个酒杯,倒上酒,淡淡地一笑:"炒作。炒作背后是利益链条,这个链条上每一个环节的人,都是赢家。我说明白了吧?"

葛念镜撇撇嘴:"行吧,你这样一说,它可能真的不是十二万,它就是一堆烂葡萄,我的压力,好像不大了。"

苏锦冲她眨巴眼:"我再告诉你一个秘密。那你有没有想过一个问题,既然82年的拉菲这么出名,那当年到底生产了多少瓶呢?怎么卖到现在还没卖完呢?"

苏锦打了个响指,她靠在吧台上,嘴角上挑,回眸一笑百媚生。葛念镜心想,幸好自己也是个女色,否则还不被这妖精给迷惑了。

想必当年,高傲的蓝天凤也是被她这番语笑嫣然所擒获吧。

苏锦告诉葛念镜,据统计,82年的拉菲当年的总产量大概有二十万瓶,其中大部分已经被收藏了。"但是诡异的是,光在中国,82年拉菲的消费量,已经远远超出了一百万瓶,因——此……"

苏锦拉长声调,停住不说了,她笑眯眯地看着葛念镜,葛念镜也看着她,两人眼神互相纠缠了一会,突然放声大笑起来。

葛念镜心念一动:"那这一瓶,到底是真是假?它值多少钱?"

按苏锦的意思,其实葛念镜没必要纠结这瓶酒是真假。如果它是真的,十二万以上。如果它是假的,目前一个品相完好、酒标没有损毁的任意年份的拉菲酒瓶,回收价是三千人民币。拉菲1982的空瓶四千打底,酒瓶回收之后再重新灌装,对于不懂葡萄酒的跟风者来说,根本难以分辨。

苏锦递一杯酒给她:"来,嗅一下,有没有玫瑰凋零的惆怅?"

葛念镜深吸一口气:"我只闻到了金钱叮当的狂放。"

两人窝在沙发前的茶几旁,光脚坐在地毯上,用嘴咬开零食袋子,一手抓着零食,一手端着红酒喝了起来。

这样的时光,真的不要太美好。她们放松又肆意,你喂我一条香辣小鱼干,我喂你一块泡椒山笋,还有香辣鹌鹑蛋,五香豆干,随便吃吧,彼此的眼里都是信任和懂得。

"相看两不厌,唯有葛念镜。"苏锦把一个香辣鹌鹑蛋塞到葛念镜嘴里,笑道。

"你是在向我表白吗?"葛念镜揶揄她。

"我越来越发现,蓝天凤只是个意外,咱俩才是真爱。"苏锦打趣道。

"让蓝天凤听见,他打不死你。"两人咯咯笑成一团。

不知为何,苏锦幽幽长叹一声,她目光空洞,有些出神地望着对面的墙壁。此刻的她还是那么美丽,却像一个没有生命力的塑胶娃娃,雪白的面孔没有一丝血色。

葛念镜还是喜欢做新闻记者时的苏锦,她绑着高马尾,白色衬衣配蓝色牛仔裤,脚上永远是便于奔跑的运动鞋,但凡哪里有事件发生,她总是第一时间冲上去。

那时的苏锦,心中有爱,眼中有光,脸腮上有淡淡的红晕。她文风犀利泼辣,铁肩担道义,妙手著文章,得罪了很多人,也温暖了很多人。

但是,她的爱人蓝天凤不喜欢,他说:"一个穿运动鞋的女人,随时在为生活拼杀。我的女人,享受生活就够了。"

于是苏锦辞掉工作,脱掉了运动鞋。

从此,她穿上长长的高定晚礼服,银色的十厘米高跟鞋,妆容精致,身姿妙曼,轻轻挽住蓝天凤的胳膊,出入各种高档场合,与那些达官贵人觥筹交错。

苏锦看着葛念镜,淡淡说道:"我什么都不愁,什么都不缺,就是不快乐。"

嗯,快乐,也许是很奢侈的一件事了,她们都多久没有肆无忌惮地快乐过了。

葛念镜想起来了,有一年苏锦的奶奶泡了一大瓶青梅酒,自己酿的米酒，自家树上的青梅，放上大把冰糖，三个月后，酒色金黄呈琥珀色，香甜诱人。

那时她俩天天惦记着，可惜没有下手的机会。终于有一天，奶奶出门去做客了，两人躲在房间偷奶奶的酒喝，你一杯，我一杯，喝到醉眼蒙眬，满脸霞飞，傻傻地看着对方笑。

两人正开心呢，奶奶回来了，抓着扫地的笤帚追赶她俩，两个花季少女在街上奔跑，脚步叮咚，放声欢笑，心尖尖都是甜的，像踩在云朵上。

现在，喝十二万一瓶的82年拉菲都不快乐了。

正在这时，苏锦的手机突然响了。她倏地一惊，神情紧张地盯着手机，似乎那里面有一个恶魔马上要跳出来了。

苏锦看了葛念镜一眼，欲言又止，她猛地一口干掉杯中的红酒，低声说："是大蓝。"她拿过手机，起身快步进卧室去了。

苏锦的这一反应，让葛念镜有一种直觉，她和蓝天凤之间，出问题了。

苏锦躲进卧室去接蓝天凤的电话，始终没有出来。葛念镜百无聊赖独自喝酒。其实她很想和苏锦好好聊聊，毕竟苏锦和蓝天凤在一起有很多年了。

苏锦从报社辞职后，她不用工作，不用赚钱，从不需要为生计发愁，可是这真的好吗？她的梦想就是成为蓝太太，可是关于婚姻，蓝天凤从来不提。

未来的苏锦该何去何从？

葛念镜很清楚，这世界上有钱的女人分三种，第一种：老爸有钱。含着金汤匙出生的小公主，出生即巅峰，非富即贵，比如澳门赌王的女儿，比如韩国三星大公主，等等。

第二种：老公有钱。蒙上天恩赐，嫁入豪门，从此过上锦衣玉食的生活。比如香港那个生了四个娃的徐美女，终生事业就是当阔太太。

第三种：当然是自己有钱。像老干妈，像董小姐，历尽千辛万苦，凭自己的本事打下一片江山。

葛念镜总觉得，前两种有钱，都属于运气好。但运气这东西，有好的时候，就有坏的时候。家族可能没落，老公可能变心，只有靠自己赚到钱的女人，才有真正的底气掌控人生。哪怕遭遇变故，也能绝地重生，在废墟上重建一个帝国。

可是苏锦有什么呢？

她和蓝天凤并没有结婚，不受法律保护，至于爱，那是多么扑朔迷离的东西。今天可能情深意浓，明天就可能恩断义绝。就像自己和高明，曾经也以为会白头到老，最后还不是成为一个笑话。

想到这里，葛念镜长长叹了一口气。

她走到窗前，看着外面的世界。

天快亮了。蓝色的晨曦透过白纱窗帘照进屋子，屋里的一切罩在幽蓝的光影里，恍惚得像陷入一个梦里。

明天，也许又是莫测的一天。

流年不利，到底是哪颗灾星在作祟呢？

第四章 一场好戏

一夜好睡，再次醒来，已经是第二天的中午。

葛念镜躺在床上，等着魂归正位，半梦半醒间听见一阵稀里哗啦的乱响，夹杂着女人的吵闹。

是苏锦正在和几个朋友打麻将。

葛念镜掏出手机打开，看到有爸妈十六个未接电话，还有无数信息，爸爸葛啸天说：小镜，你在哪儿？你别生气，弟弟只住几天就走，他不会占你的房间，你是姐姐，大气一点。

葛念镜心里哼一声：少来这套，我不是他姐姐，他也不是我弟弟，他凭什么住我的房间？他凭什么来剥夺我的爱？你们愿意承认这个儿子，那是你们的事，跟我没关系。

葛啸天：工作的事情，你不要着急，我在咱们交通系统给你找个工作，应该难度不大，以后你再找个咱们系统内的男朋友，都是交通人……

刘珊：你爸说了，想让你去贵州交职院，那可是咱们交通系统的"黄埔军校"，你教过大学，肯定没问题……

他们一口一个"咱们系统"，那口气好像说自己家一样，真把自己当主人翁了。

葛念镜搞不懂，他们这份自豪感到底是哪里来的？不就是两个小小的螺丝钉嘛，拧在交通系统的大机器上，这就了不得了，这就到达人生巅峰了。

她眼前闪过父亲葛啸天去上班的情形，白衬衫雪白，蓝裤子笔挺，他拎一个大公文包，兴冲冲地吹着口哨，迈着弹性的步伐轻松愉快地出门。好像他不是去上班，而是彩票中了五百万，赶着去领奖。

唉！葛念镜想起交通系统的"那两个人"就头大，他们一直试图把她纳入他们那个体系，也成为一颗小小的螺丝钉，哪怕现在她离家出走了，他们仍然没有放弃这个打算。

葛念镜给妈妈回了一条短信：不用操心，我在苏锦家住几天。至于父亲，想了想，不知道跟他说什么，算了，无话可说，那就不说。

报过平安后，她把手机又静音了，正是，眼不见，心不烦。

葛念镜靠在窗户边上，看着窗外，似明未明的天空，天色幽暗，有一只孤雁从空中飞过，叫声哀怨。

她看着那模糊的影子飘过天空，心里说：雁，你不要啼了，我也是悲伤的呢。

苏锦和她的麻将搭子，昼伏夜出，晨昏颠倒，每天下午3点，就聚集在苏锦家里，开始一场无聊的游戏。

葛念镜把自己关在楼上，嘈杂与喧嚣声就弱了。她想找一本书翻翻，偌大的屋子，什么都有，就是没书。

算了，那就刷刷小红薯吧。

小红薯是一个奇妙的世界，这个世界的女人都肤白貌美大长腿，明明看脸就够了，还非要智慧与颜值并存。既坚强，又独立，既自尊，又自律，轻轻松松三个月就能减去六十斤，好像那不是长在身上的皮肉，只是绑在身上的沙袋，取舍自如。

而且她们从不摆烂，从不自私，从不庸俗，从不鸡贼，从不卑微，学历研究生打底，双料博士比比皆是，都嫁给了把她宠成公主的高富帅，也没见她们干啥，反正轻松愉快就年入百万，不，格局小了，千万以上，年入过亿的佳丽，也不在少数。

她们怎么那么优秀？她们怎么那么美丽？她们怎么那么幸运？普通女人跟她们一比，猥琐不堪、庸俗透顶、鸡飞狗跳，于是普通女人越发自卑、焦虑、抑郁。

葛念镜一边看，一边在心里冷笑：什么玩意，不就是资本打着女性主义的幌子贩卖焦虑嘛，装得煞有介事的，其实却是为了掏空穷女人的口袋，可恶！

突然，一阵汽车马达声传来，她走到窗前向楼下看，就看到有一辆车开到楼前停下了。

少顷，有一个人从车上下来，看身形，应该是个男人。

葛念镜侧耳听了一下外屋，苏锦和她的牌友依然在大声喧哗，把麻将牌在桌子上砸得啪啪响。显然她们不知道有人来了。

葛念镜看着男人走到大门前,消失不见,他应该进屋了。

她回到床边坐下,竖起耳朵听着外屋的动静,过了片刻,突然外屋传来稀里哗啦一阵巨响,夹杂着几个女人惊恐的尖叫声,紧接着,是一阵噼里啪啦麻将牌落地的声音。

苏锦的声音急促地响起来:"快走,你们快走。"

又一阵桌倒椅翻的乱响,夹杂着快速离开的脚步声,混乱继续,紧接着有玻璃制品被砸碎在地的声音……

葛念镜下意识地从床上跳起来,拉开房门就冲出去,她刚下了两阶台阶,突然就被眼前的景象惊呆了。

屋内,满地狼藉。

有个男人背对苏锦站着,他昂着头,一言不发。

苏锦仰脸对男人哀求道:"都是我的错,宝贝,我不知道你今天回来。"

竟然是……蓝天凤?葛念镜本来是想保护苏锦的,此时她站在楼梯上,却是进退两难。

蓝天凤冷冷地说道:"我最痛恨打牌。"

苏锦低声地:"我……很无聊,整天没事干。"

蓝天凤:"你真是庸俗不堪、不可救药。"

苏锦上前搭住蓝天凤的胳膊,低声哀求地:"要不……我们生个孩子吧……"

蓝天凤一把推开她:"你有病啊,再提这个,就分手。"

葛念镜脑门噌的一股无名火起,她忍无可忍噔噔噔跑下楼,一把拉住苏锦,叫道:"你为什么要求他?你的骨头就那么软吗?这种男人,有什么好稀罕的,分就分,马上分!"

蓝天凤神情淡漠，无动于衷，对葛念镜的出现毫无反应。

苏锦推葛念镜上楼，遮掩地："你别管了，我俩闹着玩呢。"

葛念镜气得满脸通红："苏锦，这个狗男人根本不在乎你，他吊着你，又不娶你，你一提结婚，他反倒拿分手来威胁你，他这是典型的耍流氓。"

苏锦赶紧阻止她："你别说了，求求你，什么都别说，老蓝对我很好，你不懂。"她去拉蓝天凤的手，却再一次被甩开。

葛念镜真是看不得苏锦这副样子，陷入爱情，就变成一棵菟丝子寄生在男人身上。曾经的那个新闻女王哪里去了？

葛念镜瞪着苏锦冷笑道："我不懂？你以为他给你花钱，就是对你好，这跟养个宠物，有什么区别？"

葛念镜一怒之下，口不择言，她的话确实刺耳。

苏锦也生气了，两人争吵起来。苏锦冲葛念镜叫道："他蓝天凤就是刀山火海，我也愿意跳，你管不着。"

蓝天凤看着她俩吵得面红耳赤，像没事人一样，他在一把椅子上坐下来，静静地袖手旁观。

他这副事不关己的样子，把葛念镜彻底激怒了。她把蓝天凤的嘴脸看得一清二楚，他一开始装优雅的绅士，把情绪价值给苏锦拉满，然后再用金钱瓦解她，满足她所有对理想伴侣的期待。他号称对她负责，他养她，真实的意图却是把她正常的社会关系都切断，把她正常的社会行为都剥夺。十多年了，等她完全失去自我生活的能力，就成功地把她吊死在一棵歪脖树上。

葛念镜指着蓝天凤质问道："蓝天凤，你开心了吧，你对苏锦的洗脑，已彻底成功，现在，你终于满意了吧？"

蓝天凤看看苏锦，又看看葛念镜，平静地："哦，不关我事，你俩继续。"

葛念镜和苏锦都愣了，两人对了一下疑惑的眼神，葛念镜突然就清醒了："哎，敌人是蓝天凤，咱俩吵什么！"

苏锦吸了一口气，无语，她跟葛念镜吵，纯属误伤友军。

这时候，就听得蓝天凤幽幽说道："我饿了，咱们去吃饭吧。"

这厮，完全不按常理出牌。

蓝天凤站起来，温柔地对苏锦说："刚才是我不好，对不起，你快过生日了，想要什么？自己去挑一只镯子吧。"

苏锦的眼圈红了，似乎马上有泪水涌出来，她抱住蓝天凤的胳膊，轻轻靠在上边。

葛念镜翻个白眼，心里嘀咕着：打一巴掌，再给个枣哄哄。苏锦，你完蛋了，他把你拿捏得死死的。

这种男人最坏，钝刀子割肉，就是不让你死得痛快。

葛念镜转身就走，她要上楼收拾自己的东西离开。

然而，蓝天凤突然冒出来一句话，让葛念镜和苏锦都大吃一惊。他说："葛念镜，我是为你飞回来的。"

第五章 万桥飞架

蓝天凤说他是为了葛念镜专程飞回来的，至于原因，只字不提。

他亲自驾车，开得飞快，只见马路两边的杨树飞速闪过，他径直把车开到贵州交通博物馆门口停下。

面对葛念镜疑惑的目光，蓝天凤淡淡地说："带你去见个大人物。"

葛念镜脑子里飞速旋转，贵州交通博物馆，应该……也是老爹葛啸天那个系统的吧。蓝天凤这家伙，葫芦里到底卖的什么药？她心存疑虑，却耐住性子，不急不问，看他如何揭开谜底。

这个展馆，在外面看并不起眼，想不到里边却大有乾坤。

迎面一巨幅宏图占据整面墙壁，足足有几十米长，群山巍峨、峰峦叠嶂，展示出贵州风貌的雄奇险峻与气象万千。赫然一行遒劲大字映入眼帘：遇山开路逢水架桥。下面题名：贵州交通博物馆。

葛念镜立刻被镇住了，展馆气势恢宏、闳敞轩昂，整体风格不是富丽堂皇那种，却自有一种庄严肃穆之感，令人不自觉从心底升起恭敬。

来博物馆参观的人很多，他们或有导游带队，或有解说引领，三五成群，在馆内走走停停，边看边拍照，不时发出赞叹。

这个展馆的面积约2300平方米，它立足贵州、放眼全国，以时间为轴，横跨两千多年的时光演变，涵盖古道、公路、铁路、水运、航空等，讲述贵州交通的发展历程。

哇，两千多年的时光流转，葛念镜惊叹，这得有多少震撼人心的沧桑巨变。

她边走边用手机啪啪拍照，学画画的人，对色彩、空间和结构，总是很敏感。

突然身后一个女人的声音传过来："请各位老师看这边……"

葛念镜回头一看，原来是一位女导游正在给参观的人群讲解，她戴着小蜜蜂扩音器侃侃而谈："我们贵州被誉为'世界桥梁博物馆'。截至2022年年底，贵州省有公路桥梁28023座、4400千米，其中高速公路桥梁14230座、3900千米，普通公路桥梁13793座、500千米，这些桥梁连接道路贯通形成了21万千米的公路……"

葛念镜内心赞叹，她虽然对数字没什么概念，这组数据也足以对她形成强烈冲击。她的数学一直很差，否则也不会去学艺术。但凡她有那么一点点数学天分，父亲葛啸天关于培养一个家族林徽因的梦想，也不至于破灭得那么惨烈。

女解说员继续展示她的看家本领：世界桥梁看中国，中国桥梁看贵州。根据统计，世界高桥前一百名中有一半在贵州，前十名中有四座在贵州。古斯塔夫·林德撒尔奖，有桥梁界诺贝尔奖之美称，中国有九座桥梁获得这项殊荣，而贵州就占了四座……

又是一组数字，数字是冰冷的、抽象的，但数字最能说明问题，它严谨、缜密，呈现事实，不容置疑，不容诡辩。

不知不觉间，葛念镜被女解说员吸引，她偷偷观察这位女子，她并非国色天香的美女，相貌平平、衣着普通，但她身上有一种奇妙的魅力，人群投向她的目光是仰慕的、尊重的，她的魅力从何而来？

不难发现，从她解说的风格看，这名女子一定受过专业的训练，身定、神定、眼定、语定、笑定，这五定在她身上体现得和谐而统一。

为了当好大学老师，这些基本功，葛念镜也粗浅练过，可是当她站在讲台上给学生们讲人生、讲生活、讲生命价值时，为什么自己的眼神是飘忽的？语气是胆怯的？内心是惶惑的？

葛念镜从来没有像这位女解说员这样温柔而坚定，是的，温柔而坚定。当这两个词在这位女子身上同时呈现时，它释放出巨大的吸引力。

她的坚定来自哪里呢？也许……是自豪感吧，身为交通人的自豪感，这种感觉，葛念镜在父母身上也看到过。

葛念镜以前从未认真了解过贵州的桥梁，也不知道贵州桥梁在世界上这么厉害。每当父母提到他们的工作，她总是习惯性地屏蔽，觉得跟自己没关系，也完全不感兴趣，这可能就是所谓的灯下黑。

可是，这能怪我吗，因为不喜欢数学老师，所以学不好数学。这是地球人都懂的真理。因为跟父母不亲，所以对他们的工作生活也不亲。

想到他们曾经干的那些事儿，葛念镜就来气。

那时葛念镜正上幼儿园，有一个周末，难得父亲葛啸天去接她，父女俩出了校门，葛念镜坐在父亲的自行车后座上，葛啸天从后边一撩腿上了自行车，顺势一脚就把孩子踹下去了。他欢快地哼着歌，像踩风火轮一样，飞奔回家，钻进他的密室，就开始研究他的图纸。

等晚上刘珊下班回家，问葛啸天："孩子呢？"

葛啸天手里拿着画图纸的笔，一脸蒙地："孩子……不在幼儿园吗？"

刘珊说："今天让你接的呀。"

他一拍脑袋："对，我接了呀，可是……孩子呢？"

刘姗气急败坏夺门而去，她沿着去幼儿园的路一路寻找，终于在案发地点找到了孩子。

借着月光，刘姗看到孩子坐在马路牙子上哭哭啼啼，胳膊腿摔得皮开肉绽、血呼剌啦的。

还有一次，葛啸天百年不遇地去接孩子，天降大雨，幼儿园老师借了一件雨衣给葛啸天。这件雨衣，他没给孩子穿，自己也没穿。

那么雨衣干吗用了呢？

激动人心的时刻到了，葛啸天又一次把孩子放在了自行车后座上,然后又一次从后边一撩腿上了自行车。但是很遗憾,这次他没能成功地一脚踹飞孩子。因为那个孩子未雨绸缪,在父亲后腿即将扫过她头顶时,她双手揪住后座,头一偏,身子一矮,完美躲过了父亲扫堂腿。

多么痛的领悟!

葛啸天踩风火轮一般飞速回家,他和孩子都被淋成了落汤鸡,两人站在客厅,脚下迅速聚起一摊水。葛啸天顾不得管孩子,他火急火燎打开用雨衣包裹的公文包,那里边的图纸被保护得滴水未沾,在孩子喷嚏大作的背景音乐下,葛啸天看着他的宝贝图纸发出了爽朗的笑声……

还有……算了,不要在自己伤口上撒盐,互相伤害才是正确的打开方式吧。想到父亲每次看到她数学成绩单时那绝望的神情,葛念镜忍不住笑了。

"哎,你笑什么,是骄傲的笑吗?"蓝天凤不知何时站在身边。

"嗯,为什么要骄傲?"葛念镜一脸问号。

"据我所知,你们家族有一百多人都在交通系统工作,包括你爸妈,你不觉得他们很了不起吗?"看得出来,蓝天凤是认真的。

承认他们厉害,并不难,葛念镜虽然数学不好,但是她不狭隘,她知道社会需要这样的一群人。但是对一个孩子来说呢,这样的父母,却未必合格吧。

"葛念镜,你爸设计了十六座大桥,他设计建造的大桥在国际上多次得奖,作为桥梁世家的后代,你有何感想?"蓝天凤问道。

葛念镜怔了一下,猛地脸红了,她从不知道她的爸爸竟然造了十六座大桥。她并不了解那个被称作爸爸的人,很多时候,他像个空心人一样,虽然人在家里,却总是一副神游天外的样子,或许都是在想他的大桥吧。

"蓝天凤,你不要再装神弄鬼,你到底唱的哪一出大戏?"葛念镜审视蓝天凤,脑子里突然灵光一现,"你小子,难道是我爸派来的说客?"

"你爸怎么会看得上我,在他眼里,我这种人,也就是一奸商。"蓝天凤自嘲。

"你对自己的定位,还挺准确。"葛念镜调侃道。

"你找个机会,介绍我跟你爸认识。我对他很崇拜。"

蓝天凤的话,让苏锦和葛念镜都很意外,葛念镜歪头打量蓝天凤。父亲葛啸天是一位著名的桥梁设计师,他在大地上画出真实的建筑物。蓝天凤是一位著名画家,他在宣纸上画出虚构的艺术品。不,他的身份,不仅仅是画家那么简单,他现在还是一个著名画商,他可以把那些所谓的艺术品变得高不可攀,变成源源不断的功名利禄。

这样的人,跟父亲葛啸天是两个世界里的人,不可能有交集。那么问题来了,蓝天凤把父亲葛啸天调查得如此清晰,他到底在打什么算盘呢?

葛念镜认真端详蓝天凤,他们俩已经认识有十多年了。此时她看着蓝天凤苍白无血色的脸,感觉那么陌生,那么违和,一时间不知道来者何人?来者何意?

"少安毋躁，谜底很快揭开。"蓝天凤似乎看透她心中的疑虑。

三人顺着场馆路线向前走，仿佛穿越了时光隧道，不同场景中的那些人物，渐渐复活了，他们带着满身的沧桑，讲述着这片土地两千多年来的山河巨变。

曾经，这里是一片苦难与贫瘠的土地。

很久以来，它都被称为蛮荒之地，因为它的自然条件非常恶劣。距今5300万年至3600万年的第三纪始新世时期，发生了喜马拉雅造山运动，受青藏高原不断隆升作用的影响，促使云贵高原形成，同时也造就了贵州西高东低的地貌格局，自中部向北、东、南三面倾斜，整个地貌可概括分为高原山地、丘陵和盆地三种基本类型，其中92.5%的面积为山地和丘陵。

贵州以喀斯特地貌为主，其地貌深受地质构造控制，山脉高耸，切割强烈，岭谷高差明显。有句俗语，一语中的概括出贵州的特点"八山一水一分田"，贵州的山，重峦叠嶂，绵延纵横，处处是天险，处处是绝壁。

深思这句俗语，恰好与"地无三尺平，人无三两银"高度契合，交通不便，必然导致贫穷与落后。

诗仙李白描写其他地方的诗句，多是浪漫唯美，如"江城如画里，山晚望晴空"，或者"相看两不厌，只有敬亭山"。而说到贵州的山水，这位狂放不羁的才子则是满腹怨言。他说："夜郎万里道，西上令人老。"这还不过瘾，他还愤然写下："去国愁夜郎，投身穷荒谷。"你听听，这穷山恶水都把大诗仙愁成什么样子了！

让李白满腹哀愁的夜郎，正是今天的贵州桐梓，李白当年被流放到此，深受蛮荒之苦，他满腹愤懑。

当他的好哥们儿王昌龄也被罢官时，他心有余悸写道："我寄愁心与明月，随风直到夜郎西。"他的意思是安慰哥们儿说，兄弟呀，我要把一腔愁思托给明月，让它陪伴你，随着风一直飘到夜郎西，你多保重吧，兄弟。

如今的遵义桐梓夜郎镇留有很多关于大诗仙的遗迹，太白墓、太白泉、太白听莺处、太白望月台、太白碑台等，给人们留下无数的谜思。

也许在某个月朗星稀的夜晚，这位狂放不羁的仙人会来月下把酒放歌，当他看到曾经的沟深谷险之地，如今已是万桥飞架，变成如履平地的坦途，他又会写出怎样豪迈的诗句呢？

一路向前走去，在一个悬挂式沙盘幻像展示柜前，葛念镜突然就愣住了。天呀，这不是葛氏家族的老祖宗葛镜吗？

葛念镜万万没想到，自己和老祖宗会以这样的方式狭路相逢。

葛镜桥沙盘以立体、三维的方式将四百多年前的生活场景再现，桥梁、山脉、江水、人物都极为仿真。

文字介绍曰：16世纪贵州平越葛镜，历时三十年建成了葛镜桥，不但悉罄家资，家徒四壁，同时二毁三建。葛镜建桥，屡建屡败毁，知情者，无不视麻哈江为天险，非人力所能成就，劝葛镜别再白耗精力。然而葛镜造桥的决心没有动摇，反而更加坚定。为了使桥能顺利建成，他斋戒数日，率妻子刑牲酾酒于麻哈江上，并作誓词以明其志："桥之不成，有如此水。"言之悲壮，有如"包胥之入秦庭，庆卿之离易水"；葛镜其破衣烂履，形容枯槁的样子，使参加建桥的工匠和百姓们感动流涕……

"桥之不成，有如此水"，葛镜的意思是说，桥若是建不成，我也不活了。

葛念镜心潮澎湃，她看着沙盘长长吸了一口气，心里说，老祖宗，因为你，我还挨过一巴掌呢。不过，值了。

苏锦啧啧惊叹："是个狠人！狠起来连自己的家都不要了！"

蓝天凤："葛念镜，你出身名门呀，你是葛氏家族第十七代传人吧？"

葛念镜的脸莫名地红了，支吾道："我不算……我是不肖子孙。"

她想起老爹曾骂她是家族背叛者，此时她大概能理解父亲的失望了，也对自己曾经的冒犯感到汗颜。葛家祖上有德，留下这利国利民的建筑，茅以升先生也曾对葛镜桥赞不绝口。

茅以升先生在1941年组织交大学生应用现代力学原理测算了葛镜桥的结构，得出的结论是：葛镜桥各孔静重和对称活载，10吨重型汽车通过，完全没有问题。因此茅以升先生高度评价它"工程艰巨，雄伟壮观，为西南桥梁之冠"。

四百多年前，没有专家，没有图纸，没有机械，全凭一腔热血和一双手……

蓝天凤见她不语，郑重说道："你老祖宗，非常了不起！"

"可是，这跟我有关系吗？说实话，我老祖宗的确有功德，我可是啥贡献也没做。"葛念镜觉得真没必要把自己跟祖上荣耀拉到一起说，这有沽名钓誉之嫌。

"你觉得，我会为不相干的人浪费时间吗？"蓝天凤反问道。

葛念镜审视蓝天凤，她相信，蓝天凤绝不是空穴来风，他是个商人，不是诗人，他不可能脑袋一热，跑到博物馆对着一个四百多年前的古人追古思今。

"走，我们去见大人物。"蓝天凤轻轻摆一下手。

终于要见那个大人物了，不知他是何方神圣？有何种神通？值得蓝天凤对他如此恭敬。

他们三人顺着博物馆内通道继续向前走，很快来到贵州交职院校史馆展区前。这里依次由"师生风采""校园记忆"等几大板块组成。主要通过丰富的实物、资料，展示学院历史变迁、发展成就等。

有女解说员的声音在飘荡："……2018年，贵州交职院走过一甲子，代代交院人立足交通，面向贵州，辐射全国，为交通行业发展提供人才保障和智力支持，被誉为'贵州交通的黄埔军校'……"

不就一个职业学院嘛，真是，用得着这么大肆宣扬？

葛念镜挑一下嘴角，心里闪过一丝不恭的声音，当年高考父亲非让她报考这个学校，他说你学点实实在在的本事，踏踏实实地做事，老老实实地做人，比啥都强。

听到了吧，做人做事做贡献，葛啸天替她安排得明明白白的。幸亏她当时坚决抗议了，否则"实实在在""踏踏实实""老老实实"这三道金光闪闪的封印，必定像佛祖控制悟空那样牢牢把她压在五指山下。

更重要的原因还有，那是父亲葛啸天的母校，他后来又出去读研读博，最终还是回到贵州交通系统。作为优秀学子，葛啸天经常被请回学校做演讲。可以说在交职院，从校长，到教师，到学生，到食堂大妈，很多人都认识葛啸天，一旦葛啸天的女儿进入这个学校，意味着有无数双眼睛在关注着她，让她无所遁形。

葛念镜不干，她是个有艺术天分的人呢，她喜欢音乐，喜欢美术，还喜欢享受孤独，父亲熟人多的地方，对她来说太危险了。

此时的蓝天凤走到一个巨型触摸屏幕前，这个区域立着两块硕大的触摸屏，目测近百寸，内容是校友录制的视频。蓝天凤点开人物图片，开始播放视频。

正在拍照的葛念镜听到一个男人的声音，有点熟悉，也有点陌生，不是解说员标准的普通话，也不是外地游客，是带着浓浓黔味的普通话，应该……是一位热心的当地人吧。

不对，她突然一愣，捕捉到某种危险的气息，她立刻扭头四处寻找，当她在大屏幕上捕捉到那个男人时，她的脑袋轰地一响，感觉有一支羽箭凌空而来击中了她。

此时苏锦拍打着葛念镜的肩膀，激动地叫道："哎，那个人，是你的父王啊。"

没错，千真万确，大屏幕上的男人正是她的父亲葛啸天。

苏锦兴奋地："我好几年没见葛大爷了，他还那么年轻啊，一点都没老。"

"我都很少见他，别说你了。"葛念镜揶揄道。

苏锦一脸仰慕地："我要是有这样的爸爸，多好呀。"

葛念镜一眼瞥见蓝天凤站在旁边正看着她。她脑中顿时灵光一现：交通博物馆、葛啸天……这一切，难道都是蓝天凤特意安排的？

蓝天凤站在触摸大屏幕前，调试着音量，葛啸天的声音更大更清晰了，他说："……海内存知己，天涯若比邻。南北东西万物互联，物理世界与虚拟世界加速融合，智慧交通建设让贵州迎来了崭新景象……"

全是大话套话，整得周吴郑王的，葛念镜听到老爹说这样的词，脑袋就发麻，好像孙悟空在听唐僧念经。他就说点接地气的不行嘛。

他就说说他们当年在学校那些事，比如逃课、抄作业，跟老师对着干，还有半夜翻墙出去谈恋爱，等等，不挺好的。

"他，葛啸天，就是我让你见的大人物。"蓝天凤径直走到葛念镜面前，他一指大屏幕中的人说道。

"大……人物？你说我爸？"葛念镜始料未及，蓝天凤竟然说出这样的话。

"是的，你爸参与建设了十六座大桥，他不是大人物，谁是？"蓝天凤神情笃定。

"你有病！得治！"葛念镜生气了，瞪他一眼，转身就走，她快步奔向交通博物馆的大门，也不管追在身后喊她的苏锦。

葛念镜感觉被戏弄了，深深地那种。

第六章 正法与邪法

苏锦抓住葛念镜的胳膊，把她拉进一家茶餐厅。

葛念镜算看透了，如果让苏锦在她和蓝天凤中间二选一，她必然会背叛自己。

三个人进了高档茶餐厅的包间，屋内阳光很明亮，刚一进门，蓝天凤就让服务员把所有窗帘全拉上。服务员只拉了纱帘，他立刻皱起眉头，焦躁地说："所有窗帘，听不懂吗？"

服务员赶紧把遮光窗帘也拉上，屋里顿时黑咕隆咚的，他打开灯，而后立刻退出去。

蓝天凤好像特别怕光，大热的天，他把自己裹得严严实实，中式的长衣长裤，戴着宽檐遮阳帽，脸上扣着墨镜，还撑一把黑色的遮阳伞。遮阳防晒做得这样好，比个娘们儿还细致，怪不得他皮肤比女人还白嫩，葛念镜刚认识他时，他可不是这样的。

这人现在变得怪怪的，到底哪里不对头，她也说不清楚。

苏锦拿出手机扫码，拉着葛念镜一起点菜，两人点了很多，蓝天凤却吃得很少，只吃了两口面，喝了一杯果汁，似乎他是某种来自天外的飞仙，只吸收天地雨露精华就可以了。

葛念镜："你要成仙吗？"

蓝天凤："我不饿，你们吃。"他脸色苍白，手背上的血管清晰可见。

蓝天凤似乎瘦了很多，他们大约有两三年没见了，以前他也瘦，瘦成挺拔的小白杨树那种；现在的瘦，却带着病态的倦怠，说话也懒懒的。他穿着中式的大褂，人在衣中晃晃悠悠，有点道骨仙风的味道，似乎一阵风来，他就乘风而去了。

也许，搞艺术的人，都这样吧。

不，他应该是被艺术反噬了的人。

苏锦和葛念镜胃口很好，燕窝、炸鸡、油焖大虾、牛仔骨、甜点，等等，来者不拒，美食让人满足，葛念镜吃得开心又愉悦。

直到现在，蓝天凤都没提，为什么带她去交通博物馆见葛啸天。

蓝天凤瘫在沙发上，两眼涣散，一副放空的姿势，似乎博物馆一行，已经把他的能量吸完了。

他从包里掏出三个小瓶子，从里边倒了些药丸，就着果汁吃了。也许那是他的生命能量丸，据说现在的富人都不吃人饭了，各种糊糊、粉粉、丸丸的，吃一点，就能续命。

终于葛念镜和苏锦吃饱喝足了。蓝天凤拨通电话，就两个字："你来。"

立刻房门被轻轻敲响，似乎有人一直等在门外，随即一个精明干练的男生进来。他大约三十多岁，戴金丝边眼镜，抱着一堆文件，其中有硕大的文件袋子，他将其中一个黑色文件夹递给蓝天凤，低声说道："蓝总，合同拟好了。"

蓝天凤打开那堆文件浏览着。

苏锦惊讶地看着来人："哎呀，金秘书，你怎么来了？"

原来这人是蓝天凤的秘书，他冲苏锦颔首轻轻一笑："我跟蓝总一起回来的。"而后，仍恭敬地站在蓝天凤身边。

蓝天凤把合同径直放到葛念镜面前："你看下，若无异议，我们签了。"

葛念镜一愣，她瞄一眼合同，又看看蓝天凤，一头雾水。

金秘书微一颔首，迅速退出去，并轻轻带上门，整套动作完成得行云流水，一看就有非常专业的职业素养。

蓝天凤转向葛念镜："前几天，苏锦说你失业了，准备去街上摆摊，给人画画。"

葛念镜："嗯，养活自己，没问题。"

"与其零售，不如批发。"蓝天凤表情认真。

葛念镜皱起眉头："你是来拯救我的吗？老蓝，你公司若需要人，价格合适，我可以考虑。不过咱说好了，秘书，我可干不了。"

蓝天凤淡淡地："拿一块金砖，去砌墙，我不干。五年时间，你给我画四百平尺作品，不低于这个数量。"

葛念镜眼睛一亮："呀，这可是个大生意！"她喷笑，

"你，没开玩笑？"

蓝天凤："你报个价。"

苏锦赶紧拍拍葛念镜的手："多报点，我们家老蓝很大方的，他有钱。"

葛念镜看着蓝天凤，迟疑地："你准备给多少？"

蓝天凤："按成交比例，你我二八开。"

苏锦叫起来："太少了，至少要三七分。"

葛念镜赶紧碰碰苏锦，让她别乱喊价："要不，二八也行。"

苏锦恨铁不成钢地："你不要自暴自弃，既然老蓝能找你，你肯定值得他投资。"

葛念镜："我确信，我画得很好，问题是，这个市场论名气。"

葛念镜转向蓝天凤："这活，我能接，不过，我提醒你哦，你不一定能脱手，你可想清楚了。"

"在我眼里，就没有火不了的人。"蓝天凤很笃定。

"得了吧，你是画商，又不是变魔术的。"葛念镜并不相信。

苏锦对蓝天凤是有了解的，她大约感觉到了什么，兴奋地追问他打算如何包装葛念镜。

蓝天凤吃了几颗药丸，精神些了。他并不回答苏锦的问题，往沙发上一靠，悠然说道："你们想过没有，毕加索为什么能如此成功？"

葛念镜和苏锦对一下眼神，这不开玩笑嘛，当然是他画得好呀。

这个世界，还有哪个画家能跟毕加索比呀，人家25岁就能卖画赚钱，28岁不愁钱花，38岁已经很富有，65岁时成了百万富翁,他死后留下7万多幅画作,遗产总值达到约395亿元人民币。他是唯一一位活着时就看到自己的作品走进卢浮宫的画家。艺术家的固定标签——穷困潦倒、抑郁成疾,与他完全无关,当然英年早逝与他也无关,因为他老人家活了92岁。

"毕加索画得好,运气好,活得长,都不是他成功的重点。"蓝天凤微笑。

那么,毕加索如此成功的真正原因是什么呢?

画得好的,又不是只有他,凡·高也画得好,他和毕加索是同时代的画家。没错,就是画《星空》的那位天才。据说他为了一个女人割掉了自己的左耳,他的才华并不逊色于毕加索,可他一生都不敢把自己称作画家。

关于凡·高,这位画家自幼性格孤僻、缄默而腼腆,他穷困潦倒,到去世前只卖出一幅画。他没有任何赏识者,唯一的知音是自己的弟弟。他的弟弟提奥也是他生活上的唯一资助者,更是艺术上的唯一支持者。兄弟俩通信六百多封,凡·高说得最多的一句话是"请务必想办法寄些钱来"。

凡·高的弟弟尽其所能支持他的创作,后来凡·高被精神疾病所困扰,在麦田里开枪自杀……当然还有一说,凡·高不是自杀,有多个证据证明他被他人所害。倘若这个说法为真,他命运的悲剧色彩更浓重了。

凡·高也许是被一群顽劣的少年杀害,也许是被嫉妒他才华的同行所害,也许是被严重的精神疾病绞杀,不管是哪一种原因,凡·高确实是英年早逝。他37岁离开这个世界,仅仅半年后,他亲爱的弟弟因悲伤过度,也追随哥哥而去。为什么人间疾苦一样都没有放过他们！

在凡·高生前，他曾经有一个心愿，他说"总有一天，我会找到一家咖啡馆展出我自己的作品"，可是直到死，他都没有如愿。

讽刺的是，在凡·高死后一百年后，欧洲很多国家争着为他建造美术馆，在他短短的一生，留下两千多幅作品，这个倒霉的家伙，活着的时候，一天好日子都没过上。

吊诡的是，凡·高在创作《加歇医生》时，写下一句话："人们也许会长久地凝视它们，甚至在一百年后，带着渴念追忆它。"

他的话有幸被言中了。正好一百年以后，1990年5月15日，《加歇医生》在纽约克里斯蒂拍卖行以8250万美元成交，创下了当时艺术品拍卖价格的世界最高纪录。这个纪录一直保持到2004年5月5日，稳坐世界最昂贵艺术品宝座长达十四年。

毫无疑问，就艺术创作而言，凡·高获得了巨大的成功。但是对艺术家本人来说，能活着得到世界的认可，更重要！

凡·高没做到，毕加索做到了。

那么毕加索到底做对了什么？

其实，毕加索刚刚来到法国巴黎时，也非常落魄，很多画作都卖不出去。这难不住毕加索，他不仅是个天才画家，还是个商业奇才，他懂得没有需求就制造需求。于是毕加索雇了好几个大学生，让他们在巴黎的每个画店闲逛。离开时，一定重复一个重要动作，那就是询问老板："你这里有毕加索的画吗？"

当然是没有的，没关系，先下个钩子嘛。

不到一个月的时间,很多画店老板都被毕加索这个名称给吸引住了。他们互相打听:那位毕加索到底是何方神圣?为何这么受欢迎?于是他们都非常渴望见到毕加索并拥有他的画作。

鱼钩已下好,鱼群正涌来。

就在这些老板百爪挠心之时,毕加索带着自己的画作,神一般闪亮登场了。

时机刚刚好,于是毕加索不仅成功地卖出了画作,还一夜成名。

听了蓝天凤这一番描述,葛念镜和苏锦面面相觑,哇,原来毕老师还有这番操作。

"毕加索和凡·高的区别,你们现在看出来了吧,营销和炒作,很重要。"

大师都是有光环的,葛念镜心里嘀咕,炒作也要有基础呀,比如毕加索,首先是人家画得好,他有得炒,我有什么呢。

难道就凭自己6岁时学习画画,15岁拿过全国儿童画展银奖,23岁时画的《桥》在全国拿过奖。对了,留学时,在国外也拿过几个小奖。

葛念镜很明白,这些都不值一提,画画这条路,千军万马过独木桥,很难杀出来。

蓝天凤把桌上那个大文件袋子向前推了推:"喏,自己看看。"

"定金?靠谱!"苏锦向蓝天凤竖起大拇指,她两眼发亮,拿过袋子打开,倒出来一些打印的彩色图片。

葛念镜翻看着:"哎呀,这不是我画的嘛。老蓝,你是做了功课的。"

蓝天凤意味深长地看了苏锦一眼，继而："对于艺术，你有着自己独特的表达，我不会看走眼。你只管画，其他的事情，交给我。"

葛念镜低头，一时无语，这件事情已超出她的认知范围，总觉得有点玄学。她有些犹豫，不会是个圈套吧。

苏锦拍拍她的手："机会来了，一把攥住它，千万别让它溜走。据说人一辈子只有三次改变命运的机会，错过一次，少一次。"

蓝天凤懒得说话，直接把一篇文章链接转发给葛念镜，让她自己看。

这是一篇网文，作者解析了毕加索成名的原因。作者说：如果你能深入了解毕加索，就会发现毕氏当年成名的重要原因，是他跟那些居于垄断地位的画廊经纪人、艺术评论家三位一体的炒作。沃拉尔这个名字，你一定要记住，他是毕加索的终身经纪人，直到他七十多岁出车祸而死。沃拉尔对毕加索的炒作甚至直接把这个世界的绘画艺术引导到了危险的边缘，同时也暴露了资本罪恶的一面。毕加索首开"炒作"的先河，同时也将"怪异"与创造性、想象力、艺术天才画上了等号。这一行为延续至今。你看看今天的娱乐界、艺术界，"炒作"是成名的重要途径。

……

苏锦和葛念镜凑在一起，共同看完了这篇文章。苏锦不愧是昔日的新闻女王，她立刻从这篇文章中提炼出核心价值，那就是蓝天凤要当葛念镜的经纪人。

苏锦的心中滋生出一种奇怪的感觉,是羡慕,还有一丝嫉妒,因为她嗅到了某种人生开挂的味道,女性、独立、个人价值、荣耀……这些词,对于已辞职多年的苏锦来说,充满了诱惑。

可是,男友现在要隆重包装的是闺蜜,不是自己,她咬住嘴唇,逼那一丝嫉妒退下去。

蓝天凤并不能感受苏锦情绪的变化,或者他根本不想感受。他只对着葛念镜说话:"你现在明白了吧,其实除了毕加索,还有塞尚、凡·高、高更、马蒂斯这些震惊世界的名字,也是由沃拉尔一手炒作起来的。感谢这个世界有了沃拉尔,那些当初默默无闻的小画家,才变成闻名世界的巨星。"

葛念镜沉默,今天的事情,她得好好捋一下,一切发生得太突兀了。

"你不必对'炒作'有偏见,给它打上错误的标签,它是一个中性词,比如被埋没的才华,需要通过'炒作',被世人所见。被遮蔽的良善,需要通过'炒作',被世人广为传颂。所以我从不认为沃拉尔是一个投机商,他是一个伟大的天才缔造者。"

蓝天凤给出的信息量有些大,他说的,葛念镜都懂,只是还无法跟自己产生强关联。

"不用担心,我会为你量身打造一个完美人设。"蓝天凤很笃定。

葛念镜立刻想到抖音快手上那些博主,为了打造吸睛的人设,无所不用其极。她扑哧笑了:"完美人设?我父母双全,不是孤儿；我恋爱正常，没被渣男骗财骗色；我未婚未育，不是单亲妈妈；我无才无能，没有负债千万创业，而后逆袭成功。我也不会卖惨，身上没有吸睛的点，你非要生生打造，那就是假的。真的，蓝天凤，我演不了人设，我肯定穿帮。"

苏锦对葛念镜嘘一声，制止她说下去，然后直奔主题，再次询问蓝天凤准备如何包装葛念镜。

"画桥，把桥梁这个标签，焊死在身上。"蓝天凤说。

"……为什么要画桥？"葛念镜一怔。

蓝天凤终于摊牌了，他告诉葛念镜，之所以带她去交通博物馆，就是让她感受家族荣光，寻找创作激情。她的祖先葛镜、爸爸葛啸天，还有葛家的很多人都很厉害，他们身上有一些特质，比如无私奉献、厚德载物、自强不息，等等，没错，都是些大词，但他们配得上。你可以叫它家风，你也可以叫它传统道德。这些正是民心所向的东西，与情怀有关。

是的，蓝天凤提到了"情怀"，这明明是个好词，为什么大家现在都不好意思提了呢？

就像夸一个人说，你是个好人。言外之意，地球人都知道，是指那个人无能、厌货、没出息。

蓝天凤一眼看穿葛念镜的心思："你在怀疑我的诚意？"

葛念镜坦然承认。这些大词，比如理想、情怀、意义，等等，已经被有些人用脏了，用滥了。但凡提起来就让人心怀警惕，觉得他在打什么坏主意。老板一谈情怀，工人就觉得他要欠工资。商人一谈情怀，客户就觉得他要诈骗。文人一谈情怀，读者就觉得他要耍流氓。

"此时此刻，蓝先生，你跟我谈情怀，又是在打什么主意呢？"葛念镜半真半假地问道。

蓝天凤挑了一下眼皮，没有说话，他觉得葛念镜终究是不够通透。禅宗三境界，真正的高手回归本质之后，他达到的第三境界是"看山还是山，看水还是水"，而葛念镜貌似聪慧的疑问，却只是第二境界"看山不是山，看水不是水"。

这是愚者的质疑精神。

蓝天凤自认能看透事物本质，对他来说，葛镜也好，葛啸天也罢，他们没有被滚滚红尘污染过，他们真实、自然，他们的情怀，是真情怀，他们的价值，是真价值。他们赋予那些大词本来应该有的意义，并触动了人们心底善的东西，所以人们喜欢他们，并赞美他们。

苏锦可以不懂，她是一个脱离社会多年的"废人"。不，还是宽容些吧，暂且叫她宅人。

葛念镜可以不懂，她是一个任性的文艺女青年，咋咋呼呼，却未有安身立命的根基。

但是，蓝天凤必须懂，他是一个商人，一个每年掌控数十亿资金的职业操盘手。真正的商人，必须熟谙人性，洞察人心。

虽然很累，敢问这世间，凡是与钱、与名、与爱有关的事，哪有不累的？

蓝天凤很清楚，葛氏家族表现出的品质，正是民心所向，这也是社会的底层逻辑。虽然人们有时候自私自利、蝇营狗苟，为了名利违背自己的良知，但是骨子里，人们仍然向往正向的价值观，渴望做出一些超出生命本身的事情，比如帮助他人，比如能够推动社会进步。

蓝天凤当然不会跟葛念镜探讨她的境界,他这样说:"你身上延续了葛氏家族的慈悲、善良和大爱。那你就不是一个简单的画家,你是有情怀的大德贤人。"

又拔高了,要不得。

葛念镜赶紧摇头:"别,千万别,我真不是,我又自私,又渺小,要让我捐尽家财,我肯定舍不得。"

"你想捐,也没有啊。"苏锦插嘴。

葛念镜莞尔,翻她一个白眼,这家伙,伤口撒盐是把好手。

蓝天凤让葛念镜毋庸担心,他说齐白石画虾,徐悲鸿画马,她画桥,主打身份差异。葛念镜身份是女孩,取材是壮阔的大好河山,呈现的是人类创造奇迹的精神。这些都是真的,这个人设,不是打造的,是本自具足,真实不虚的。

蓝天凤很善于深入挖掘内涵,葛念镜作为一名大学创意写作课的老师,对此并不陌生,这不就是自己以前经常逼学生干的事嘛。

若非要说,本自具足,她觉得自己真的不具足。前几天,还跟父母决裂了呢。她但凡具足,也干不出这事。

蓝天凤真的能把葛念镜推入成功的快车道吗?

当然,毋庸置疑,对他这样的职业操盘手来说,事物底层的运行逻辑是相通的。

正如为什么人类能统治地球,而不是大象、老虎、狮子。

这个问题很简单,人类没有翅膀和獠牙,就发明了飞机和刀枪。人类瘦弱矮小,又发明了汽车吊车起重机等等,看出来了吧?人类最重要的能力是——利用!

人类利用技术，得到了工具；利用人心，得到了天下；利用时势，创造了财富。人类利用天时地利人和，控制了这个地球，成为万物之首。正所谓一切不为我所有，一切皆为我所用。

蓝天凤也会利用天网、地网、人网，把葛念镜打造成一个民众喜欢的女画家。

好吧，既然蓝天凤不怕这些画砸在手里，葛念镜还有什么好顾虑的呢，她拿过合同，就要签字。

苏锦急了，一把抢过葛念镜手里的笔："诶，你不能签。"

葛念镜一怔，不知道她什么意思。

苏锦急火火地："你价格讲好了吗？付款方式讲好了吗？你就签。有点儿契约精神好吧。"

"他是蓝天凤啊，你男朋友，他能坑我？"葛念镜觉得苏锦有点多余，还有点可笑。

苏锦给葛念镜使眼色，那意思很明显：你别管我俩啥关系，现在合作的是你俩，白纸黑字最靠谱。这是合作行为，不是人情往来，多少钱，你先说清楚。

葛念镜谈到钱，很是不好意思，似乎谈钱，自己就俗了，她还真拉不下脸；况且，蓝天凤出钱出力负责销售，她拿两成，她觉得可以了。

"我没意见。我都可以。"

"你可以什么呀。"苏锦瞪葛念镜一眼，说到生意，她有板有眼，完全不似平常那么没心没肺。

苏锦转向蓝天凤，温柔地说："蓝，小镜现在太难了，你付一些定金吧。既然你看好她，第一年你们三七开，以后逐年递增,三年后就五五分,好不好嘛?"

蓝天凤看着苏锦笑了,这个女人早期跟着他做过一段时间艺术品,她是懂谈判的,而且她还为葛念镜争取到每年不低于三次的画展。对于一个新人来说,这很难得。

蓝天凤并不生气,一时间倒为她们之间的相惜而心动:"好,就按你说的比例,我先付六十万定金。"蓝天凤很是爽快。

葛念镜和苏锦两人都愣住了。

蓝天凤很享受这样的效果:"你们俩,还满意吗?"

葛念镜定定神,自嘲道:"呀,我这算欺世盗名吧?"

蓝天凤云淡风轻地笑笑,他心里很清楚,葛念镜的祖先葛镜,是很好的切入点。在这个功利的时代,人们需要这样的人,也需要这样的精神。作为他的子孙后代,葛念镜必然会受到众人的尊重和喜欢。

葛念镜真的不必心虚,她应该理直气壮,因为她正在树立一种新的社会风气;祖上有德,后人有志,誓要弘扬先祖精神。因为人们已经受够了"日薪208万"那种人,人们也受够了一个网红可以逃税13亿。潜意识里,民众希望财富与高贵的品质相匹配。

苏锦拿过合同,认真地看着,不再参与两人的对话,她把商定的条款都写到合同上。

"老蓝,这样真的好吗?这真的不是欺骗?"

"凡夫只看眼前,圣人能看千里。你起心动念,若为众生,正法、邪法皆可用。"

"我不是很理解,正法就是正法,邪法就是邪法。你这样说,好像在为自己邪恶的行为开脱,或者找理由……"葛念镜不是很确定。

蓝天凤稍一沉思,他打了个比方,如果一个男人耗尽家财去赌博,连自己的孩子都丢给别人养,这就是邪法;如果他是老祖宗葛镜,他耗尽家财,把孩子丢给别人养,所有家财他都拿去修桥,为众生百姓谋福利,他就是正法。核心不在于耗尽家财,也不在于丢弃孩子,而在于行为背后的动机。

"我这样说,你懂了吧?"

葛念镜承认蓝天凤说得有些道理,当他们两人谈马斯洛时,她以为蓝天凤是有些情怀的,当然这个在名利欲望中翻滚的画商,也并非那么简单,这一点她敢确认。

"因为了解人性,所以你利用人性?"

"并非利用,实为迎合。"蓝天凤很坦白。

"都不光彩。"

"成年人的世界,只有输赢,没有对错,我三年的目标是赚到十个亿,这是我对老板的尽职。"

"赚十个亿啊?!"对葛念镜来说,这是个天文数字。

蓝天凤并不想多言,对他来说,金钱已变成人性博弈下冰冷的价码,没有实际意义。

"哎,对了,你背后还有老板?他是什么人?是……那个资本?就万恶的那种?"葛念镜抛出十万个为什么,她神情疑惑,看在蓝天凤眼里实在是小儿科,愚钝得可笑,却也呆萌得可爱。

"不签算了,别浪费时间。"蓝天凤懒得回答她这些幼稚的问题。

079

"签,肯定签啊。"苏锦生怕蓝天凤变卦,她拿过合同按在葛念镜面前,又把签字笔塞在她手里,一甩头,命令道:"签!合同条款我捋过了,没问题。在后边这里,写上你的银行卡号信息。"

葛念镜也不再多想,照苏锦说的一一做了,她看着自己签下的名字,从来不知道"葛念镜"这三个字,竟然这么值钱。

万万没想到,自己竟然和资本发生关系了!

蓝天凤收起合同,轻描淡写地:"从现在起,你所有的作品,不能在市面出现,包括但不限于雕塑、工艺品、草稿等。为期五年。"

葛念镜一愣,竟然还有这样的条款。她看着苏锦,嘀咕着:"我不会是签了个卖身契吧?"

苏锦笃定地:"别管那么多,反正你不吃亏。"她抱住葛念镜在她额头狠狠亲了一下:"祝贺你,亲爱的,从此走上富婆路。"

苏锦呼出一口气,她似乎完成了一桩大事,快步走去洗手间。其实,她也是借此镇定一下自己纷乱的心绪。

若说没有丝毫嫉妒,那是撒谎。若说闺蜜一发达就嫉妒,那也实在不应该。

苏锦打开水龙头,开到最大量,她把双手放在水流下反复冲洗。心里默念:上天呀,但愿这清清之流洗尽我内心的贪嗔痴慢疑。她似乎已看到葛念镜站在舞台中央,簇拥她的都是鲜花和掌声,所有的聚光灯都打在她的身上,她闪闪发光。而舞台下的自己,黯然躲在角落里无人问津。

此时的屋里,只剩下葛念镜和蓝天凤,两人无话,一时有些尴尬,似乎对方呼吸的声音都听得到。

葛念镜感觉到蓝天凤在看自己,她下意识地挪开目光,蓝天凤长长吐出一口气,幽幽说道:"不谢谢我?"

"不谢。"葛念镜板起脸干脆地回敬他。

蓝天凤微笑地:"我签你,知道意味着什么吗?"

"意味着甲乙双方达成初步合作意向。"

"意味着,你即将功成名就。"

葛念镜瞥他一眼,忍不住嘲讽道:"哦,因为你是蓝天凤,你就领到了上神牌照,从此三界之内,五行之外,四海八荒,六合九州,都归你说了算是吧。"

"在美术界,我可以。"蓝天凤并不谦虚。

"说实话,你为什么帮我?"葛念镜问出心中的疑惑。

"……你是苏锦的死党。"

葛念镜眼神锐利地盯住他:"既然苏锦对你那么重要,你为什么不愿娶她?"

"你不懂,别问。"

葛念镜端详着他的神情,小心翼翼地:"你不会是……是……"她实在说不下去。

"是打你的主意?"蓝天凤剜了她一眼,替她说出来。

葛念镜不再回避,瞪着他,使劲点点头。

蓝天凤懒懒地:"记住,你是苏锦的死党,我才帮你。"

葛念镜一字一顿地:"你发誓。"

蓝天凤举起一只手,郑重地:"我发誓,不会打你主意。"

葛念镜如释重负,开心地伸出手,与蓝天凤击掌:"行,那我就放心了，我们大胆地合作吧。"

两人的手掌贴到一起，蓝天凤突然紧紧抓住她的手，坏笑着看她，低声问道："你，对我动心了？"

葛念镜一愣，慌忙想抽回手，蓝天凤却突然加大力道更紧地握住了她，使她无法挣脱。

葛念镜一时怔住了。他脸色苍白，眼神如锐利的刀子，而他的手心如深潭渗出寒凉之气，冰蚀肌骨。葛念镜轻轻打了个寒战。

一阵轻快的脚步声传来，是苏锦，人未到，她的笑声先传过来："亲爱的们，咱们开香槟，庆贺哈。"

他又紧握了一下葛念镜的手，低声说："对苏锦好点。"

葛念镜甩开他，愠怒地："有病啊，用你说。"

蓝天凤也不搭话，身子向后一靠，整个人仰在沙发上，他闭上眼睛，一副疲惫不堪的样子。

服务员和苏锦进来，服务员端着托盘，上面放着一瓶香槟和三只酒杯。苏锦："开了，开了。"

服务员砰的一声打开瓶塞，一股香槟冲出来。苏锦兴奋地："哇，庆贺小葛老师，大富大贵。"

三个人举杯碰到一起，蓝天凤在唇边轻抿一口，而后把酒杯放在茶几上，站起来："走了。"

"……你……"苏锦的脸色瞬间沉下来，眼里的光慢慢暗淡了。

蓝天凤不看她，他径直向门口走去，淡淡地："照顾好自己。"他开门出去了。

苏锦端着酒杯站在原地,她的眼圈瞬间红了,有一股泪水涌上来,欲滚未滚,她生生憋了回去。

金秘书悄然进来,拿起桌上的合同,恭敬地说:"葛老师,请注意查收定金。"

葛念镜这才反应过来:"哎,你们去哪儿呀?"

金秘书:"回北京。"他说完,躬身退出。

苏锦缓缓在沙发上坐下,她神情清冷,一口一口,慢慢地喝干了杯中酒。

葛念镜一时不知该说什么,蓝天凤千里迢迢奔赴而来,他口口声声说"我是爱苏锦的",但是却不肯陪她多待一会儿。他明明知道苏锦的世界只有他,却这样冷漠地置她于不顾,这混蛋,真该拉出去枪毙。

一股热血冲上脑门,她拿起合同就想撕,苏锦一把抓住她的手,冷冷地说:"你不是小孩子。"

葛念镜面红耳赤地:"他怎么能这样对你!"

苏锦面无表情地:"钱是香的。"

嘀嗒,葛念镜的短信提示音响了。

她的银行卡短信提醒进账六十万。昨天她还穷困潦倒,人生似乎已没有希望,今天她却突然拥有了一笔巨款。六十万,完完全全属于她自己的六十万。这泼天的富贵呀,恍惚得像一个梦,但是……

你信,或不信,它就在那里。

你要,或不要,它都是你的。

第七章 姓蓝，名天凤

关于苏锦和蓝天凤的相识，曾经蓝天凤说，他们是奉了上天的旨意才走到一起的。也许现在，他不这么说了。

苏锦大学期间一直在勤工俭学，大一时，有一天她去一个画展当招待员。据说那是一位著名画家的画展，有多著名，苏锦不知道，也不想知道。她的生活与这些画，以及这些来看画的人，完全是不同的两个世界。她在为生活挣扎，为温饱烦恼，而进入这个大厅看画的人们则已经超越温饱，进入精神层面的需求。

这个画展大厅里布置得高档雅致、墨香扑鼻。地上铺着浅灰的地毯，墙上展出上百幅作品，它们装帧精美、意境不凡，参观的人走走停停，他们神情肃穆，或驻足仰望，或凝目沉思，那是对墨韵的神往，也是对生命的解读。

这种高档的场合，苏锦很少见识，她站在大厅入口，毕恭毕敬地把宣传资料递给每一位嘉宾,并深深地鞠躬,不敢与他们进行目光的交流。他们神情高贵,举手投足间都显示着高级与尊贵,尤其那些款款移步的女子,衣着光鲜,环佩叮当,她们的优雅美丽,直接将白衣黑裙的苏锦碾压成渣。

苏锦不懂画,也不感兴趣,她是冲着每天五十块的报酬来的,当然还有那顿免费的午餐。

免费的午饭竟然还有惊喜,这是苏锦万万没想到的,不是难以下咽的盒饭,竟然是肯德基的套餐:有汉堡、炸鸡腿、鸡米花、薯条、蛋挞,还有一罐冰可乐。

苏锦高兴坏了,她拿着自己的那份套餐,在食堂角落无人的地方找了一张桌子坐下,给葛念镜拍了照片炫耀一番,抓起鸡腿就啃了起来。

炸鸡腿的美妙滋味在舌尖炸开,她发出一声赞叹:"啊!好幸福呀。"苏锦被幸福感包围,她闭上眼睛,陶醉地摇晃着身体,她想象着这个画展要办五天,那她就能赚到二百五十块巨款。等周末回家时,她要用打工的钱给奶奶也买一份肯德基,奶奶还从没吃过肯德基呢。她想象着奶奶开心地咧嘴笑,露着豁口的门牙。

砰、砰,突然一阵轻微的敲击声传来。

苏锦一惊,嗖地睁开眼睛,不知何时,一个年轻的男生坐在她的对面。他面容清秀,眼神清爽,微笑着看她。

苏锦迅速打量他:白色T恤、灰白色休闲裤,脚上一双运动鞋,干干净净一男生,年纪和苏锦差不多大,应该也是大学生来兼职的。

苏锦翻了他一眼："你笑什么？"

那男生反问她："你笑什么？"

苏锦兴奋地："免费午餐，竟然是肯德基套餐啊，这还不值得笑啊！"

男人愣了一下，苏锦雀跃地说："我去大街上发小广告每天能赚三十块，这里每天给我五十块耶。要是他们天天办画展就好了。哎，你领到肯德基套餐了吗？"

男人反应迟钝，好像听不懂她在说什么。

苏锦："你怎么不去领呢？"

男人："……没有了。"

苏锦："你可真笨，我奶奶说，见活就干，给饭就吃，你吃饭都瞪不起眼，真是没救了。要不……我分你一条烤鸡腿？"

男人淡淡地说："嗯，刚好饿了。"

苏锦把装鸡腿的袋子递给他，有些遗憾地："唉，说出去的话，泼出去的水，我后悔都来不及了。"

男生看了她一眼，眼神亮了一下，像暗夜里，有灯光倏地一闪。苏锦注意到他脸色惨白，白得像一团凝滞的羊脂，暗里透着淡淡的青色。他拿起鸡腿啃了起来，一边吃一边示意那罐可乐。

苏锦瞪大眼睛，惊讶地："啊，你还要喝可乐？"

男生瞥她一眼，嗔怪地："你让我干吃呀。"

苏锦揭开罐盖，把可乐向他递过去，嘟起嘴说："没见过你这样的，还真拿自己不当外人。"

那男生接过可乐，也不说话，自顾自地又吃又喝，还伸手捏了几根薯条塞进嘴里，不知道为什么，苏锦突然对这个脸色苍白的男生多了几丝怜惜,她撕开番茄酱,放到他面前:"薯条要蘸着吃,看我,就这样,你平常也很少吃这个吧?"

男生点头:"嗯,很少,这个……"。

苏锦抢过他话头:"这个很贵的,顶我一个礼拜的生活费呢。"她很大方地把汉堡也推到他面前,"归你了,帮人帮到底,送佛送上天。一看你家的条件,也不咋地,穷二代对吧?"

男生频频点头,抑制不住地笑起来,他也不客气,吃完鸡腿,又开始吃那个汉堡包。

苏锦:"哎,他们给你多少钱?"

男生一脸雾水,疑惑地看着苏锦。苏锦咯咯笑了:"看你那样子,有点不聪明啊。我是说你干一天,他们给你多少钱?给我五十块呢。"

男生恍然大悟的样子:"哦,我跟你一样。"

苏锦:"我负责发宣传单,你干吗?"

男生眼神飘忽了一下:"哦……搬搬东西什么,矿泉水、桌子、椅子的。"

苏锦:"那你的活可比我重多了,你多吃点吧。吃饱了,干活不累。"

男生点头,果然是有点傻傻的,他吃饱喝足,连个谢谢也不说,没事儿人一样问苏锦:"你觉得今天那些画怎么样?"

苏锦撇撇嘴,不以为然地:"不怎么样。"

男生让她展开说说。

苏锦也不客气,她说不就是拿个毛笔涂涂抹抹嘛,笔是毛笔,又不是马良的神笔,这画出来的东西怎么就那么值钱。她真不知道好在哪里。

她继续说，别说今天这个，她看不出来，就是凡·高的《星空》，她也看不出哪里好。因为她是真不懂，哈哈。对了，她还跟那男生打比方，她说奶奶剪的窗花，鸳鸯戏水、喜鹊登梅，都比这个好，过大年的时候，贴在窗户上，喜气洋洋的，她就觉得很好，有活生生的人气。

那男生认真地看着苏锦的脸，不说话，这个女生，在他眼里很特别。

苏锦来兴致了，更是口无遮拦，她觉得画画这玩意，好和不好有标准吗？这标准谁定的？葛念镜她爸是造大桥的，这桥造得好不好，它有硬性的标准，不合乎标准就是豆腐渣工程。一座大桥倒了、歪了，谁也不能睁着眼睛说瞎话，吹嘘它是合格工程。但是画画就能，画的驴唇不对马嘴，是个人都看不懂，那就是艺术，那就是境界。不就全凭人的嘴说出来的嘛。

那男生面无表情地看着她，一言不发，有些愣神。

苏锦这话癥憋了一上午，终于逮到能说话的人了，她跟那男生掏心掏肺道："反正我也不懂，就瞎说。那有没有这样一种可能，因为有人说好，尤其是大人物说好，相当于定了调子，另外的人不好意思说不好，怕得罪了大人物，或者怕别人耻笑自己不懂，于是就跟着指鹿为马。我就是说，有没有这种可能？"

那男生歪头看着苏锦，似笑非笑，表情莫测。

一阵匆匆的脚步声传来，一男一女两个中年人向这边跑过来，男人惊慌地搓着手。

那男生赶紧站起来，迎上去，跟那俩人站在稍远的地方说着什么。而后他走回来，对苏锦说："我先走了，记住，我欠你一顿肯德基。"

那男生走了，连名字都没留下。此时苏锦并不知道就是从这一天起，她命运的齿轮开始飞速转动。

这个男人就是蓝天凤。那天，蓝天凤正在博物馆举办个人画展，一群记者和附庸风雅的人围着他，他们言不由衷的赞美和阿谀奉承令他心生厌倦。

到了中午，在博物馆豪华餐厅的1号包房里，主办方设下了豪华午宴，一群达官贵人簇拥着他，舌灿莲花、觥筹交错，虽然他只是一个年轻画家，但他父亲却是书画界的权威人物，且对古董文物很有研究，很多人有求于他父亲，要么讨一幅画，要么通过他的关系网将自己收藏的古董在拍卖会上卖出天价，注意是天价。甚至有人通过他父亲的一个推介一个题名，就此身价暴涨，飞上枝头乌鸡变凤凰。

天下熙熙皆为利来，天下攘攘皆为利往。

对这样的人性真相，蓝天凤从小已看得很清楚，虚伪的热情，夸张的赞美，刻意营造的崇拜，令他心生鄙夷和厌倦。他八岁就在全国办画展，被众多媒体人吹嘘成天才小神童，大大小小的奖项拿到手软，甚至只要他参加，就是钦定的第一名。

小时候尚且沉浸在这样的虚荣里，待他慢慢长大后，有了反思，也有了反骨，不再觉得这是荣誉，反而是一种耻辱。富二代、星二代，为人所诟病，因为他们天生自带光芒和资源，而自己就是艺二代，天生含着金汤匙出生的人，他跟那些被人诟病的二代有何不同？

089

一个画家的孩子，大家可以说你画个试试；一个演员的孩子，大家也可以说，你演个试试；一个医生的孩子，却绝对不能因为你爸能给人开颅做手术，就说你开个试试。这是基本的认知，也是世俗迷雾掩盖下的事物本质。

厌倦到极点，在蓝天凤的圈子里，他看不到真实的面孔，他也听不到真实的话语，他是一株悬浮在半空的植物，根系裸露出地面，失去活力，正在慢慢枯萎。

今天这个画展对他本人来说，可有可无，形同鸡肋，不过是父亲答谢博物馆馆长的一个人情。于是他趁别人不注意时偷偷溜了出来，没想到竟然遇到了苏锦，一个傻傻的小丫头。

他们两人活在完全不同的世界，苏锦的世界有活生生的人气，有简单的快乐和悲伤。

蓝天凤很快来找苏锦，理由是他欠她一顿肯德基。他说他正在学画画，以后可能会当个画家。

苏锦对画家没概念，她的印象里，画家都挺穷，只有死了，才能有点名气，比如凡·高。她也没把这男生当棵高草，不就一画画的吗，画画的多了去了，自己闺蜜葛念镜也是画画的，没准啥时候，一不小心就成名成家了呢，这有啥呀。

不过听说画画是真烧钱，以苏锦对蓝天凤家底的第一印象，估计他走不了多远，总之，这可怜的孩子，情况很不乐观呀。

苏锦约了葛念镜一起去了。三人见面时，苏锦大大咧咧地向蓝天凤介绍："这我死党，看你人还不错，不会在乎多请一个人。"

蓝天凤淡淡地："你开心就好。"

他们三个人臭味相投，玩得很好，他们一起在苍蝇馆子吃酸汤鱼、牛肉粉、黄金糍粑、贵州脆哨、手撕豆腐，等等，吃得满头大汗，眉飞色舞。

他们也一起追赶错过的公共汽车，年轻的脚步咚咚地扬起尘土，在终于上车的那一刻，爆发出开心的大笑。有时候下雨了，只要有一个人没穿雨衣，另外两个人也不穿，他们骑着自行车在雨中狂奔，满身满脸的雨水，不知道为什么笑，就是很开心，疯疯癫癫，心花怒放。

有一天，蓝天凤的身份突然暴露了。葛念镜在老师的办公室看到了一本杂志，封面上的人引起了她的注意，越看越像大蓝，她翻到里边的那篇文章，配着多幅照片，她飞快看完了关于蓝天凤的介绍，确定经常跟她们厮混的大蓝，就是青年才俊蓝天凤。

为了进一步确认蓝天凤的身份，葛念镜又在网上把他深扒了一遍，妥妥的了，这是一个打入穷人内部的富人。

葛念镜马上打电话把这个重大发现告诉苏锦，同时又把她搜集的相关资料一股脑发给她，人证物证俱在，看他如何狡辩。

苏锦气坏了，她暴脾气上来了，打通蓝天凤的电话就开骂："你小子，太不厚道了，拿我俩当猴耍呢。大名鼎鼎的蓝天凤，竟然冒充穷小子大蓝，你是脑袋被驴踢了吗？你隐藏得那么深，有什么不良企图？你老实坦白。"

蓝天凤眼看身份暴露，也不辩解，静静地听她骂完说："我喜欢你，苏锦，做我女朋友吧。"

苏锦愣着，眨了眨眼睛，叫道："大蓝，你是上辈子拯救了银河系吗？竟然敢追我。"

蓝天凤在电话那头哈哈大笑。从蓝天凤身份暴露的那天起,他就开始光明正大地追求苏锦,因为她的单纯,还有坦率,她像一条奔流的小溪每天哗啦哗啦地流淌,洗涤着他在名利场上沾染的灰尘与污垢。

蓝天凤对苏锦很大方,一股脑买了很多年轻女孩喜欢的包包、首饰、奢侈品的服装,有些衣服真是丑啊,除了贵,一无是处。

大牌的化妆品,苏锦倒是很喜欢,娇兰的双萃精华、兰蔻的小黑瓶、圣罗兰的粉底,等等,随便一件就是千儿八百。有一次苏锦回家,奶奶收拾桌子不小心把她一瓶化妆水碰到地上摔碎,苏锦心疼地说:"哎呀,这一千块钱呢。"

奶奶以为她开玩笑,骂道:"满嘴跑火车,没一句正经话。"

苏锦正儿八经地说:"奶奶,我真不骗你,就我送你那个锅,是德国造的,八千多块。还有哦,我让你喝那糊糊,你真以为是玉米糊呀,那是进口的维生素全套。"

苏锦她奶奶吓坏了,她以为苏锦一定是干了什么不正经的事情,一个女孩子但凡老老实实、本本分分地上班,怎么可能赚那么多钱?她抓起笤帚、衣架、擀面杖追着打苏锦,骂她不学好,丢祖宗的脸。

苏锦哭笑不得,只好带着蓝天凤去见奶奶,蓝天凤告诉奶奶他会对苏锦好,让她老人家放心。他要给奶奶换个大房子,以后也不用再辛辛苦苦地干活了,再找个保姆照顾她的一日三餐……

苏锦奶奶根本不领情,也不给蓝天凤好脸色,她黑着脸打断他说:"乌鸦孔雀不同窝,我们穷人家不攀你的富贵门。鸡扒着吃，猪拱着吃，我有手有脚，自己能干活，不用你瞎操心。你也别祸害苏锦，她就是个土丫头，命薄福浅，担不起那么大的财，会遭报应的。"

苏锦被奶奶气哭了，她冲奶奶嚷道："你就是觉得我贱，配不上有很多钱，也配不上好的男朋友。"

奶奶丝毫不让步："命八尺，你难求一丈，你这是德不配位。"

这样固执倔强的奶奶让苏锦的脸都丢光了，她拉着蓝天凤冲出门去，奶奶更绝，直接把蓝天凤送的贵重礼物扔出来，在他们身后喊道："拿走，我一辈子不占别人的便宜。"

苏锦觉得很对不住蓝天凤，他倒是一副无所谓的样子，淡淡地笑着："没事，老人家有自己的主意，挺好的。"

于是苏锦也不敢再勉强奶奶，逼她搬到大房子里。奶奶哪里都不去，仍然住在原来破旧狭隘的老屋里，每天去打扫城市街道，每月领微薄的工资。虽然挣得不多，但是踏实，她常挂在嘴边的一句话：不做亏心事，不怕半夜鬼叫门。所以奶奶从不失眠，脑袋向枕头挨上去的那刻，她已经睡过去了，一觉到天亮。

秒睡，也是一种幸福吧？

"当然，是天赐的福报。"对此，蓝天凤是这样说的。

时间过得飞快，转眼十多年过去了，蓝天凤，已不是原来的那只凤。

可惜了，蓝天凤和苏锦，这一对金童玉女，他们的爱情神话，快要破灭了吧。

第八章

与逃离有关

梦里,有山洪暴发,汹涌澎湃,整个世界一片汪洋。她看到一个身影,在洪水中沉浮挣扎,伸手向她求救。

是老F?是大蓝?是苏锦?恍惚间,又似乎是自己的脸……

葛念镜愣怔着,伸出手,想拉住落水的人,那人也极力向她伸过手来,终于他们的手触碰到一起。汹涌的洪水狂奔而至,她死死抓住对方的手,却终于不敌洪水的狂暴肆虐,对方的手一点点脱离而去,她拼尽全力,突然"当"的一声巨响……她低呼一声,猛地惊醒过来。

当!当!当……是鬼才贝多芬的《命运交响曲》。

在弦乐与单簧管的齐奏中,命运一步步紧逼而来,它冷酷、威严、长驱直入,令人心惊胆战,紧接着,旋律微弱而急促地出现在各个声部,似乎是一声巨响后的余音,也似乎是厄运在四处蔓延。

贝多芬在创作这首曲子时，失恋失聪。但是他说：我要扼住命运的咽喉，决不让它扼住我的。

那么，一大早，苏锦播放贝多芬的《命运》，是为了扼住谁的咽喉？

苏锦不说，葛念镜也不问。

她们一起去购物，为了葛念镜去野外写生做准备。

苏锦把车开得飞起，葛念镜刚要嘱咐她慢点，别把车开树上去了，她的手机短信突然响了。

她打开一看，是老F发来的一条信息，但是内容不详，显示已撤回。这家伙，他想说什么呢？

愧疚？解释？怨恨？或者别的什么？她脑袋一热，想都不想就开始拨老F的微信语音电话，转念便意识到不对，立刻挂掉了。往常这个时候，老F应该在上课，而她，也应该在上课。

上课？可笑，她已经是一个失业的人啦，并没有学生在等她，她不需要定三个闹钟，以提醒自己不要错过上课。现在，她终于自由了。

应该开心才对，不是吗？

她长长叹息一声，苏锦扫她一眼，问道："阴魂不散的，是高明？"

提到高明，葛念镜脑子里有个线路突然被接通了，她突然来了兴致："哎，我上次推荐那本书，你看了吗？"

苏锦自嘲道："看书？我只看小红薯哈。"

葛念镜："既然你没看，那我给你讲讲啊。"

葛念镜清清嗓子，按照课程进度，她今天应该给学生讲的是加拿大女作家爱丽丝·门罗的《逃离》，这可是她精心挑选的小说，她觉得跟大学生正处的心理历程极吻合，有着重要的借鉴意义。

苏锦双手揽着方向盘，闲闲地："你职业病吧，不讲课难受。"

葛念镜："其实某种意义上，这也是我自己的心路历程，当然也是你的，你不要认为跟你没关系。"

苏锦揶揄地笑："果然，你关注什么，你就是什么。"

葛念镜开始给苏锦讲《逃离》中的那个女孩，她叫卡拉，在小说中，她经历了人生中的两次逃离。第一次是从在她成人后还处处控制她的父母家逃离。她偷偷离家出走，和父母看不上的爱人（其实就是个小混混）私奔，去追求一种"更为理想的生活"。这次出逃，其实也是女孩与原生家庭的分离。

如同葛念镜从父母身边逃开，选择住校，后来又选择出国留学，某种程度上有着异曲同工的作用。

卡拉在刚逃离的日子里，一切似乎看起来很美好，她和恋人常常在一些小酒吧品尝几道特色菜，然后唱着歌驱车回家，心满意足。这似乎有浪漫爱情的影子。但是很快，这种浪漫就被看成既浪费时间又浪费金钱，生活开始露出本来的模样。

生活的贫穷、艰辛无望的劳作、男友的火爆脾气都暴露出来了，他对卡拉粗暴、控制和无视，他甚至还卑劣地想敲诈邻居，现实种种的丑陋和不堪，令卡拉忍无可忍再一次出走。

葛念镜告诉苏锦，这是女人与男人的分离，也是女人独立的自我意识开始萌芽。然而就在卡拉的逃离即将成功时，她独自面对新生活的勇气，却被恐惧不安所取代，于是她放弃逃离，迫不及待地给男友打电话，请求他来接自己回家。

葛念镜说："苏锦，你看，卡拉这个逃离的过程，几乎是无数女性生命的缩影。卡拉貌似逃离失败，本质却是因为独立的自我尚未建立，她没有勇气独自面对生活，只能回归旧秩序，陷入更深的困局。你觉得呢？"

苏锦敷衍地点头："没错，葛老师，你讲得真好。请不要再继续了。"

葛念镜故作认真地："关于女性独立，你是怎么想的？"

苏锦想都不想脱口而出："我不要独立，我的理想是：要么死，要么成为蓝太太。"

葛念镜一声长叹："唉，执念太深。"

葛念镜是真的喜欢这篇《逃离》，因为爱丽丝·门罗写出了她自己的生活感悟，也写出了无数女性的生活现状。

葛念镜认为《逃离》不是简单的女性意识小说，它探讨永恒的女性成长主题，它超越了地域和时间，提出一种迫切的思考：女性如何突破生存困境，获得肉体与精神的双重自由？

当然，这并非女性独有的问题，男性也同样面临这样的困惑。如果把女孩卡拉换成男孩卡拉，故事情节和结局，亦并不违和。就像老F，他该如何突破原生家庭的影响？他又该如何突破情感的围剿？成为一个从容淡定的人，而不是一言不合就跳楼。

老F他……此时的老F还好吗？据说一个人如果自杀未遂，就会反复重复这个动作，就像鬼上身一样身不由己。

葛念镜下意识地捂住嘴巴,一时间被这个想法吓住了,她情不自禁地深吸了一口气,她连自己都拯救不了,又有什么资格拯救别人呢?

爱丽丝·门罗有吗?当然,毋庸置疑!

等等,在爱丽丝年轻时,恐怕也没有吧。葛念镜之所以这样想,不是没有理由的,尽管爱丽丝·门罗后来获得了诺贝尔文学奖,可是年轻的时候,她的脑子也进过水,葛念镜有充足的理由证明她还是一个超级恋爱脑。

爱丽丝·门罗但凡不是超级恋爱脑,这个十八岁的大二女生怎么可能为爱退学?又怎么可能跟着男人私奔并且一口气连生四个孩子?从此她的大半生都被平庸的生活所淹没,无数繁重的家务劳作,使她只能在干家务活的间隙,站在餐桌边写作。

至于那让她抛弃全世界换来的爱情,早已荡然无存,只剩下从贫穷生活里滋生出的对彼此的怨恨,并愈来愈深重。

现实中,幻灭之后彻底放弃的女性太多了。

后来,爱丽丝·门罗终于从令人窒息的生活里逃离,也逃离了曾经一起私奔的那个男人。她五十多岁的年纪,是生命的破碎,也是生命的重建,更是作为一个独立的女人而卓然于世。

还好,终于她以文学为武器,以思想为阵地,给自己杀出一条生路。

葛念镜看过爱丽丝年轻时的照片,年轻的脸,秀美的面容,呆滞的表情。反倒是她八十多岁时的照片,满头银发,皱纹丛生,但是她的眼中有光,熠熠生辉那种。

所有曾受过的苦,都变成养料,滋养她从淤泥里开出璀璨的花朵。

曾经的追光少女，历尽沧桑，终于变成了光，并散发光。

葛念镜觉得这样的人生才有意义，而不是像苏锦这样，年纪轻轻就放弃努力，沉浸在物质世界的繁华和虚荣里。这样的生活真的幸福吗？有意义吗？

葛念镜希望苏锦能够逃离。

鲁迅当年说娜拉出走后，要么堕落，要么回家。可苏锦不是一百多年前的妇女，现在是21世纪了，离开一段消耗的感情，是放过自己，重新投生。

葛念镜突然想到一个让苏锦投生的办法，那就是两人一起上路，去寻找创作灵感。她准备沿着黔贵大地走一圈，边走边构思她的作品。

葛念镜把这个想法告诉苏锦，她眼中有小火苗噌地亮了一下，随即暗淡了，像即将熄灭的烟火扑闪了两下，彻底灭了。她悻悻地说："不了，这场景跟我不搭。"

葛念镜还想坚持，苏锦打个哈欠，自嘲地："算了，人各有志。我晚上不睡，白天不醒，我就是你成功路上的绊脚石。"

葛念镜心底长长一声叹息，她俩到底是不同的人，勉强不得。

她又能勉强得谁呢？闺蜜，不可以。学生，也不可以。

说起来，有点好笑。当初葛念镜不顾一切到那个大学教写作，是因为她想干点有意义的事情。

她尤其喜欢坐在校园那棵五百年的菩提树下，看树影婆娑，想象着佛祖就是在一棵菩提树下得道，洞悉了生死，顿悟了人生的喜怒哀乐，从此他放弃王子的身份，遁入红尘拯救芸芸众生。

葛念镜虽然没有那么高的修为，但她仍希望可以帮助她的学生，成为一个向上的人，一个热爱生活的人。

那所民办学校，它的校园建设全国一流，花园式的建筑，书院式的教学，绿树鲜花簇拥，学费自然也是高的，一万八。80%的学生来自当地各中小城市和农村，很多孩子的父母是农民，他们背井离乡在城市打工，父母对生活的焦虑传染给孩子，使他们内心充满深深的忧虑。

更恐怖的是，也许花费如此高昂的学费毕业后，他们将走入两难的境地，城市没那么容易接纳他们，农村也容纳不了他们，他们的人生，将进入"回不去，进不来"的两难境地。

对未来，有些学生表现出极度的绝望和迷茫，既想突破现实，追求理想，又被现实围追堵截。

有人则表现出极度的佛系与通透。比如"一块板砖"同学，她是一个玲珑可爱的女孩，喜欢穿蓬蓬的白色公主裙。她说："我毕业后，直接在母校门口摆摊卖水煎包，一步到位，省去中间三十年的挣扎。"

老F嘲讽她说："让你接地气，没让你接地府。"

"一块板砖"不以为然："五千块的成本，十多天全部回本，不用请员工，不用租厂房，不用挤压资金，我一年能赚二十万，想休假就休假，想躺平就躺平，不比高级白领香嘛。"

葛念镜并不赞同"一块板砖"的观点，她问："同学们，你们为什么来上大学？"

老F说："搞钱。"

葛念镜："还有呢？"

老F说："搞大钱。"

同学们哄堂大笑，连连点头，高喊着："对的，对的。"

葛念镜无言以对，她看着他们年轻却暮气沉沉的脸，叫不出几个人的名字。很奇怪，在班级QQ群里，这些大学生的名字全都用的代号。什么港风奶奶、地瓜她爸、一夜暴富、钱大妈、折耳根战神、新西兰的菠菜……没有人用真名，他们隐藏在这些代号后面，漂浮、虚幻、来路不明。

现在的大学生都这么务实了吗？满脑门子都是钱，脱口而出，毫无羞耻感，我们小时候，都是说为中华崛起而读书的呀……

突然，有个学生站起来，他浑身颤抖地说："老师，我……焦虑症躯体反应发……发作，回去吃……吃药……"

葛念镜赶紧点头，那学生哆嗦着离开，其他人无动于衷继续上课，一副见怪不怪的样子。

病了，都病了，病人太多，学生病了，老师病了，家长也病了。

怎么办？躺平摆烂吗？葛念镜不甘心！

第九章 麻哈江上

从贵阳到福泉市,行程不到两小时,这是葛念镜行程的第一站,葛镜桥就在那里。

关于那些画,具体怎样体现,蓝天凤没有要求,他说按照你自己的想法来。问题是,目前葛念镜还没有清晰的思路。

如何完成这些画?以怎样的主题?以怎样的艺术手法?她想了几天,毫无头绪。不管了,先上路,其他的,再想办法。

过去已去,未来已来,她在路上。

出发前,葛念镜先回家了一趟,她把车上的东西卸下来,而后收拾了一个行李箱。当然是趁着父母上班不在家时,偷偷溜回去的,毕竟她前几天离家出走,若现在觍着脸跟父母面对面,难免有些尴尬。

她的房间里,乡下聪慧弟弟的东西已经不见了,他应该搬走了。葛念镜吁出一口气,也说不出是轻松还是怅然,那个清瘦的少年,她见过,平静,话很少,其实不讨厌。

葛念镜开车上路,她计划把葛镜桥作为她的第一幅作品,也是很重要的一幅。葛镜,这位四百多年前的古人是她的祖宗,是她的根脉,她的血管里流动着他留下来的基因传承,探访葛镜桥,是她的寻根之旅。

车上音乐轰鸣,葛念镜一脚油门轰起来,她的大吉普如野马狂奔,中午时分即到达目的地。

葛念镜把车子停在停车场,不远处,山林莽莽、悬崖陡峭,枯树老藤遍布丛生,波涛翻滚的麻哈江上,一座古老的三孔石桥横贯其上,这里正是她心心念念的地方。

葛镜桥上,有三三两两参观的人群,走走停停,指着石桥与风景发出感叹。也有当地少数民族装扮的乡人在桥栏上系了红绸,燃了香,双膝跪地磕头求拜,也许是求平安,也许是求子求福。

葛念镜没有急着靠近,心底里升起一些近乡情怯的复杂情感,她举起相机从不同角度对着葛镜桥咔咔拍照。镜头里,古老的石桥,时而被拉近,时而被推远,似乎她正进入时光隧道,顺着时光的长廊漫步,古老的记忆开始慢慢复活……

明正德三年(1508),大哲学家王阳明被贬到贵州龙场(今修文县)为驿丞。这个职务,主要负责邮件传送,按照明朝当时的规定,龙场驿的规模不过是驿丞1人,吏1人,侠23人,马20多匹,铺陈23套,由此可见此职位卑微,与王阳明心怀天下的志向极为不符。

王阳明到贵州之行，饱尝艰辛困苦。他一路前行一路感叹："危栈断我前，猛虎尾我后。倒崖落我左，绝壑临我右。我足复荆榛，雨雪更纷骤。"这首诗把心学大师四面楚歌的困境表现得淋漓尽致，足见他的内忧外患。

当时被贬的王阳明心情落寞，途经麻哈江畔，这里是云贵通往湖广、京城的古驿道必经之地，无桥无路，行人只能浮舟以渡，常被山洪激流吞没。

王阳明看着两岸悬崖耸立，峡江激流令人胆寒，想到自己满腔雄才大略却不能施展，他慨然题诗曰："鸟道萦纡下七盘，古藤苍木峡声寒。境多奇绝非吾土，时可淹留是谪官……"王阳明寥寥几笔，写尽麻哈江之凶险，道尽内心之畏惧愁苦。

曾有一支官府队伍横渡此江时，舟倾人覆，留下冤魂无数。

曾有新郎迎亲时，新娘与送亲队伍落入水中，无一生还，喜事变丧事。

曾有无数生命被泛滥的洪水卷走，杳无音讯，留下亲人肝肠寸断……

麻哈江上，每天都在上演生离死别的人间惨剧，人们渴望有贤人志士挺身而出，制服江水，还百姓以平安祥和。

于是，大约距离王阳明写下"鸟道萦纡下七盘"六十年后，有一个人出现了，他就是平越卫（今福泉市）人葛镜。葛镜宦游归故里，叹关山之难度，悲百姓之疾苦，决心修桥利民，以济往来。

那是一个天高云阔的日子，麻哈江畔，峰峦逶迤连绵，悬崖雄奇险峻，古木参天的密林中，时值壮年的葛镜顺着幽深小径一路前行。

他挺拔的身影在江畔的密林中时隐时现，稳健的步履追随着奔腾的江水，他勘测着周围的地势和水流，内心生出一个大胆的想法：要在江上建一座桥，横跨在两岸的悬崖之间。也许他并没有想到，从此他的生命被赋予了特殊的意义，一个人，一件事，一辈子，魂牵梦绕，生死相依。

网上资料是这样介绍的：葛镜桥，明万历年间（1573—1619），葛镜不求助于官府，不募集于乡绅，举个人之力，修于麻哈江上游，未成即塌，人称"上倒桥"；又修在下游，桥虽成却再被洪水冲垮，人称"下倒桥"。虽屡建屡毁，葛镜仍矢志不渝，表示为修成此桥愿意罄竭家资。他变卖家产，广寻工匠，重勘水文，另择桥址，垒基于渊，砌墩于礁，横空以索道运料，立木以悬梁架拱，尤其是巧借地形，将西岸桥墩垒于峻崖峭壁之间，那方寸之地皆由工匠千锤万錾凿出……待全部竣工，历时已三十余年矣！葛镜也因殚精竭虑，积劳成疾，不幸于桥成后次年亡故。

三十年修一桥，散尽家财，心无旁骛，桥成，人去。

这一年，葛镜七十岁，桥取名为"太平桥"，意为保佑百姓平安。云贵总督张鹤鸣路经此桥，知道了葛镜修桥的事迹，感叹其大贤大德，便亲题"葛镜桥"三字刻石于桥头。而后将葛镜修桥壮举上报万历皇帝，感其忠心，万历皇帝御赐其"义垂千古"匾额。

葛镜桥的建成，对于打通优化京滇古道，加快平越（福泉）地区的政治、经济发展，起到了极其重要的作用。

葛镜桥在绝壁之上起拱，借江心一礁石下脚，设计绝妙、用料考究、技艺精湛，历经四百多年，至今坚固如初。

2006年5月25日，第六批全国重点文物保护单位公布，葛镜桥名列其中，成为当时贵州唯一进入"国保"的石拱桥。

现在的福泉政府以葛镜桥为中心，打造了洒金谷景区，吸引了全世界的游客。葛镜桥如一道丰碑，横跨在麻哈江上，成为景区的核心景观，也成为人们仰慕的精神福邸。

四百多年光阴荏苒，关于葛镜与葛镜桥，短短数语，浓缩了他一生的壮怀激烈。作为他的后人，葛念镜想知道更多，她想知道他有多少意难平，有多少孤独无助，又有多少心力交瘁到崩溃的至暗时刻。

葛念镜双脚踩着桥上的石板，江风扬起潮湿的水汽扑面而来，她的眼睛突然就湿润了，她心潮澎湃，正如这麻哈江水奔腾跳跃。她突然有一股冲动，想跪到这桥上给她的老祖宗磕几个响头，她知道他还在，四百年了，他从来都不曾离开过。

她还想知道他长什么样子？高矮胖瘦？脾气大吗？性格倔强吗？他跟家人的关系是怎样的？他和妻子相爱吗？还有那个为了修桥寄养给别人家的孩子，后来怎样了？孩子回到父母身边了吗？他对父母有抱怨吗？……

一个五六岁的小女孩欢笑着从葛念镜身边跑过，她的母亲在身后连连嘱咐着："慢点，你慢点。"

葛念镜看着小女孩的身影，是的，应该找个合适的时间再来，她要跟他聊聊，静静地待一会儿，无人打扰。

葛念镜转身离开，她走进周围的山林，采了一大束野花。古树参天，草木翠绿，散发出阵阵幽香，她的心情从未有过的愉悦与富足，这一草一木，一沙一石，都是她亲爱的山河故人，而她似乎正被慈爱的故人簇拥呵护着。

葛念镜把一大束野花放在副驾驶座位上，打定主意晚上再来。她慢慢开车驶出景区，不远处是一条美食街，她在一家店门前停下来，待车停稳，才发现店名叫：葛氏饭馆。她回过神来，自己忍不住会心一笑。

走在她前边的，是一群外地来旅游的客人，男男女女，有七八个人，听口音是北京来的。

葛念镜跟在她们身后，一起走进店里。

一位老板娘模样的女子快步迎上来，她长着一张国泰民安脸，手里拿着菜单，热情地招呼着："欢迎尊贵的客人，快请坐，你们想吃点什么？"

几个人翻着菜单，报出菜名："青岩状元蹄、贵州盗汗鸡……哎，老板娘，你给我们推荐一下当地名吃。"

老板娘手指着菜单说："我们贵州人，三天不吃酸，走路打蹿蹿。你们远道而来，一定要吃苗家酸汤鱼哦。"

大家连连点头，定下这道名菜。

这家店生意红火，里面坐满了吃饭的客人，葛念镜寻一空位子坐下。

一位穿牛仔服的女子对老板娘说："我要吃豆腐。你菜谱上怎么没有啊？"

老板娘神秘地："有，但是不卖给你。"

那女子一愣，奇怪地："哎……哪有你这样做生意的，豆腐又不是什么金贵的东西，还限量。"

老板娘郑重地："金贵得很哟，我们的豆腐都拿去修桥了，当桥墩子用。"

那些吃饭的游客哄的一声笑了，那女子说："老板娘，你这样可不好哦，没有豆腐就没有呗，还拿我开玩笑。我又不是傻子。"

坐在旁边的葛念镜闻言嘴角上挑，轻轻笑了，她知道为什么没有豆腐，但她不能说。

果然老板娘自己憋不住了，她眉飞色舞地说："你们是来旅游的吧，葛镜桥去了吗？"

牛仔服女子扫她一眼，板起脸："我们是来看葛镜桥的，你可别给我们推销纪念品，我们什么都不买。"

与女子同来的那些客人不耐烦了，以为老板娘要强买强卖，纷纷站起来，准备向外走："走了，走了，不吃了，黑店嘛。"

葛念镜暗自为这老板娘着急，你卖关子，也要把握好分寸呀，客人都要被你吓跑了。

只见老板娘哈哈一笑，拦住那女子说："美女，别着急呀。在我葛氏饭庄，豆腐只送不卖。"她拍拍手："幺妹，上喜乐平安。"

"来了，来了。"随着应答，一位穿少数民族服装的少女端着木质小托盘进来，她将八小盘精美的豆制品放到桌上，每盘豆腐上分别摆着喜、乐、平、安、吉、祥、好、运八个楷体小牌。

老板娘做一个万福的动作，笑盈盈地："祝福尊贵的客人，送您喜乐平安、吉祥好运。"

众人被老板娘的举动搞糊涂了，面面相觑。

老板娘不慌不忙地说："我姓葛，叫葛红叶，你们要参观的那个葛镜桥，就是我老祖宗葛镜修的。这桥有个故事跟豆腐有关，你们免费品尝，我讲给你们听哈。"

葛念镜心里一动，哟，真是咱本家呀，偷偷瞄了老板娘两眼，顿觉亲切又美丽。

众客人这才坐下来，品尝豆制品，那些豆腐分别是酸、甜、苦、辣、咸、五香、麻辣、椒盐八种口味，客人连连赞叹，乐呵呵抢而食之。

葛念镜松了一口气，定下心来，坐在一边，和众人一起听老板娘讲故事。

老板娘说："当初我老祖宗葛镜建桥时，那悬崖边上，根本就立不住桥墩子，他愁得茶饭不思，整夜整夜睡不着，这桥都修了二十多年了，还没搞成，啥时候是个头啊！关键是为了修桥，他都穷得家徒四壁了。到底有多穷呢？就是半夜睡着，都能吓醒那种，穷得老鼠都搬家了，连个米粒都偷不着，不走不行啊……"

厨房那边开始做菜，众人津津有味催促老板娘继续讲下去。

老板娘讲起来眉飞色舞，十分生动。她说在那种情况下，乡亲们都劝她家老祖宗算了吧，悬崖上修桥，那是痴人说梦，根本不可能，你都修了几十年了，也没搞成，这就是搞不成了。还有些坏人偷他的石料，还有人嘲笑他是个傻子，可不是傻嘛，吃的是野菜谷糠，穿的是破衣烂衫……

牛仔服女人担忧地："啊，就这，还做贡献哪。"

老板娘使劲一点头,那还用说嘛,当然还得干下去呀。老祖宗葛镜,他可是一腔傲气,一身犟骨,他发誓要是修不成这桥,他就不活了。这事就惊动了仙界,神仙们觉得这个大善人,了不得啊,必须出手相助!于是他们就派张三丰出手了。

"你就品吧,这桥有多难修啊,神仙都看不下去了呀。"

大家被故事吸引了,目不转睛地盯住老板娘,生怕错过重要情节。

老板娘告诉大家,当时张三丰正在神游,他可是个好神仙,一接到命令,马上就飞过来了。他先在麻哈江边的悬崖上做了个记号,然后就托梦给她家老祖宗葛镜,告诉他,在江岸石壁上写有"砥柱"两字的地方下桥基,桥就能造成。

老板娘喝口水润润嗓子,继续开讲,她有板有眼,好像她在现场亲眼看见了一样。

老板娘一拍大腿叫道:"好家伙,天还没亮,我老祖宗就跑到江边去了,他打眼一瞅,老天爷,果然有'砥柱'二字啊。"

就这样,她家老祖宗又来劲了,把自己家掘地三尺,搜罗出所有值钱的东西,卖的卖,当的当,押的押,重新召集匠人造桥。

张三丰一看,感动得呀,眼泪唰地就喷出来了,方圆百里下了一场急雨。他告诉老百姓每家磨一箱豆腐放在门外,然后又命令山神、土地神两位大老爷,在深夜把这些豆腐运往江边工地备用。然后呢,张三丰伸手欻欻欻这么一点,那豆腐就变成石料了,方方正正……

众人听得津津有味,老板娘讲完了,他们纷纷鼓掌喝彩:

"哇,原来你们的豆腐真的拿去修桥了哈哈。"

"对呀,你们说说,我是葛镜的后人,我能给祖宗抹黑吗?我修不了桥,干不成大事,我干点小事,给大家送送喜乐平安,也是尽一点力嘛。"老板娘喜笑颜开。

众人纷纷跟老板娘合影留念,夸奖她慷慨大方了不起,老板娘不好意思地连连摆手:"没有,没有,在我们福泉,到处都是好人,你东西丢了,有人送给你;你迷路了,有人带路;你遇到难处了,大家都会伸手帮你,咱不能丢祖宗的脸啊。"

葛念镜听着老板娘的话,不禁心花怒放,她细心品尝服务员送上的八种豆腐:酸甜苦辣,咸鲜香麻。甜味,心旷神怡,余韵无穷;辣味,激情飞扬,迸发不羁的生命之光;而苦味,恰似"松柏之质,经霜犹茂",苦中的坚韧与坚持,刺痛生命,却滋养出厚重的灵魂。

客人吃饱喝足,愉快而去。老板娘结完账,坐在前台理账。

葛念镜上前,兴奋地对她说:"嗨,你好,我是葛镜第十七代传人,你是第几代?"

叫葛红叶的老板娘愣了一下,腾地站起来,惊喜地大声叫起来:"啊,你……你真是老葛家的后人?"

屋里正吃饭的其他客人被老板娘一咋呼,一起抬头看过来。

葛念镜点头,亲热地:"是呀,我第十七代,你说你也是葛氏后代,咱俩年纪差不多,不知你是哪一代。"

葛红叶脸红了,捂着脸笑起来:"哎妈呀,不好意思,其实我……我是个水货,你不是来打假的吧?"

葛念镜愣着,一时不能明白她的意思。

111

葛红叶赶紧解释，她说在福泉，凡是姓葛的人，都喜欢说自己是葛镜的后人，他可是个神仙啊，能当他的后人，多光荣啊。就像全世界姓孔的人，都说自己是孔子的后人，那是一样的。

葛念镜终于懂了，一时间有点哭笑不得。

葛红叶急匆匆地从吧台后面出来，向葛念镜表态，她说福泉人号称自己是老神仙的后人，不敢干坏事，那是给神仙丢脸，也是给福泉丢脸，要被所有人指着后背骂的，坏事绝对不会干的，都把老神仙当榜样。

葛念镜笑了，也懂了。她拿出手机准备扫码支付餐费。

葛红叶立刻抓住她的手："要不得，要不得，你是葛老神仙的后人，不收钱，免费。"

葛念镜赶紧摇头，表示自己绝对不吃霸王餐。

葛红叶抓住葛念镜的手，死活不让她扫码："你在咱们福泉走一圈试试，上谁家吃饭，都不会收你的饭钱。你能来，我们小店那是蓬……那个蓬啥辉，那词我不会说，就是你把店面都照得亮堂堂的。"

葛念镜被她夸赞得浑身不自在，可又走不了，手还被她紧紧地拉着不放呢。

葛红叶扭头大声喊着："老公，老公快来，哎妈呀，来大人物啦。"

一个穿围裙的男人从后厨匆匆跑出来。

葛红叶兴奋地大声吆喝着："老公，这妹子是葛镜老神仙的第十七代后人，人家是真的啊！"

那男人一脸惊讶，立刻要上前握手，又赶紧缩回去，在围裙上使劲擦着双手。

葛念镜没经历过这阵势,心里虚得很,赶忙上前一步主动与那男人相握,那男人激动地把她的手摇来摇去。

两个年轻的女服务员也围上来,兴奋地打量着葛念镜,好像她是国宝大熊猫似的。

葛红叶坚持要跟葛念镜合影留念,盛情难却,葛念镜也不能拒绝,她俩合完影,服务员小姑娘也要合影,然后还要集体合影。

更好笑的是,有一对外地来旅游的老夫妻正在店里吃饭,听说葛念镜是葛氏家族第十七代传人,两人也围上来凑热闹。一时间,店里气氛极为活跃,有人抢着跟葛念镜合影,也有人举起手机咔咔给她拍照,毫无预兆地,她成了大家的吉祥物。

葛红叶两口子笑得嘴角上扬,兴奋地商量着要把照片放大出来,装到镜框里,挂在墙上,还要写上葛镜第十七代传人。

哎呀,闹大了,闹大了,葛念镜脸都红了。他们的热情像一把火,烤得葛念镜面红耳热,她恍惚看到自己的大照片挂在饭店的墙上供人欣赏,像个大明星,不,像个大骗子一样。自己也没干啥呀,这不就是借着老祖宗的名声招摇撞骗嘛。

她的脸上冒出了一层薄汗,赶紧找借口还有急事,这才脱身离开了。

她逃一般匆匆离开,还听到葛红叶在身后兴奋地说:"妈呀,咱运气太好了,沾到仙气啦。"

葛念镜虽说逃离了热情的众人,心里却洋溢着一股难以言表的自豪,自己想想,忍不住笑了,自嘲道:葛念镜,你也太肤浅了。

夜晚,天高地远,明月高悬,万里清辉,普照尘世间。

葛镜桥终于安静下来,它矗立在群山之间,与夜色融为一体,安静肃穆。

葛念镜顺着小径走过来,小径两边草木繁茂,参天的古树遮蔽了天空,月亮从树荫的缝隙里透过来,斑驳地映在小径上。

不远处,树木繁茂处,有一个人影不远不近地跟随着她。

草丛中,不知名的虫子啾啾啼鸣着,似在呼唤她一步步深入密林。露水有些重了,打在皮肤上凉凉的,小径两边的草丛不负露珠的重量低垂下来,打湿了她的鞋子。

跟踪葛念镜那人保持着不远不近的距离,朦胧的月光打在他的脸上,看得出是个男人。他越过灌木时,碰得树枝哗啦一响,他赶忙伸手捏住树枝。

葛念镜听到了一声响动,她警觉地回头四处查看,并未发现任何异常,以为是夜鸟惊梦,她放下戒备,继续向前走去。

她顺着弯曲的小径,来到葛镜桥上,伸手轻轻抚摸着桥栏上的花纹,感觉石纹划过掌心的皮肤,温凉入心,似有隐秘的开关,正被缓缓打开。

她轻声说:"嗨,我来看你了,你还好吧?"

桥下,江水喧哗,月光照在黑暗的江流之上隐隐发光,似龙潜深渊,一路奔向远方。

葛念镜停下脚步,她从包里掏出随身带的东西,燃起三炷香供上,而后拿出白天采的那束野花,野花已萎靡,葛念镜摘下两片软软的叶子，笑了，轻声说："哎呀，花都萎了，你不会嫌弃吧？对了，我是你的……那个不肖子孙，我想跟你谈谈。"

三个红色的小点，明灭闪烁，烟雾缓缓升起，缭绕着，弥漫在无边的夜空，似乎穿越了时光的隧道。过去，现在，未来，可知，亦未可知……

葛念镜跪下磕了三个头，一时间，也不知该祝福老祖宗什么。她想了想，说："就祝福你在那边大富大贵吧，永远不缺钱花，不对，你好像不稀罕这个。"

她皱眉想了想，突然灵光一闪，心里说：那就祝福你家庭幸福吧，这个比较靠谱，我觉得你把所有家财都拿去修桥，当时我那太太太奶奶也不一定能理解吧？这事，你也真不能怪人家，换了谁也不理解呀。咱又不是家里钱多得花不完了，才做善事，你是自己家日子不过了，孩子不养了，闷头去做善事，你自己说说，换哪个女人能愿意呀……

哎呀，你不用嘴硬，老祖宗，我觉得吧，太太老奶奶一开始肯定也跟你闹过别扭，摊上你这样的男人，真是不省心。本来咱祖上也过得生活优渥，人丁兴旺的，结果呢，你这当家的突然就着魔了，成天净干些有的没的，看看你干的这些事，老大世袭祖职的钱，你全部拿出去了，家里的房屋田地也都卖了，穿的破衣烂衫，穷得连粥都喝不上，孩子都送给别人了，你说你这是为什么呢？

还有，你为什么非要自己干这件事呢？单枪匹马、孤立无援。我一直想不明白，修桥这是利益百姓和众生的事情，你可以跟政府请求援助，也可以跟那些有钱人筹集资金呀，你为什么非要把所有的压力都自己扛着呢？

你说但凡着魔三两年，家里人咬牙忍一忍，也就罢了。结果你一着魔就是三十年，人生有几个三十年啊！你自己说说，老祖宗，家里人怎么跟你幸福呀？换了我，换了苏锦，换了任何我认识的女人，早都崩盘了，不跟你翻脸才怪呢。

什么，我瞎说？我太小心眼了？也许，可能，大概是吧。我们现在的人都讲究利益最大化，不管爱情、事业、友情等都是；讲究价值交换、物质至上；还讲究"一切不为我所有，一切皆为我所用"……

不，不，我不是说我自己，我是说现在这个时代。我？我可能好点，也没好多少，反正我也满脑子自私自利，我肯定不能跟你比呀。

说句实话，老祖宗，我来看你的心情，是很复杂的。羞愧、不安、渴望、仰慕，等等，都有。你别听我爸的，我虽然没继承咱老葛家的桥梁事业，但我也没干啥给祖宗丢脸的事呀，所以我不承认自己是家族背叛者。

要说让我良心不安的事……还真有，就是那个画商蓝天凤非要给我一笔钱，嗯，我坦白，是笔大钱。哎呀，老祖宗呀，万一我真暴富了，其实我很担心我的思想、品德和三观能否经得起考验……

想到这里，葛念镜心里又涌上隐隐的不安，她赶紧跪下，又磕了三个头，心里念叨着，老祖宗啊，你是明眼人，我不是掉钱眼里的小气鬼、守财奴。你千万别生气，别误会，假如我以后能一夜暴富，也不全是为了我自己。我有钱了，就去搞慈善，帮助那些孤寡老人，帮助那些无依无靠的孤儿。

你相信我，我真的不贪钱，我又不迷恋那些大牌和奢侈品，衣服干干净净就行，吃得健健康康就行，打死我，都不会喝那个要命的什么82拉菲、罗曼尼……康帝，顶天了，我也就喝个贵州茅台。

老祖宗啊，我自己真花不了几个钱，我赚钱，也是为了干点有意义的事，不，不，跟你，那是不能比……

算了，不说我了，你可能听不懂，你也不感兴趣。我想起李白的一首诗，《把酒问月·故人贾淳令予问之》："青天有月来几时，我今停杯一问之……"嗯，中间问的什么，我想不起来了，后边几句我倒是记得很清晰："今人不见古时月，今月曾经照古人。古人今人若流水，共看明月皆如此……"

老祖宗啊，这是你修的桥，这是你走过的路，这天上的月亮一定听你倾诉过衷肠，那么，你有什么心事，你有什么遗憾，就请天上的月亮告诉我吧……

葛念镜跪在那里絮絮叨叨，时而沉思，时而自语。

突然，自无边的黑暗中，飞来一只硕大的彩蝶，在她身边飞舞盘绕。她屏住呼吸轻轻伸出手，那彩蝶就停在她的掌心上，它轻轻摆动触须，美丽的斑纹清晰可见。一瞬间，眼泪夺眶而出，她轻轻唤道："……是你吗？"

彩蝶不语，群山不语，万物缄默。

她凝神看着这只彩蝶，不知它从哪里来，带着怎样的夙愿，它的翅膀轻轻翕动，扑朔的影子打在她的手心。少顷，它舞动翅膀飞起来，在她面前慢慢盘旋了一圈，而后隐入空蒙的夜色中。

她跪在地上，仰起泪脸，眼睛一眨不眨地盯着空旷无垠的夜色，却再也找不到它的影子。

不知它从哪里来，又飞往哪里去。她甚至怀疑刚才是否真有一只蝴蝶飞来，还是自己一时的幻觉。

她轻轻叹息一声，回过神来。因为跪的时间太久了，膝盖隐隐作痛，从地上爬起来时，她没能站稳，一个踉跄，身子向前扑过去，整个人就势靠在桥栏上。

突然，黑暗中，有一道人影从树丛中蹿出来，猛地扑过来一把抱住她，大声喊着："冷静点，你冷静点。"

是个男人！他身形高大威武，双臂刚劲有力。

葛念镜被这突如其来的袭击吓住了，她大脑轰地一响，顿时一片空白，身体一瞬间也瘫软了。

那男人喊道："你想开点，没什么大不了的。"

葛念镜愣着，魂魄被惊吓得四散奔逃。

"你遇到啥事了？跟我说说，我帮你想想办法。"

葛念镜大口喘息着，散去的魂魄艰难地一点点归位，她挣扎着想推开他："……你放手！"

那人力道很大，仍紧紧抱住她不放："你还年轻，困难都是暂时的，跳下去，可就没命了。"

两人靠得如此之近，她能闻到他身上的味道，是浑厚的草木气息，似乎他来自幽深的森林，这念头一闪即逝，可恶，这个野人此时还抱着自己呢，她奋力挣扎。

"冷静！你冷静！"这野人大声呵斥道。

葛念镜又气又恨，这是哪辈子的冤家，在这儿遇上了，她气急败坏地骂道:"你放手,我不跳江。"

"不跳江,你大半夜闹啥妖啊?"

葛念镜气坏了:"你谁呀,你管我。赶紧滚蛋。"

男人仍紧紧抓住她的胳膊,理直气壮地:"你又焚香,又下跪的,不就是这辈子过不爽,想重新投胎嘛。"

葛念镜都被他气笑了:"你睁开眼看看,有我这样寻死的吗?我来祭祖不行啊。"

男人很认真地端详她,月光下,葛念镜狠狠地瞪了他一眼,要是眼神能变成飞刀就好了,一定要刀刀直击他要害。

男人把她拽到桥中间:"那你站桥中间,别靠近桥栏。"

葛念镜被拽得倒倒歪歪,在桥中间站住了,她甩开他的手,气呼呼地嚷道:"真是大半夜撞到鬼了,啊……你……你是人是鬼啊?"

她心念一闪,看着这男人的身影晃晃悠悠,突然头皮一阵发麻,惊叫起来,不会真是遇到鬼了吧。

男人也被她吓了一激灵:"我……肯定是人啊,你摸摸我的手,是热的。"男人把手伸到葛念镜面前,被她一巴掌打开。

男人指着自己的脚,焦急地说:"你看,你看我不是飘的,飘不起来。"他笨拙地摸挲着两条胳膊。

葛念镜扑哧一笑,继而一股戒备涌上心头,自己好好来祭祖,怎么就遇到这么个妖怪,真是败兴。她走向桥边,想收拾放在地上的背包和手机等东西,赶紧走人。

那男人立刻警惕地拦住她:"别动!你站在桥中间。"

葛念镜一跺脚,叫道:"我不死了,行吧,我收拾东西回家。"

男人:"那不行,万一你骗我呢。"

"哎,你有病吧。"

"我没病,很正常。你给家里人打个电话,证实一下。"男人说道。

"嘶……我就没见过你这么死心眼的人,我大好年华,我前途无量,我干吗想不开呀,你别拦我,再拦我……报警了。"

"那你报警,让警察把你带回去。"他脱口而出。

葛念镜捶了捶自己胸口,她真是被这个"十恶不赦"的好人气得七窍生烟。

葛念镜气急败坏地:"行,行,大侠,我坦白,我交代,我叫葛念镜,是葛镜第十七代后人。葛镜你知道吧?就是修这座桥的人,我今天想趁着晚上安静没人,来祭拜他,没想到被你搅和了。"

"你既然是葛镜的后人,你老祖宗那么厉害,你更不应该寻短见。"男人责备道。

"谁说我寻短见了?你少废话,赶紧放我走。"葛念镜气不打一处来。

"那不行,万一你骗我呢。"

"诶,你这人,怎么这么轴呢!"

"你为什么白天不来?你家人为什么不来?"

"我悄悄地不行啊?我一个人不行啊?你动脑子想想,这座桥是我老祖宗修的,这是光宗耀祖的功德,我来这里跳江,那我就是个罪人,给祖宗十八代丢脸抹黑。换了你,你能这么干吗?

真是的。"葛念镜强压满腔怒火,简直苦口婆心了。

葛念镜把自己的身份证给他看了,那男人很固执,非让她给家里人打个电话。

家里人?笑话!她能打给父亲?还是能打给母亲?她就是有一百张嘴估计也说不清。遇到这么个一根筋,葛念镜也真是被打败了,她只能给苏锦打电话。

此时苏锦正在搓牌,脾气很大,上来就把男人一顿臭骂:"你是闲得头顶长疮,脚底流脓吧。葛念镜绝不会跳江,就是我跳,她都不会跳。对了,你不能对我闺蜜有任何非分之举,她掉一根汗毛,我都不会放过你。"

葛念镜长长舒了一口气,心里暗暗叫好:骂得痛快!没想到苏锦紧接着又把她骂了一顿:"我说葛念镜,你是吃饱撑的吗,大半夜跑江边作妖,知道的是你去祭祖,不知道的还以为闹鬼呢。你赶紧回酒店,路上必须跟我保持手机通话状态,哎,那好人,你听着啊,一旦我和朋友通话中断,我马上报警……"

电话是免提状态,苏锦的话,葛念镜和那男人都听得清清楚楚。男人连连咋舌:"你这朋友,够意思,就是太毒舌了。"

葛念镜拿起自己的东西,掉头就走。这时候心里才开始后怕,万一这男人真的是个色狼劫匪之类,今晚自己可能就凶多吉少了。

葛念镜吸一口凉气,故意对着手机那头的苏锦说:"我现在开始往回走,大约五分钟能到停车场……"她眼角偷偷瞄着男人,其实就是说给他听的。

男人很自觉,跟在葛念镜侧方,与她保持两米左右的距离。

两人一前一后，向桥外走去。穿过小树林，很快到了停车场。

　　停车场灯光昏暗，偶有行人走过，不远处是一排做生意的小店，灯火通明，有酒意阑珊的客人在大声说笑，一时间葛念镜安全感大增。

　　"你还跟着？我到了。"想到刚才被这无名大汉抱过，她气不打一处来，恨不得狠狠踹他两脚。

　　"哎，等会儿。"那男人突然想起了什么。

　　"你还要干吗？"葛念镜皱起眉头。

　　男人掏出一个东西举到她面前，用手机上的手电筒照着："你也看下我的身份证，咱俩就扯平了。"

　　葛念镜没好气地一拨拉，气呼呼地："扯不平。"

　　葛念镜拔腿就跑，迅速上车，只听得那男人在身后大喊："你给家里打个电话啊。"

　　这家伙，爹味十足，他没病吧。葛念镜发动车子，一轰油门，绝尘而去。

第十章 在川藏线

时光回溯到1950年早春,贵州福泉城内,春寒料峭,熙攘的大街上,一位十九岁的年轻人匆匆而来,他身材挺拔,面目俊朗,嘴角微笑上挑似有不可告人的秘密。

是的,他瞒着所有人,秘密地做了一件大事,一件足以改变他命运的大事。现在他要把这个好消息告诉他最好的朋友们。

他就是葛宗祺,他站在福泉城最豪华的金玉堂饭店门前,等待着朋友们的到来。少顷,几个与他年龄相仿的年轻人陆续而来,正值青春好年华,他们满身朝气、神采飞扬。

这几个人都是葛宗祺的同学,他们毕业于贵州高等师范学校,此时刚毕业不久,都有了很好的工作,有一人和葛宗祺既是同学,又是同事,两人在福泉一所重点中学教书。

葛宗祺看到他们,立刻两眼放光,他招招手,几个人快速聚拢到一起。葛宗祺轻声说着什么，众人神情一变，有人惊讶地张大嘴巴，他们面面相觑，万万没想到葛宗祺竟然做出这样的事情。

葛宗祺仍沉浸在兴奋中，他拉着众人走进金玉堂饭馆，点了好酒好菜，宴请他的朋友们。他说这是一场告别宴，吃完这顿饭，大家就天各一方了。

朋友们毫无思想准备，他们心情沉重，劝葛宗祺不要冲动，赶紧想办法改正这个鲁莽的行为，一贯儒雅的葛宗祺却无比坚定，他说决心已定，不必再劝。

饭后，众人走到柜台结账，账房先生正在用算盘啪啪算账，葛宗祺直接从口袋里掏出一把钱放在柜台上，又掏出一把钱，他把兜里所有的钱都掏出来放在柜台上。账房先生算完账，自己从台面上数走饭钱，剩下的，葛宗祺又抓回口袋。

熟悉葛宗祺的人都知道这是他的老规矩，他从来不数钱，因为他从来没缺过钱，对金钱没有概念。葛宗祺有钱，出手大方，遇到同学有困难，他总是慷慨相助；遇到讨饭的，他就干脆把口袋的钱全部掏出来，数也不数，一分不剩地塞到人家手里。

对葛宗祺的这番惯性操作，他的同学们已习以为常。不料今天他的这番举动，却触动了他那位同学的担忧，他突然就哽咽起来："葛宗祺，你走了，你爸妈怎么办啊？"

葛宗祺拍拍他的肩膀，让他放宽心。不过他自己的心，此时也悬起来了，这件事情，如何跟父母交代呢？对父母来说，这绝对是灾难性的消息，他开始意识到了问题的严重性。

葛宗祺家是福泉城的大家族，他们是葛镜的后人。其父亲聪慧勤勉，诚信为本，靠着聪慧与好人品，在城里开起了丝绸作坊、钱庄和染坊等，生意兴隆，是远近闻名的富贵人家。但葛家也有烦恼，那就是夫人连生五胎都是女孩，直到第六胎，在千呼万唤中，终于迎来了唯一的男孩。

爷爷很激动，找精通国学的命理先生研究了许久，从生辰八字、金木水火土，还有天格、地格、人格、总格、外格等，在数理上都力求大吉，经反复权衡，最后起名叫葛宗祺。总之寓意是，祖先保佑这个孩子有吉祥美好的人生。

葛宗祺父亲就是家族那一辈唯一的男性，到了他这一辈，又是唯一的男性，他天赋极高、聪慧好学，且品德优良。出身富贵的葛宗祺，养尊处优，从来不需要为生活发愁，他被父母和五个姐姐当掌上明珠一样呵护着，家族未来都寄托在他身上。

他们不知道的是，葛宗祺对于自己的未来，却有着另外的追求，他正在寻找机会脱离家庭。葛宗祺虽然只有十九岁，年纪尚小，却极有主见，他在读书期间，加入了中国共产主义青年团，接受了很多先进思想，他满怀激情，无比崇拜和信赖共产党，渴望有机会为建设新中国贡献自己的青春。

尤其是葛宗祺当了老师后，每天的生活更是平静安逸，虽说教书育人也很有意义，但与他内心渴望的壮怀激烈反差极大。他时时都在寻找能报效祖国、奉献自我的机会。

那时，新中国刚刚建立，中国大地上一派生机盎然、百废待兴的局面。葛宗祺看报纸，听广播，每天都被祖国大地正在发生的摧枯拉朽的壮举所感动。他极度渴望投身到祖国最需要的地方去。

终于，属于葛宗祺的机会来了。他看到部队正在招兵，要修建川藏公路。葛宗祺的心里立刻燃起一团火焰，他不要依靠他的资产阶级家庭，他要脱胎换骨，投入到革命的大熔炉里。于是他偷偷跑到征兵处报名，终于如愿成了一名光荣的革命战士。

离家的日子越来越近了，葛宗祺再也不能瞒下去了，他必须把这个消息告诉家人。他让父亲把全家人都召集到一起，说有很重要的事情要宣布。

父亲很开心，他以为儿子要宣布自己的婚事。葛宗祺与他的女同学青梅竹马，姑娘姓李，名芳菲，是位兰质蕙心的贤德女子。两家是生意世交，门当户对，彼此常有往来。葛宗祺父母私下商量过这门亲事，他们对芳菲姑娘和她的家庭都很满意，正准备找媒人上门提亲。

父亲把喜讯告诉了葛宗祺的祖母，然后把他的叔叔、姑姑，还有姐姐们都请了回来，摆着好几桌。父亲暗自欢喜，坐等儿子宣布这不是秘密的秘密。

正是阖家欢聚之时，美食佳肴摆了满桌，葛氏家族男女老少欢声笑语、推杯换盏地聊着家常。

葛宗祺给家里长辈们敬了一杯酒，小心而坚定地告诉大家他已参军，两天后就要离开家，坐上火车，到西藏去修公路。

全家人都被这个突如其来的消息惊呆了，年事已高的老奶奶直接瘫倒在座位上，老人家一口气没上来，直接背过气去，全家人慌作一团，赶紧上前掐人中。

许久后，老奶奶幽幽醒过来，想到唯一的宝贝孙子就要离开家，离开自己，老人心如刀绞、老泪纵横，她连睁开眼睛的力气都没有了，却死死地抓住葛宗祺的手不肯放开。

葛宗祺在老祖母面前长跪不起，他愧疚自己伤了祖母的心，可是为了建设祖国，他只能做个不孝的孙儿，因为正是有无数的共产党人舍生取义，才换来新中国的诞生。

那时候，家里人对西藏并没有清晰的概念，只知道是偏远又荒凉的地方，气候寒冷、物质贫乏，葛宗祺这样一个养尊处优的少年，怎么能过那种苦日子啊。

然而，任凭亲人们说尽千言万语，都不能改变葛宗祺的决心。对于亲人的反对，他早有预料，所以才会先斩后奏。

离别的这一天，全家人赶到火车站给葛宗祺送行，姐姐姐夫们搀扶着父母，亲人们泪流满面，父母似乎一夜之间就老了，他们面容憔悴、身影羸弱，这次离别已掏空了他们的精气神。

葛宗祺心里清楚，这一去，不知何时才能再回来与亲人团聚。他面无表情地板着脸，使劲咬住嘴唇，忍住眼泪，他强压悲痛，也压住满腔的离愁别绪。他沉默着，不敢说一句话，生怕一开口就崩溃。

葛宗祺睁大眼睛在送别的人群中寻觅着，他渴望见到那个美好的身影，然而他失望了，芳菲姑娘并没有出现。

三天前，当他把这个消息告诉心爱的姑娘时，芳菲姑娘如遭雷击，她迁怒于他的隐瞒，又痛恨他的绝情，她哭红了眼睛，怀恨而去。

葛宗祺失去挚爱之人，万分不舍，他的心被离别剜出一个巨大的洞，在汩汩流血。然而为了自己的理想，他只能违背誓言，做个无情的负心人。

火车缓缓开动了，送别的人群渐渐远了，亲人的脸模糊了。葛宗祺扒着车窗，探头看着越来越远的亲人。这一去，也许是生离，也许是死别，他再也绷不住了，泪水潸然而下，他痛哭失声，双手死死扣住窗栏。

轰鸣的火车声掩盖了他的痛哭声，却碾压不了他心头的悲伤，不知过了多久，他感觉到胳膊被人轻轻碰了碰，他抬起头，突然就惊呆了。

一位女兵站在他面前，她明眸皓齿、笑靥如花，穿着一身崭新的黄军装，胸前戴着大红花，显得英姿飒爽。

葛宗祺愣了一下，一把抓住姑娘的手，惊喜地："你……怎么在这？"他激动得浑身颤抖，眼前的姑娘正是他的女朋友李芳菲。

李芳菲瞪了他一眼："我赶上了最后的报名时间。"

葛宗祺简直不敢相信这是真的，他擦擦眼泪，破涕为笑，人生的大悲大喜都来得太突然了。

原来李芳菲听说葛宗祺要参军去西藏，她想了想，与其天各一方地思念，不如追随他而去。于是她也找到部队报名参军，还特意跟征兵处的同志要求，一定把她跟葛宗祺安排在一起。

因为害怕父母知道后阻拦，李芳菲干脆瞒天过海，直到离别都没有告诉父母，只是留下长长一封信，讲述了事情经过，让他们放心，同时也告诉父母自己跟葛宗祺在一起，有他照顾，父母尽可放心。

就这样，两个志同道合的年轻人，在十九岁的青春芳华，一起奔向远方，奔向理想。

葛宗祺和李芳菲这一走，就是好多年，等到他们终于有机会再回到家乡，已物是人非，很多朋友和亲人，或辗转不知去向，或离开人世，留下无尽的思念与遗憾。

……

关于爷爷葛宗祺偷偷参军的这段历史，葛念镜是听奶奶说的。葛念镜小时候，曾经跟爷爷奶奶住过一段时间，那会儿她经常生病，住校不方便，爸妈工作很忙也没时间照顾孩子，就给她转学，住到了爷爷奶奶家，由两位老人照顾这个多病多思的小家伙。

那时候，爷爷葛宗祺每天都会接送葛念镜上学放学。虽然学校离家并不远，葛念镜说了不用他接送，爷爷每次都答应得好好的，但是一放学，她就会看到爷爷守在门口等她，大老远地就向她招手。

葛念镜小时候很喜欢听故事，经常缠着爷爷讲故事，葛宗祺对这个孙女十分宠爱，他总是不厌其烦地给她讲天文地理、南朝北国的事，但是爷爷很少提起他当年修建川藏公路的事情。

那一年冬天，葛念镜放学的时候，天空飘起了零星的雪花。爷爷把葛念镜的小手捂在他的大掌心里，轻轻地搓着取暖。

葛念镜看到爷爷的手上裂出很多大口子，向外渗着血丝。她突然想起奶奶说过："西藏特别特别冷，吐口唾沫还没落地，就已经结冰了。"

奶奶还说，爷爷当年在修路的时候，落下很多病根，手脚也都冻坏了。过了几十年，现在每到冬天，手脚上还会裂出血口子。

葛念镜捧住爷爷的手,心疼地哈了几口气,好奇地问道:"爷爷,西藏很冷吗?到底有多冷啊?"

爷爷轻轻拂掉她帽子上的雪花说:"很冷。下雪的时候,不敢搓耳朵,一搓耳朵就掉了。"

葛念镜吓得张大嘴巴,她缠着爷爷让他讲川藏修路的故事。爷爷沉默了一会儿告诉她,山上积雪终年不化,白皑皑的一片。潮湿的云雾打湿了衣服,又湿又冷。爷爷和战友们睡的是冰冷的石头床,吃的是草根煮的饭。很多人都冻感冒了,整夜咳嗽,有人咳得吐血,有人得了肺心病……

葛念镜咬住嘴唇,小手紧紧拽住爷爷的手。

爷爷和战友们不敢在河沟里搭帐篷,半夜发洪水会被冲走。搭在半山坡的帐篷,夜里也经常会被狂风卷走。大家都累了一天,根本没有力气起来找帐篷,就干脆互相挤在一起,搂抱着继续睡觉。狂风还在呼呼地刮,大雪还在噗噗地下,他们身上很快积了厚厚一层白雪,就这样,大雪当被,地当床,大家也能睡一晚上。

每天早上起床,战士们的眉毛、胡子全都冻成白茫茫的了。有时候工人们把湿漉漉的鞋放在地上,也冻成硬邦邦的一坨冰块,一开始葛宗祺也不懂,直接用手去扯,扯不起来,手被冰粘住,手上的皮肉直接被撕下来了,鲜血直流……

葛念镜打个冷战,发出"嘶"的一声惊叹,好像她手上的皮肉被撕下来一块,她的眼睛湿润了,声音颤抖地说:"爷爷,你好可怜啊。"

爷爷拍拍她小小的肩膀,说:"爷爷不可怜,爷爷活得好好的。唉！我的好多战友，他们……再也回不来了，他们……"

爷爷的声音哽咽了，他的脸扭曲了，胸口激烈地起伏，他慌忙用手抹了抹脸上的泪水，长长叹了一口气。他抬头看着前方，狂风卷着雪花飞舞，世界一片空蒙，他不再说话，似乎他的思绪已飘到了很远的地方。

葛念镜吓坏了，在她印象里，爷爷总是笑眯眯的，很慈祥，她从没见过如此悲伤的爷爷。从此之后，关于川藏公路的故事，她再也没敢问过爷爷，怕触动他的伤心往事。

已经很久没看见爷爷奶奶了。

葛念镜拜访过葛镜桥后，特意来到不远的福泉市看望两位老人家，原先他们都住在贵阳市里，这几年则回到了老家福泉与女儿葛凯旋住在一起。

葛念镜的姑姑葛凯旋原来在公路系统子弟学校当老师，退休后，她把父母接到身边照顾他们的衣食住行。两位老人今年九十多岁了，身体倒还硬朗。

葛念镜想给爷爷奶奶一个惊喜，也就没有提前通知，她提着大包小包的礼物站在姑姑家门口敲门，葛凯旋应声来开门，看见心爱的侄女从天而降，惊喜地一把抱住她，姑侄两人兴奋地哇哇大叫，继而姑姑用食指压住嘴唇嘘一声。

葛念镜这才看见客厅里有两位陌生男人，一位是胖胖的中年人，戴着黑框眼镜。一位是留着板寸头的年轻小伙。爷爷奶奶坐在沙发上，与他们相对而坐。

姑姑低声告诉葛念镜，贵州日报社要出一篇关于川藏公路的稿子，记者正在采访爷爷奶奶。

葛念镜眼睛一亮，太好了，她正想听听川藏公路的故事找灵感呢，没想到，得来全不费功夫。

爷爷奶奶看见孙女来了，大喜过望，上前拉住她，摩挲着她的手，各种嘘寒问暖。

爷爷给葛念镜介绍那两位陌生男人，葛念镜礼节性地点头问候，只是过眼过耳不过心，单知道一位姓王，一位姓李。

让她意外的是，那姓李的年轻人相当热情，他紧紧握住葛念镜的手，一连声地说道："您好！您好！"她的目光与他撞到一起，看见他眼中有小火苗忽闪忽闪的。

葛念镜迅速抽回手，心想素不相识的，有必要这么热情吗？她那仓促一瞥之下，也看清他身材清瘦修长，面容干净，五官立体如雕刻。貌似是个内核稳定的男人，只是他的态度过于热烈，让她感觉到隐隐的不适。

爷爷葛宗祺骄傲地说道："我孙女很优秀，她是大学老师。"

葛念镜脱口而出："现在不是了，爷爷，我辞职了。"

葛宗祺一惊，惋惜地："啊，当大学老师多好，教书育人。你怎么就辞了呢？"

葛念镜觉得自己真是多嘴，后悔也来不及了。

葛宗祺启动教育模式："小镜，你跟小李都是年轻人，多向他学习。别看人家年纪轻轻，已经做出很多成绩了。"

那小李想都不想干脆地说："她不行，学不了我。"

这是个意外的反应，气氛明显有些尴尬。

葛念镜也不客气，怼回去："就你行，老天爷第二，你第一。"

大家都笑了，奶奶宠爱地说："小镜这丫头，小时候就要强，不服输。"

那小李还在雷区疯狂试探，他说："奶奶，她要强也没用，真学不了我。"

老天爷，天上掉下个缺心眼啊！

葛念镜真不惯他毛病，直接回击道："我干吗学你，你很了不起吗？你是能上九天揽月，还是能下五洋捉鳖呀？把你能的。"

葛念镜被那小李子气得眼皮突突乱跳，也不知道这是哪辈子的冤家，在这里碰头了。他不会是个深度厌女症患者吧？

眼看形势不妙，那中年男记者到底是老江湖，他立刻转移话题，四两拨千斤，轻轻松松就把话题转到川藏公路上去了。

采访继续，葛念镜悄悄凑到姑姑耳边，低声地："这姓李的记者，不靠谱，能写出好文章才怪。"

姑姑轻轻碰她一下，低声地："咱自己人，陪同来采访的。"

葛念镜皱眉："交通系统的？"

葛凯旋点头，葛念镜撇嘴，心里说，怪不得呢，轴得要命。她调整了一下姿势，侧身对着那个"自己人"，不想与他面对。

在记者的引导下，大家的关注点再次回到过去，当葛宗祺再次开口时，他的声音低缓、沉静，缓缓地拉开往事的帷幕，那些尘封的记忆再一次苏醒过来……

川藏公路简称"川藏线"，是连通四川成都与西藏拉萨之间汽车通行的第一条公路。在公路时代，它承担着85%以上进藏物资和90%以上出藏物资运输任务，在西藏经济发展和社会稳定中发挥着重要作用，被誉为西藏的"生命线"。

在川藏公路修通之前，千百年来，中国西南部各民族的经济、文化交往主要依靠茶马古道。茶马古道逶迤在高山峻岭和大河大川之间，堪称世界上地势最高、路况最为险峻的交通驿道。

曾经，从四川雅安到西藏拉萨的路程，靠马帮运输通行，一年只能往返一次。

毋庸置疑，从四川通往西藏的路，在历史上一直具有重大的战略、政治与经济意义。1949年，解放军进军西藏迫在眉睫，为了保障部队的后勤支援，毛泽东主席向部队发出了"一面进军，一面修路"的指示，于是十八军进军西藏支援司令部随即成立。

1950年4月13日，川藏公路（时称康藏公路）在四川省与西康省（旧省名，所辖地区为雅安市、康定城）交界处的金鸡关破土动工，正式向这世界工程建设史上的第一难关发起挑战。

由于时间紧、任务重，当时制定的筑路方针是：先通车，后加宽；先粗通，后达标。从1950年开工到1954年通车，这项工程动员的官兵、工程技术人员和人民群众总数达到了11万，3000多名官兵把血肉之躯奉献给了这条"英雄之路"，在全长2414千米（川藏线北线）的公路上，平均不到1千米就长眠着一位修路烈士的英魂。

纵观川藏公路修路的过程中，有五处最险要的工程被列入西藏公路交通史。这五处分别是雀儿山、达马拉、怒江、然乌沟和帕隆峡谷。

新兵葛宗祺当时就被分配在最险峻的雀儿山工程路段，雀儿山得名于其藏语名字"巧拉山"，意为"铁山"，当地人有句俗语"雀儿山五千三，飞鸟也难飞过山"。由于高海拔缺氧，空气稀薄，葛宗祺和很多战士不适应高原气候，他们身体虚弱连呼吸都困难，更不用说背着沉重的行囊赶路了。一开始，不得不拉着牦牛尾巴才能走路。

雀儿山平均海拔5000多米，修路时又正值寒冷的季节，气温常在零下30到40℃，整个大山冰天雪地、寒气袭人。

有一天，葛宗祺随着部队一起向工地出发，筑路工具和帐篷靠藏民的牦牛驮运，战士们每人背着自己的衣服和被盖徒步行走。

葛宗祺在自己编队里认识了福泉老乡赵辰昊，因为赵辰昊身体瘦弱，胳膊又扭伤了，葛宗祺执意帮他背着背包。

他们好不容易爬到半山腰，突然之间，天气骤变，刚刚明朗的天色，一瞬间漆黑一片，伸手不见五指，天地都陷入无边的黑暗中，令人窒息的寒气扑面袭来。

霎时，狂风大作，大雪纷飞，呼啸的狂风卷起砂石乱飞，也卷走了战士们的行囊。牦牛受惊，四处狂奔嚎叫，踩踏冲撞着慌乱的人群。

整个世界陷入无边的巨大恐惧中，天昏地暗、飞沙走石，狂风肆虐着、嘶吼着，似乎要把所有生灵都拖入地狱中。

遭遇风暴的战士们大部分来自内地，他们从没见过如此恶劣的天气，直接被吓蒙了。很多人全身发软，躲在岩石后面和石头缝里瑟瑟发抖；半山坡上一片混乱，惊恐的尖叫声、痛苦的哀嚎和无助的哭喊声不绝于耳。

这种惊心动魄的场面大约持续了半个钟头，风慢慢止了，雪也停了，太阳划破黑暗的天空，重新映照着天地，大家从恐惧中缓过神来，简直不敢相信刚刚一瞬间发生了什么。

葛宗祺回过神来，冷得浑身发抖，他刚才又惊又吓，冒了一身的冷汗，身上的衣服全被打湿了。此时寒风一吹，更是冰冷蚀骨，更让他惊恐的是赵辰昊不见了，难道他被狂风卷走了吗？

葛宗祺声音颤抖地呼喊着赵辰昊的名字，人群一片骚动，大家都以为他已遭遇不测，就在大家心情低落时，赵辰昊突然出现了。

他抱着一个军用水壶喜滋滋地跑过来，他来到葛宗祺身边，把水壶递给他。葛宗祺一接过来，顿时愣住了，这水壶热得烫手，就像一个温暖的小火炉。

原来赵辰昊没有背行李，走得比大家快一些，他避过了风雪，走到了不远处养路班工人的住处。风雪肆虐时，他看到不远处自己的战友都被笼罩在风暴之中，立刻烧了一大壶热茶，待风暴一停，马上给大家送过来了。

真是雪中送炭啊！葛宗祺喝着滚烫的热茶，冰冷的身体温暖了过来，他感动得几乎落泪，这是他这辈子喝过最好喝的茶。

葛宗祺不舍得多喝，把装满热茶的水壶递给身边的战友，大家你喝一口，我喝一口，一壶热茶在战友们手中传来传去，温暖着每一个冰冷的身体，也安抚着每一个受惊的心灵。

赵辰昊看着战友们喝茶，开心地笑着。然而他并不知道，一场巨大的厄运正在悄悄向他逼近。

风暴过后，葛念镜和战友们马不停蹄赶到工地，一刻不停就开工。当时山上冻土深达两三米，十分坚硬，一镐头下去，只能砸出一个小白点。战士们绞尽脑汁，终于想出了办法。他们先砍伐下树枝堆积在一起，然后点燃，烘烤冻土，待融化变软后，才能进行挖掘。

最艰难的是，很多路段要穿过悬崖峭壁，战士们在几乎90度陡直的悬崖上凿石开路，那悬崖险峻湿滑，连一只脚都难以容下，而脚下就是波涛滚滚的江流。

江水轰鸣，水声惊天动地，震得人心惊胆战。

葛宗祺和战友们只能在悬崖边上搭人梯，上下踩着人的肩膀，身上拴着安全带，有些战友干着活儿，稍一疏忽，直接从悬崖峭壁掉进江里，消失不见了。

有一天，葛宗祺和战友们刚换了一个新地方，大家正在忙着搬东西搭帐篷生灶火，突然听到一阵雷鸣般的巨响，紧接着，很多比帐篷还大的巨石从天而降，它们顺着山势滚滚而下，轰鸣声震天动地，瞬间就淹没了两辆大卡车。

正在搭帐篷的葛宗祺和战友们拔腿就跑，他们拼命跑到开阔地带，回头一看，他们刚刚搭帐篷的地方已经成为一个巨大的湖泊，浊浪翻滚，眼看着来不及逃走的战友们在浊浪中挣扎，瞬间被卷走，二十几条鲜活的生命，就这样眨眼间消失不见。那种痛心疾首，那种无能为力，让大家捶胸顿足、痛哭失声。

而后，葛宗祺、赵辰昊和战士们分头默默寻找，把能找到的战友们的尸体放在一起，挖一个深坑，把他们就地掩埋。

那些牺牲的战友，有的连名字都没留下，成为无名英雄，永远跟家人失去了联系，从此天人相隔。

当年，在川藏线上，牺牲是常有的事情，白天出工，晚上不一定能活着回来；晚上躺下，第二天不一定能活着醒过来。

活着的人，每天都在向死而生。

如今，坐落在拉萨河畔的青藏川藏公路纪念碑上，用藏汉两种文字写着：……世界屋脊地域辽阔，高原缺氧、雪山阻隔，川藏、青藏两路，跨怒江攀横断，渡通雪山阻隔。天越昆仑，江河湍急，峰岳险峻。十一万藏汉军民筑路员工，含辛茹苦，餐风卧雪，齐心协力征服重重天险。挖填土石三千多万立方，造桥四百余座，五易寒暑，艰苦卓绝。三千志士英勇捐躯，一代业绩永垂青史。

三千志士英勇捐躯？！他们全都是风华正茂的年轻生命啊！

面对死亡，战士们没有退缩，面对困难，战士们没有畏惧，他们选择冲上去。

每个人心中都有一个坚强的信念。当时军民中流传着这样的歌谣："军民筑路意志坚，脚踏大地入云端。不怕风雪天气寒，党员干部带头干。决心战胜困和难，胜利必定在眼前。"

没有人叫苦，没有人叫累，战士们经常自觉地加班加点，三更半夜，他们还偷偷跑到工地上奋战。直到首长亲自把他们拽回来，命令他们必须休息。

那时候，部队首长跟普通战士一样，战士扛六十斤的包，他们也扛六十斤的包，跑得最快，喊得最响，干活冲在前边，越是危险的地方，越是有首长的身影。

葛宗祺因为有文化，除了干活，还担任了宣传队的干事，经常在业余时间组织大家举行各种晚会，演出节目。战士们踊跃参加，大家吹拉弹唱，欢声笑语飘扬在雪山上，嘹亮的歌声回荡在悬崖之间。

有一次葛宗祺生病了，又冷又饿又想家，首长亲自端着稀饭来慰问他，首长手上缠着绷带，血渍把绷带都染透了。葛宗祺很感动，他低头大口大口地喝着稀饭，希望自己赶紧好起来，能马上冲去工地干活。

在工地，塌方也是很常见的事情，公路一般都是在半山上，战士们无论什么天气都不能停工，一停工前面的路可能就塌掉，有时候一段路是边修边塌。

有一次，葛宗祺所在编队把路都修到前边了，结果后面又被山洪给冲垮了一部分。正好后勤部队的车辆要通行去执行任务，修路已经来不及了，为了保证后勤部队按时通过，葛宗祺和战友们搭起了一个临时的半边桥。

所谓半边桥，就是用一排钢钎插进垮塌的路基石里，然后放上一些圆木搭成临时路面，最关键的是，钢钎的另一头是战友们用肩膀扛着支撑起来的。

葛宗祺和战士们列队站立，他们肩扛钢钎，昂首挺胸，当沉重的汽车轰隆隆地从他们头顶驶过，他们像雕像，像铁桩，像没有疼痛之感的机器，纹丝不动地牢牢钉在地面。他们生生用血肉之躯，筑起这钢铁般坚固的桥梁，保证了部队车辆的顺利通行。

葛宗祺和老乡赵辰昊深聊之后，发现他们竟然还是一个学校的同学，只是在学校期间，彼此不认识；没想到在修路工地上，两人结下了深厚的友谊。

他们经常在一起聊起家乡的美食美景,说起家乡古城里的很多人、很多事,两人眉飞色舞,有说不完的话。在交谈中,似乎又回到了思念的家乡。

葛宗祺的女友李芳菲当时在医疗队当护士,她觉得赵辰昊人品好,性格也活泼开朗,就把自己的一个女伴介绍给他,两人一见钟情,很快就相爱了。

部队首长看着这些在修路过程中结下的革命爱情,非常欣喜,就给十几对新人举行了集体婚礼。于是他们邀皑皑雪山为媒,请滚滚江河为证,在战友们的祝福声中,结为死生契阔的革命伴侣。

葛宗祺和赵辰昊是同时结婚的,两个好兄弟约定,等生了孩子,彼此认对方为干爸干妈,他们要把这份兄弟感情延续下去。

当时他们正在修一座桥,赵辰昊一拍大腿,孩子名就起好了。他说:"老大就叫赵修桥,老二就叫赵路通,老三嘛,我希望生个闺女,那时候川藏公路肯定修好了,老三就叫赵凯旋。"

葛宗祺完全赞同,没有丝毫异议。说起来,赵辰昊不但是葛宗祺的兄弟,还是葛宗祺的命中贵人,他救过葛宗祺一命。

有一天,他们小组被安排在森林里伐树。这个活儿需要两人配合,围着一棵大树,两人一边一个拉着大铁锯,咻咻把大树从根部锯断。等到快锯断时,提前停手,让大树从锯口处自己断裂。

葛宗祺和赵辰昊一组,两人正挥汗如雨地拉着大锯,突然赵辰昊一仰脸大叫一声,飞身扑向葛宗祺,他把葛宗祺扑倒,抱住就地翻滚了出去。

葛宗祺还没反应过来，就见一棵大树扑啦啦倒下来，砸向他刚才待的地方。原来大树在倒下时遇到了其他树的阻碍，改变了方向，以巨大的力量弹了回来。大树的根部直接戳中另一战友的前胸，他来不及叫一声就倒在地上。

而这名战友所在的位置，正是葛宗祺刚才所在的位置。葛宗祺和众人冲上去一看，那个战友的整个前胸都瘪了，他的肋骨全被撞断了，肠子都流了出来，整个人变成了血人，前胸一个大窟窿还在汩汩地向外冒血。

大家想把受伤的战友送去医院急救，他用微弱的声音挣扎着说："别管……我了，别耽误工程……"而后，他就永远地合上了眼睛。

无数的意外，冻土、冰川雪崩、泥石流、塌方、肺心病，等等，和无数的危险每时每刻都在威胁着这些年轻的生命。

其中有一段工程，几乎每推进一米，就有一个战士牺牲。仅仅雀儿山一个山头，就牺牲了三百多人。

不久，厄运再次降临，这次死神盯上了赵辰昊。

那天，葛宗祺和赵辰昊正在埋头清理塌方的路段，赵辰昊边干活，边跟葛宗祺说话，他兴奋地嚷嚷着："老葛，我老婆怀孕了。我老赵家后继有人啦。"

葛宗祺一听，也很开心，他要当干爹了呀。两人正算计着那个叫修桥的孩子将在几月份出生，突然就听见轰隆一声巨响，工地垮塌了，刚才还在谈笑风生的赵辰昊被埋进石头堆里不见了。

葛宗祺和其他战友疯狂地扒着石头和土块，然而再也没找回赵辰昊，他就这样消失了，没来得及说一个字，就跟战友们永别了。

……

　　这个故事太悲伤了，葛宗祺难过得再也说不下去了，他苍老的眼神看着窗外，喃喃道："我的兄弟，见不到了，再也见不到了……"

第十一章 二郎山高万丈

悲伤的故事,逝去的亲人。

大家都屏住呼吸,陷入长久的沉默,内心被这股悲伤攫住了。

葛念镜咬着嘴唇,内心涌过一股剧痛。她从不知道爷爷曾经有过这样惊心动魄的经历。此刻,她看着爷爷,他不再是那个平凡的老人,他端坐如山,苍老肃穆。

一缕阳光从窗户透进来,映在他身上。他身上有光,令人心生敬畏。

姑姑轻声问奶奶:"那我这名字……葛凯旋,跟那个赵叔叔有关系?"

葛凯旋的猜测是对的。

赵辰昊牺牲后,他的妻子哭得死去活来,眼睛都快哭瞎了。

也许是巧合,也许是冥冥中的天意,葛宗祺觉得赵辰昊牺牲那天说的话,就是把自己的妻儿托付给他了。

他和妻子李芳菲决定,以后就把赵辰昊的父母当自己的父母孝顺,把他的孩子当自己的孩子抚养。后来那个孩子出生了,是个男孩,就按照赵辰昊的遗愿叫赵修桥。

葛宗祺两口子认赵修桥当干儿子,把自家工资也大部分拿去帮助赵辰昊的父母和家人了。

过了几年,李芳菲生了个女孩,葛宗祺终于松了一口气。

有一天晚上,他独自出门找了个僻静的小山包,垒起一个小土堆,插了三根香点着了,又洒了一杯酒,他坐在那里,絮絮叨叨地跟赵辰昊聊天:"兄弟,咱有闺女了,听你的,就叫她葛凯旋。"

葛凯旋终于恍然大悟,怪不得呢,她记得小时候,那个修桥哥哥常年住在自己家。他有新衣服,他们姐弟三人没有;他有好吃的,他们仨也没有。那会儿不懂事,还老说爸妈偏心眼,对干儿子好,对自己孩子不好。

葛宗祺觉得这都是天经地义的事,自己的孩子,有口吃的,能活就行。兄弟赵辰昊的孩子,万万不能有丝毫闪失,否则对不起他们两口子啊。

赵修桥从未见过自己的亲生父亲。他没有读过太多书,十八岁就进了交通系统上班;他修过的桥和路,不计其数;他的经验,都是从实践中总结出来的。有时候,葛啸天这个工程师解决不了的问题,他却能找到合适的解决办法。

赵修桥家里有三个孩子,他老婆身体有病,常年吃药,也不能工作，日子过得紧巴。葛啸天和赵修桥从小一起长大，亲如兄弟，他就认了赵修桥的大儿子赵聪慧做干儿子，也是找了个名正言顺的理由帮他。

葛念镜原以为爸爸重男轻女，宁可认赵聪慧当干儿子，也不待见她，至此才算明白父亲的良苦用心，到底是自己心眼小了。

当年葛念镜出国留学要自己打工挣学费，大冬天，在街头给人画素描，画一张要一上午，挣五十块人民币，手冻得都握不住笔。

她爸葛啸天说："很好，你多锻炼锻炼。"转身他却慷慨大方地替干儿子赵聪慧交学费，还给他请家教，很贵的那种，一小时五百块呢。

"小镜，听你爸爸说，因为聪慧弟弟，你跟他翻脸了，还离家出走了？"葛宗祺问道。

爷爷当众问出这话，葛念镜有点难为情，赶紧吐槽父亲对聪慧弟弟的各种偏心眼。按照她的性格，本不必解释，奈何不想被众人误解为小肚鸡肠。

"你也不容易，葛念镜，但你也有问题。"突然，那个钢铁直男又说话了，好像生怕不说话把他当哑巴卖了。

葛念镜瞪他一眼，声音不自觉地高了："我有什么问题？我爸连个招呼都不打，就把我房间让给别人了，他至少该征求一下我的意见吧。他不能自作主张，对不对？我没有问题。"

"你有，你的问题是拒绝沟通。你爸的问题是考虑不周。"那家伙很固执。

真是个没眼力见的家伙，他根本看不出来葛念镜已经快爹毛了。

那王记者赶紧和稀泥:"咱继续采访,这事不提了。"

"王老师,不提,问题不会自己消失,请给我五分钟,我把问题说清楚。"

真是,墙都不扶,就服这种又傻又愣又一根筋的。她气呼呼做个邀请的动作:"来,你请,杠精先生。"

"我不叫杠精,我叫李明亮。"他也不生气,情绪稳定。

众人哄堂大笑,姑姑想阻止他们继续较劲,爷爷摆摆手说:"小李说得有道理,理不辩不明,灯不点不亮,你继续说。"

"谢谢爷爷。"那小李站起来一鞠躬,开心地笑了,露出一口雪白的牙齿。

哼,装什么孙子呀!这是你爷爷吗,叫得那么亲。葛念镜心里冷哼一声,抱起双臂冷眼相对。

"我是这样认为的,葛念镜,你有情绪,很正常,我能理解。"

葛念镜貌似淡定,心里想,你谁呀,我用你理解吗?

"你爸今天没在场,他的问题不提,只提你的。你的问题是,你拒绝和你爸深入沟通,你承认吧?"

李明亮告诉葛念镜,他曾经也以为父亲和自己没感情。然而他上大学一年级那年,父亲出车祸了,等李明亮赶回去,人都快不行了。父亲死死抓着李明亮的手,眼睛直直地瞪着他,有千言万语,却一句也说不出来了……

那一刻,李明亮突然就懂了孩子和父母之间相爱相杀的感情纠葛。可惜,他有那么多的话,都来不及对父亲说了。后来每当他想父亲了，只能去坟头跟他聊天。

有一年夏天，他去父亲的墓地，却怎么都找不到他在哪里，到处都是疯长的野草和荆棘，他把父亲弄丢了。他心里发慌，四处奔跑着寻找，胳膊和腿被荆棘拉出很多血口子，他却感觉不到疼痛，一心想找到父亲。然而那个爱他的人，却被荒草湮灭，彻底消失了，他坐在草地上，嚎啕大哭。

葛念镜心里快速计算了一下，他上大一时应该也就十八九岁吧，一夜长大，说的就是他吧。

大家都面有戚色，想不到李明亮小小年纪，已承受了这么多，他一定吃过很多苦头。

李明亮不想让众人悲伤，他赶紧安慰道："没事，我现在过得挺好的，我妈妈身体很健康，我妹妹考上了北大。"

葛宗祺欣慰地点头，他突然想起一件事，于是告诉大家，赵修桥的儿子聪慧前几天接到了清华大学的录取通知书。

清华大学呀？葛念镜看看李明亮，两人都面露惊喜。葛念镜赞叹地："牛人呀，赵聪慧，果然人如其名。跟他比，我妥妥一学渣。"

李明亮："你也不必妄自菲薄。"

葛念镜自嘲地："我一艺考生，你以为我不考清华北大，是因为不喜欢吗？"

葛宗祺告诉葛念镜，聪慧弟弟考上大学，葛啸天承诺负担他的学费和生活费，只要他个人能考上，就是将来读硕士、博士，都会支持他。

葛念镜热血沸腾立刻举双手赞成，她心念一动，自己账上趴着几十万呢，没准比老爹的存款还多。嘿嘿，赵聪慧同学，你这学费，姐姐我来交也行哈，毕竟你可是清华的，咱有钱要花在刀刃上嘛。

正在低头飞速记录的王记者突然兴奋地一击掌，他告诉大家，老葛家世世代代都慷慨大方，从葛镜、葛宗祺，到葛啸天，都能散尽家财，为天下苍生，这就是家风的传承。

"太棒了！王老师，你找到了这篇文章的题眼。家族精神的传承，也正是民族精神的传承。你说呢？葛念镜，这是题眼啊！"李明亮目光灼灼地看着葛念镜。

葛念镜脑袋激灵一下，突然就发现了诡异之处，这个姓李的家伙一口一个葛念镜，他怎么知道自己的名字？她仔细回想了一下，好像没人告诉过他。

葛念镜上下审视他："说吧，你怎么知道我的名字？"

李明亮一怔，惊讶地："嘿，原来你没认出我呀！咱俩在葛镜桥上，我还救你一命呢。"

葛念镜这才恍然大悟，她撇撇嘴："嘿，原来是你呀，你怎么不早说，在那挤眉弄眼的。"

李明亮悻悻地："我还以为你早认出我了呢。"他明显有些失望。

"当时黑灯瞎火的，我哪看清你长啥样。"葛念镜嘀咕着，心想真是冤家路窄，怎么走哪儿都能碰见他呀……哎，等会儿，不对呀，这个姓李的家伙，为什么总是出现在自己身边？难道……其中有什么奥秘？

葛念镜皱起眉头审视李明亮，目光中满是狐疑，李明亮明显感觉到了她的心思，他冲她眨了眨眼，伸手示意她继续听爷爷讲故事，不要节外生枝，葛念镜只好强压下满心的疑惑。

川藏线上。

修路生活是极其艰苦的，战士们睡的是石头床，吃的是草根饭，刚开始还有黄豆和荞麦吃，后来供给越来越困难，战士们就在业余时间挖野菜、抓田鼠、捕麻雀，打打牙祭。

后来他们了解到藏族人民的习惯，他们禁食狗、猫、老鹰、麻雀、乌鸦等有爪子的动物肉，也不得借用他人的工具、炊具宰杀和煮食这些肉类。为了尊重藏族人民的情感，战士们连麻雀也不捉了。

在吃饭这件事上，最常出现的情景是这样的，炊事员用石头在野外支起一口大铁锅，用柴火煮一大锅开水，里边放上野菜。开饭时，厨师就在每人的饭盒里舀上一瓢菜糊糊，大家就着硌牙的米饭喝下肚，饿极了，也感受不到肚子是不是难受。而且一定要抓紧时间赶紧吃，稍微吃慢了，菜糊糊就冻成了冰碴。

经过艰苦生活的磨炼，葛宗祺和李芳菲都不再是当年细皮嫩肉、弱不禁风的青年男女，他们迅速成长起来，脸蛋黢黑，身体健壮，双手磨出一层又一层老茧，意志也越来越坚定了。

他们的工地周围总是冰天雪地，土地和冰雪牢牢地冻在一起。葛宗祺和战友们用钢钎打孔，大锤子一锤打下去，手被震出血口子，地面上却只留下一个白点儿。尽管有用柴火燃烧融化冻土的办法，可是柴火也很稀缺！时间在一天一天地过去，公路在一寸一寸向前延伸。

对付石头，一种办法是用钢钎打，一路走一路打，石头一块一块地打出来了，钢钎却不知不觉地打钝了，打短了，真是铁棒磨成针。没有任何的现代化工具，工地上就是一排人海战术，干活儿的方式只能是蚂蚁搬家，蚂蚁啃骨头。

最难的就是遇到悬崖峭壁，必须炸开石头，才能在悬崖上把路打通。放炮的声音惊天动地，有的战友耳膜都被震破了。最开始葛宗祺一听见放炮声，就会吓得闭上眼睛双手捂住耳朵，趴在地上。慢慢地，他也习惯了，尤其是当他的好兄弟赵辰昊牺牲后，他成了那个总是抢着去点炸药引线的人。

有一次，那批炸药爆炸力太小，炸不开石头，还经常熄火。一旦熄火了，人就要上去查看，这是最危险的。

那一天，阴云密布，小雨淅淅沥沥，脚底下的冻土，又湿又滑。葛宗祺他们当时的任务是从沿江的大山旁边挖出一条公路，为加快进度，他们利用地形在大山的夹缝中安放了许多箱炸药，利用这些炸药先炸出一条通道。

炸药安放好之后，负责警报的口哨吹响了，大喇叭喊着："放大炮了，各单位注意安全。"战友们闻讯停下手里的活，躲避到安全地带休息。

葛宗祺和一位姓周的战友一起负责放炮，看大家已准备妥当，两人点燃引线后，迅速撤离。他们和战友们一起躲在安全地带等着，但是一等炸药不响，二等炸药还是不响。

难道又熄火了？可能引线被雨水打湿了吧？大家在七嘴八舌地议论着。

按照惯例，葛宗祺硬着头皮上前查看，那个周姓战友也跟上来，葛宗祺劝阻说："你回去，我自己就行。"

那战友不听，开玩笑说："没我不行，我要给你保驾护航。"

那战友执意跟上来，葛宗祺也没办法，两人贴着悬崖，侧着身子，努力稳住身体，小心翼翼向前挪动。眼看离放炸药的地方越来越近了，突然轰隆一声巨响，无数石头碎片腾空而起，像炸弹飞向四面八方。

葛宗祺急忙就势卧在悬崖上，他看见周姓战友转身要跑，一块碗口大的石头飞来猛地击中他的后背，他扑通一声栽倒在地上，一动不动。

待惊天动地的爆炸声和飞石停息下来，葛宗祺和战友们赶紧上前查看。周姓战友趴在地上已奄奄一息，他整个后背血肉模糊，鲜血混着泥沙，一片狼藉，一个大窟窿，正突突地向外淌血。

大家都不敢碰他，唯恐再次误伤他。葛宗祺脱下自己的棉袄盖在战友身上，撕心裂肺地大喊卫生员快来救命。李芳菲和另一卫生员匆匆赶来，翻过那战友的身子，他已经停止了呼吸，他的脸极度扭曲，临走之前一定承受了巨大的痛苦。

李芳菲回天乏术，唯有悲叹，转瞬之间，又一名战友就这样永远地离开了。

……

葛宗祺多次与死神擦肩而过。他永远记得那一天，位于雀儿山的一处路段发生严重塌方，他陪同工程师王安平前往勘察。

他们所行之处，路况复杂，险象环生，王安平开着大卡车冒险前行，车子行到烈士张福林墓前的急转弯处，卡车忽然像发疯的猛兽直向悬崖下冲去,车子猛烈地撞击在悬崖上,车身倾斜,车门被震开,葛宗祺猛地被甩了出去。

随着轰隆一声巨响,失控的车辆在悬崖上剧烈翻滚,腾起烟尘滚滚,所到之处,无数树木被撞断折损。

被甩出去的葛宗祺飞速坠落,他的身体砸断一根树杈,乘着惯性继续坠落,最后挂到了一棵大树上,昏死过去。可悲的是,王安平则没有那么幸运了,他与车子一起坠入了大松林口深谷。

战友们闻讯赶来,救援的战士找到了挂在树上的葛宗祺,将他解救下来。他浑身是伤,昏迷不醒,只有鼻息发出微弱的喘息声。战友们赶紧将他送到医院抢救,他在生死线上挣扎了二十多天,终于苏醒过来。

就这样,葛宗祺捡回了一条命,而跟他同车的王安平则不幸牺牲。

……

那是一段难以想象的艰难岁月,没有什么可以阻挡他们修路的决心。战士们靠着最原始的工具——铁锤、钢钎、狗头洋铲,靠着不怕累不怕死的一身硬骨头,生生在悬崖上修出一条路。

最初的便道只能通过一个人,或者一匹马,再以这个为基础,一点一点地向外扩张和延伸,把一尺来宽的道路变成四五米宽的道路,直到可以通过一辆汽车。

葛宗祺感叹道:"只有共产党领导的队伍才能创造这样的奇迹。不管是当初的川藏公路,还是目前正在修建的川藏铁路。我们这种精神从未改变。"

提到川藏铁路,李明亮立刻两眼放光,他说:"川藏铁路,将是迄今为止人类历史上最具挑战性的铁路建设工程。"

川藏铁路？又遇到了自己的知识盲区，葛念镜赶紧偷偷查了一下资料，免得自己像个傻子一样，啥都不懂。

关于川藏铁路，相关资料是这样描述的：

有着"世纪工程"之称的川藏铁路全长1956千米，共分三个部分，预计在2030年前后通车。

川藏铁路建设难度极大，东起成都，西至拉萨，从海拔500米的二级台阶跃升到4000多米的一级台阶。穿越四川盆地、川西高山峡谷、川西高山高原区、藏东南横断山区、藏南谷地区五大地貌单元，跨越金沙江、澜沧江、怒江、雅鲁藏布江等七条大江大河，翻越二郎山、折多山、高尔寺山等八座高山。北高南低、西高东低，累计爬升高度达1.4万米，如果从剖面看，线路走向是"八起八伏"的，地貌条件极其复杂多变。

工程开始之初，相关的实勘、设计、施工团队总结出雅林段（雅安至康定至林芝段）所面临的最大问题，即"巨大的地形差""活跃的板块活动""频发的地质灾害"，以及"脆弱的生态环境"。

这四点，其中任何一个都是工程界的巨大挑战，而集齐四项的雅林段可以说是BUFF（增强效果）叠满，难度系数拉到天花板级别。由此川藏铁路也被称为彻头彻尾的"地狱级"工程！

这样一项世界顶级工程，总投资将近4000亿。

那么，修建这样一条"世纪工程"的意义是什么？

耗资巨大的川藏铁路建成后，将成为继青藏铁路之后世界屋脊通往内陆的又一条大动脉，对边疆的发展建设和生态保护意义重大，尤其是对于维护边疆地区稳定、维护国家安全等都具有重要的现实意义。

葛念镜埋头研究着这段关于川藏铁路的介绍，不禁感慨万千，内心掀起狂澜，如此伟大的世纪工程，确实称得上"地狱级"难度，怪不得西方人要酸溜溜地说出如此怪话。

"爷爷，据说西方地质专家曾断言，在川藏线不可能修铁路。"

葛宗祺手一挥，不屑地笑了。他认为西方专家不懂我们中国人，中国人身上那种一不怕死、二不怕苦的精神，他们永远都不可能理解，更不可能做到。

大家都赞同，可以毫不客气地说，在"中国速度""中国技术"和"中国精神"面前，西方专家的脸总是被打得啪啪响。

葛宗祺慢慢跟大家讲述这些往事。他说自己这一生遇到过很多挫折，在最难的时候，也有过放弃的想法；但是只要想一想在川藏线筑路的那段日子，想想那些牺牲的战友，他的心里就充满了力量；跟那些战友们比起来，他觉得自己遇到的这些困难，简直不值一提。

葛宗祺咳嗽一声，清清嗓子，长长吸了一口气。而后他用苍老的声音唱起了那支歌："二呀么二郎山，高呀么高万丈，古树那荒草遍山野，巨石满山岗……"

奶奶也随着爷爷一起唱起来，两位老人沧桑的面容焕发出了神采……

羊肠小道那难行走

康藏交通被它挡那个被它挡

二呀么二郎山,哪怕你高万丈

解放军,铁打的汉

下决心,坚如钢

要把那公路修到西藏

……

第十二章 "桥三代"与"一根筋"

晚餐设在市里一家正宗贵州菜馆。

葛宗祺很开心,他把珍藏的五粮液拿来了。大家都很兴奋,王记者高兴得两眼放光,说今晚要一醉方休。

葛念镜很少喝白酒,年少时喝饮料,与闺蜜相聚时喝红酒,偶尔跟家里长辈相聚尝过两次白酒,也并未体验到它的美妙,只是感觉好辣好烈。

"你喝点白酒,咱老葛家的女孩都豪爽。"姑姑执意给葛念镜倒上。

她也就不再推辞,心想反正爸妈都没来,就当替他们陪爷爷了。

"真香啊!爸,你压箱底的宝贝都拿出来了?"姑姑葛凯旋打趣。

葛宗祺摇头:"还有好的,我珍藏了三十年的茅台,等小镜结婚时,拿出来喝。"

姑姑兴奋地搓手:"好呀,小镜,你什么时候结婚?"

"很不幸,姑姑,你喝不上了。"

"为什么?"

"因为我不结婚。"

"咋就不结婚呢,分手了,再找一个嘛。这世界上那么多男人,总有好的。"

"好坏,都跟我没关系,我决定做不婚主义。"

"这个主义,那个主义,不婚主义是个啥主义?"奶奶听不懂,好奇地问坐在身边的李明亮。

"不婚主义就是不结婚,你孙女说她不找对象,也不结婚。"李明亮如此解释。

奶奶一听就急了:"那可不行,天上的鸟是一对一对的,地上的人,也是一对一对的。不结婚,你一个人多孤单啊。"

"对呀,葛念镜,奶奶说得对,那狮子、老虎,也都是一对一对的。"李明亮插嘴道。

葛念镜白他一眼,低声地:"多嘴。"

"那你是受过什么刺激吗?"李明亮一脸真诚。

"你才受过刺激呢。"葛念镜抢白道,被他气到胸中一痛,似被无名之箭击中。

"没受过刺激,你不至于呀。"李明亮神情一本正经,神态落落大方。

"关你什么事,吃八顿饭不饱,撑得你。"葛念镜看出来

157

了，姓李这家伙绝对是人间一朵奇葩花，能一句话气死你，决不说两句。

"凡事发生必有好处，你失恋也是好事。"李明亮还在毒剑剜心。

"哎，你怎么那么烦人呢，我看出来了，你天庭饱满、地阁方圆，唯独缺一样东西。"

"缺什么？我什么都不缺。"

"你——缺——德！"葛念镜拿手拍拍桌子。

王记者哈哈大笑，话里有话地："有意思，有点欢喜冤家的味道哈哈，喝酒，葛老，我先敬您一杯。"

王记者给葛宗祺敬酒，姑姑和李明亮陪同。

奶奶拉住葛念镜的胳膊，低声说："孩子，听奶奶的，你还是得找一个人。"

葛念镜心里暗自骂自己：葛念镜，你是弱智吗，跟老人家提不婚主义，活该你被围攻。

奶奶和声细语地："你看我和你爷爷，你姑姑和姑父，你爸和你妈，咱们家人都和和气气的，互相扶持着，过得多幸福呀。"

为了堵住奶奶的嘴，葛念镜只好连连点头："好的，奶奶，好的，我都听你的。"

奶奶高兴了，举起豆浆跟葛念镜碰一碰，笑得眼睛眯成一条缝："这就对了，两个人一起过，心里才不空荡呀。"

酒过三巡，大家推杯换盏，气氛越发热闹起来。

美酒、盛宴、对的人，总是容易触动人的真情。王记者很感慨,他和李明亮要共同敬葛宗祺爷爷一杯酒,敬他们心目中的英雄。

葛宗祺拒绝了,他说奶奶才是真正的英雄。今晚,葛宗祺的话多起来,他平时很少夸奶奶,借着酒力,他内心的深情再也藏不住了,自觉自愿地启动了夸妻模式。

葛宗祺说他这一辈子,眼里只有奶奶一个女人,感谢老天爷让他拥有这么完美的妻子。他含情地看着奶奶说道:"李芳菲呀,人家是十指不沾阳春水的富家大小姐,十八岁就跟着我离家出走,瞒着家里所有人,这得多大的决心啊。我俩参军到了西藏,一起去修路,她是护士又是文书负责记录账目,休息时间,她就打石子、扛钢筋,跟男劳力一样能干。"

奶奶不好意思地阻止爷爷:"别说了,老葛,当年工地上,不分男兵女兵,大家都一样干活,这不值得说。"

葛宗祺继续告诉大家,他们总共生了三个孩子,自己都没能在身边照顾妻子,因为工地上事情太多了,实在是没有办法。每一次他都会提前买一只老母鸡,给弄好煮熟了,再煮二十个鸡蛋,给妻子放好,能吃上十天半个月。

葛念镜:"奶奶,你会怪爷爷没有好好照顾你吗?"

奶奶赶紧摆手:"这有啥好怪的,他每天都在忙工作,干的是大事、正事。我自己能搞定的事情,都不会分散你爷爷的注意力。"

奶奶说的是实话,工地上所有女人都这样。没有哪个女人生孩子,老公能留在身边照顾的,遇到赶任务,三五个月见不到面都是正常的。

这些对葛念镜来说，很难理解，她就疑惑了，那些女兵钢筋混凝土一般的铮铮铁骨，都是怎么练成的呢？

奶奶觉得这都不是事儿，哪有什么天生的铁骨，都是年轻的女孩子，一开始也受不了那累，忍不了那苦，哭鼻子的，骂娘的，都有。可是孩子刚落地，你不能不管，你不管他就活不了。所以管不了那么多，一边哭一边手忙脚乱地带孩子，时间长了，就好了，脸黑了，皮糙了，心也硬了。

"奶奶，我听说，那会儿你们生完孩子，没几天就开始干活了，是真的吗？"葛念镜有太多问题。

奶奶笑了，心里想，这都天经地义的呀，你不干，还能怎的，反正也没人帮你干。男人都在外边忙，她们这些家属就互相帮衬着，照应着，一天天，就这么过来了。

葛念镜扪心自问，要换了自己，未必能做到奶奶这样无怨无悔地跟随一个男人，相信他，支持他，鼓励他。这样看来，奶奶真是完美妻子的典范呢。

葛念镜热血上涌，端起酒杯说："爷爷，奶奶，我提一杯，向你们学习，我也要为咱老葛家做点事。"

葛宗祺立刻举杯，高兴地说："好好好，我孙女提一杯。"

众人兴奋地齐刷刷站起来，把酒杯举到一起碰得砰砰响而后干杯，也没人问问葛念镜到底要干点啥事。

葛念镜有点失落，这杯酒，提得不明不白的。就像锦衣夜行，没人看见你衣服的华美，也没人分享你心里的得意，这快乐也就大打折扣。

或许在大家眼里，她一直都不是那个能为葛氏家族增光添彩的人吧。从老祖宗葛镜，到后来的爷爷奶奶，爸爸妈妈，甚至才八岁的侄子葛思桥，那个小小的孩子，已立下大志，将来要当最厉害的桥梁工程师。老葛家的每一个人，都串在家族的这条链子上，每一个人都在发光；只有她努力挣脱了，任性地去做自己喜欢的事；也许真如父亲所言，她是家族的背叛者，是一个教育失败的孩子。

尤其是今天，当爷爷提起当年川藏修路的那段历史，她突然有一种羞愧感，觉得自己似乎不配拥有"葛"这个姓氏。

她坐在那里，低头不语，一瞬间有点意兴阑珊，眼眶发酸，有一股莫名的委屈涌上心头。

"你要干啥事？快跟大家说说呀。"李明亮突然催促道。

葛念镜一怔，她挺直后背端坐不动，飞快地眨了眨眼睛，逼那些小星星退了下去。

"说呀，我一直等着呢。"

她惊讶地看了李明亮一眼，他一脸期待地看着她，她抿一下嘴唇，无语。

李明亮拍拍手："安静！请安静！现在请葛念镜女士讲话。"

正在大声说笑的姑姑和王记者马上停下来，一起看着葛念镜，爷爷奶奶的目光也被吸引过来。

众人纷纷催促葛念镜快说出她提酒的理由，大家一起眼巴巴地瞅着她。

"……也没啥了……"她有些不好意思，含糊其辞道。

"说吧，你那么认真，肯定是很重要的事。"李明亮微笑，嘴角上扬，他真的很喜欢笑。

葛念镜推脱不过,支吾地:"也没什么,我就是……画画,签了个合同。嗨,这个不重要,还是说你们吧。"

"画画怎么不重要,很重要。你可是爷爷奶奶的骄傲。"姑姑纠正她。

"怎么可能,你们都在交通系统,只有我……是个例外。"葛念镜不相信地撇撇嘴。

葛宗祺:"不管你干啥,走正道就是好的。小镜,我们家都是搞建筑的,成天不是画图纸,就是跑工地,要么就是职工医院,职工学校,就你这一个丫头是画画的。了不起呀,也没人教你,你得多聪明啊,才画得那么好。"

葛念镜很怕别人夸她,赶紧摇头:"没有,爷爷,我画得不好,也就半吊子水平。"

"你就别谦虚了,你七八岁那会儿,爷爷过生日,你给他画了一幅祝寿图,轰动了整个家族呢。"姑姑哈哈大笑,竖起大拇指夸奖道。

葛念镜一拍脑门,羞得脸都红了。她想起了,那天她躲在爷爷书房画了一幅全家福,虽然只是个小孩子,一出手就是大手笔。

她用了整面白墙做画布,用五颜六色的彩笔在墙上挥斥方遒,家里凡是她能说出名字的人,她都画上了,二十多个人物,每人七八笔就勾勒出来了。还有一狗一猫,也荣登家族画像。当然她还挖空心思地画上了寿桃、仙鹤、金元宝和大红灯笼,还有一个百宝箱,总之红红火火,喜气洋洋。

画好后,她顶着一张小花脸跑进客厅,冲着爷爷说:"爷爷,爷爷,我要送你一个礼物。"她拽着爷爷的手跑回书房,向爷爷展示她的杰作。

其他人好奇地跟进来看热闹,都惊得目瞪口呆,五六米长的一整面墙被涂鸦得花花绿绿,甚是壮观。葛念镜仰脸看着这些大人,指着墙上面目全非的人形——对照说:"这个是爷爷,下巴有个黑痣,这个是奶奶,戴着围裙,这是大堂哥头发竖着长的,这个是大堂嫂肚子很大……"

没有画家本人指点,谁也认不出自己,经画家本人一指点,每个人都觉得跟自己很贴切,关键是特点抓得很准。

大家都围到这宏图巨幅前寻找自己,笑得前仰后合。葛念镜的爸爸葛啸天看女儿把一面墙糟蹋成这样了,抬手就想揍她,训斥道:"你画纸上不行啊,到处乱画。"

爷爷葛宗祺一把护住孙女,夸赞道:"画得好!孩子有大胸怀。纸小了,她画不下。"

众人哈哈大笑,竖起大拇指纷纷夸赞葛念镜人小志气大。

葛啸天觉得很丢脸,准备饭后找工人把墙给刷干净。葛宗祺瞪儿子一眼说,这是他收到最好的生日礼物,谁也不许动!

葛啸天悄悄对女儿做个威胁的鬼脸,低声地:"你给我小心点。"

葛念镜躲在爷爷的胳膊肘里,得意地冲爸爸一龇牙:"我的礼物比你的好。"

……

想到小时候的闹剧,葛念镜自己扑哧笑了,心里责怪自己真是太玻璃心了,爷爷奶奶一直都那么宠爱自己,哪有人排斥她嘛。果然，搞艺术的人就是太敏感、太多疑。

她自己傻笑起来："爷爷，你还记得我那大手笔呀。"

葛宗祺连连点头："记得，记得，怎么能忘呢，那可是个豪华大礼包。"

奶奶插话说："后来过了好几年，那彩笔的颜色都褪了，没那么鲜亮了，你爷爷还舍不得呢！小镜，要不，你哪天回那老房子，再给重新描一描？"

大家都觉得这是个好主意，葛念镜却突然沉默了，她呆坐着眼神发直，好像神游天际了。

突然她站起来，冲到爷爷和奶奶身边，抱住两位老人手舞足蹈起来，兴奋地喊道："太棒了！太棒了！"

李明亮、姑姑和王记者一起看着她面面相觑，不明白发生了什么事情。

"魔怔了？"李明亮自语道。

葛念镜使劲拍拍手："各位，我要宣布一个大事。"她双手合十给爷爷奶奶两位老人分别鞠了一躬。而后兴致勃勃地告诉大家，她跟画商签了一个合同，围绕大桥创作，她总共要画几百幅桥。刚才大家提起她小时候的"大手笔"，她突然豁然开朗，心想，我为什么不能再画一幅大的呢？除了那些标准尺寸，我再画一幅百米长卷来表现壮阔山河，岂不壮哉！

"名字就叫……万桥图？不好，万桥颂？也不好，算了，先不管名字。你们说这创意怎么样？"葛念镜满脸期待地问众人。

葛念镜给出的信息量有点大，众人沉思着，一时跟不上她的脑回路。

"太好了！就像张择端的《清明上河图》那样？长卷形式，采用散点透视构图法？"李明亮兴奋地问道。

"哎，你懂得挺多呀。我还以为你一根筋，啥也不知道呢。"葛念镜一高兴就口无遮拦。

坐在葛念镜身边的姑姑碰碰她的胳膊，提醒她注意言行。"人家小李是桥梁设计师，整天也要画画写写的，跟你那个差不多。"

葛念镜原以为这个家伙就是一坐办公室的，整天记录个会议，整点材料什么的，没想到他年纪轻轻，还是有点东西。"你真的是工程师？"她难以置信地看着李明亮。

"那当然，我有资格证。"李明亮立刻拿起手机翻相册，"有照片为证。"

"不用，我又不是打假办的。"

李明亮找到照片执着地递到她眼前，葛念镜不得不看两眼，遇到这么固执的人，也真是被他打败了。

"哎，对了，我觉得，你这幅画叫《万桥山河图》怎么样？"李明亮对葛念镜的画很感兴趣。

王记者拍案叫绝："《万桥山河图》妙啊！绝妙！"

葛念镜内心狂喜，踏破铁鞋无觅处，没想到得来全不费功夫呀。《万桥山河图》这名字，确实有大气磅礴、气象万千之势，她很喜欢。而且这个名字直接突出了这幅长卷的主题：以壮阔山河为背景呈现出百座桥梁的雄伟气势，构思主要分两部分，一部分是山河，一部分是桥梁。二者共荣共生、相映生辉。

"怎么样？我很厉害吧？"李明亮期待地看着她，像一个渴望得到表扬的孩子。

不能让这家伙太得意了，否则他还不飞上天了。想到这里，她故意皱起眉头："嗯，还行吧，差点意思。"

李明亮信以为真，他捏住下巴，沉思地："哦，那我再想想。"

"这名字多好呀，多霸气呀，我觉得不可能有更好的名字啦。"姑姑葛凯旋并不懂葛念镜的心思，一脸不解地在那嚷嚷着。

葛宗祺："我觉得也很好。小镜，你觉得哪里不满意？"

葛念镜故意轻描淡写道："名字这事，先搁着。我还有一个问题，很重要的问题，全中国有那么多桥，光咱贵州就有三万多座，我该画哪些桥呢？哪些桥能突出中国桥梁的重点呢？"

李明亮闻言笑了，他嗖地一下举起右手，神情踊跃，像急切等待老师提问的学霸。

"这个问题，你还是得问小李工程师。"王记者一指李明亮。

葛宗祺赞许地："对，这事你就问小李，别看他年纪轻轻，人家可是中国桥梁活地图。"

葛念镜歪头看着李明亮，犹疑地："你……真行？"

"真行！不信问你爸。"

"……你什么意思？"

李明亮笑眯眯地站起来，给大家鞠了一躬，而后看着葛念镜，故作严肃地说道："尊敬的葛念镜女士，是时候隆重地推出我自己了。"

"给点阳光就灿烂，你请，杠精先生。"葛念镜抬手做个请的动作，惹得众人一阵哄笑，没想到李明亮接下来说出的话，却让葛念镜大吃一惊。

原来葛念镜和李明亮在葛镜桥上的相遇,并非偶然。

李明亮最近这几天都在福泉活动,一是配合日报的采访活动,二是他接了新的建筑任务,于是到葛镜桥寻找灵感。那天他在葛氏饭店吃饭时,看见老板娘和众人都围着葛念镜合影拍照,听说她是葛氏第十七代传人,就偷偷拍了一张照片发给了师父葛啸天,询问是真是假。

没想到,葛啸天看到照片后立刻给他打来电话。葛啸天很紧张,他告诉李明亮那是他女儿,前些天失业失恋,状态很差,还跟他大吵一架离家出走了。现在信息不回,电话也不接,葛啸天担心女儿出意外,就嘱咐李明亮盯着点,看她跑到福泉去干什么。

师父的话就是圣旨,李明亮听话、照做,于是就有了当天晚上葛镜桥上那一幕。

果然,事出反常必有妖。

李明亮这一番话听得葛念镜瞠目结舌,她想起那天晚上他特意嘱咐说"你给家里打个电话啊",当时就觉得不对劲,可又说不出为什么,呵呵,原来如此。

万万想不到,这个"一根筋"同学,竟然是老爹的弟子。哎呀,老葛同志,你也太过分了,把我失恋这点破事宣传得满世界都知道,竟然还怀疑我为此想不开!我的神啊,为了一个劈腿男,我葛念镜至于嘛,他也配!真是,麻烦您老人家好好照顾自己,就别为我操心了。葛念镜想到此,冲李明亮翻个白眼。

"你扫?我扫?"李明亮接住她的白眼,直截了当地问。

"……你什么意思？"葛念镜一头雾水。

"加微信哪。我把桥梁资料发给你。"李明亮拿起手机，一脸疑惑地打量葛念镜，似在诧异她的智商为何不能与自己同步，他由衷地感叹道："你太迟钝了。是文艺生症候吧。"

"你太直男了，是理工男致命短板吧。"葛念镜回击他，嘴巴上她是不肯吃亏的。

两人开始加微信，李明亮嘀咕道："你英文名Anni，我手机里至少有十个Anni。"他边说边备注。

葛念镜瞄了一眼，发现他给自己备注的名字是：桥三代。她不暇思索给他备注名字：筋一根。但一转念，发觉对仗过于工整，便又调整为一根筋。

葛念镜把备注好的名字给他看，李明亮也给葛念镜看，两人一起哈哈大笑起来。

就在这时，葛念镜的手机铃声响了，Are you going to Scarborough Fair（你要去斯卡布罗集市吗？）Parsley, sage, rosemary and thyme（芫荽、鼠尾草、迷迭香和百里香）……

是莎拉·布莱曼迷人的嗓音，此时却像拉响了一级警报，葛念镜看着屏幕上闪动的那个来电名字，咬了一下嘴唇，按下接听键，小心翼翼地"喂"了一声。

不知对面是什么人，不知那人说了一句什么话，葛念镜脸色突变，她猛地站起来转身冲出门去。

众人面面相觑，不知道发生了什么事情。

第十三章 拯救圣甲虫

风声在耳边呼啸，尖锐刺耳，直穿耳膜。

葛念镜的整个神经被尖锐的风声挑起来，飘在虚无的太空，她感觉自己马上就要失控地尖叫起来了，可是仅存的理智警告她，不能尖叫，不能慌乱，不能有任何风吹草动。

是那个十八岁的少年老F，此刻他正站在楼顶跟她做最后的告别。

他说："老葛，我没什么朋友，连个告别的人都没有。"

楼顶的风很大，老F的声音被风切割得一缕一缕的，时强时弱，就像电波微弱的电台频道，有时电波会短暂消失，有时又裹杂着噪音突然出现，令她的心脏忽上忽下地蹿动。

"就跟你说几句吧，算是遗言。"老F声音平静。

"……你说，我在听，是发生了什么事吗？没准我能帮你……"事情发生得太突然了，葛念镜还不知道该怎么办。可是有一点，她非常清楚，那就是必须清醒理智地控制这个局面。要迅速地、果断地控制住。

葛念镜靠在走廊的墙壁上，把整个后背都紧紧贴在墙上，否则她一定会紧张得站不稳。

老F告诉葛念镜，他暑假没有回家，留在学校送外卖挣下学期的学费。前几天他爸跟他要钱，说奶奶住院急需用钱，老F信以为真就把辛苦攒的八千块钱给他了。结果今天他妈妈打来电话说，奶奶根本没住院，他父亲骗到钱后，转身就输得精光。

"他连我的学费都骗，我的学费没了，全没了。"老F极力压抑着愤怒，低沉的声音在颤抖。

"学费，你不用担心，我来帮你解决。"葛念镜几乎是抢着说道，"相信我，我肯定能帮你解决。"她恨不得把自己的心都挖出来给老F看看。

"……不全是这个，我累了，不想再坚持了，我是个废物，我什么都做不好，活着没意义……我恨我爸妈，有时，又觉得他们很可怜，又愚蠢，又可怜……"老F絮絮叨叨地说着。

整个世界压缩成一根细线，从葛念镜的手机中延伸出去，无限地蔓延，直达一栋黑暗中的大楼，那里徘徊着一个绝望的十八岁少年，他随时会飞身一跃，结束他的生命。

葛念镜觉得自己和老F都陷入了无边的黑暗中，随时会有猛兽跳出来将他俩拖进深渊。

"我看着脚底下，好多同学走来走去，"老F说道，"以后，我再也不用交作业了……"

"你挺聪明的，小范（老F姓范），你比很多人都聪明……"葛念镜终于找到了突破口，她小心翼翼地说道。

"你就是想劝我，没用的，我真的是个废物。"老F看破葛念镜的用心。

"你比我聪明，真的，你还记得那天的创意写作课吗？你说你要变成一只屎壳郎。"葛念镜慢慢整理着思路，慢慢转移他的注意力。

"呵呵，我就是一只屎壳郎，又脏又臭，人人嫌弃的东西。"老F自嘲着。

葛念镜告诉老F，那天上课的时候，她特别生气，她觉得老F在挑衅，故意当着所有同学的面让她出丑，她很难过，无地自容。

"……老师，我不是针对你，我觉得自己就是一只丑陋的屎壳郎，上不得台面，一无是处。"老F辩解道。

"你知道吗？因为屎壳郎这个事情，当时我觉得自己被学生当众嘲讽了，很没有面子。我是一个没用的老师，没能力，没本事，没威望，我恼羞成怒一气之下就从学校辞职了，其实我挺喜欢当老师……"葛念镜顺着自己的思路说下去，她就是要加深老F的愧疚感，拖延着时间，想着对策。

"唉，老师，真对不起，我没有针对你，你不要生气，我一将死之人……"

"说对不起的人，应该是我，我今天正式向你道歉。"葛念镜真诚地说道。她的眼睛慌乱地四处扫视，她需要援助。

关于屎壳郎，葛念镜没有说假话，她当时确实很生气，后来查了屎壳郎相关的知识，大吃一惊，原来人们眼中这个丑陋的虫子竟然如此神奇。

"你知道吗？范范，如果你觉得自己是屎壳郎，那你对自己的评价是准确的。"葛念镜说出惊人之语。

老F沉默不语，这句话也许刺痛了他。

葛念镜不等他反应，飞快地说道，这个小虫子，是了不起的珍宝。在古埃及的神话传说中，太阳神负责掌管运送太阳，而太阳的东升西落就跟蜣螂推动粪球一样。对了，屎壳郎的学名叫蜣螂。

"所以你记住，人们把太阳神的形象，尊称为圣甲虫。"

"圣甲虫？神圣的圣吗？"

"是呀，它是守护法老墓穴的护身符。现在的埃及国家博物馆还珍藏着圣甲虫的饰品，用五颜六色的宝石装饰，价值连城呢……"

老F沉默地听着，显然这是个新鲜的话题。

突然，葛念镜看到包房的门一开，李明亮走出来，他看见了走廊上的葛念镜，匆匆跑过来。

李明亮刚要询问她，葛念镜立刻竖起食指对着他无声地嘘一声，而后她一把攥住李明亮的手指向前台的位置，低声地："纸、笔、快。"

李明亮意识到事情紧急，他立刻跑向前台拿了纸笔回来。

葛念镜继续跟老F周旋，她说自己特意问了在埃及工作的朋友，在当地，有很多圣甲虫形状的图腾，人们都很喜欢这个小虫子，依照它的样子做出各种各样美丽的首饰。她没撒谎，有美丽的圣甲虫饰品是真的。

"我朋友答应要送我一套呢,有项链、胸针、戒指,我看了图片,太漂亮了。我决定了,把那个胸针送给你,它的背部是一颗蓝宝石,两只眼睛是红宝石……"天地良心,这一段,是葛念镜灵机一动瞎编的,她哪有什么在埃及的朋友,事态紧急,也只能胡说八道了。

葛念镜一手拿着手机应对着老F,一手拽住李明亮就近在一张空餐桌坐下,她飞速在纸上写下:"110,自杀!"

李明亮眉头一挑,他立刻醒悟掏出手机。他报警的间隙,葛念镜已调出老F的电话号码,写在纸上。

李明亮马上站在稍远的位置报警,葛念镜继续跟老F拖延时间,她说:"要不你改个名吧,以后就叫蜣螂,或者叫圣甲虫,它太厉害了,它还是澳大利亚的国宝呢,澳大利亚人叫它'六足使者',因为它们挽救了澳大利亚的养殖业……"

"老师,你别逗了,怎么可能,屎壳郎不可能有那么大的本事。"老F并不相信。

葛念镜很庆幸自己受了刺激后,对屎壳郎进行的深入研究。她继续输出干货。在澳大利亚,畜牧业高度发达,奶牛数量庞大,这些奶牛制造了很多便便,造成非常严重的污染。澳大利亚举国家之力都没有办法解决。后来科学家就想到了圣甲虫,他们从世界各地花高价进口了很多类型的圣甲虫。结果呢,这一国家级难题就顺利解决了。所以,人家真是澳大利亚的国宝呢。

"呵呵,这也太可笑了吧,那么丑陋的东西,竟然也有用。"老F感叹道。

这场对话，很累，可是葛念镜必须举重若轻，她貌似轻松地跟老F聊着："我跟你说吧，范范，毫不夸张地说，圣甲虫是人类的恩人之一。它们有两千多个种类呢，在这个世界上，只要有动物粪便的地方，就会有它们勤劳的身影。每天，它们清除的粪便有数百万吨以上。

"很震撼吧，如果没有这些大自然的清道夫，我们这个星球将变得无法收拾，人类恐怕也难以生存了。"

"唉！老师，你的意思，我懂，可是，我没有以后了……"老F长长叹息一声，他似乎看透了葛念镜的用心。

葛念镜的心又被吊了起来，她焦急地看向李明亮，李明亮抬手跟她打个"OK"的手势，表示已搞定。

"是这样，范范，很多事情，我们可能一时半会儿看不清它的真面目，因为它的外包装太丑陋了，等你慢慢剥开一层一层的包装，你就会发现，其实那是很珍贵的礼物。它是为了成就你，才出现的……"

"老师，不耽误你了，就这样，就此别过……"老F突然打断她的话，干脆地说道，他似乎马上要行动了。

"你等会儿……"葛念镜下意识地叫起来，"你现在跳下去，楼下那么多人，你会吓着他们的。"葛念镜灵光一闪，她知道他是个善良的孩子，她要利用他的善良。

"……"果然老F在那边沉默。

"你也不想把血溅到同学身上吧？"她咬着牙残忍地再追一句。

老F继续沉默。

"也许有人……一辈子都逃不出这个阴影。"

"……嗯,下面人好多,吓着别人不好。那……我再等会儿吧……"

葛念镜暗自呼出一口气,用手轻轻拍打着胸口,她看一眼李明亮。他咬住嘴唇冲她点点头,使劲攥了一下拳头,让她坚持住。

葛念镜打起精神,竭力用平静的声音说:"跟你说实话,其实咱俩遭遇差不多,我原生家庭,也很稀巴烂,我很小的时候,五岁我父母就……离婚了,他们又各自组织了家庭,两边都不要我,我就是个孤儿……"葛念镜昧着良心说出这些话,情况紧急,她也管不了那么多了,希望不要遭报应才好。

"……你真惨,我比你还好点。"

葛念镜利用完老F的善良,又开始利用他的同情心。她告诉她的学生,自己感情也不顺,跟男朋友谈了八年,都订婚了,可是前些天,他劈腿了,那个狗东西,骗财又骗色。

葛念镜开始向她的学生诉苦,说她很绝望,其实她也不想活了。她活得太难了,长得不漂亮,个子又矮,又丑又笨。

老F果然上当了,他赶紧安慰说:"老师,你不要自暴自弃,同学们都很喜欢你,你优点很多的,你还会画画……"

突然葛念镜的话筒里传来"啊"的一声惊叫,紧接着一阵乱糟糟的声音,葛念镜头皮一麻,大喊:"老F,老F……"

完了,他跳下去了!

葛念镜身体一软,魂魄俱散,向地上滑下去,一直站在旁边的李明亮眼疾手快冲上前一把搀住她。

一个陌生男人的声音从话筒里传来:"好了,好了……没事了。"

葛念镜一怔,声音颤抖地喃喃着:"好了?好了?"一时间她不能明白对方是什么意思。

"没事了,他获救了,我们这就把他带下去。"刚才那个陌生的男人说道。

又是一阵乱糟糟的声音,夹杂着老F的喊叫和挣扎声,从话筒里传来。

葛念镜怔了怔,她感觉到一股寒意涌遍全身,身上的衣服瞬间被冷汗湿透了。她虚弱地吁出一口气,用双手撑住额头挡住脸,身体禁不住轻轻战栗起来。

李明亮弯下腰轻轻拍拍她的肩头,安慰地:"好了,他没事了。"

葛念镜颤声地:"嗯,是我学生。"

"你放心,他安全了,警察会把他带回去录个口供。"

葛念镜沉默着,脑子飞速运转,警察把老F带回去之后,肯定会通知他父母,把他领回家。按照葛念镜对老F父母的理解,他们很可能恼羞成怒把老F打骂一顿,导致他绝望至极再次采取行动。

想到这里,葛念镜立刻打开手机,用微信给老F转了三万块钱,嘘寒问暖,不如打笔巨款。对一个因贫穷而绝望的人来说,钱是最好的安慰剂。她要给他托底。

按下转账确认键的瞬间,她心里升起浓浓的豪迈感:有钱真好,可以做很重要的事。

然后，她想都不想直接拨打老F的电话，起先没有人接，她继续拨，终于有人接了。她上来就说："我给你转了三万块钱，你先交学费，剩下的当生活费……"

对方是个陌生的男声，沉静地说："我是龙湖路派出所的警察。"

"哦，那麻烦你让主人接电话。谢谢你们救了他，太感谢了。"

老F不肯接电话，葛念镜让警察转告他学费已解决，然后她突然做了一个决定，她请求警察不要通知老F的父母，她说："我是他的大学老师，我马上过去接他，在我到达之前，不要让他离开派出所，求求你们了，一定看护好他。"

警察同意了，葛念镜才稍稍放下心来。

"你要赶过去？"李明亮问道。

"对，我必须去，不能见死不救。"葛念镜匆匆向酒店包房走去。

"好，我陪你。"李明亮跟上她。

"我自己可以。"

"我陪你。"

葛念镜也不再拒绝，她回到酒店包房，跟爷爷奶奶和姑姑说明了情况，大家都很支持，让她赶紧过去。人命关天，没有什么比这个更重要了。

两人一溜小跑出了酒店门，冲到吉普车前时，葛念镜突然醒悟，她一拍脑袋叫道："完了，咱俩都喝酒了！"

这时，有一个人骑着自行车匆匆过来，原来他是李明亮预约的代驾。关键时刻,这个"一根筋"同学还是很给力,他迅速冷静地安排好了一切。

葛念镜内心一暖,有一种被托底的感觉。

夜色里,轰的一声闷响,车子启动,车灯雪亮划破黑暗。

司机把车开得像一头狂奔的豹子,在夜色里飞驰。

午夜12点钟,葛念镜和李明亮赶到了龙湖派出所。

值班警察把他们带到一个房间前,敲敲门,而后直接推开门。小小的房间一览无余,老F侧身靠着一张单人床的床头,手里拿着手机,正聚精会神地看着。

他猛一抬头,看见葛念镜忽然出现在面前,他立刻从床上跳下来,忍住满腔的心酸,颤声地:"老师……"

葛念镜眼圈一红,大步冲到他面前,对着他的脸气愤地扬起手,那巴掌却猛地停住,而后重重地捶在他的胸口。

老F弯下腰,他把脸凑到葛念镜面前,温顺地说:"对不起,老师,你打吧。"

李明亮和警察留在门外。

葛念镜咬牙看着面前的老F,一米八五的大个子,神情却温顺得像一头大象,差一点,只差一点点啊。她长长呼出一口气,心有余悸地:"你可吓死我了,你要是……我这辈子都良心不安,你知不知道?"

"对不起,老师,我以为……根本没人在乎我。"老F低声说。

葛念镜重重叹口气:"你记住,你很重要,你是我的学生。

你的安危，关系着我这辈子的幸福指数。你要为我负责，听见没有？"

老F使劲点点头，突然他眼睛一亮笑了，神情雀跃地扬起手机给她看："老师，我查了圣甲虫的资料，我好像明白了很多。"

葛念镜白他一眼，这家伙竟然这么快就笑了。她故作威严地："你明白啥了？"

老F态度认真，像个被抽起来回答问题的中学生，有板有眼地说："我明白了，有些东西在别人眼中是丑的、脏的，只是因为人们还没发现它的价值而已；我明白了，不能着急，要慢慢来，生命真的需要慢慢来，才能看到它的价值；我明白了，我也是有价值的，我也是可以发光的。"

"嗯，很好，理解到位。"葛念镜保持住她的严肃，"我们走吧。"葛念镜转身向门口走。

"哎，你等会儿，老师。"

"怎么啦？"

"以后你……也不会那样了吧？"老F一脸神秘地凑近她。

"我……哪样了？"葛念镜一头雾水。

"你说你也不想活了。"老F瞥一眼空无一人的门口，压低声音说道。

"哦……不会，不会。"葛念镜赶紧摇头，要老命了，这家伙还记着这茬呢。

"那你得答应我，现在和未来，你都不能再想这事了。"换了老F一脸严肃地看着她了。

嘶……葛念镜吸一口气,真没想到事情会发展成这样,可是也只能咬牙认了。她含糊地答应道:"行,我答应你。那以后咱俩都不许想了,行吗?"

"行!没问题。拉钩上吊,一百年不许变。"老F很干脆,他伸出小拇指,热切地看着他的老师。

葛念镜伸出小拇指与他拉钩,就这样,师生两人结下了不死联盟。

他们向外走,矮的是老师,走在前边;高的是学生,跟在后边。葛念镜努力挺直身体,这样会显得高大一些。老F亦步亦趋跟在她身后,像一名威严的护兵。

出了房门,李明亮和那位警察站在门口不远的地方,师徒二人走上前去。

"警察叔叔,我这个不会留案底吧?"老F急切地问那警察。

葛念镜和李明亮对一下眼神,偷偷笑了。

警察干脆地:"不会。"

老F兴奋地攥一下拳头,做个鬼脸。

第十四章 迷迭香之谜

第二天中午,葛念镜和李明亮请老F吃了一顿大餐,送他回学校了。

他俩踏上返回贵阳的路程。因为安妥了老F的事情,葛念镜心情十分舒畅。

李明亮车技很好,他把车子开得又快又稳。

葛念镜很少让别人开自己的车,一旦她把方向盘交到别人手里,就没有安全感,不知为何,李明亮的车技让她内心踏实。

"有专职司机的感觉,挺好啊。"葛念镜靠在座位上欣赏着车窗外的美景。

"我可以给你当一个礼拜的司机。"李明亮目不斜视地盯着前方的道路。

"……为什么?"

"我休年假呀，还有我要设计一座新的大桥，是总设计师，也要找找灵感。"

"哦，懂了。那我不欠你的，也不付工钱哦。"葛念镜打趣道。

"没问题，双方自愿，平等合作。"

"对了，如果中途咱俩闹掰了，随时散伙哦。"

"OK，这就是个临时小团伙。"

"团——队。"葛念镜更正道。

"对了，你有什么创作灵感？"李明亮问道。

葛念镜挠头，她目前只有个设想，具体还没想好。她打算选择一些有代表意义的桥来呈现，但是对桥的类型，又完全不了解。

"问我呀，知无不言，言无不尽。"李明亮很自信。

"你说这么多桥，我很好奇，都有哪些种类呀？"

李明亮的神情就像被老师提问的学霸，立刻进入问答模式："桥的种类很多，第一种，按用途分，有铁路桥、公路桥、公铁两用桥、人行桥、运水桥（渡槽），还有其他专用桥梁（如通过管道、电缆等）……"

葛念镜看着窗外的风景，默默地想：这临时小团伙，是不是草率了？

李明亮继续头头是道："你认真听哦，第二种，按跨越障碍分，有跨河桥、跨谷桥、跨线桥（又称立交桥）、高架桥、栈桥等。第三种，按采用材料分，有木桥、钢桥、钢筋混凝土桥、预应力混凝土桥……"

葛念镜歪头看他，心里嘀咕：这家伙是启动了机器人模式吗？唉，出于礼节，先忍一忍吧。

李明亮对她的心理活动一无所知，对她的面部表情也视而不见，继续侃侃而谈："第四种，按桥面在桥跨结构的不同位置分，有上承式桥、下承式桥和中承式桥。第五种，按桥长分，桥长8米到30米为小桥，30米以上到100米为中桥……"

葛念镜一听数字就头大，她抱起双臂，冷眼琢磨他：这个机器人，如果能拔掉他的电源插头，该多好呀。

李明亮完全不受她的影响，继续高能输出："第六种，按结构体系划分，有梁式桥、拱桥、刚架桥、缆索承重桥……"

忍无可忍，葛念镜终于决定不忍了，她伸手做出一个停的姿势，揶揄道："停！李先生，你以后有转换职业的打算吗？"

李明亮想都不想地："不会！肯定不会。"

葛念镜："这就对了，你千万别离开交通系统。"

李明亮不解地："为什么？"

葛念镜："外面的世界太复杂，就你这脑回路，活不过两集。"

李明亮认真地："我为什么要离开？我离开的理由是什么？我没有理由，所以我不会离开。"

"嗯，很好。"她闭起眼睛养神，不想再跟他磨牙。

"我觉得，你这个人，不好相处。"李明亮直言不讳道。

"我这个人，很好相处，处不好，原因自己找。"葛念镜也不客气，直接怼回去。

赶到贵阳,已是下午,葛念镜跟苏锦约晚饭。苏锦说刚好蓝天凤今晚从国外回来,9点能到。于是约了四个人一起去吃烧烤。

午夜时分,万籁俱寂,众神归位。

老城烧烤一条街,灯火通明、烟雾升腾,无数年轻的面孔在幽蓝的夜色里苏醒过来,总有些难以言说,总有些无处安放,也总有些躁动迷茫,需要一顿啤酒小烧烤的安抚。

食客们卸掉了白天示人的面具,紧绷的神经松弛,戒备的神情消失,他们衣着闲散,光脚趿拉着拖鞋,三五成群围桌而坐,或吃肉撸串,或喝冰啤酒。刚入场的人,兴奋热情、话密聒噪,酒过三巡的人,淡漠、疲惫,带着疏离感。

葛念镜四人在胖妹烧烤店门前会合。

苏锦穿得花里胡哨,服装专家"全身不超过三个色"的定律,她是一句都没听进去。这全身上下有十多种颜色,主打花红柳绿,外加金、银色点亮,脖子上还戴着一条卡地亚的鳄鱼项链,张着血盆大口。葛念镜觉得它像个不祥之兆。苏锦以前不这样穿,也许是因为无聊吧。

苏锦笑着冲上来,她与葛念镜热烈地拥抱在一起。

苏锦附在葛念镜耳边,斜眼看着李明亮低语道:"新人是最好的解药。"

葛念镜拧她一下,耳语地:"我爸的同事。"

苏锦打个响指:"哦,那没戏。"两人对个眼神心领神会地坏笑起来。

李明亮在旁边看得有点傻眼,他实在不能理解,这两个人是如何成为好朋友的。

让葛念镜意外的是蓝天凤，他随性到有些邋遢，头发凌乱，胡子拉碴，一身浅米色中式衣裤，皱皱巴巴丝绸的料子，跟他的人一样，不舒展。

蓝天凤又瘦了，瘦骨嶙峋，有种人在衣中晃的感觉。他光脚踩着一双老北京布鞋，脚后跟处，两条青筋绷起，惨白的脚跟与黑色的布鞋形成的冲击感，醒目而突兀。

他晃晃悠悠地飘过来，不打招呼也不看人，木然落座，萎在一把椅子里，有种鬼里鬼气的样子。

苏锦翻着桌上的菜单，询问大家吃什么。蓝天凤无所谓，眨巴一下眼皮算是回应。葛念镜没有吃夜宵的习惯，什么都不想吃。李明亮不挑剔，吃什么都行。

问了个寂寞，苏锦也就不管他们，自己飞速下单，点了一大桌子美食。

葛念镜原以为自己不饿，会吃不下，不料一旦开吃，竟然停不下来。

红柳烤肉大串滋滋发出爆响，热油泡泡在饱满的肉块上雀跃起舞，如同诱惑的号角，一口咬下去，焦酥、嫩滑、鲜咸、麻辣，一时间五味杂陈，都在口中翻腾着舞蹈起来。美味在舌尖蔓延，有一种奇怪的感觉油然而生，或许是幸福吧。

鲜美的内蒙古羊羔肉经炭火洗练，香气四溢，没有肥甘厚腻之感，却有妙不可言之韵味。

苏锦边吃边点评："有孜然、小茴香、大料、桂皮，还有……辣椒酱混合一起，这迷人的味道，让我不能抵挡。"

蓝天凤起先什么都不吃，他只是独自喝酒，也不说话。几杯啤酒下肚，他慢慢活过来了，跷起二郎腿，跟大家碰杯。

蓝天凤端起酒杯时，葛念镜突然发现他的手一直在颤抖，杯子里的啤酒都晃出来了。当他伸手去拿烤串时，他的手也在颤抖。葛念镜心里咯噔一跳，他是个画家呀，他抖成这样，他还能画画吗？

他年纪轻轻，为什么竟然成了这个样子？受伤了？生病了？

葛念镜刚要问蓝天凤，却猛地想起苏锦说过蓝天凤已经很久不画画了，说是封笔了。蓝天凤本人很忌讳他封笔这件事，谁也不能提，提了就会生气，就会发火。

不能提，大致是因为在乎，因为放不下吧？葛念镜如此理解。

蓝天凤对味道极其敏感，他品味着肉串，沉吟道："除了那些调料，还有更深一层的……魅惑，那是什么调料？"

"是迷迭香，也叫海洋之露。"李明亮漫不经心说道。

葛念镜眼前浮现一种唇形科绿叶灌木，叶片簇生，细密却饱满，她品味了一下，欣喜道："真是迷迭香呀，你怎么知道是它？"

"我小时候种过，在我老家门前，现在都长成大树了。烤肉一定要放迷迭香，祛腥膻。"李明亮不以为然，这么普通的东西，有什么好惊讶的。

蓝天凤却来了兴致："迷迭香，这名字，很有意思。葛老师，你展开说说。"

也许是夜色阑珊的缘故，也许是酒精作祟的缘故，葛念镜话多了起来。她记得自己曾经在课堂上给学生们讲过这种植物，一代枭雄曹操的两个儿子曹丕和曹植，都诗颂过迷迭香。

她更喜欢曹植写的《迷迭香赋》：……流翠叶于纤柯兮，结微根于丹墀。信繁华之速实兮，弗见凋于严霜。芳暮秋之幽兰兮，丽昆仑之英芝。既经时而收采兮，遂幽杀以增芳。去枝叶而特御兮，入绡縠之雾裳……

葛念镜告诉大家，曹植的大致意思是说：其草修长柔茎，细枝弱根；繁花结实，严霜弗凋。收采幽杀，摘去枝叶，入袋佩在身上，芳香甚烈，可祛秽驱鬼。

苏锦撇嘴："你蒙谁呢，还驱鬼，一棵植物而已，被你说得神乎其神。"

"你可别小看这植物，它还能镇静安神醒脑呢。如果你失眠、头痛、莫名心悸，那就种一棵放在屋里，保管你一觉睡到大天亮。"葛念镜是认真的。

苏锦呵呵笑："你个大忽悠，我吃药都睡不着，一棵破草还包治百病了。"

蓝天凤转向苏锦："要不，你试试。"

苏锦满含怨气地："你试试，你最该试试，你不是每晚都睡不着吗？所以咱俩从不一起睡。我就像个寡妇。"

片刻的沉默之后，蓝天凤冷冷地开口了："不说话，能死吗？！"

"不能死，能疯。"苏锦赌气道。

蓝天凤不说话了，他只是看着苏锦，静静地，却满含杀气。

苏锦把脸转向一边，她紧紧皱起眉头，似在极力压抑着什么。

葛念镜感觉到空气中有一种莫名的危机在快速聚集、发酵、病毒式裂变，似乎下一个瞬间，他俩就会跳起来发动一场激烈的战争。

然而，并没有。

蓝天凤转向葛念镜，静静地问道："关于这个迷迭香，你还知道什么？"

葛念镜本来不想说了，可她不想看他俩打起来，为了缓和气氛，不得不懒懒地讲起了迷迭香的故事。

据说，迷迭香的花本来是白色的，在圣母玛利亚带着圣婴耶稣逃往埃及的途中，神奇的事情发生了，圣母的外衣被迷迭香勾到了，于是迷迭香的小花瞬间变成天蓝色，以示对圣母玛利亚的敬意。从此，这个迷迭香的花就变成了天蓝色，所以迷迭香还有另一个名字叫圣母玛利亚的玫瑰。

苏锦似乎已经忘了刚才的不悦，没心没肺地叫起来："是真的吗？它还会变身啊。像我，那我可太喜欢了。"

葛念镜歪头看她，心想，姐们，你变得也太快了吧，我还在担忧，你们倒没事人一样，真是懒得理你们两个鸟人。

没想到李明亮开口了，他说很多人都喜欢迷迭香。在意大利，女生会在酒会上拿着开花的迷迭香轻轻敲意中人的手指，并期待着他的回答。在婚礼上，人们也会把迷迭香编织成花冠戴在新娘的头上，向世人昭告她对爱情的忠贞。

苏锦又闹妖，她突然凑到蓝天凤腮边吻了一下，亲昵地："宝贝，婚礼上，我也要这个迷魂香，你也给我做个花环。"苏锦觉得迷迭香这名字，真不如迷魂香，简单粗暴，直击灵魂。

完了，这可是蓝天凤的雷区，苏锦偏要在雷区的边缘疯狂试探。

她是情商低？还是故意的？

作为闺蜜，葛念镜又气又急，不得不搭救这个不靠谱的家伙。她赶紧说："其实迷迭香也会在葬礼上出现，人们让它陪伴死去的亲人。莎士比亚的《哈姆雷特》里有一句台词，是这样说的：'迷迭香是为了帮助回忆，亲爱的，请你把我牢记于心。'"

葛念镜要以毒攻毒，她说葬礼，就是让苏锦再也不能提婚礼。

蓝天凤不知触动了哪根神经，他看着苏锦，深情地说："宝贝，你会一直记得我吗？"

"会的，肯定会的。"苏锦大口吃肉，很是敷衍的样子。

"如果有一天，我不幸……嘎了，你还会记得我吗？"蓝天凤继续表演一往情深。

"那肯定，不记得了。"苏锦云淡风轻。

"你这么无情？"蓝天凤有些失落。

"大郎，不是我无情，是臣妾做不到呀。你嘎了，我肯定要殉情啊。"苏锦哈哈大笑。

两人搂抱在一起，胡乱拍打着对方，放肆地笑着。

苏锦边笑边抹着笑出来的眼泪，调侃道："哎，老葛，要是我俩都嘎了，你一定要在我俩坟头种那个迷魂香，迷住我俩的魂。"

"祸害一千年，谁嘎，你俩也嘎不了。"葛念镜没好气。

"哎,那个同学,要是我俩嘎了,把你家那棵迷魂树,移过来哦。"苏锦指指李明亮,继续胡说八道。

"对,要棵树,价钱好说。"蓝天凤连声附和,他和苏锦笑成一团。

这两个妖孽,一会儿风,一会儿雨的,知道的是在秀恩爱,不知道的还以为失心疯呢。比如单纯的"一根筋"——李明亮同学就被整蒙了,他呆呆地看着俩人,眼神清澈而呆萌。

葛念镜觉得很对不起李明亮,人家那么单纯,真的不应该让他看见这些。

第十五章 北盘江大桥

太阳出来时,他们已经在路上。

一轮红日在东方的山坳里,光芒正将群山的山尖尖染成金色。浓重的雾气在山腰飘浮,璀璨的金、浓重的绿、飘浮的白,营造出人间恍若仙境的美妙。

一抬头,葛念镜就看见了那座桥。

它跨越巨浪滔天的江河,横亘在两岸险峻的岩壁上,如一把巨大的弯弓雄壮有力,又如一条钢铁巨龙腾跃在半空,用它的首尾将两岸的悬崖绝壁衔接起来。

它威武雄壮,却也极其温顺,无数的车辆沿着这条钢铁巨龙宽阔的脊背驶过,从此岸到彼岸,如履平地。

葛念镜连声赞叹:"天啊,太震撼了。"

李明亮慢下车速,望着窗外的风景,这里就是北盘江第一大桥，他最熟悉的桥，也是他最爱的桥。

"北盘江大桥，我读它千遍万遍不厌倦。"

"哟，理科生开始抒情了。"葛念镜调侃道，她举着相机，按下快门，她要把这巨龙的伟岸身姿全部记录下来，不舍得错过一分一秒。

李明亮打开车窗一角，风吹动着他的头发："哎，桥三代同学，我考考你，你知道北盘江大桥有多长吗？哪年动工？哪年合龙？总投资多少吗？"

"这我哪知道，你可真逗。"

"这都不知道，还桥三代呢。"

"桥三代我也不知道啊，你可真是一根筋。"

李明亮自己出的考题，还得他自己揭开谜底。北盘江第一大桥2013年动工建设，2016年9月10日完成合龙，2016年12月29日竣工运营。它北起都格镇，上跨尼珠河大峡谷，南至腊龙村；全长1341.4米；桥面至江面距离565.4米，有200层楼那么高……

200层楼那么高！葛念镜听到这个数字，就感觉到一阵眩晕。

说到大桥，李明亮的内存立刻被激活了。这座大桥采用双向四车道高速公路标准，设计速度80千米/时；工程项目总投资10.28亿元。它刷新过世界最高桥的纪录，并以"世界第一高桥"之称载入吉尼斯纪录。李明亮一口气甩出这一组数据。

葛念镜："哟，有点东西，它还是世界第一高桥呀！"

"曾经是，现在不是了。"

"为什么？"葛念镜心里咯噔一跳。

她的好胜心被激发起来，以为是被国外哪个大桥取代了呢。

好在李明亮迅速打消了她的担忧，正在修建的花江峡谷大桥，超越了北盘江大桥的高度。

"是我们超越了自己，'世界桥梁看中国，中国桥梁看贵州'，这句话可不是白说的。"李明亮非常笃定。

谈起大桥，李明亮就像打通了任督二脉，他滔滔不绝地告诉葛念镜，北盘江大桥动工那年，他正在上大学，妈妈打电话告诉他家乡要修一座大桥，据说要修在万丈沟壑之上。

妈妈不相信这是真的，奶奶更不相信，她老人家说那悬崖峭壁连鸟都飞不过，怎么可能修出一座大桥呢，除非神仙下凡，调动了天兵天将移山填江。

不管奶奶她们信不信，一大群风尘仆仆的汉子来到了村里，他们就分散住在各家各户，住不下的人，搭起了临时简易住所。各种大型机器也轰隆隆地开进了村子，停在悬崖边上，严阵以待。

终于在一个风和日丽的日子，工程动工了。顿时炮声震天、烟雾弥漫、尘土飞扬，乡亲们依稀看见在两座相对的山头同时出现了热火朝天的景象。

从此桥梁工地上机器轰鸣、人声鼎沸。堤坝上多台重型起重机伸着巨臂，提着庞大的混凝土块和钢铁构件在空中移动交接，那些穿着橙色背心的筑路工人们分工明确，搬的搬、抬的抬，有的负责打砂，有的负责电焊，有的负责切割钢筋，而那些负责打炮眼的工人更神奇，他们腰上系着保险绳在悬崖峭壁上飞来飞去，从容淡定得像神奇的蜘蛛侠；也像特工电影里身怀绝技的绝世高手，他们身手灵活地飞檐走壁，那心细如发的应变能力，临危不惧的镇定态度,都令人惊叹。

每天都有乡亲们跑到工地上看热闹,终于在人们震惊的目光注视下,从两岸的悬崖绝壁上各长出来一个巨大的建筑,直插云霄。

这哪里是桥啊?桥怎么可能笔直地向上长呢?

就在人们疑惑的猜测中,这两个赫然矗立的庞然大物竟然在半空弯下身子,一点一点向对方接近,一天又一天,日月变更,寒来暑往,终于有一天,两边的桥身在江心上空紧紧融合,它们一体同心,休戚与共,终于结成了牢不可破的共同体。

北盘江大桥就这样诞生了,它像一把巨大的长弓横跨于北盘江上,傲然挺立于群山之间。正如毛主席的词《水调歌头·游泳》所说:"一桥飞架南北,天堑变通途。"

周围的乡亲们欢欣鼓舞,奔走相告,他们扬起红旗,点燃鞭炮,纷纷庆贺这伟大的日子,他们扶老携幼走上大桥,观看这神奇而雄伟的建筑。

李明亮的老奶奶被家人搀扶着,也颤巍巍走到桥上,她一遍遍抚摸着桥边的护栏,感叹道:他们比神仙还厉害啊!

北盘江大桥横跨贵州和云南两地,通车之前,贵州都格镇和云南普立乡隔江而望,两岸居民互通往来,要翻越三座山头,步行走四十千米山路,才能到达对岸,大桥通车后,距离近了,只需要几十分钟。而从云南宣威市区至贵州六盘水的车程,从原来的五个多小时,缩短为一小时。

李明亮的妈妈先前去对面山头赶集,要走四小时山路,手脚并用爬山过坎,稍不小心就可能掉到山崖下。大桥通车后,她骑着小电驴二十分钟就到集上了,给奶奶买了油条和羊肉汤,回家还是热乎乎的。

一座大桥的诞生,对一方百姓,一座城市,甚至对构建国家的交通网络,都有着极其重要的作用。

北盘江大桥是杭瑞高速公路(G56)毕节至都格段(毕都高速)的控制性工程之一。毕都高速建成后,更可谓四通八达,它东北接遵毕高速达遵义,北接毕生高速达四川泸州,西北接毕威高速达威宁,西接普宣高速达云南曲靖,东接织纳高速达贵阳,南接水盘高速达兴义,将黔川滇三省交界区域快速融入全国高速公路网,为实现国家"一带一路"倡议发挥着重要作用。

老家的乡亲们是看热闹,在北京理工大学读书的李明亮则是来看门道的。暑假一到,他迫不及待地领着几位同学赶回了家乡。

这几位志在祖国桥梁建设的同学,第一时间就来到了北盘江大桥,感受世界第一高桥的雄伟和卓越,然后又找到了大桥的建设者们进行采访,他们要把这座大桥的信息带回北京,跟全校同学分享。

当时李明亮就采访到了北盘江大桥主要设计师之一——葛念镜的爸爸葛啸天。一开始葛啸天没心思理会这个学生娃,以为他也是温室里的花朵,经不起风雨,不料李明亮像跟屁虫一样整天缠着他,见活就干,给饭就吃,任劳任怨,泥水下得去,从来都是笑呵呵的,给他派任务,他像领红包一样开心。

葛啸天觉得这个娃娃是个可造之才,就邀请他毕业后回贵州交通,没想到正中李明亮下怀,他当即高高兴兴地答应了。就这样，李明亮还没毕业，就成了自己人。他由此也挖到了很多关于北盘江大桥建设的第一手资料。

李明亮当时从葛啸天那里了解到，北盘江大桥作为一座世界级桥梁，在建设中面临着五大难题：山区大体积承台混凝土温控；超高索塔机制砂高性能混凝土泵送；山区超重钢锚梁整体吊装；边跨高墩无水平力的钢桁梁顶推；大跨钢桁梁斜拉桥合龙。经过多方深度配合，这些难题，最终都被中国的技术和工程团队解决了。

这就像升级打怪，是会上瘾的。

葛啸天每每遇到超高难度的挑战，都像打了鸡血一样亢奋，他一头扎进去，寝食俱废，乐不思蜀到不能自拔。

老爹那种神游天外的状态，葛念镜并不陌生，她亲眼见他把妈妈的护手霜当牙膏用，刷得自己直恶心，趴在洗面台上吐泡泡，还跟妈妈抱怨说他得了胃病。

还有一次，他感叹自己老了，说他天天脚疼，葛念镜瞅着他脚上两只不一样的旅游鞋，笑出了鹅叫。他的脚，太不容易了，连续几天操控着一高一低的两只鞋，还能做到健步如飞，这内核得有多稳啊。

那个小老头，真是又好笑，又让人心疼。

李明亮仍沉浸在自己的思维里："干货来了，桥三代同学，你认真听哦，北盘江大桥主桥采用主跨720米钢桁架梁斜拉桥平衡施工法，全桥长为1341.4米，建成时为世界第二大跨径的钢桁架梁斜拉桥，主桁架采用普拉特式结构，桁高8米，主跨节间长12米，边跨节间长……"

老猫念经，叽里咕噜，葛念镜捂着耳朵叫起来："停！一根筋同学，停！"

李明亮一脸蒙："怎么啦？"

葛念镜连连摆手："别跟我提数字，我有阴影。"

李明亮不解地："可……这都是桥梁的核心技术呀。"

葛念镜急赤白脸地："你跟一个数学从未超过60分的人，提数字，你道德吗？"

李明亮幸灾乐祸地："真的呀？从未及格？你看着也不傻呀。"

葛念镜认真地："直到现在，我还经常做噩梦考数学，我连一道题都不会做，周围的同学都不给我抄。然后就吓醒了。"

李明亮："这好说，以后你做这种梦，让我坐你旁边，我让你抄，随便抄抄，你也能考个百八十分。"

葛念镜揶揄地："哟，你人还怪好的嘞。"

李明亮："不对，我也不能让你抄，这是弄虚作假。那你平常为什么不好好学习呢？"

葛念镜哭笑不得："以前有个皇帝，听说灾民没有粮食吃都饿死了，他很奇怪地问，他们为什么不吃肉糜呢？你跟他一样的昏聩。"

李明亮想了一下，正色道："哎，我能进入你梦里吗？"

"你都不让我抄，你进我梦里干啥？"葛念镜不知道这理科男的思维又跳到哪个维度去了。

"我有个女同学跟班长说，我爱上你了，因为我都梦见你了耶，然后他俩就谈恋爱了。"李明亮一本正经，不像开玩笑。

葛念镜瞪他一眼："好好开车。别提爱呀恨的，不吉利。"

李明亮："那你到底是允许，还是不允许呀？"

葛念镜板起脸："一根筋同学，不——允——许。"

李明亮老老实实地："好的，那我继续说桥。北盘江大桥在建桥期间，工程师们发明了一种'智能'混凝土，学名叫'机制砂自密实混凝土'。具有高流动性和良好的抗离析泌水能力，能够仅依靠自身重力而无须施加振捣……"

葛念镜斜眼打量李明亮，突然就理解了这个世界的生物多样性，她很好奇，眼前这个奇特生物，他是用什么特殊材料构成的呢？

或许，这个世界也正是因为生物多样性而变得可爱，变得神秘吧。

葛念镜心里始终有个疑惑，想了想，终于大胆问道："我不是很懂，这个大桥，一定要建这么高吗？建得矮一点不行吗？还省工省料呢。"

李明亮嫌弃地："这个问题，你应该去问你爸。"

葛念镜："问他，他会用看智障的眼神看我。快说，给你一分钟展示你的才华，抓紧时间。"

李明亮："桥三代同学，你真的枉为桥梁世家。"

葛念镜威胁道："你说不说？"

李明亮觉得葛念镜很矛盾，一会儿通透得像个智慧老人，一会儿又迷糊得像个幼儿园小朋友，她是怎么做到又老又年轻的？

听听她提这问题，她以为造大桥，是幼儿园小朋友堆积木呢，想高就高，想低就低，真是幼稚到无脑。这里可是喀斯特地貌啊，桥三代小姐，沿江十千米的山体地貌密布着石灰岩，山体硬度极差。极差！懂吧！

当初葛啸天接到任务，就带领设计团队、勘测团队等几个小组上山了。为了躲避遍布山体的溶洞和裂隙，他们对沿江十千米的山体地貌进行了严密细致的考察。

那条崎岖的山路，都被他们用双脚踏平了，走过上百次之多。选址困难重重，他们的运行闭环大致是这样的：大家兴奋地发现了新桥址，立刻勘测验证，失败沮丧，大家又兴奋地发现了新桥址，又立刻勘测验证，又失败沮丧……

如此循环，淘汰无数桥址，做了无数次实验，不得不将桥的位置一直往高处移，最终从无数失败中筛选出了完美目标，才将桥面定在565米这个令人眼晕的高度上。

所以，你说为什么要在那么高的位置？因为，没有比它更合理的位置。

李明亮突然有一种清华教授给幼儿园小朋友上课的无力感，他不知道该从哪里给葛念镜补基础知识。于是，一声长叹。

葛念镜眺望着远处，奇峰险谷、江河纵横、丛林密布，她似乎看到有一个男人背着行囊走在其中，随时有野兽出没，随时会滑倒摔跤，甚至随时会失足坠落山谷……

那个男人是她的爸爸，他想的是把天堑变通途，而自己却总在埋怨他太狭隘；他想的是让无数人走出大山拥抱外面的新世界，而自己却心心念念着，他对自己没有爱。

葛念镜的心里五味杂陈，这一瞬间，她突然有股冲动想给爸爸打个电话，想听听他的声音。

……

途中，经过一个观景平台，他们将车子泊在停车区，站在观景平台鸟瞰远处美景，葛念镜将画架支起来，不时画几笔。

只见古老神秘的峡谷密林，溪瀑纵横的奇山峻岭，一座大桥如彩虹横亘，令人心旷神怡，恰如梦寐以归的人间仙境，这美妙和谐的自然风物深深抚慰着灵魂。

葛念镜坐在那里，痴痴地望着群山与大桥，如老僧入定，忘记了时间，忘记了饥饿，也忘记了疲劳。

"你到底在看什么呢？"李明亮等得有点急了，感觉她似乎着魔了。

"别吵，张大千先生说：'作画要明白物理、体会物情、观察物态，这才算到了微妙的境界。'我正在追求这一境界。"

"我一直有个疑惑，怎样才算画得好呢？画得像，就是好吗？"

"那干脆用摄像机，最像。"

"难道画得不像，就好吗？我看有些大师的画，简直就像三岁小孩的涂鸦。"李明亮虚心请教她。

其实画得像，或者画得不像，都不是画家追求的最高境界。要在这两者之间，寻求自我对事物、对世界独特的理解，并用诗意的笔触，把它表达出来。这涉及两个重要的元素：形与神。真正的高手，要达到这样的本领："形，成于未画之先；神，留于既画之后。"

像张大千、李可染那样的大师，经过长年累月的历练后，他们的创作已进入自由国度，不需要打草稿，也不用临摹写生，胸有丘壑，一切都了然于心，真正达到了人景合一、天人合一的境界。

葛念镜期待未来有一天，她也能出神入化，眼睛像摄像机一样咔、咔定格万物形态，心里就能同步进行意象的升华。那时候，她随手拈起一支笔，潇洒泼墨间，一幅酣畅淋漓的大作就成了。

葛念镜远眺，看群山染翠，满目青绿。

突然，一只五彩锦羽的大鸟凌空飞起，它绚丽的火红色羽毛、优雅完美的身姿，惊鸿一瞥如神迹突现……

"哎，哎……"葛念镜连声低呼，她目不转睛地盯着那大鸟，一只手在空中胡乱晃着。

"干啥？"李明亮一头雾水。

"拍照，快！快！"

然而已经晚了，一道孤影，从苍穹划过。它闪烁的光芒灼伤了葛念镜的眼睛，来不及惊叹，来不及留影，它已消失无踪，犹如神迹隐匿。

"哎，你愣着干啥？你的中国速度呢？"葛念镜急了，冲李明亮跺脚。

"不就一只山鸡嘛，有什么大惊小怪的。"李明亮轻描淡写。

"山鸡？它是红——腹——锦——鸡！"葛念镜叫道。

"锦鸡，也还是山鸡呀。"

"你真是一根筋，红腹锦鸡，就是传说中的凤凰。凤凰！你听说过吧？"葛念镜的无名之火噌地蹿了起来，声音不受控制地高了八度。

"我逗你玩呢，凤凰涅槃，我听你爸说过。"

"哎，你说这预示着什么？"葛念镜沉浸在自己的思绪中，她激动得满面通红。

"一只鸟，深山出俊鸟。"

"笨死了，凤凰出现，是天显祥瑞呀！"

这个直男，真让她生气。传说中，凤凰是人世间幸福的使者。对凤凰，葛念镜有着神之迷恋。

传说中，凤凰每五百年就会背负人间所有疾苦，把自己置于燃烧的烈火中，当所有的痛苦和不幸化为灰烬，而它们在烈火中获得了更强大的生命力，这就是"凤凰涅槃"。

如此周而复始，凤凰获得了永生，所以凤凰也叫"不死鸟"。凤凰和麒麟一样，是雌雄统称，雄为凤，雌为凰，总称为凤凰。

"我这辈子，再也没机会看见凤凰了。"葛念镜长吁一口气，看着神鸟消失的地方，满心惆怅。

小憩之后，两人继续赶路。

"你看那边，高桥下边，就是我的家——桃花苗寨。"李明亮指着前方兴奋地说。

名字好浪漫，葛念镜眼前闪过苗族姑娘穿着民族盛装在桃花林里放歌，一幅人面桃花相映红的美景。她探头看去，在高高的桥柱下，一片云雾缭绕，哪有什么寨子。

"白云飘飘，像仙境，你们过的是云上的日子吧。"

"嘿，哪有你想得那么浪漫，我家以前特别穷，我们那个寨子都穷，穷得吃土，愁得发疯。我邻居家，穷得全家只有一条裤子,谁出门谁穿。"

"啊,为什么穷成这样?是因为懒吗?"

"不是懒,是因为没有地方挣钱,全困在家门口,外面的东西进不来,里边的东西出不去,当时还有个顺口溜:'上山云里钻,下山到河边,两山喊得应,相见得一天。'可想而知,我们出门有多难。"

许是近乡情浓的缘故,李明亮兴致勃勃讲起他的桃花苗寨。

这是位于乌蒙山脉中的一个小村庄,它默默无闻地躲在群山坳里,被重重大山遮蔽得严严实实。当初,祖先为了躲避土匪的洗劫,选择了这一处险要之处藏身,才使得子嗣得以生存。

斗转星移,时过境迁,土匪已成历史,岁月安稳了下来,那一座座大山,曾经是庇护人们的屏障,后来却成为难以跨越的障碍。

李明亮自小生活在北盘江畔,他总是梦想走出大山,到外面的世界看看,然而一抬眼看见的就是高耸入云的崇山峻岭,那蜿蜒起伏的山脉一直伸向无垠的远方,天空与山峰交织成无缝的天衣,将世界笼罩,令他小小的心生出无限绝望。

"走不出去的,我们永远也走不出去的。"

奶奶告诉他,他们世世代代都生活在大山里,这是命,人要认命。

可是,李明亮不想认这个命。他和小伙伴们无数次爬到大山顶上,看着遥远的群山,一坐一整天。偶尔,有汽车顺着羊肠般弯曲的小道爬上来,汽车就像一个小小的火柴盒,一点点从山底开始移动,他们不错眼珠地盯着,看着它蜿蜒盘旋,一路去往远方。

汽车是多么神奇的东西,从他们不知道的地方来,到他们不知道的地方去,带着他们的渴望和梦想。

也有无数次,李明亮和小伙伴顺着江边徘徊,想找一条通道能去到对岸,却只听到江涛拍岸,滚滚不息如闷雷。江水滔滔奔腾千里,它如被囚禁的巨龙在峡谷里翻滚怒吼,两岸乱石嶙峋如无数利剑直插江中,都不能扼住巨龙的狂暴。

因为在江边徘徊,李明亮被奶奶打过多次。在乡村古老的传说中,靠近江边的人,会被水鬼拖走。

水鬼也叫"水尸鬼""落尸鬼",他们是那些不幸落水的人变成的。他们极度惊恐绝望,急于脱离江水的囚禁,若想重新投生,就必须寻找替身。于是他们潜伏在汹涌的江河中,寻找任何靠近江边的人,把他们拖进去。

据说水鬼的力量巨大而神秘,他们潜伏在水中,能打通不同的江河,迅速在水底自由穿梭,一旦有人不幸被他们拖到水底,他们就会用水底的淤泥堵塞人的口鼻,使之不能呼吸,然后用他们锋利的爪牙撕碎并吃掉猎物。

这样的传说是瘆人的,充满恐惧色彩,却并不能阻挡少年们对外面世界的向往。

然而,没有任何机会,没有任何可能,这些异想天开的孩子没有办法跨越到对岸去,除非他们能生出翅膀跨千重山,越万道水。

大山是牢笼,囚禁了人们高飞的雄心。

大江是锁链,捆住了人们远行的脚步。

李明亮长长呼出一口气,他放慢车速,在北盘江大桥上缓缓驶过,他看着扑面而来平坦光滑的桥面,仍然忍不住感叹,在两座悬崖上架起这样一座天桥,简直是神来之笔。

葛念镜心中充满感慨,她好奇地问:"那北盘江特大桥建成之前,你们都是怎么过江的呀?"

李明亮沉重地吐出两个字:"摆渡。"

总有胆大的人,靠一根竹篙和运气,讨生活。也总有事情紧急的人,靠一根竹篙和运气,赌生死。

北盘江上,因为渡江溺亡的人不计其数,据史书记载:在光绪三十一年(1905),岁在乙巳中浣,因为山洪注入,江水暴涨,水高浪急,一船载着四十多人,船倾人亡。

想象一下吧,一叶小舟,在湍急的江流中颠簸、漂浮。江上,涛声轰鸣,浪花飞溅,空中阴风阵阵,船上坐满去彼岸的人们,他们惊惧地盯着干瘦的摆渡人。

只见摆渡人赤脚站立船头,手持一根竹篙,他拼尽全力与惊涛骇浪博弈,险象环生、危机四伏,突然一个巨浪扑过来,小舟被掀翻,瞬间,四十多条鲜活的生命被江水吞没无踪。

这是旅途的摆渡,也是生命的摆渡。

直到清光绪三十三年(1907),在高家渡口才建起一座铁索桥。有县志记载,这是由一位绅商发起的募捐。历经三十三年建成,堪称"黔省第一铁索桥"。这座桥,身长79.6米,宽3米,距水面约20米,整个铁索桥由桥墩、桥链、桥亭、摩崖石刻及莲叶洞五部分组成,正桥由17根平行铁链、2根铁护链、54块铁拉板和若干平铺桥木板构成。那些铁链和铁护链牢牢锚入两岸峭壁之内。

这座桥建成后,排除了船渡事故,并沟通了水城至普安经此之天堑,成为川、黔、滇道路之一要冲。无数商贾马队和民众从这座桥走到对岸,实现了他们心中平安渡河的夙愿。

葛念镜咋舌,这个铁索桥修了三十三年,葛镜桥修了三十年,当年修桥真是太艰难了!没有任何现代化工具,全靠两只手和一腔热血。

李明亮赞同:"是呀,无数人耗尽心力、财力,甚至用他的一生成就这样的一件事。"

葛念镜:"这铁索桥安稳吗?走起来会不会乱晃悠啊?"

李明亮说,基本没问题,在北盘江特大桥建成前,这在当地算好的桥了。真正摇晃的是溜索。

溜索?葛念镜想起来了,前几年,她在电视上看过,在两岸悬崖上,拉起一根铁链横跨在江面上,过江的人抓住铁链滑过去,整个身子都是悬在江上的。她当时看见有几个小朋友就是滑着溜索上下学的,当时就吓出一身冷汗。

没想到李明亮说,他小时候去上学,每天都要过这样的溜索桥。

葛念镜大惊失色:"天啊,你不害怕吗?"

李明亮淡淡说道:"乡下的孩子,很皮实,也没那么惜命,上学就必须过桥,每个人都是这样,习惯了。"

小时候,李明亮的学校在离家二十里外的镇子上,他的同学都是周围村寨的孩子,大家都一样的穷,没有出过大山,没有离开过家，对外面的世界充满好奇和无尽的想象。

山里的父母希望孩子能通过读书改变命运，真正走出大山，脱离贫穷的命运。但凡有一点能力，父母都会送孩子去读书，但是读书之路何其艰难。

李明亮村子附近没有铁索桥，要到对面镇上读书，只能靠溜索。就是在两岸中间拉一条铁链，上面用绳子挂一个木箱子，过江的人坐在箱子里，自己拉动绳索顺着铁链向前滑动，需要用巧劲，才能拉动绳子徐徐前行。

李明亮说他永远记得那一天，任何时候想起来，心口都针扎般的刺痛。

那是二十多年前，李明亮和寨子里的小伙伴们一起去上学，他们也就八九岁的年纪。那天早上，阴雨连绵，孩子们赶着去上课，当他们来到江边时，突然一阵狂风刮过，骤雨从天而降，孩子们的衣服被打湿，冻得瑟瑟发抖。

李明亮是班长，他让其他小伙伴先过江，自己留下断后，起先三四个小伙伴顺利过江，接着轮到了江娃和桐花兄妹俩。他们是一对孪生兄妹，妹妹桐花害怕，不想过去，哥哥就陪她，两人一起坐上了木箱子。

一开始比较顺利，但是木箱滑到江中心时，突然出现了意外，被卡住了，兄妹两人被困在江上，进退两难，无助地随着狂风摇摆。哥哥和妹妹奋力拉动绳索，不知什么原因，滑轮死死卡住不动。

岸上的李明亮急得团团转，却束手无策，徒劳地看着兄妹俩在苦苦挣扎，他大声喊着：别慌，别慌。

江娃和妹妹急于摆脱困境，两人冒着风雨，拼命拉动绳索，不料绳索被磨断，两人坠入江中，瞬间被吞没，甚至来不及发出一声呼喊。

　　岸上的李明亮跌坐在地，三魂六魄俱散，他直愣愣地盯着惊涛翻滚的江面，不能动，不能喊，也哭不出来，明明刚才还耳鬓厮磨的小伙伴，瞬间就阴阳两隔，巨大的悲痛将他石化了。

　　这场悲剧过去了很多年，却永远无法从李明亮心里抹掉，说到这段伤心往事，李明亮的声音哽咽了："我永远记得，哥哥叫江娃，妹妹叫桐花……"

　　葛念镜也泪目了，她无法想象悬在江心的兄妹俩在那个瞬间，有着怎样的恐惧，怎样的绝望。

　　她远远眺望着桥下湛绿的江水沉默着，她终于理解了，为什么李明亮说他自小发誓要修桥修路；也终于理解了，为什么一座大桥对于大山里的人们意义如此重大。

　　而父亲葛啸天，那个总是没日没夜在忙工作的人，正是因为每一座桥都主宰了无数人的悲喜，改变了无数人的命运，所以他才乐此不疲，永远充满斗志吧？

　　心念至此，葛念镜突然想起那次被他一脚踹到地上，她在后面喊叫，葛啸天把自行车踩得像风火轮疾驰而去。葛念镜挑一下嘴角，心里说，老葛，我好像懂你了。

第十六章 田园是吾家

　　车子继续前行，不久拐下大桥，进入一段宽阔的国道。

　　满眼绿色扑面而来，树木的深绿，河流的青绿，草地的葱绿，田野的墨绿，以及许多说不出的绿色，巧妙地糅合在一起，也只有神奇的大自然才能拥有如此丰富的调色板吧。

　　道路一侧，一湾碧绿的河水绵延前行，垂钓的人坐在河边优哉游哉等鱼上钩。一行行垂柳随风摇曳，树影婆娑、青烟绿雾，如翩然起舞的妖娆女子。

　　道路另一侧，层层梯田里种满果树，应该是改良的品种，一人高的植株上结满了红色的果实，田埂上，各种野花粲然绽放，红的艳丽，白的皎洁，粉的轻盈，紫的冷艳，虽是无名野花，却开得恣意从容。

　　有商贩的大卡车停在路边，正在收购蜂糖李，宽大的车厢装满红彤彤的果子,煞是诱人,一股清风拂面而来,混着甜蜜的果香,葛念镜闭上眼睛深深嗅了一口,感觉通体舒畅,沉重的肉身似被空气清洗过一般纯净、轻盈。

突然,车子猛地一个急刹停了下来。

她睁开眼睛一看,立刻惊讶地张大眼睛,原来车子拐弯时,前方忽然出现一大群牛,它们挡在路上,正在横穿公路,其中有一头体型健硕的大牛好像受到了惊吓,它径直向车子冲过来。

李明亮吹了一声口哨,那头牛奔到李明亮那侧车窗旁,驻足。李明亮抚摸着它的头,亲热地:"富贵,是你呀,你好吗?"

那牛哞哞地低声叫了几声,用头磨蹭着李明亮的手,亲昵地回应着他,像是一个见到亲人的孩子。

葛念镜本以为这牛是受到惊吓发飙了,原来人家是认出了亲人。她被这一幕整糊涂了,本能地对这个庞然大物充满了惧怕。

李明亮:"没事,你摸摸它的头。"

"真的可以吗?"葛念镜半信半疑。

葛念镜探过身体,伸长手,试探着去触摸那头牛的脑袋。它温顺地站在车窗外,好奇地看着她,大眼睛扑闪扑闪着。

"富贵,这位小姐是远道来的客人,你要以礼相待哦。"李明亮对那头牛说。

"它叫富贵?它竟然还有名字?"葛念镜哭笑不得。她突然想到著名作家余华有一部小说,题目是《活着》,里面的主人公就叫福贵。那家伙,真是命运多舛,人间疾苦一样都没有放过他。

眼前这富贵，生活得好像很滋润。

那头牛又低沉地哞了一声，向前凑了凑，它温顺乖巧，用它湿漉漉的鼻子蹭着葛念镜的手，痒痒的，她禁不住咯咯笑起来。

"富贵是我二叔家的牛，它刚出生，妈妈就死了，是我一手带大的。以前我放学后，就带着富贵出去割草，我俩很亲。"

"哎，他主人呢？"葛念镜东张西望也没看到放牧的人。

"我二叔一般把它们放到草场，就去忙别的事了。"

"它们不会走丢吗？"葛念镜十分好奇。

"不会，到时间它们自己知道回家。好了，富贵，你回吧，回吧。"李明亮对着富贵挥挥手，富贵听懂了，哞地长唤一声，似在告别，而后它往后退了两步，摇摇尾巴，快步跟上伙伴。

这美丽的绿色田野，一头牛也如此有情有义。

拐进一条小路，行之不远处，茂林修竹、阡陌稻田，参天的古木环绕着一栋三层老宅，房前屋后的竹篱笆上挂满瓜豆，其间点缀着葱郁的牵牛花，开出玫红色与紫色的花朵，芭蕉树巨大的叶子轻轻摇曳着，将光影透在地上，好一派幽静雅致的田园风光。

李明亮按了一声喇叭，他的妈妈一溜小跑从屋里迎出来，是一位健硕淳朴的中年妇女，红色的脸庞，红色的双手，笑得眼睛弯弯，嘴角弯弯，是那种一眼见底的真诚与坦荡。

她戴着围裙和袖套，一看就是正在家里准备饭菜。她亲热地向葛念镜伸出手，可能意识到不妥，又赶紧缩回去了，略显尴尬地揪住围裙。

葛念镜立刻上前握住她的手，问候安好。她的手粗糙温暖，宽大厚实，葛念镜纤瘦的小手被她握住，有一种奇妙的被呵护的感觉。

随后屋里又出来一男一女，李明亮兴奋地大叫："姐姐，姐夫，你俩也回来了。"

"听说你回家，我俩就赶紧跑回来了。"姐姐面容清秀，笑声爽朗。

三个人亲热地拥抱在一起，高声笑着，拍打着肩膀。

老妈妈拉着葛念镜向屋里走："囡女，快回屋里歇着去。喝杯茶。"

葛念镜惦记着竹篱笆上的牵牛花，边走边回头："牵牛花很娇嫩，它只在清晨开放，为什么你家的牵牛花傍晚也会开呢？"她记得，过了中午牵牛花就蔫了。

李明亮告诉她，山里凉快，花瓣里的水分蒸发得慢，所以开得久。

葛念镜又长知识了，原来山里的牵牛花独得天宠，可以美丽常驻。

说是进屋喝茶，却不是红茶，不是绿茶，不是岩茶，而是一种细如松针的植物。它深绿色，十厘米左右，打着旋聚在一起，捏些许放到杯子里，冲上开水，旋即一簇绿色的叶子绽放了，晶莹翠绿，煞是美丽。

葛念镜尝了一口，苦苦的味道爬满舌尖，跟她预期的醇香落差实在太大，这是什么？

"多喝点，这个很好的。"李明亮叮嘱她。

原来这是苗寨之宝，它生长在海拔八百米左右的深山老林中,有清热解毒、消肿止疼、润肺止咳的作用,在《本草纲目》《中医大典》中,都提到它的名字。

"它这么神奇,可是好苦呀。"

李明亮让她仔细品品,她再喝一小口,慢慢地咽下去,说来也怪,淡淡的苦味过后,竟然有一股微微的甜味。她惊讶它是怎么做到又苦又甜的。

苦甘青,原来它的名字就叫苦甘青。有些诗意,好像还有些哲理,人生也是有苦有甜,苦甜掺杂。

苦甘青就生长在古老的苦甘镇上,曾经,小镇上的人,也非常苦。

很久以前,在苦甘镇,有个小村庄的名字叫补郎村,直白地理解就是滋补男人。可是,为什么不能滋补女人呢?

在补郎村,有个世代流传的习俗,女人生下孩子后,能得到一只滋补身体的老母鸡,但是女人不能吃,要给男人吃,而且男人要坐月子,休养身体。

这真是个匪夷所思的习俗,原来"女人生孩子,男人坐月子"不是个传说,而是活生生的现实。

诡异的是,男人不但把女人坐月子的母鸡吃了,还要在他坐月子期间,把全村的鸡都吃了。

对葛念镜这样的现代女性来说,这是不能容忍的事情,她恨不能把"好吃懒做、游手好闲、不劳而获、卑劣无耻"等等这些负面大词,统统都献给补郎村的男人们。

但是,等她理解了这背后的原因,却沉默了。

原来补郎村的男人吃了母鸡,滋补好身体后,他就离开家去修路，这一去，有可能生死未卜，再也回不来了。

他们不约而同地践行着这个习俗，一个又一个年轻男人走出家门，带着赴死的决心，去修一条路。

何其悲壮，修一条走出大山的路，需要几十年，甚至几代人，父辈未竟，儿子辈继续前赴后继。

葛念镜想到一个词：未知全貌，不予置评。

那现在呢？补郎村的人们，他们现在怎样了？

李明亮告诉葛念镜，现在当然不一样了，路路通，村村通，每个村子都是四通八达的，家家搞绿色种植，搞畜牧养殖。他们跟外边的收购商签了合同，到点就来拉货，美得很。

"就像你们村这样，都住着三层小楼，还买了小汽车？"

"是呀，有的家里还有两三辆车呢。"

这差距，也太大了，补郎村的村民，车都有两三辆啦。原来他们每辆车都有特殊功能，一辆轿车去旅游，一辆拖拉机下地干活，还有一辆货车拉货。

葛念镜从小到大生活在城里，这乡下的生活，让她处处感到新鲜好奇。

李明亮的妈妈和姐姐在忙着做饭，葛念镜听得锅碗瓢盆一阵丁零当啷地乱响，好像是一场小型战争，又好像一曲欢快的交响乐。

葛念镜也跑去凑热闹，大铁锅炒菜，先是滋啦啦一声响，葱花姜片花椒爆锅，顿时香味袭来，紧接着是一阵急促的当当唰唰，锅铲与铁锅亲密碰撞，奏出美妙的旋律，更浓郁的鲜香弥漫四溢，木柴在灶下噼噼啪啪地燃烧，火花跳跃。

勤劳敦厚的人，燃烧的柴火，拙朴的美食，共同构成这最能抚慰心灵的人间烟火。

吃饭时，李明亮把饭桌摆到门前，桌上摆满了各种菜肴，还有自家酿的桂花米酒、青梅米酒，一家人围坐，举杯互祝。

晚霞映红天边，远山莽莽，近水潺潺。房前屋后竹篱上，瓜果飘香，花朵绽露芬芳。猫猫狗狗在嬉戏，归巢的鸟儿婉转吟唱，一顿粗茶淡饭，竟然吃出山高水阔，我心安然的恬淡。

不觉间，葛念镜多添了几次饭，又多饮了几杯酒。这样的生活，或许一直过下去，也是好的。

暮色渐渐浓郁，星星挂上天幕，村落、老屋、树木与花朵都隐进静谧里。

橘色老猫蜷缩在椅子上惬意地睡去。

饭后，夜色清凉，姐姐姐夫都留在屋里帮妈妈干活，做家务。

葛念镜也想搭把手，干好干孬，先不说，态度很重要。她刚拿起一个碗，就被姐姐推出去了："哎呀，你这画画的手，哪能干这种粗活。快去歇着吧。"

李明亮说她既然插不上手，不如两人去外面散步。

他们经过门前一株繁茂的植物前，李明亮停下脚步，他折下一根枝条拿在手里。而后两人一起顺着门前小路向夜色浓郁处走去。

深邃的夜空中，一轮明月高悬，满天星光灿烂，清风徐来，空气中，有阵阵暗香浮动。

葛念镜扬起脸看着星空："你看这天上，那么多星星，小时候奶奶告诉我，天上一颗星，地上一个人。哎，你觉得哪颗星星是你呀？"

李明亮抬头看看："有我，肯定有，但现在还看不到。"

葛念镜："为什么？"

李明亮："据说只有那些很厉害的人，才会闪闪发光，普通人是暗淡的，根本看不到。"

"难得这么低调，还知道自己是暗淡的。"葛念镜调侃道。

"我现在还不行，未来肯定很厉害。"

"啧啧，低调也就两秒钟。"

李明亮指着天上的星星，他说那颗很亮的应该就是她家老祖宗葛镜。还有那颗，可能是她爷爷，她爸爸也是牛人，肯定也有一颗星星是属于他的。

嗯，他们都是王者，自己是个青铜。葛念镜叹口气："别说星星了，你说咱们贵州有这么多桥，我画哪些呢？"

"这个好说。你问我呀，我可是专家。桥的分类，按主要材料分木、石、砖、竹、藤、铁、钢、盐、冰等，按桥面在桥跨结构的不同位置分，有上承式桥、下承式桥和中承式桥。按用途分，有铁路桥、公路桥、公铁两用桥……"李明亮又来劲了，这一个问题，他单机输出了十分钟。

葛念镜听得都快哭了，难道他以为葛念镜要考个专业资格证吗？

"我告诉你吧，这些桥，你各画一座为代表。中国古代、近代、现代各选两座。还有中国目前在世界排名前十的大桥，你也不能错过。我的建议如何？"

"建议很好，下次还是别建议了。"葛念镜让李明亮讲些有意思的故事，或者有传奇色彩的人。

李明亮歪头看着天上，他说如果那些很厉害的人，在天上都有一颗星星与他对应，那么一定有颗星星是属于一个女人的，她叫奢香夫人。

奢香夫人是谁？一个神奇又香艳的名字，让人怦然心动，又莫名地为之神往。

原以为她不过是和杨贵妃一样的女子，花容月貌、雍容华贵，终生事业是善歌舞、通音律，沉迷在权贵的爱恨情仇中，最后徒留一缕香魂，一声哀叹。却万万想不到，她是连朱元璋都佩服的女将军、女土司，是大明王朝的女政治家、军事家。

那是1374年一个春光明媚的日子，宁静的田野，被一阵迅猛的马蹄声打破。

一名美丽的彝族少女，她着盛装，骑烈马，带着几名持刀丫鬟，穿越花海，直奔水西而去。

这名少女，就是十六岁的奢香，彼时，她是四川永宁宣抚司、彝族土司奢氏家的小公主。再过几个月，她就要嫁给大她二十多岁的贵州水西宣慰使霭翠了。这门亲事，是两个家族的安排，旨在通过联姻，彼此壮大。

大她二十多岁的霭翠是一个什么样的男人呢？他见识高远吗？他英俊洒脱吗？他有深谋远略吗？

所有这些，这个性格刚烈的小公主全都不知道，于是她率性而为，去会晤那个从未谋面的男人，一探究竟。

奢香快马扬鞭，直奔贵州水西宣慰使霭翠的领地而去，她本人也不曾想到，这一场奔赴，是宿命，也是使命，是她向着一生的爱情与信仰的双重奔赴。

霭翠，是她想要的男人。

十七岁的奢香公主，嫁给了霭翠。因她从小学习汉语文化，聪慧通达，并对兵家之事颇有见地，因而成为霭翠的贤内助，经常辅佐他处理宣慰司的政事，护佑一方百姓平安，她因此受到族人爱戴。

不料奢香二十三岁时，霭翠患病去世，于是她代替年幼的儿子继承了丈夫的职位。

此时正值乱世，元朝败落，明朝兴起。作为大明王朝的开创者，朱元璋对国家的统一，有着无比强烈的渴求，他希望以怀柔术收复黔西南各少数民族，于是他与奢香夫人就此相遇，并发生了一段传颂至今的佳话。后来，奢香夫人为了感恩，竟然为大明朝修了五百里长路。

一个是开国皇帝，一个是彝族女土司，他们之间发生了怎样荡气回肠的故事呢？

当时马皇后的亲侄儿马晔，受朱元璋之命管理贵州及四川多地，马晔滥杀无辜彝族百姓，并大肆搜刮民财，导致民不聊生。

奢香夫人桀骜不驯，多次上书状告马晔的恶行，马晔视奢香为"鬼方蛮女"，设计把她骗到贵阳，而后剥光她的衣服，当众对奢香施以鞭笞酷刑。

马晔的目的就是激怒彝人，逼四十八部头人反抗，挑起兵衅，而后顺理成章大开杀戮，借此灭掉彝族。

奢香受此奇耻大辱，果然引得彝族百姓群情愤怒，奢香手下四十八部头人意欲谋反。奢香看透马晔的险恶意图，她深知如果同大明官军相抗，无异以卵击石。在彝族危亡关头，她以民族团结为重，劝服众人，选择忍辱负重！而后，奢香夫人毅然挽裙走京城，面见朱元璋告御状。

朱元璋龙颜大怒，决定严惩马晔，并问奢香"以何报答"。奢香回禀："愿令子孙世世不敢生事。"并即表示"愿意刊山凿险、开置驿道"，同时许诺修建贵州境内通往各省的驿道。

朱元璋大喜，他深知"奢香归附，胜得十万雄兵"，为了国之大计，他必须拿侄儿开刀。于是朱元璋以"开边衅，擅辱命妇"的罪名，将马晔革职下狱。

奢香夫人为了报答朱元璋的恩情，回到西南后，立刻履行诺言，她亲率属下四十八个部落，组织投入巨大的人力物力在"羊肠险恶无人通"的贵州高原，设驿站、修山路、通闭塞，以孤注一掷的彪悍做派，历时数年，终于彻底打破了云贵川之间的天险。

同时奢香夫人把儿子送到中原求学，并聘请中原文化志士到贵州教授文化，她以开阔的视野促进了彝族与中原文化的交流，同时驿道的开设，极大地促进了西南地区与大明王朝之间的商贸发展。

奢香夫人修的路，就是著名的"龙场九驿"，以偏桥为起点的两条路：一条经水东，过乌撒，到达乌蒙；另一条是经草塘和六广，至黔西、大方和毕节，累计有五百多里，有些部分，一直沿用至今，成为当地百姓出行的生命线！

"奢香夫人当年修的路,我们今天还在走呢。"有百姓如此感叹。几百年的时光荏苒,奢香夫人在他们心目中仍是神女一般的存在。

如今,在贵州修文县城以西约十千米的花桥河上,有一座始建于明洪武年间的三孔石拱桥,它横跨在蜈蚣坡和猫坡南北两座大山之间,这座桥,就是被称为奢香古驿道中十桥之首的蜈蚣桥。

蜈蚣桥,桥宽达十一米,桥形美观,桥体坚固,桥墩为楔形,石桥的护栏板上,雕刻着精美的图案,凸显着少数民族人民的艺术智慧。

蜈蚣桥的下游不远处,有一口水井,名曰桃花井。在北面桥头曾经有一雨花庵,相传是当年奢香夫人亲自督造蜈蚣桥的临时住所,也是商队旅人往来贵阳,在此休养的驿站。

蜈蚣河水清清,两岸草木葳蕤。

如今,慕名前来寻找奢香夫人芳踪的人们,已不见雨花庵的身影,唯有蜈蚣桥跨卧花桥河上,笑看潮起潮涌,静待花开花落,诉说着世事沧桑与变迁。

而今在贵州毕节的织金城,还有一座桥,名为奢香桥。

织金,这名字听起来颇具老钱风的腔调,其实是彝族语的音译。据说明朝时,这条大河两岸有两大部落,他们互相厮杀了二十多年,奢香夫人出面调停了纷争,使双方歃血为盟,永世修好。为了纪念奢香夫人,人们在两岸修起了这座桥。

在黔西,还有一座五孔石拱桥,名为"朵泥桥",是奢香夫人的贴身侍卫朵妮小姐亲自监督修建的。当时朵妮带领兵士和民工奋战在修桥工地，不论阴晴风雨，她都亲自和大家一起抬石挑土，经数月奋战，桥终于修好了，朵妮小姐却因风餐露宿、劳累过度，不幸患病离世。奢香夫人闻讯，十分痛心，在踩桥时以"朵妮"为桥名，并在桥头立碑以纪念这位坚韧的女子。后经几百年的时光流逝，人们也把"朵妮桥"称为"朵泥桥"。

奢香夫人深明大义，心怀天下。继奢香开设龙场九驿、十八站之后，其后人"水西安氏"家族中，也有一批开明志士，他们效法奢香，陆续组织人工修建了"水西十桥"，是明代后期水西交通建设的杰作和代表。

据有关史料记载，"水西十桥"实际上并不只有十座桥，而是二十多座桥。明成化年间修建的一组为"前十桥"，明万历年间修建的另一组为"后十桥"。

奢香夫人和她的后人开驿站、修石桥，为四川和贵州周边地区带来福音，使百姓安居乐业、交通发达、商贸兴旺。

在男尊女卑的明代，鲜有女人摄理政事，奢香夫人这样一位奇女子，她志向高远、叱咤风云，其人其事，无不令人肃然起敬。

尤其是葛念镜这种崇尚女性独立的现代女性，更是禁不住对奢香夫人顶礼膜拜，她恨不得立刻赶往奢香的故居永宁，去探访她的秘密，找寻她的倩影丽踪。

据说如今的四川泸州叙永县（永宁），正是奢香夫人的故乡，那里水天一色，如诗如画。

正是身未动，心已远。

葛念镜低头兀自向前走，心里琢磨着去四川泸州的路线，突然感觉有个东西轻轻敲了敲她的手背。

她一惊,这才发现李明亮站在面前,他低着头,神情有点羞涩,偶尔他抬头看她,眼神如星星闪烁。

月光下,他的神情实在诡异,葛念镜疑惑地看着他:"你干吗?有话直说。"

"这是那个……迷迭香。"李明亮神情羞涩,再次敲敲葛念镜的手背,好像在对暗号。

葛念镜接过迷迭香,放到鼻子前嗅了一下,一股清香沁人心脾,顿觉神清气爽。

李明亮高兴地:"你接受了?"

接受什么?葛念镜脑子里突然电光石火,猛地想到那天晚上,他俩和苏锦、蓝天凤一起吃烧烤时,李明亮说在意大利的沙龙聚会上,年轻的男女会拿着迷迭香轻敲意中人的手,等待对方同意做自己的恋人。

不会吧?这也太突然了,自己和李明亮?

不!不!她从没想过,不就一起散个步嘛,竟然飞来一场求爱,还整成中西合璧式的。

"我,姓李,名明亮,属虎,摩羯座,北京理工大学桥梁与隧道工程专业。我思想健康,身体健康,心理也健康。我性格开朗,我是车辆发烧友,小轿车、大客车、大卡车、翻斗车、压路机我都喜欢。我会开冲锋舟和皮筏艇,我是蓝天救援队的队员,对于极致情况下的野外生存,我也有经验……"李明亮滔滔不绝,把压箱底的优点都翻出来了。

"停!停!你等会儿,我其实,不需要了解你这么多。"葛念镜面红耳赤,被他这一番操作给整得心惊肉跳。

"你看我怎么样?"他单刀直入。

"……"她无话可说。

"我想做你男朋友,怎么样?"他步步紧逼。

"不怎么样。"她步步防御。

"你说过你失恋失业……"

"我还说过我不婚主义呢。"葛念镜恼火地打断他,扔下手里的迷迭香,转身跑了。

真是,聊奢香夫人呢,好好的,怎么就跑偏了呢?

第十七章 红军桥

叽叽，喳喳，小鸟开始欢唱，它用清脆美妙的歌声叫醒一夜好睡的葛念镜。

天光已大亮，这一夜，她睡得又沉又香，如婴儿般心无旁骛。她心情大好，一种从未有过的愉悦满溢心底。

她看着自己的光脚踩在花砖地上，如此的美丽，如此的剔透，充满灵气。

果然，睡好了的人，才能爱自己，并热爱这世界。

她跳起来奔到窗前，推开窗户，一股清新的空气扑面而来，带着青草味和花香，她闭上眼睛深深地呼吸着，感受这股清新之气流经自己的身体，一寸，一寸，逼退所有的寒冷、阴郁、不安与戾气，它充盈了她的身体，滋养了所有的经络血脉。

这时她闻到了大米粥的香味，侧耳，也听到压低声音的私语，原来他们已起床了。

葛念镜快速下楼，李明亮的妈妈和姐姐看到她，这才放大声音，原来此前是怕吵到她。

问过安好，她来到门外，看到竹篱笆上的牵牛花又开了，晶莹的露珠在碧绿的叶子和藤蔓上滚动，几只丰满的母鸡在泥地上捉虫吃，更多的鸟儿叽叽喳喳地唱歌，开启这美好的一天。

终于，葛念镜在屋旁看到了两棵一人多高的迷迭香，枝叶葱茏，细碎对生的叶片，开着一些淡蓝色的小花。

昨晚李明亮就是在这里折了一根枝条，反复敲打她的手背，试探她的心意，想到这里，她脸上一热。

她四处寻找他的身影，菜地、稻田、小溪、竹林……房前屋后都没有发现他，她心里升起一丝丝的失望，也许，他去找富贵了吧。

对，他一定是去找富贵了，那么他很快就回来了，他会突然出现在她面前，把双手藏在背后，然后变出一束野花送给她，花瓣上滚动着露水，沾染着山林的气息，他笑着露出那口白牙……想到这里，她抿起嘴偷偷笑了。

然而一直等到吃早饭，都没有再看到李明亮。

大米粥是香甜的，小菜是鲜嫩的，自家腌的绿皮鸭蛋流着红油，大铁锅蒸的花卷松软Q弹，可是她味同嚼蜡，完全感受不到它们的美好了。

葛念镜一直想问问，可是没好意思开口。这也不是她的做派呀。她以前是个爽快人，说话做事，哪像今天这样思前想后的，想说就说，想做就做，哼，都是那个"一根筋"闹的。

她心里正琢磨呢，李明亮姐姐明花开口了："我弟有事，今天我和姐夫陪你去茅台镇看红军桥。"

"他有什么事？"葛念镜脱口而出问道。

"他没说，只说事情很急，一大早就走了。"

葛念镜咬着筷子，思忖着，就算有急事，也应该跟自己打个招呼吧，留个信息就那么难吗？这家伙，不会是生气了吧，昨晚自己扔掉迷迭香的一瞬，她看到了他脸上的失望……

她低下头，木然地喝着粥，心里涌起一股不满，你也太小心眼儿了吧，就为这事，就扔下我不管了。哼，果然是靠不住。算了，算了，男人都是大猪蹄子，因色起意，没长性。

葛念镜拿过一个花卷，使劲咬了一大口，狠狠地嚼着。

出发的时候，葛念镜和李明亮的妈妈道别，心里竟然有点舍不得，那只胖胖的狸花猫跟在葛念镜的身边一溜小跑。

"大狸也来送你了。"李妈妈笑道。

只见大狸快跑几步挡在葛念镜前边，啪嗒一声躺倒在地露出了白肚皮，它把身子妖娆地扭来扭去。"哇，碰瓷式撒娇呀。"葛念镜开心地叫起来，她喂养过流浪猫，知道大狸花的心意。

她蹲下身子抚摸着大狸花，它的小肚子软软的，毛茸茸的，摸起来十分舒服。

大狸花扭着身子，很是受用，它伸出舌头舔着她的手指，舌头上的小倒刺痒痒的，葛念镜忍不住咯咯笑起来。

撸过猫，道过别，终于要出发了。

李明亮的姐夫老道说："车钥匙给我吧，我负责给你开车。"

葛念镜怔一下，这话李明亮好像也说过，他还说过要给她当免费司机，结果一言不合就撂挑子不干了……

姐姐见葛念镜不说话，以为她担心老道的车技，解释说："老道的技术，你尽管放心，他是开消防车的，啥样的路都跑过。"

葛念镜赶紧把钥匙递过去，掩饰道："太好了，姐夫开车，我可以好好欣赏美景了。"

离开田园农家，他们直奔茅台镇而去。

拐出乡村弯曲的小路，驶入笔直的高速公路，老道把车开得行云流水，似乎他不是在开车，而是在优美地舞蹈，他的动作收放自如，快慢相宜，真正做到了心中有车，人车合一。

"这路太好了，真的太好了，时速180千米都没问题，车跑上去，就跟坐在自家客厅喝茶一样，茶水都不会洒出来的。以前那路呀，简直要老命了……"老道感叹着。

十多年前有一天，老道所在的大队接到警报，有个村里着火了。他们立刻组织了两个班的人员，三台消防车，马上出警。但是当时的公路就像羊肠子一样曲里拐弯，坑洼不平，老道稍微一提速，车身就剧烈颠簸起来，路面又窄又滑，稍一不慎随时可能翻进路边的万丈悬崖。

老道攥紧方向盘，眼睛一眨不眨地盯着前方的路面，最危险的情况还是发生了。老道的消防车拐弯时，对面有一辆车突然迎面冲过来，老道赶紧微微一扳方向盘，就差一点点，两辆车就撞在一起，好在老道反应敏捷，才避过一场事故。

但是危险并未完全排除，老道开的是消防车，对方是一辆大型吉普，狭窄的路面，双方想会车，十分困难。消防车右边车轮半边悬空，对面吉普也是卡着悬崖边，两个庞然大物一点一点向前挪动，车身擦着车身，顿时嚓嚓地冒出一片火星四溅。

好在双方司机都很沉着老道，最终还是安全通过，化险为夷。

等到大家乘坐消防车以三十千米的时速心急如焚地赶到村里时，已是一派灾后惨状，好多农民的房子已化为一片废墟，那些来不及抢救出来的牛羊蜷缩在栏里被烧得面目全非，受灾的农民坐在残垣瓦砾前捶胸顿足，失声痛哭。

消防队员们看着眼前的惨状，羞愧难当，那些帮忙救火的村民向他们投来异样的目光，队员们心情十分沉重，不敢抬头看那些村民。

"唉，太对不起老百姓了，我们真的是没办法呀，恨不得插翅膀飞过去。"说起这段往事，老道还连连叹息。

因为道路的原因，老道他们出警，会遇到各种特殊情况。有一次，他们费尽周折终于赶到了火灾现场，经过消防战士们全力奋战，大火终于扑灭了，乡亲们非常感动，纷纷给消防员战士鞠躬行礼。

战士们心里很高兴，觉得这次出警终于雪中送炭，然而他们高兴得太早了。

因为这个村子坐落在一片山崖上，只有窄窄的一条山路，根本无法调头，消防车只能进，不能出，老道尝试了好几次，都没能成功，车子还险些滚下悬崖。

最后实在万般无奈，他们只能与两家村民商量把自家院墙拆了,腾出一块地方,老道的消防车才终于调头开了出来。

当时,有个村民哭笑不得地说,你们是来帮忙灭火的?还是来搞破坏的?

村民的一番话,让消防员哑口无言。因为道路的限制,好多次出警都受到很多限制,甚至因此也耽误了抢救伤员,造成伤亡……

想起这些事情,老道有说不完的故事。

还有一次,山上一片原始森林突发大火,消防车只能开到山下,陡峭的山间小路只容步行,消防队们下车,快速徒步上山。

远处火光冲天,浓烟滚滚,大片的森林在烈火中哀嚎,消防员们心急如焚。然而上山的路有八九里远,他们只能靠两条腿快速向山上奔去。

好在山下县城和乡镇有很多人平常便以摩托车出行,他们闻讯赶来,自发组成了摩托车队,负责把消防战士驮到一线火场,也负责驮运灭火器、饮用水等消防物资。幸亏有这些摩托队勇士的援助,经过一天一夜的奋战,大火终于被扑灭,然而森林毁损严重。

"太可惜了!"老道长长叹息一声,难过地摇摇头,再也说不下去了。

"唉!怎么会这样,那现在呢?"葛念镜听着老道的叙说,也是很揪心。

"现在好了,现在咱贵州村村通,路路通,再也不会出现那样的事了。你放心吧。"明花欢快地说。

葛念镜拍拍胸脯,欣慰地呼出一口气。

"哎，快看，那就是赤水河红军大桥。"明花指着不远处喊道。

葛念镜抬头看去，就见一座宏伟的大桥气势磅礴、横贯天宇，可惜只能看到侧面一隅。

关于红军当年四渡赤水那段历史，葛念镜还是稍有了解的。

这座大桥就是为纪念红军四渡赤水而建造的。它的位置在川黔交界的乌蒙山区赤水河的下游。这一大片区域，都是当年中国工农红军四渡赤水的红色革命老区。

1935年1月，中央红军长征走到贵州遵义，蒋介石调集了大量精兵强将，企图把中央红军围歼在川黔边境地带。英明的毛泽东看透了老蒋的奸计，坚决不上钩，而是西渡赤水河，向古蔺以南地区前进，以寻找机会北渡长江。

事实证明，这是伟人的伟大抉择。

老道慢下车速，葛念镜看着车窗外，心里升起一股崇敬之情。

老道是个狂热的爱国者，他挺直腰杆，对着远处的大桥，举起右手夸张地敬了一个军礼。

葛念镜被他逗乐了，老道说："我们消防员，也是兵啊！我们也就是后来改了个名字，其实骨子里，还是把自己当军人，只是专业装备更强了，专业能力也更厉害了。"

葛念镜向来对军人和消防员充满敬佩，他们都是了不起的人。她情不自禁对老道启动夸赞模式。

老道很不好意思，说他们那都是责任和义务，不值得提。他把话题再次转向四渡赤水。他说那会儿的条件太苦了，咱们红军一渡赤水，改向川滇黔边发展；红军二渡赤水，进行遵义战役；红军三渡赤水，由遵义再进川南；红军四渡赤水，将国民党军甩在乌江以北。

"结果你们知道怎么样吗？"老道卖着关子。

"怎么样了？你说，你说。"葛念镜听得津津有味。

"哈哈，咱们以少胜多，比弱胜强，化被动为主动，重挫老蒋，取得了长征决定性的胜利。就这战略，就这战术，就这魄力，你就说牛不牛吧？你就说服不服吧？"老道意气风发，扬扬得意。

葛念镜和明花都竖起大拇指。明花还不忘调侃道："你姐夫一说起这些，就跟打了鸡血。有这脑子，当年应该考北大。"

"欸，此言差矣，我们村不识字的老农民说起这些，也头头是道。这跟学历没关系，是个中国人都应该知道。"老道更正明花。

老道说有一天晚上，他梦见自己也参加了红军长征，他和战友们正在抢渡，马上就冲到桥头了，突然敌人架在桥头的机枪开始猛烈扫射，老道的胸前中弹了，血忽地冒出来。他寻思一定要冲过去端掉这架机枪，可是他胸前出现了更多的血窟窿……

"狗日的，我都快被打成筛子眼了，然后我……就掉到江里去了……"老道吸口凉气。

"啊，你掉下去了？那后来呢？"

这个老道，讲个故事顺便把自己也带进去当了回配角，葛念镜被他吸引了。

"后来，我当然就光荣牺牲了呀。这个梦，我做过好几次，不信你问明花。"

"嗯，对呀，老道家就在赤水河边，我估计呀，他上辈子真有可能参加过四渡赤水，没准儿，这就是他前世的记忆。"明花一脸认真。

老道信誓旦旦地说："很有可能，至于我参加了哪一渡，我一直没搞清……哎……"突然，老道低呼着，踩了一脚刹车。

葛念镜身子猛地前后晃了一下，待她坐稳，这才发现前边快车道上有一辆车子连续变换了两个车道，也不打转向灯，从老道的车前横着闯过，直接驶入最右边应急车道。

好在老道经验丰富，眼疾手快化解了这场危机。

更可气的是，那辆车的司机根本没意识到有何不妥，他的车子尚未停稳，车上的两人马上下来，站在路边准备拍照。

老道立刻鸣笛提醒他们，并大喊："不许停车，不许停车，危险！"

这种司机最招人恨，完全不遵守交通规则，好像公路是他自己家的，随心所欲，想怎么开就怎么开，简直害人害己。

还好，那位司机虽然鲁莽，但听人劝，他赶紧上车开走了。

老道很不满地吐槽，这些人没规矩，大桥刚建成时，好多车辆不懂规定，停在路边拍照、观景，甚至还有人在上面散步。不仅占用生命通道，还可能妨碍事故救援，他们这么干，有极大的安全隐患，这是绝对不允许的。真不知道他们驾驶证是咋拿的。

"他们的心情，我能理解，但行为不可取。这大桥太壮观了，要是能看到全貌，多好啊。"葛念镜很是遗憾，只能匆匆拍些照片回去研究了。

原来这座大桥，建设得比较早，只考虑了通行功能，没设置停车区和观光平台，也没留下人行道和骑行道。不过，老道说他有办法让她看到全貌。

老道是个活地图，他们消防队出警，分秒必争，除了导航提供的路线，还有一些导航没有的小路，他也研究得透透的。

果然，不久之后他们下了高速路，拐上一段国道，再进入一个小村庄。村头街道上，不时看到村民劳作，鸡鸣犬吠，脸色绯红的儿童三五一群在街道上追逐奔跑。

葛念镜正担心是否走错了，车子在一个垭口停住了。

下得车来，此处在一片山崖之上，果然可以全方位观赏到赤水河红军大桥的雄伟身姿。

只见莽莽崇山之间，出现一座银白色大桥，形若游龙，横跨两岸悬崖之上，无数条悬索与主钢架梁呈辐射状连接，如擎起两只巨大天伞。天伞之下的河谷中，江水如封印的黑色蛟龙被降服在河道里，翻腾狂奔，激起云雾翻滚，远远看去，惊心动魄。

只有大自然与人类智慧的高度融合，才能创造如此的人间奇迹。

赤水河红军大桥西连四川古蔺，东接贵州习水，还连着重庆江津，一桥跨三地，它把重庆、四川、贵州三地连接起来，打通了黔川渝三地南下北上，密切了黔川渝"金三角"经济圈，为黔川渝三地酒业发展提供了巨大的助力。

据说赤水河红军大桥通车庆典时，三地老百姓敲锣打鼓来庆贺，四川省拿来郎酒，贵州省拿来习酒，重庆市江津拿来梅见酒，大家把酒对山歌，夸大桥，夸家乡，夸自己的酒，啥都能当歌唱。

"这可太有意思了,男人喝白酒,女人喝梅见酒吗?"葛念镜问道,梅见是她很喜欢的一款梅子酒。

"没错,我也喜欢喝梅见,酸酸甜甜的,也喝不醉。"明花答道。

"那有啥好喝的,像喝饮料,我们男人,还是要喝高度白酒,过瘾。"老道不喝青梅酒,不解它的妙处。

"姐夫,男人也喝青梅酒,当年一代枭雄曹操煮酒论英雄,煮的就是青梅酒呢。"

"那我真不懂,我还是喜欢白的。习酒和郎酒,都是咱中国名酒,郎酒酱香更突出,喝起来醇厚、绵柔、回味长,装过酒的杯子都能香很久呢。"

明花打断他,调侃道:"说起军事,说起酒,你都是行家,可惜就是没干出啥大事。"

老道内核很稳,也不受老婆干扰,继续说酒,他对习酒也了解。这是贵州习水县习酒镇产的,用当地的糯高粱酿造,它也是酱香酒,口感细腻,酒色很漂亮,清澈透明。

三人闲闲说着话,上车,直奔茅台镇而去。

第十八章 赤水河畔

"哇，好浓的酒气呀！"葛念镜鼻子痒痒的，连打两个喷嚏。

刚刚进入茅台镇的郊外，尚未到达酒厂，空气中便弥漫着浓浓的酒气。

"我经常来，闻惯了，美得很。"老道说，他把车开得飞快。

车子一直往低处行，深入谷底，在地势低凹的河谷地带，很多现代化建筑依河而建，无数酒厂的大牌子赫然映入眼帘。远处青山叠嶂，近处绿水……不！没有绿水，是红水啊！

一条红色的河流，如一条"血带"奔涌着流向天边，令人心生惊恐。

"哇，快看，那条河，水是红色的。"

葛念镜惊叫着。难道是哪个英雄在河里追杀恶蛟龙，大战三天三夜，鲜血把河水染红了吗？她读过的神话故事，可都是这样写的。

鬼扯神扯的，老道觉得很可笑。哪有什么恶龙，这条河，可是茅台镇的灵魂。就这么说吧，同样的酿酒师傅用同样的工艺，用别处的水酿酒，啥也不是，啥味没有，只有这里的水，才能酿成茅台酒。这就是神水、宝水、三光神水。

"三光神水，是什么水？"葛念镜第一次听说。

"三光神水呀，可了不得，它是神话中最珍贵的神水之一。"

这种水先是保存在元始天尊的那个八宝琉璃瓶里边，后来又保存在观世音菩萨的玉净瓶中。为什么叫"三光"呢，因为它是由"日、月、星"三种神水混合成的。能把日月星都聚集起来，非神力不可为呀！

老道这种说法，并不能打消葛念镜的疑惑，他虽说把"日月星"都调动了，可茅台酒也不是红色的呀！

"其实就是刚下过雨，把泥土都冲到河里了。这里的土是红色的，叫紫色……砂页岩、砾岩，据说是那个啥时代……就是恐龙满天飞的时候……"

"侏罗纪时代吗？"葛念镜也不确定老道说的是啥时候。

老道自己抓耳挠腮地，终于想起来了，是在侏罗纪白垩纪时代，这红土，就是那个时候的泥巴，离现在有几千万年了，这种红色的泥巴，不断地被风吹日晒，腐蚀风化，它的酸碱度特别好，里边有很多种对人体有益的微量元素和矿物质。

葛念镜向山上看去，裸露出来的泥土，确实是红色的。

在雨季，经常下雨，这些来自侏罗纪白垩纪的红色泥土就被冲进了河水，泥土里的很多物质就溶解在了水里，把这河水层层过滤，最后会变得很清澈。无须担心，那些矿物质和微量元素都留了下来，造酒的时候，微生物们疯狂生长，它们以神秘的方式裂变和转化，最后就造出了最好的美酒。

葛念镜终于懂了，原来在雨季，山洪暴发，大量红色的泥土被冲进了赤水河里，所以河水就变成了红色、雨季过后，水也是清澈的，原来这是一条会变色的河流。

揭开这个谜团，她抬头再看那红色的河流，衬着青山与蓝天，显得神秘而奇特，别有一番与众不同的灵气。

"姐夫，茅台酒为什么那么贵？我听说珍藏版的价格能换一套房子，是真的吗？"

葛念镜想起苏锦家里有一瓶一百年茅台，苏锦说那是老蓝收藏的顶级珍品，价值一百多万，葛念镜觉得老蓝应该是魔怔了，正常人不会在一瓶酒上大动干戈。

"换一套房的，我不知道。茅台贵，这是事实，酿一瓶酒可费劲了。"

好家伙，确实工艺复杂。它要两次加生沙（生粮）、八次发酵、九次蒸馏，生产周期长达八九个月，再存贮三年以上，还要勾兑调配，等等。

你以为这就完了，早着呢，还得再贮存一年，等酒质更醇香，更绵柔后，才能装瓶出厂。总之吧，酿一瓶茅台酒，要五年多才行。

终于，心心念念的茅台古镇到了。

古色古香的三层木楼，栋栋相连，绵延成古街，街巷相通，终成古镇。古镇穿越时光，潜在葱郁的绿植中，隐在青黑的石板下，浸润在缥缈的酒香里，神秘而缄默，不知有多少神奇的故事，皆秘而不宣。

葛念镜三人走在青石板铺成的小路上，两边木楼环绕，雕花的木窗吱呀呀地轻响，檐下一串串红灯笼随风轻轻摇曳，仿佛在私语着关于古镇的秘密。

木楼前的铺子，有俊俏的彝族少女当垆卖酒。

就在葛念镜脚步停顿间，那少女已敬上一盏美酒请她品尝，纤柔的手指，如花的笑脸，不能抵挡的真诚，一闻，二抿，三品，四回味……

顺着古镇一路走来，不知不觉间，葛念镜已走过多家铺子，遇到数个热情的酒家，品过多种美酒，酒至微醺，千言万语，只汇成"怎一个美字了得"。

路过一家八珍糕铺子，葛念镜坐在街边的石凳上休息，明花和老道进店去买点心。

她看着街边爬满青苔的古墙角，一株碧绿的芭蕉，开一束嫣红的花，如倩女芳踪，不禁心情大好，晃着脚，轻轻哼起歌："……我借人间二两墨，一笔相思一笔错……"

啊，也曾策马飞沙，也曾风云叱咤，都抵不过此情此景此芳华，刹那间，喧嚣与困顿隐去，吾心归魂。

她愿用半生换此浮华，一缕青苔披霞，一卷素书情话。

情话？和谁说去？

酒酣面热的葛念镜，似乎已穿越至遥远的古代，慢的时光，慢的风花雪月，慢的生老与病死，一切都放下，一切都无惧，一切都可慢慢地来去，她与天地同在，她与神灵同在，她即宇宙众生、花草树木……

等等，突然，葛念镜惊讶地瞪大眼睛，她看到了李明亮。

他站在斜对面一家铺子前，那是一家银饰店，门口摆着各种美丽的银饰，李明亮正在挑银饰，他拿着一个亮闪闪的头饰看着，葛念镜惊喜地看着他。

葛念镜随即站起来，想奔过去，可是她猛地停下了脚步，因为李明亮身边还站着一位美丽的苗族少女，她身段婀娜、笑靥如花，她伸手接过李明亮手里的银饰。

……她是谁？他俩什么关系？难道李明亮一大早抛下自己是为了来见这个美丽的少女？

一连串的问号使葛念镜停下脚步，酒已醒了大半，她站在原地呆呆地看着李明亮付了款，他买下了那个亮闪闪的银饰。

他和那位美丽的苗族少女走了，那少女宽大艳丽的裙摆在石板路上摇曳，像一朵绽放的花朵，美得炫目刺眼。

呵呵，果然，男人都是大猪蹄子。

这奸贼，昨晚还拿迷迭香敲我的手背，今天就跟美少女约会，好一个朝三暮四郎啊，翻手云覆手雨的招数，你玩得可真溜。幸亏昨晚没有答应你，否则姐姐我呀，岂不就沦落成一个笑话？

真是荒唐可笑呢，本以为他总有几分真诚，不料却如此地猥琐，如此地上不得台面。罢了，罢了，我水泥封心，就对了，人间不值得!男人不值得!

啊,这喧哗的街道,这拥挤的人群,这让人昏昏欲睡的酒气,真是令人烦躁。

"嗨,小葛,你怎么了?"明花提着几包点心出来,好奇地问愣在街边的葛念镜。

葛念镜怔了一下,才反应过来,再去探寻他们的背影,已踪迹全无,眼前都是陌生的面孔在晃动。她木然地在石凳上坐下,突然间心意阑珊。

一念天堂,一念地狱,老葛同志,你真是一俗人。葛念镜在心里骂自己。

"来,尝尝这家的八珍糕,百年老字号,可好吃了。"明花把点心递给她。

葛念镜木然地嚼着八珍糕,喉咙刺痛,像在吞针。她闷头坐着,心里想,正是梦里不知身是客,一晌贪欢,此处好无聊啊。

突然之间这个念头冒出来,她想立刻离开这里,打道回府,找个地方自己待着去……可是!如果这样,好像自己真把他姓李的当回事了似的,把他能的,把他厉害的。

不!不能厌,不过就是萍水相逢,不过就是死水微澜,就这样吧,姐,已经把你放下了。

想到这里,葛念镜深深吸了一口气,随着气沉丹田,她感觉一股纯元之气逼退了眼里湿润的泪雾。

呀,简直不知羞耻,竟然还有泪雾,被低级欲望控制的灵魂呀,为了一个男的,你竟然……竟然乱了心,动了情,要点脸吧。葛念镜,你不许软弱,不许错乱,你要目标清晰,你要内核稳定，总之，姓葛的，你给老娘支棱起来。

经过这一番自我复盘、自我内省、自我调整之后，葛念镜迅速恢复了镇定。

"快走了，别耽误时间，我们去看红军桥。"老道在前边招手。

"来啦。"明花拉起葛念镜的手，两人快步跟上老道。

这座桥，横跨赤水河上，长有130米，桥面铺着整齐的木板，有6米多宽，两边钢索栏杆上，装饰着很多红色的五角星彩灯，这里就是当年红军四渡赤水的地方，有无数红军战士在这条河上献出了宝贵的生命。

他们三人来到桥上，看见有一群演员正在桥上表演红军渡河，他们身穿红军服装，挥舞红旗，手握大刀，神情严肃地模拟着当年发生在这里的那段历史。

葛念镜轻轻抚摸着微凉的铁栏，内心感慨万千，她知道人们正在用这样的方式纪念那段历史，人们也是用这样的方式致敬那些逝去的先烈。

每当夜幕降临，桥上的这些五角星彩灯会亮起来，闪闪发光，熠熠生辉，它们长长地连接起来如一条点缀着红星的路标，指引人们回到那片硝烟弥漫的战场。

1935年，是中央红军生死存亡的危急关头。

毛泽东以他高瞻远瞩的智慧发起四渡赤水之战，这是人类军事史上的永恒传奇，也是中央红军扭转乾坤、名扬天下的一战。

红军四渡赤水时，蒋介石急调二十多万重兵，围堵两万名红军，欲将红军消灭在川南地区。红军为争取主动，在1935年3月16日至17日，由茅台镇三渡赤水河，向川南古蔺、叙永方向前进，故意摆出北渡长江的姿态，声东击西，诱敌深入。

由于当时赤水河河水暴涨，水深浪急，红军无法渡河。很多当地老百姓纷纷把自家门板拆掉，把自家盐船也主动送给红军，战士们对征集的每只盐船预付赔偿三十块大洋，老百姓想尽一切办法搜集架桥材料，并连夜砍伐树木帮助红军。

茅台镇邮电局拿来铁丝和工具，军民齐上阵，扭成铁索，又找来拉船的竹纤绳，把铁索和竹纤绳拴在两岸的大树和木桩上，把那些盐船固定在深水处作桥墩，浅水处，再用装盐的竹篓装上石头作桥墩，上面搭圆木、铺木板。就这样，军民齐心协力在下渡口及银滩快速搭好了三座浮桥。

而茅台酒，也为红军长征胜利立下毋庸置疑的功劳。

因为连续作战，红军中有许多伤病员需要救治，当时的红军缺医少药，老百姓就送来茅台酒为伤员擦治伤口，消毒疗伤，因此挽救了很多红军指战员的生命。

三渡赤水，是中央红军实施战略转移过程中，彻底摆脱几十万敌军围追堵截的重要里程碑。

为纪念这一壮举，当地政府在当年的渡口修建了纪念碑、红军桥和红军长征过茅台陈列馆。后来，国务院公布茅台渡口包括茅台渡口纪念碑、四渡赤水纪念塔为全国重点文物保护单位。

走在红军当年走过的这片土地，感受着英雄们在这片土地上浴血奋战的情景，每一寸土地，都留下他们永不磨灭的革命精神。

葛念镜似乎也化身雄赳赳的红军女战士，胸怀大志，喝最烈的酒，干最勇的事，她突然发现自己骨子里有一股热血澎湃的东西在升腾，如果在当年，没准她也会像爷爷那样，偷了户口本去参军。

"看，那边有个摔碎的大酒瓶子，那酒哗哗向外流，多可惜呀，咱们喝几口去。"老道抬手指着不远处的大广场，打趣道。

三人来到广场，只见一个巨大的雕像——一只摔碎的酒瓶，栩栩如生再现了茅台酒"怒掷酒坛振国威"的经典故事。

这个故事，说来传奇。1915年，茅台酒作为中国国酒出现在巴拿马举行的国际品酒会，在琳琅满目的参展产品中，茅台包装朴素简陋，接连受到冷遇，被挤在一个角落，无人赏识。

怎么办呢？中国人总是能够凭智慧化腐朽为神奇，代表团心生一计，在人群最密集的地方，假装不小心把酒瓶摔碎在地上，顿时酒香四溢，这股神秘的奇香立刻引得无数人围上来，大家纷纷赞叹、品尝。

就这样，茅台酒一摔成名，斩获巴拿马金奖，也留下了这个流传百年的经典故事。

葛念镜留恋着每一处的巧夺天工，从各个角度拍照，一路观赏，一路心花怒放。

她先前对茅台不了解，现在却不由得赞叹。这茅台酒是与苏格兰威士忌、法国科涅克白兰地齐名的三大蒸馏酒之一，一百多年来，它共获得十五次国际金奖，五次蝉联中国国家名酒称号，是中国顶级白酒之一。

徜徉在古镇，处处是美景，景景动人心，不愧为美酒的天堂，人间的仙境。

下午，葛念镜以为要打道回府了，明花和老道却说要带她去一个重要的地方，有一个巨大的惊喜等着她，看两人神秘兮兮的样子，葛念镜的好奇心被成功勾引起来。

他们来到公园一角，原来这里有一场山歌大赛正在拉开序幕。

锣鼓喧天，彩旗飘扬，唢呐声声，悠扬的芦笙，舞步踢踏，人山人海的会场，有苗族、彝族、白族、土家族等各族人民穿着盛装，正在进行山歌比赛。

主持人宣布比赛开始，规则分为两种，一种是山歌对唱，一种是新式唱法，歌颂山水风土人情，题材不限。

首先开始的是山歌对唱，只见两组队员站在舞台，男组是两位健壮的男子，女组是两位丰腴的女子，看得出来他们都是来自民间的歌手，淳朴、天然，脸色黧黑，体格壮硕，似乎刚刚放下田间地头的活儿，就急匆匆地赶来了，手上还沾着庄稼的芳香。

两位男子商量了几秒，起歌唱道：

　　两个姨婆肥嘟嘟，一身上下都是肉，
　　劝你回去搬救兵，母鸡莫和公鸡斗。

两个女子低语几句，笑眯眯地对歌：

　　哥你莫要讲我肥，你八两来我半斤，
　　只要哥你欺负我，妹也不是省油的灯。

男起：

　　妹有胆量也不够，对歌也要讲计谋，
　　莫学李逵三板斧，最后跌倒在阴沟。

女对：

　　哥的网名叫杀手，今天遇妹遭卡喉，
　　黄蜂飞到乌龟背，今天叫你挨锥头。

男起：

　　妹你懂我叫杀手，你无本事莫来逗，
　　惹到哥我性子起，唱歌耍你像耍猴。

女对：

　　吹牛大话莫乱讲，量你本事也不够，
　　钢珠放到锅里炒，让你费柴又费油。

男起：

　　唱歌好比牛打架，不勾眼睛勾下巴，
　　今天遇到杀手哥，马上叫妹四脚爬。

女对：

九月的蚂蚱跳不高，十月梨树怕风摇，
哥是老虎路边睡，妹拿棒棒当狗敲。

……

充满民族韵味的腔调，嗓音清亮高亢，现编现唱的歌词野趣十足，对歌男女斗智斗才、妙趣横生，引得现场观众笑声连连，不时鼓掌拍手叫好。

这样的对歌形式，葛念镜第一次欣赏，他们不经雕琢的演唱浑然天成，他们不经训练的风格淳朴天然，而他们脸上洋溢的笑容，因为真实、本真，特别动人，看着他们，葛念镜的嘴角自然上扬，她用相机记录下这一快乐时刻……

突然，她的相机摄影框中出现一对青年男女，他们都打着赤脚，身着色彩鲜艳的民族服装，姑娘的衣裙上绣满五颜六色的花纹图案，脖子和手腕上戴着银饰，头上华美的银饰摇曳着闪闪发亮。

那男子穿黑色右开襟上衣，下着多褶宽脚长裤，衣服边角上也绣着各种图案，头上戴着头帕。

这一对人儿四目对视，脉脉含情，突然一阵宛如天籁的歌声响起：

落脚河上面崖对崖

威宁草海荞花盛开

谁把月亮挂天上

照得想说的话　流成海（流成海）

流成海（流成海）

越过绵绵的高山

越过无尽的沧海……

歌声辽阔高远、热烈奔放，它有神奇的一种力量，带着人飘到了云上。

真是此曲只应天上有，人间……那个唱歌的男人，他的脸怎么有些熟悉呢？黧黑的、线条明朗的脸，嘴角上挑，露着一口白牙……

不等三更过天晓白

奢香夫人赶月归来

她把日光画心上

照得漆黑的夜　亮堂堂（亮堂堂）

亮堂堂（亮堂堂）

……

经过反复确认，葛念镜终于肯定了，台上唱《奢香夫人》的男人正是李明亮。没错，是他，那个一大早就消失不见的家伙。此时与他对歌的人，正是跟他一起去买头饰的那位姑娘。

她内心五味杂陈，偷偷瞄一眼明花和老道，两人都目不转睛地盯着台上，随着歌曲的旋律轻轻晃动着身体，难道……他们没有认出李明亮？

> 乌蒙山连着山外山
> 月光洒下了响水滩
> ……
> 千山万水永不寂寞
> 你来过　年华被传说
> 百里杜鹃不凋落……

……一阵热烈的掌声打断了葛念镜的沉思，他们表演完了，李明亮和那姑娘手拉手一起给观众鞠躬。

老道挥舞双手大喊："嘿，明亮，明亮……"

李明亮的目光像探照灯一样投过来，看到了他们，开心地挥手。葛念镜还没想好该如何应对，李明亮已经和那姑娘穿过人群，跑到了身边。

那姑娘显然和明花也认识，她冲上来，两人拥抱在一起，开心地说着话。

"我唱得好听吗？是《奢香夫人》耶。"李明亮站在葛念镜身边，满脸兴奋。

"哎，你谁呀？"葛念镜让自己淡定，保持波澜不惊。

"是我，我是李明亮啊！"他一把摘下头上的头帕。

"李明亮是谁呀？"葛念镜淡淡地，她把鬓角那朵白色栀子花摘下来，拈花一笑。刚在街上买的这朵花，配合她，演得真好。

"你开什么玩笑,换身衣服,你就不认识我了?"李明亮哭笑不得。

"施主,我的左眼用来记住你,我的右眼用来忘记你。"葛念镜又来一句。

"哎……葛念镜,怎么到了茅台镇,你变得神叨叨的,你没事吧?"李明亮搞不清楚她是什么脑回路,难道被酒熏晕了。

"活该。"明花在旁边幸灾乐祸,原来这是李明亮安排的一场惊喜,他还特意嘱咐明花和老道保密,没想到惊喜变成了惊吓。

……

晚餐就在赤水河边。

夜色静谧,一轮圆月,高悬夜空,皎洁的光辉笼罩四野,河岸上,无数的霓虹灯闪烁着,映照出古镇的轮廓。

那沿河而建的亭台楼阁,层层叠叠,错落有致,投射在河面上,波光灯影,华美如天上宫阙,却是真实的人间仙境。

这赤水河的夜色,美得扑朔迷离,也美得令人心醉。

他们几人款步走来,临河一条街,全是酒家,长长一排,足有几里长。路灯依次伫立,将花草的影子投射在甬道上,斑斑点点,偶尔风过,它们摇曳出暗香阵阵。

老道的朋友是个慈眉善目的大胖子,有一种笑面弥勒的感觉。他很豪爽,准备了四瓶茅台招待大家。

如此良辰美景,美酒盛宴,哪有不尽欢的道理。

大家都倒上了茅台酒,互相敬了几杯后,很快秩序乱了,进入捉对厮杀的境界。

李明亮转向葛念镜,他不说话,只是给两人都满上。

葛念镜也不说话,端起酒杯,两人无声地碰一下,这小小的杯子,也就一钱酒,她还不至于醉。慢慢饮下这小小一杯佳酿,闭上眼睛,感受它由静至动,由弱到强的蜕变。

酒是静的、沉睡的,如封印的火龙,在进入口腔的瞬间,封印被揭开,它猛然惊醒,赤身烈焰,跳跃奔腾,以势不可挡之力激活每一颗味蕾,而后它飞速掠过喉咙,直冲胸腔,一路激情澎湃,奔腾至腹部,在此腾转挪移,舞出狂暴的舞蹈。

正是神龙见首不见尾,来无影,去无踪,空留余味在口腔,令人唇齿生香。

葛念镜第一次感受到酒是有生命的,因为有生命,所以有魂魄。因为有魂魄,当它与人的肉身结合后,迸发出巨大的力量。

她感觉有一股奇妙之力,将她沉重混沌的肉身从泥泞中拉出来,飞升到半空,她顿时变得空灵、轻盈、清澈,整个灵魂充满了愉悦与富足感。

"怪不得李白斗酒诗百篇,我预感今夜我将画出惊世之作。"葛念镜踌躇满志。

李明亮又给她倒上:"好,我来祝贺一杯。"

他还穿着舞台上那套少数民族的衣服,葛念镜看他的样子,有点傻,有点呆萌,不禁又好气又好笑:"你缠着我干吗?陪你的香香姑娘去。"是的,那个姑娘有个好听的名字,叫香香。

"我俩是唱歌搭子,唱完歌,就散伙了呀。"李明亮一脸无辜。

葛念镜撇嘴："果然，你是个大猪蹄子。不靠谱。"

李明亮："为什么叫我大猪蹄子？我又不胖。"

这个钢铁直男，真的好傻呀。"大猪蹄子"就是咸猪手啊。因为安禄山的绰号叫"龙猪"，龙猪这家伙，曾用手抓伤杨贵妃的胸脯，所以猪手，引申意思是说色欲熏心、乱搞暧昧关系。

当然，姐妹们的联想能力，绝不止如此。在韩剧和言情剧里，很多男主角都很坏，是渣男，于是姐妹们取了谐音，主角，就是猪脚。猪脚可不就是大猪蹄子嘛。

天地良心，朗朗乾坤，多么好的自己，就这样被抹黑了。李明亮坚决否认"猪蹄子"和自己有关系。

李明亮皱起眉头看着她，似乎在思索什么，突然他笑了，咬着她的耳朵说："小姐姐，你在吃醋耶。"

葛念镜一怔，突然就反应过来了。她看到了那个小我，躲在暗处畏畏缩缩、扭扭捏捏。都怪爱情这折磨人的鬼东西，尚未开始，已经让她乱了心，迷了眼，她不想要这样的自己。

李明亮看着她，那双眼睛坦荡、热情，就像不能触摸的网，一下子就把她网住了。她奋力从网中挣脱出来。

"你觉得……"

葛念镜嘘一声，打断他："看夜景。"

她已微醺，神志却是清醒的，此时此刻，她不想他提起任何话题。

夜风温凉，这夜色，如绸。

第十九章 喜遇崖上捉星星

"盯住那个男的,别让他靠近孩子。"

葛念镜想起姑姑的这句话,她又一次忍不住笑了。

在天空之桥服务区,她捧着一杯咖啡,坐在观景台上,身边放着她的画架和画笔,眼睛投向广阔的远方,巍峨的群山与大桥尽收眼底。

看,那座大桥,就是平塘大桥。

不,应该叫它平塘特大桥,它被业界赞誉为"最高、最美"的空间索塔,主塔塔高332米,是目前世界上桥塔最高的三塔斜拉桥。因此它在2021年6月荣获了"古斯塔夫·林德撒尔奖"。

"这个奖,含金量有多高呢?"葛念镜不懂。

"相当于'诺贝尔奖'。"

葛念镜是个文学青年,她当然知道诺贝尔奖的分量,立刻对这座大桥肃然起敬。

当地老百姓不懂"古斯塔夫·林德撒尔奖",也不懂诺贝尔奖,他们满心欢喜地叫它"天空之桥"。

是的,它顶天立地,高耸入云,横跨在两岸山崖之上,三座主塔呈钻石状,与桥下塔墩连为一体,闪烁着蓝色的光芒。从主塔上呈辐射状伸出的无数根拉索,犹如琴弦,远远看去,就像三位蓝裙仙女在云雾中演奏仙乐。

它美得让人恍惚间似乎进入了梦境,而桥面上那些车辆,远远望去,在缥缈的云雾中时隐时现,有一种它们已穿越时空、漫游天宫的魔幻。再或者,他们本就是来自天宫的仙人,正遨游在人间与天宫的边界线上。

葛念镜看着这些景色,舍不得挪开目光,她感受着身心被洗涤一新的感觉。

行至平塘时,她原本想继续赶路,李明亮却强烈建议一定要住在平塘特大桥的服务区。

现在看来,他是对的。

葛念镜原以为一个服务区而已,无非是人困马乏时,人吃饭,车加油,再买点地方小特产罢了。然而这个服务区却彻底刷新了她的三观。

原来这个服务区与大桥是不可分割的整体,除了星级酒店,观景台、观山栈道,在如诗如画的美景中,还修建了天文馆和山顶天文台。

酒店有个别致的名字:嘉遇崖酒店。葛念镜倒觉得叫"喜遇崖",更有趣味。悬崖原本让人心惊肉跳,一个"喜"字,把遇崖这事激活了，尽显反差，激起人探索的无限兴致。

酒店就建在悬崖之上，拉开窗帘，推开门窗，来到阳台上，一股沁人心脾的空气袭来，令人神清气爽。那山河壮阔，那丛林妩媚，那悬崖万丈，都尽在脚下。

顿时有一种"我本是高山，就当凌绝顶"的豪情，油然在胸。

不止如此，这个服务区整体形状设计成一个飞碟的形状，像外星人驾着飞碟登陆了地球，而那些四处游玩的人们，也许一不小心就会与外星人迎面碰上，来一场怦然心动的奇遇。

葛念镜放下行李，就跑到了户外的观景台上，她点了一杯卡布奇诺，搭配一块提拉米苏点心，奶酪慕斯的绵柔入口即化，配上醇香的咖啡，恰到好处，所有的烦恼被忘得一干二净。

抬眼望去，莽莽群山之间，古老神秘的丛林，纵横的峡谷，还有那雄伟的平塘大桥，它们如此气象万千。

葛念镜想到那句词："江山如画，一时多少豪杰。"这豪杰里，应该就有父亲这样的人吧。

这座大桥就是葛啸天设计的，他是总设计师。

亘古以来，在平塘县漕渡河大峡谷的半山腰上，地势突然隆起，线条婀娜美妙，远远看去，犹如一位神秘女子侧身坐在半山腰上，凝望着山下的人间烟火。

老百姓总是善于想象各种美好的神话故事，他们说那是一位仙女在为山下的人们祈福，希望他们风调雨顺，幸福吉祥，于是大家把那里叫作仙女坡。

从仙女坡向上到山顶，没有路，从仙女坡向下到谷底，也没有路。山下的百姓被重重大山阻隔了世世辈辈，难以跨越的千重山，难以横渡的万道河，就算有仙女的祈福，他们仍然在贫穷中苦苦挣扎。

这一年的春末夏初，一个阳光灿烂的日子，有个精干的中年男人带领十几个男女来到了大峡谷。这个男人就是葛念镜的爸爸葛啸天，他带领勘察队的技术人员来考察地形了。

此时的峡谷，植物繁茂，山花遍野，大片古树高耸入云，枝梢直指天空，繁茂的枝叶交错在头顶，微风过后，枝叶发出簌簌的响声，恰如半山坡上仙女的千古呼唤。

葛啸天走在队伍最前边，他身背行囊，手里拿着一把锋利的砍刀，边走边把拦路的灌木藤蔓砍断，为后面的人清理出来一条路。

队员们都夸他厉害，能记路，走得也快，而他自己知道，其实每一次，他走的路，都是新的，因为雨水频繁，所有的植物都在疯狂生长，只消十天半月，那些被砍掉的灌木就又生长起来，覆盖了路面。

但是他有自己的找路方法，那就是先确定参照物，对照参照物决定路线，这样不会有大的偏差，每次总能保证在勘测范围之内。

而且说实话，这条上山的路，从葛啸天接到设计任务那天起，他已走了无数遍，早已烂熟于心。甚至晚上睡觉时，他在梦里还走在这条山路上。他跋涉着，观察着，每一个小山包，每一块大岩石，都不曾放过，仔细勘察，精密计算。

葛啸天知道这是百年大计的工程，作为总设计师，他必须做到三个绝对：要绝对保证大桥选址最优；要绝对保证大桥在世界桥梁史上工艺最优；要绝对保证大桥与环境匹配度最优。

下决心是容易的，实践起来却困难无限，大桥到底建成什么样式的呢？

葛啸天根据地形地貌，首先排除了拱桥，接着又排除了梁桥等，最后只剩下悬索桥和斜拉桥，这两种桥型能够解决山区超大跨度的难题。再经过从投资成本、建设时间、桥型优劣等多方位考量，他最终决定斜拉桥型为最优选。

那么问题来了？是单塔斜拉桥？还是双塔斜拉桥呢？两者都各有优势，又各有弊端。葛啸天被难住了，他一时无法突破这个困境。

事情的转机与一场雨有关。

那一天，葛啸天带领勘察队伍再次来到仙女坡勘测，原本晴好的天气，突然间乌云密布，天色随即暗沉下来，阴霾在集聚，似有万般哀怨抑而不发。一阵狂风刮过，树木窸窸窣窣摇动起来，哗地一阵急雨倾盆而下，天幕终被撕开一道口子，无数的雨水扑打着树木唰唰作响，如厮打，如纠缠，如无数急管繁弦一起奏响。

葛啸天和队员们赶紧找地方躲避，少顷，雨渐渐小了，雨势缓了，雨丝柔了，缠绵着，倾诉着，淅淅沥沥敲打在树叶上，似蓄久的愁绪尽情宣泄之后，终被纾解。

葛啸天抬眼望去，对面山谷氤氲缭绕，树木青翠碧绿，那流动的雾气，光波旖旎，整个山谷如锦缎般华美。

突然在那锦缎之上，出现三个移动的小点，是三个打着雨伞的人在林间小路上穿行。

他们的雨伞都是红色的，衬着绿色的山林，如三朵绚丽的花璀璨绽放。葛啸天一时看呆了，目光紧紧追随着他们的身影。他们顺着小径走着，保持一米左右的距离，那条山路一定弯曲狭窄，因而他们的队形时而成一条直线，时而成"之"字形，时而成三角形……

葛啸天的脑中猛然灵光一现，一个绝妙的构思诞生了。他迅速掏出纸笔记录下这高光时刻，他要建一座三塔斜拉桥，根据实地勘测的情况及大桥的技术要求，三座主塔都分别设在最相宜的位置，如此一来，犹如三个巨人矗立槽渡河大峡谷，他们共同擎起一座雄伟天桥。

葛啸天扬起手里的图纸兴奋地叫道："有了，大家快来看。"

正在避雨的同事们纳闷地凑上来，葛啸天眉飞色舞地向大家讲述着他的构思，大家都被这奇思妙想镇住了，愣了愣，才反应过来，一起兴奋地鼓掌，简直是神来之笔啊！

待大家一起看向对面山谷，找寻那三个打伞的人，奇怪，那三个人却再也看不到了。

一场雨来得毫无征兆，走得渺无音讯。

三个人来得恰逢其时，走得全无影踪。

也许对面山谷里，从来就没有那三个人，那是葛啸天日日夜夜苦思冥想后灵感的迸发，当他看着那片青翠的山林思考时，进入了心流状态，那是他灵感幻觉的显化。

雨后初霁，一道彩虹横跨在大峡谷的上空。

大家纷纷开玩笑说，一定是葛啸天得到了仙女的眷顾，所以才有了这样的灵感。

灵感是什么呢？多么奇妙的存在。

葛念镜是个喜欢写作，热爱绘画的文艺女青年，对灵感，她自然是不陌生的。比如东汉时期，有个书生叫马融，他勤奋好学。有一天，他梦见自己走进了一片树林，看到四处花团锦簇，就摘下这些花瓣吃掉了。等他醒来后，再读书时，就能一目十行、过目不忘，因此被人们称为"绣囊"。

当然在中国古代，李白、白居易、欧阳修等大诗人，都有在梦中得到灵感的经历，一般题为《梦中作》《梦授》等。"池塘生春草"就是谢灵运在梦中所得。他曾经说过："此语有神助，非我语也！"

即使在中国当代，"以梦为马"的海子、"八月的梦游者"北岛、"和梦对话"的舒婷，等等，也经常是半夜跳起来，记下梦中神来之笔。

著名作家、诺贝尔文学奖得主莫言先生，他在梦里看到一个拿鱼叉的少女沐浴在阳光中，于是有了成名作《透明的红萝卜》惊艳亮相于文坛。

呀，太多了，葛念镜思绪一飞翔，就天马行空，她想到一个更有意思的女人——美国作家斯蒂芬妮·梅尔。

这个女人了不得，她本是一位有三个孩子的全职主妇，没有丝毫的写作经验。她做了一个吸血鬼的梦，以此为灵感创作出了连续143个星期荣登《纽约时报》最畅销书排行榜的《暮光之城》系列。

苦命鸳鸯的情感纠葛，融合了吸血鬼传说、狼人故事、恐怖悬念等各种吸引眼球的元素，使梅尔一跃成为全球最具影响力的一百名人物之一。

李明亮对灵感没什么可说的，此时此刻，他最感兴趣的是梅尔写的那些故事。

"吸血鬼，也有爱情？"李明亮一脸呆萌地问葛念镜。

"吸血鬼不但有爱情，还凄美动人呢。"

"可是，我都没有。"

"80%的人都没有。"

"我要做那20%。"

"据说爱情很苦。"

"我不是佛教徒，我迷恋爱情苦。"真是不可救药的家伙。

"先生，你跑题了，我们接着谈灵感。"她强行把话题扳回正轨。

总之，灵感这事呢，你不知道它长什么样子，你也不知道它什么时候来，它是不速之客，随时随地，想来即来，想走就走，如入无人之境。它来时，你可能在醒时，也可能在梦中，也可能在半梦半醒之间；有时它面目清晰，让你一下子就认出来了，也有时它乌漆麻黑混在千军万马中，一闪而过，你就此与它失之交臂了。

灵感，它就是这么不可捉摸，也不可言说。

好吧，继续说葛啸天的灵感。

葛啸天有了初步设想后，由地形组、地质组、桥梁组等分头行动，有针对性地开始勘察勘测。

斜拉桥形已确立,那么三个主塔建成什么样子呢?

葛啸天苦思冥想,推翻无数设想,他要设计一款独树一帜、能让人眼前一亮的主塔。

白天晚上,醒时梦中,走路坐车,甚至吃饭洗澡时,他都在考虑这个问题。正所谓不疯魔不成活,有一天饭后,他漫不经心地翻着电视频道,飞快换着台,一个又一个无聊的节目飞快闪过,突然他的大脑砰的一声,好像有一把手枪抵着他的脑袋扣动了扳机。

他被击中了。

葛啸天镇定了一下,立刻切回刚刚看到的那个频道,正是广东电视台在介绍广东电视塔建造的过程,葛啸天看到了那个小蛮腰一般的电视塔柱,他的心狂跳起来,在这一刻,理想与现实完美碰撞,他灵感的火花瞬间迸射出璀璨的光芒。

主塔的形象立刻在他脑海中栩栩如生,从主塔开始慢慢瘦身,一直瘦到桥面下90米的位置,再缓慢放大,直到超过桥面的宽度,就这样,一个曲线美丽的小蛮腰设计就此诞生。

一个问题解决了,新的问题又接踵而来,桥面结合处设计成什么造型更和谐、更优美呢?

他盯着那蛮腰的设计苦苦思索着,仙女般妙曼的腰身,若再搭配一个和谐的塔首,二者结合起来,恰似一位仙女站在云端起舞……有了,钻石形的塔首,搭配蛮腰形的塔身,堪称完美。

葛啸天激动地把自己的设想画在草稿纸上,请设计组的同事们讨论,正在绞尽脑汁头脑风暴的同事们拍手叫绝,大家纷纷赞叹:"奇思妙想,天下一绝。"

设计图纸出来了,设计师们还要考证它的可行性、科学性、严谨性、精密性、前瞻性,等等,这是更艰巨的挑战。从地质、地貌、地形、线路,从成百上千种材料的选取,到每一个螺丝,每一个螺母的使用……

无数次的计算,无数次的调整,无穷无尽的数字的瀚海,都要经过人火眼金睛的核查,挑出那百万分之一的差异与谬误……

这些人,闪闪发光,似乎已镀上了金身。

他们移山填海、改天换地,他们拥有着神奇的魔力。

从图纸,再到施工,真正把一座纸上的工程复制在大地上,成为伟大的奇迹,这需要无数人的聪明智慧,也需要无数人的艰辛努力。

极其地宏大,也极其地琐碎;极其地壮阔,也极其地艰难。然而对于桥梁人来说,关关难过,关关过。事事难平,事事平。

一座大桥是这样诞生的,无数座大桥也是这样诞生的。

……

葛念镜独自坐在观景台上,眺望着父亲设计的这座大桥,回想起前几天跟姑姑通话时,她讲起的那段笑话。

葛念镜的妈妈刘珊怀胎晚期时,还在坚持上班。有一天她肚子疼得厉害,她知道马上要生了,就给葛啸天打了个电话,让他准备点吃的,说生完了肯定会饿。

那时葛啸天二十多岁,正在一百多千米外的工地干活,接到老婆命令,他立刻跟领导请假,还很听话地买了面包方便面和火腿肠，风尘仆仆倒了三次车，又走了十多里山路，终于赶到了妇产科医院。

刘珊在里边分娩，家属葛啸天被禁止入内，他在走廊上快速地走来走去，又累又饿又急，就不断地吃东西缓解压力。

好在后来，孩子终于顺利诞生，刘珊累得大汗淋漓，差点虚脱，她饿得能吃下一头牛，她问葛啸天："吃的呢？"

"我都吃了呀。"

"啊……没给我留点？"

"没留，那些没营养，我带你出去吃顿好的，补补。"

"……"

"我都侦查好了，老婆，门口有家大饭店，我请你吃锅包肉。"葛啸天眉飞色舞。

"滚……"刘珊气得差点晕厥，要不是手无缚鸡之力，非打他一顿不可。

当时正值半夜，医院食堂已关门，还是同病房其他产妇每人凑了些吃的给刘珊，有人送饼干，有人送鸡蛋，有人送鸡汤。

经过邻床老太太的教育，葛啸天才知道产妇生完孩子要躺着静养，要坐月子，要喝鸡汤，要吃鸡蛋红糖小米粥，还怕风怕水怕冷怕生气……

总之对葛啸天来说，这是个完全陌生的知识领域，正在他抓耳挠腮之时，母亲和丈母娘赶到，终于把他救了。

当时葛念镜刚生下来，又瘦又小，有点异常，放在保温箱观察。

刘珊产后心情不好，葛啸天也知道自己做得不到位，他进行了深刻的反思，既然已经让老婆挨饿了，不能再饿着孩子呀。

于是他决定为孩子做点实事，他跑到街上买了很多好吃的，有薯片、果冻、大白兔奶糖、夹心饼干，还买了两板牛奶。

葛啸天提着这些东西送到护士室，跟护士说："孩子饿了，就给她吃。"还特意嘱咐说，"这个奶，热一热，再给孩子喝。"

因为这事，葛啸天在整个妇产科都出名了。

护士长叮嘱所有护士："盯住那个男的，别让他靠近孩子。"

葛啸天冤枉啊，他真的不知道刚出生的婴儿前五六个月，不能吃饭，只能喝母乳，或者喝婴儿奶粉。

姑姑葛凯旋说到这一段，自己都笑岔气了，捂着腰哎呦呦地叫唤，她叮嘱道："千万别跟你爸说是我泄密的，他能骂死我。"

老爹竟然干过这样的糗事，葛念镜也是哭笑不得，再想想，也就理解了，没错，是他干的事。

"那我妈怀孕时，没给他普及一下这方面的知识呀？"

"普及啥，他俩结婚就两地分居，你爸不是在荒山，就是在野岭，天天跟一帮老爷们混在一起，这些事，没人教给他。"

"就为这事，两人经常吵架呀？"

"事多了去了，你爸那会儿动辄就在几百里外的工地，家里大事小事，都是你妈自己扛着，爷爷奶奶和我都离得远，也没人能帮她一把，你又是个病秧子，那小命都快养不活了，你妈多难啊。"

"唉，我也不争气，净考验他俩了，那后来呢？"

"你爸几个月回一趟家，头发胡子长得像个野人，身上的衣服都包浆了，脱下来，搁地上，自己都能立住。"

"哈哈，这也太邋遢了，他不洗澡啊。"

"你说得容易，咋洗？过去的工地，都是搭个简易板房，没电，没水，吃的水和粮食，还有机油，都是工人用背篓从几十里外背回来的。"

"哎呀，咋就这么难呢！"葛念镜皱起眉头，鼻子有点发酸。

姑姑告诉葛念镜，五岁之前，她跟爸爸很少见面，偶尔这个陌生男人回家，她也是能躲就躲。

葛啸天极想拉近和女儿的关系，有一年冬天刘珊要去北京进修，葛啸天终于找到机会，他就把女儿葛念镜带到了桥梁工地，给她买了很多好吃的和好玩的。

小孩子看什么都好奇，两天过后，她就跟爸爸熟了，葛啸天很开心，给女儿摘野果，采野花，变着花样逗女儿开心。

也许是吹了山风，也许是着了凉，小小的葛念镜生病了，葛啸天给她吃了感冒药，原以为睡一觉就好了，不料，半夜孩子突然发起高烧，体温升到了39.5℃。

葛啸天吓坏了，决定连夜去医院，当时最近的医院在六十多千米之外，他背着女儿在漆黑的山路上步行了十多里，才到达工程队在山下的营地，找到一辆汽车，顺着盘山公路，战战兢兢地连夜赶到医院。

经过检查，葛念镜得了急性肺炎。小医院条件有限，病情控制不住，不断恶化，葛啸天急得一夜白头。三天后，孩子又转到省城大医院，经过抢救，总算转危为安。

刘珊那次培训也没能完成，她刚报到两天就赶回来了。

……

葛念镜看着远处的平塘特大桥，闲闲地想着那些往事。爸妈两人当年吵吵闹闹的，现在好成连体人，出门散个步，都要手牵手。有一次老爹叫妈妈是珊宝宝，他俩没觉得异常，倒把葛念镜闹了个大红脸。

"嗨，你笑什么呢？"

李明亮的说话声，打断了她的思绪："你怎么去了那么久？找不到加油站吗？"

李明亮说他去加油，又找地方把车做了个大保养，换机油、空气滤芯、空调滤芯、制动液、变速器油、清洁节气门、火花塞、刹车片、皮带、轮胎四轮定位……李明亮巴拉巴拉地说着。

"停，停，我又触发你的关键词了。"

"是你要问的嘛。"

"其实——不保养呢，也没事吧。"葛念镜挠挠头。

"没出事，就是没事。你还是长点心吧。"

"爹味十足哈，行了，我知道了。"

"对的，晚上有惊喜给你。"李明亮神神秘秘地卖着关子。

晚上8点，两人在餐厅吃完饭，李明亮邀请葛念镜来到观景台上，夜色深沉，漫天星光闪烁。

葛念镜小心脏怦怦乱跳,这家伙不会又拿迷迭香敲打她的手背吧。如果此时他故技重施,该怎么办?是拒绝,还是答应?

"走,我们一起捉星星。"

捉星星?这个一根筋的人,竟然说出这么浪漫的话。

"怎么捉?听说过捉萤火虫,捉泥鳅,没听说过捉星星。"葛念镜以为就是一起看星星。

"跟我来。"李明亮一挥手,神情像个孩子一般雀跃。

葛念镜跟着他来到观景台一角,发现有几架硕大的望远镜,长长的像几架大炮,李明亮告诉她这是天文望远镜,专门用来捉星星的。

葛念镜来了兴致:"真的呀,我还打算明天去天眼呢,据说那里能看到星星。"

"天眼离这里很近,开车半小时,这里就可以看,你没必要跑过去。"

李明亮对着黑暗中吹了个口哨,随即,不远处有个靠在栏杆上的人快步走过来。

是个矮个儿的胖男人,黑暗中也看不清他面长面短。

"这是捉星师傅老王。"李明亮介绍道。

捉星的,老王,葛念镜顿时对黑暗中的男人充满了好奇和想象。

捉星师傅说:"望远镜我调好了。"

"你想看哪颗星星?"李明亮兴致勃勃地问葛念镜。

"……啊,看哪颗?我不知道呀。"葛念镜突然意识到,在天文方面自己是个真正的菜鸟。

"那就看土星吧。"李明亮替她做了决定。

"好呀，好呀，可是为什么看土星呢？"

"因为在太阳系所有的行星中，论块头，论体重，土星都仅次于木星，排行老二，咱们居住的地球和土星比起来，简直是个小不点，地球很大吧，可是土星有745个地球那么大呢，很厉害吧哈哈。"李明亮很来劲，一双眼睛在黑夜中贼亮。

"可是，我们为什么不直接看木星呢？"葛念镜心想既然木星最大。

"啊，当然要看土星啊，土星多奇特呀，它脖子上有一道光环，闪闪发亮，就像你们女生脖子上戴着一条美丽的项链。这下你明白了吧？"李明亮有点着急。

"可是，女人才喜欢戴项链，你们男人并不喜欢呀。"葛念镜突然就想逗逗他。

李明亮有点急了，这个女人，怎么有点油盐不进呢。"土星是伽利略发现的，那个项链，不……那个光环也是他发现的呀，小学课本你没学过呀？

"伽利略，很厉害的，他为了尊重科学，宁可被终身监禁，他是伟大的物理学家和天文学家，他还是那个……那个什么，对，哲学家，很伟大的那种。他是我的偶像啊。"

李明亮极力说服着葛念镜。

"我老婆，也不喜欢捉星星，她宁可刷手机。"捉星老王实在看不下去了。

"真是奇怪，太奇怪了，竟然有人不喜欢看星星，我俩把所有设备从山顶背下来，累得半死，你竟然不喜欢。为什么？这到底是为什么?"李明亮很是郁闷,他在原地转圈,仰脸看着星空,似在无语问苍天。

"有个词,叫鸡同鸭讲。"捉星老王默默说道。

"可是,土星脖子上那个光环,它的形状一直在变化,你不好奇这是为什么吗?"李明亮还在努力。

"好像……也不好奇吧。"葛念镜努力憋住笑,黑暗给了她黑色的脸,让他看不清她的真实表情。

"啊,连这,你都不感兴趣?那如果你有一条项链,它老是改变形状,还老是改变颜色,甚至有时候还消失不见了,你不好奇吗?你真的不好奇吗?"李明亮连连追问。

"问题是,我没有这样的项链呀。"

"你等会儿,那咱不说项链,咱说科学,液态水、碳元素、热能量,被认为是生命存在的三大基本要素。神奇的是,科学家们发现,在土星上就存在这三要素。大小姐,这说明,土星上可能有生命存在啊!他们是什么样的?他们和咱们有什么区别?他们会攻打地球吗?"

"我哪知道,难道真有外星人?"

李明亮点点头,他认为很有可能。据"探秘志"说,人类在土星上发现了一艘战舰,这艘巨大的战舰有上亿年历史,了不得呀,这艘战舰的长度有五万千米。

"就以你来打比方吧,你打算绕战舰走一圈,你开车每小时70千米,不吃不喝不眠,大约需要两年的时间。"李明亮两手做出握方向盘的姿势,他神情紧张,模拟葛念镜绕战舰一圈。

"我有病啊,地球还不够我嘚瑟的,我上天去转圈圈。你怎么不上去?"对于他一杆子把自己打到土星上,葛念镜很有意见。

"不是谁上去的问题,你格局小了,你的关注点应该是,这么大的战舰到底是谁造的?为什么搁在这里?它对我们地球有没有威胁……"

"你们还捉不捉了?不捉我走了。"捉星老王忍不下去了。

"捉,马上捉,这么好玩的事,岂能放过!"葛念镜跳起来抚掌大笑。

"……你啥意思?"李明亮很是疑惑。

"逗你玩呢,真是一根筋。师傅,咱们立刻马上现在就捉。"李明亮已成功勾引起葛念镜的好奇心,她再也不想装下去,万一演过了,把老王气跑,损失就大啦。

"收到!"李明亮立刻开心了,他双脚立正啪地一个敬礼。

接下来,正式开始捉土星。说是马上开捉,其实真要在浩瀚的星空捕捉一颗星星的踪迹,也绝非易事。

设备是最先进的,师傅是最专业的,李明亮是天文爱好者,却只是个业余的,他负责用天文望远镜瞭望星空,捉星大师用天文手电筒在星空中巡视土星的位置。两个人同心协力,心无旁骛。

半小时过去,没捉到土星,一小时过去,还没捉到土星。

起先葛念镜还有兴致在天文望远镜前凑来凑去,她看了一颗又一颗星星,始终没有找到李明亮心中那颗最美的星。

更深露浓,夜鸟睡去,山风渐起,葛念镜席地而坐,她抱起胳膊瑟缩着，感受到夜气的寒凉。

此时，在那些古装爱情电影里，翩若惊鸿的男主定会脱下自己的鹤氅大衣，要死不活地甩出一道美丽的弧线，披在女主身上。而女主，那盛世美颜娇无力的女主，则要微微一笑很倾城。

自此，纵是城池喑哑，山河崩塌，我也要为你一步一莲华。

呵呵，现实里呢，那个"一根筋"，前腿弓，后腿蹬，姿势难看，面目扭曲地在捉天上的星星，完全不顾他心爱的姑娘正在吹冷风。

而那个姑娘呢，哈欠连天地坐在地上，瑟缩如丧家之犬。

场景、情节、人设，全都不对呀。

葛念镜打个哈欠，感叹道："捉星星，比捉鬼还难。"

时间已近午夜12点，她睡眼惺忪地抱着胳膊，意识越来越薄弱，终于脑袋一歪含恨睡去。

"捉到了，快，我捉到了。"

葛念镜猛然被惊醒，听见那个"一根筋"在兴奋地大叫。她连滚带爬地凑上去，趴在望远镜前，怔怔地看着，黑蓝色的背景下，土星像个……蛋黄？不，像个滚圆的木纹球，它外边真的套着一个金灿灿的光环，那光环似在微微震动，也许正在向遥远的人类发送神秘的信号。

葛念镜和李明亮的脑袋挤在一起，一起观看着这美丽的星球。

"哎，它在动啊，是在问候我们？还是在发出警告？"葛念镜有点心慌。

"可能真有外星人,我们被发现了。"

葛念镜啊的一声惊叫,转身就跑,被李明亮一把拉住:"别跑,快拍照啊。"

葛念镜这才想起来拍照,两人抓住这难得的机会,拍了好多照片。一番折腾下来,已经午夜2点,人困马乏,各回各房睡觉。

今晚的惊喜,到此结束。

第二十章 花江峡谷大桥

捉完星星的次日,早饭时,葛念镜与李明亮在餐厅相遇。

李明亮坐在桌前发呆,用手指戳着一个苹果在桌上转圈圈。

葛念镜端着早餐坐过来,以为他已经吃过了,他说还没有。

"唉!"李明亮长长叹息一声,一只手支着下巴,欲语还休地看着她。

"你怎么啦?没事吧?"

李明亮支支吾吾地说,他本来打算昨晚捉到土星的那一刻,向她表白,结果一激动,忘了。他懊悔地揪了揪自己的头发。

葛念镜觉得很好笑,劝他说,事已至此,先吃饭吧。

"也对了,吃饱了,再找机会。"李明亮把苹果往桌上一搁,起身去取餐。

她低头专心吃早餐,一块煎牛排,一片全麦茴香烤面包,一只白煮蛋，一碟蓝莓，再加一杯提神黑咖啡。美好的一天，从一顿健康的早餐开始。

Are you going to Scarborough Fair? Parsley, sage, rosemary and thyme…

葛念镜的电话响了，她看了一下，是个陌生的来电号码，暂且不去管他。月光女神莎拉·布莱曼这天籁之音啊，葛念镜不舍得打断，她让自己多听一会。

那么美好的歌词演绎出浪漫的爱情：你要去斯卡布罗市集吗？芫荽、鼠尾草、迷迭香和百里香，记得代我问候那里的一位姑娘，她曾经是我的挚爱！请跟她说，为我缝一件白亚麻衬衫吧，不要用针穿和线缝……

听听，不要用针穿和线缝的爱情，那是什么爱情？那就不是人类的爱情。

她不得不接通电话，再不接，就要断掉了。

但是对方不说话，沉默着。

葛念镜听见对方微微的喘息和电话电流的声音，她的心悬起来，莫名地有些紧张。

"请问你是谁？再不说话我挂了。"

"老师……老F他……他……"是一个颤抖的女声，小心翼翼地，似在压抑着什么。

"老F？他……没事吧？"葛念镜的心咯噔一下，声音微微抖起来。

"老F……没有了。"那女人声音低沉，吞吞吐吐。

"啊！他……"一瞬间，葛念镜如遭雷击，大脑一片空白。

那个孩子,到底是没留住,为什么?到底是为什么?他明明答应再也不会放弃自己,到底发生了什么让他彻底绝望?她身体发抖,不得不用胳膊撑住桌子……

哈哈哈,电话那边突然传来一阵爆笑:"老师,我吓唬你的,对不起,对不起呀。"葛念镜愣怔着,突然听出来这女声是她的学生"一块板砖"。

葛念镜气咻咻地大喘气,她真被吓着了。

"嗨,老师,是我,是我,我还在人间。"终于老F的声音传过来。

"你俩……搞什么名堂,准备把我活活送走吗?"葛念镜拍拍小心脏,一时间哭笑不得。

老F告诉葛念镜,他以后不叫老F了,他正式改名为"圣甲虫",就是葛念镜给他起那个名字。他说这是他的一次死而复生,从象征意义上讲,过去的老F已死,崭新的"圣甲虫"已生。

"行,你俩挺会玩的。"葛念镜如释重负地嘘出一口气,警告道,"以后,不许这样问候我了,不知道老人家的心脏很脆弱呀。"

"好——滴,老师。俺知道了耶。""一块板砖"撒娇。

"老师,我再报告一个喜讯。老F……不,'圣甲虫'说他有女朋友了,他和'一块板砖'同学谈恋爱了。"

"你再不表白,我就答应'皮皮虾'了。"小女生在旁边抢话。

"圣甲虫"叫起来:"皮皮虾是谁呀?"

"就咱篮球队的大队长啊，他可帅啦。"

"圣甲虫"急了："他呀，他不行，四肢发达头脑简单，社会这么复杂，没脑子可不行，为了你的安全，你得跟我在一起。"

"你傻呀，你都表白了，我当然跟你在一起啦。"

葛念镜听得一身鸡皮疙瘩："嗨，嗨，我可是单身狗，你俩这是隔空给我撒狗粮呢。"

"老师，都走到这一步了，你给我俩见证一下呗。我也改名了，我叫——'活捉圣甲虫'。"小女生咯咯笑道。

"好了，好了，我给你俩见证，从现在开始，你俩就是一根红绳上的俩蚂蚱，既然谁也跑不了，就要互相爱护，互相帮助，听见没？"这种喜事，葛念镜还是很愿意参与的。

两人异口同声地答应了。

"老师，谢谢你帮我交学费，我课余时间继续送外卖，很快就能还给你了。""圣甲虫"认真说道。

"嫁鸡随鸡，那我就提前在学校门口摆摊，替夫还债。"小女生很爽快。

"得了吧，你俩都给我老老实实学习，比啥都强。对了，'圣甲虫'同学，你问问，还有谁差学费，让他找我，老师有钱哈。老师接了个大单。"

葛念镜脱口说出这些话，恍惚间有一股财大气粗的豪迈，也许当年爷爷掏光兜里的钱帮助战友时，也是这种感觉吧。

"老师，你一夜暴富了？"

"老师，你咋富的？快带带我俩穷鬼。"

"滚，都给我上课去。"葛念镜佯装怒骂，内心却极为愉悦，这种幸福感，也许只有老师才能体会到。

"那就拜拜了，老师，我们爱你，爱你，爱你……"两个小家伙胡乱道别。

葛念镜等着他们挂上电话，才恋恋不舍地收线。

"圣甲虫"同学因为痛失八千的学费，要跳楼结束生命，又因为老师给他解决了学费，而重燃生活的希望。他不仅有了希望，还有了心爱的人，多好。

当然并不仅仅因为金钱，还有彼此之间的爱、信任与期待。金钱可以直接解决表象的问题，深层的问题却需要心灵去攻克。

总之，金钱是非常美好的存在。

葛念镜禁不住要歌颂它，它可以让世界变得更温暖，更友善，也更美好。

为什么有些人会认为金钱是肮脏的、丑陋的、万恶的？那是因为有些人利用金钱做了一些肮脏的、丑陋的、万恶的事。

与钱无关，与人有关。

丑的是人，不是钱。

她心里暗想，如果将来我发达了，一夜暴富了，我一定要成立一个青少年爱心机构。支持他们，抚慰他们，激励他们做一个正能量的人，穷则独善其身，达则兼济天下。

哎呀，飘了，飘了，葛念镜同学，她一拍自己的额头，暗自好笑，这还没暴富呢，就开始膨胀了，就稳不住了，就开始想天下苍生了哈，不过……有点老葛家的做派呀。

等等，在这一瞬间，葛念镜好像突然发现了家族的基因密码。比如父亲葛啸天，他养育培养别人的孩子，视如己出。比如爷爷葛宗祺，他是散财童子，把金钱赠予那些需要的人。他们急他人所急，想他人所想，解他人所困，他们为什么要这样做？

或许因为帮助别人时，他们自己也得到了巨大的回报。

比如老祖宗葛镜，倾尽全家财力，衣衫褴褛，无怨无悔地修桥，曾经葛念镜很疑惑，是什么在支撑他度过三十多年的艰难和沧桑？

现在她似乎懂了，当他们给出去的时候，被一种人性的光辉所笼罩着，他们开心、愉悦、欢喜，心灵得到了滋养，精神也获得了力量。

他们爱自己，他们爱他人，他们也爱这个世界。

当一个人长年累月持续地给出去，就像江河奔流不息，那么他内在的力量也在不断地循环，生发出新的力量，于是他有着源源不断的能量，永远充足，永远丰沛。

其实，也不止老葛家，这一路走来，她遇到那么多人，看过那么多座大桥，每一个传奇都是由无数人共同参与，共同创造的。

世界有时很美好，世界有时很残酷，没关系，总有人在修修补补。

生活有时很甜美，生活有时很凶险，没关系，总有人在全力以赴。

她拿起面包，哼着歌抹上蜂蜜，大大地咬一口，真甜啊。

饭后两人启程上路，途经平塘天书景区，于是顺道去看看。

葛念镜以为平塘县这个小小的县城，拥有了平塘特大桥，扬名于世,已经很厉害了,没想到,终究是自己肤浅了。

原来平塘县有著名的"四天":一是天桥,二是天眼,三是天书,四是天坑,每一个都堪称世界之最。

葛念镜很好奇地问:"天书上写的什么?"

李明亮神叨叨地说:"保密。"

不久,葛念镜与李明亮进入平塘掌布乡浪马河峡谷的掌布风景区。一路走来,沟壑险峻、古树参天,时有藤萝密布,挡住去路。

大大小小的溶洞相连,洞壁上遍布奇石,幻化出种种姿态,有童子拜寿,有美人回首,有麋鹿奔跑,还有拥抱孩子的母亲……

"快看,那边就是天书。"李明亮指着一块巨石说道。

葛念镜仰脸看去,那巨石上竟然有字迹,她仔细辨认:"中——国——共——产——党,啊,是中国共产党吗?"她惊讶地叫起来。

周围呼啦围过来一群游客,纷纷惊讶地指着那巨石议论起来。

"天啊,太神奇啦!"

"天意呀,这是天意。"

"据说这天书是两亿多年前形成的,我们当地老百姓也叫它'救星石'。"有一个中年男人说道,明显是个当地老哥,满脸的骄傲。

葛念镜扯扯李明亮的衣袖,惊讶地:"它是怎么形成的?你快说说,你懂得多。"

李明亮也不谦虚："这个我真研究过，中科院的专家经过考证，他们认为距今两亿多年前，岩层中的古生物化石和生物碎屑聚集在石灰岩上，天长地久就自然形成这些字。没发现人工雕凿，或者人为加工的痕迹。"

那中年男人竖起大拇指："对头，这天书堪称'世界奇观，国之珍宝'，也可以说它是'天下第一神石'。"

突然就听得"扑通"一声响，葛念镜抬头一看，就见一白发老太太跪在地上，连连磕头，嘴里念叨着："菩萨显灵，菩萨显灵啊。"

……

看过天书，两人启程继续赶路。

他们要去看一座正在建设中的大桥。

那就是花江峡谷大桥。这是贵州在建的又一个世界级超级工程。如果说北盘江特大桥是1.0版本，平塘特大桥是2.0版本，那么花江峡谷大桥就是3.0版本。

3.0版本的大桥，到底有多厉害呢？

在贵州关岭布依族苗族自治县县城西南面，有一条国内最长的峡谷，这条峡谷深切千米，长约80千米，宽3千米；峡谷两岸，山崖耸峙如犬牙交错；谷底江水翻滚，响声如雷：此处就是被誉为"地球大裂缝"的贵州关岭花江大峡谷。

花江大峡谷也是贵州喀斯特地貌类型最为齐全的天然亚热带岩溶景观博物馆，它完好地保持了原始景观，崇山峻岭，如鬼斧神工之作。而离此不远的黄果树大瀑布，更是以蛟龙翻滚、飞流直下的气势，让人们为之震撼。

葛啸天作为这座大桥的主要设计师之一，已有多座大桥建设经验，他深知要在花江大峡谷修建一座世界级的大桥，其跨度、高度、难度、艺术性、功能性，等等，对桥梁设计与施工都是全新的超级挑战。

七月酷暑，这是炎热夏季的一天，有一群人走在了花江大峡谷的丛林中。他们是花江峡谷大桥的设计与工程人员，其中大部分人员曾经参与过北盘江大桥的建设，而今为了新的项目，他们在数年之后再度携手。

大家都很振奋，欢声笑语、呼朋引伴。他们彼此打趣说：我们就是要自己挑战自己。毫不客气地说，在山区桥梁界，能超越贵州的，只有我们贵州自己了。

葛啸天照例走在最前边开路，这个区域，他和设计团队前期已走过上百次，脑子里早已自动生成了一幅地图。他戴着麦秸草编的大草帽，胸前挂着一条擦汗毛巾，手拿镰刀，边走边砍掉拦在路上的藤蔓。

就这样，原本没有路的山野，硬是被他开出了一条小路。

他们翻越崇山峻岭，走过河谷险滩，对区域环境进行再一次的勘察。时值中午，他们又累又饿，坐在山坡休息，吃着随身带的面包和矿泉水。

葛啸天边吃干粮，边跟大家说起他的灵感创意。这次创意与两只鸟有关。

那是春末夏初的一天，森林里很凉爽，太阳暖洋洋地照着，葛啸天独自在花江大峡谷勘探，中午时分，他躺在一堆灌木丛下的草地上睡着了，空气中弥漫着草木的芳香。

他睡得又香又沉，也不知道睡了多久，梦里都是关于桥梁形状的各种谜思。

咕咕咕，突然，一阵急促的声音响起，葛啸天被惊醒，他猛地坐起来，就看见不远处有两只极其美丽的大鸟。

它们站在碧绿的草地上，歪头看着葛啸天，拍着翅膀咕咕叫着，神情似焦灼，也似警告。葛啸天脑子里突然灵光一现，这不是普通的鸟，这是两只凤凰。

是的，它们就是传说中永生不灭的神鸟——凤凰。

它们体态优雅，身姿轻盈。那只羽毛朴实无华的应该是凰，它身形稍小一些，褐色羽毛，点缀着黑色小圆点。而那只华丽的，应该就是凤了。

凤体长约一米，头上是金黄色的丝状羽冠，一直披到颈部，在阳光照射下，金光闪闪，它腹部羽毛是艳丽夺目的血红色，像一束跳跃的火焰，美丽夺目。

葛啸天赶紧掏出手机迅速拍摄，他激动得脑门冒出一层冷汗，内心有一个大胆的创意诞生了。

葛啸天举着手机悄悄站起来，他转动着身子寻找最佳角度继续拍摄。那对凤凰显然受了惊扰，忽地凌空飞起来。

瞬时，它们身上艳丽的羽毛在阳光下金光四射、熠熠生辉。那火红与金黄，加上些许青绿，形成强烈的冲击力，光彩夺目，美得令人窒息。

奇怪的是，它们并没有飞走，在低空盘旋着，落在一丛开花的夹竹桃上，看着他，依然咕咕咕鸣叫着。

葛啸天心里一动，他把手机镜头推远，再放大，果然，在一丛繁茂的灌木底部的草堆里躺着几枚卵。原来这一对凤凰正在孕育自己的小宝宝。

葛啸天顿时明白了，原来自己闯入了凤凰的家园，他赶忙悄悄退到远处，双手抱拳对它们鞠了一躬，既是歉意，也是表达自己的感谢。

还有什么比凤凰更适合美化大桥的造型呢？无论从表象，还是从意象。

"凤凰于飞，翙翙其羽"这句诗来自《诗经》，意思是说凤与凰相伴而飞，边飞边鸣，它们奇异美丽，吸引了无数神鸟跟随。凤凰齐飞，代表天下兴旺吉祥。

在汉东方朔《神异经·东荒经》中有："扶桑山有玉鸡，玉鸡鸣则金鸡鸣，金鸡鸣则石鸡鸣，石鸡鸣则天下之鸡悉鸣。"金鸡报晓的成语也是从此而出，它代表黑暗与苦难已经过去，希望、光明与幸福从此降临。

葛啸天计划把大桥两座主塔设计成凤凰造型，利用现代声光电技术，在夜晚，这座大桥如两只巨大的吉祥鸟凌空飞翔，无数道悬索正如凤凰飞翔时美丽的羽裳绽放。

现代声光电技术将以流动的霓虹，高度模拟出两只凤凰在夜空相对飞翔的景象，这象征着五谷丰登、国泰民安。

同时，葛啸天还想到另一层意义，红腹锦鸡——也就是凤凰，它具有纯正的中国血统，只在中国甘肃和秦岭少数地区存在，不像其他鸟类如燕子、喜鹊、麻雀和丹顶鹤等，在全世界各地都有。

民族的，就是世界的。

凤凰是中华民族独有的吉祥鸟，它不止华贵美丽，自古便享有"鸡有五德"的美誉。此说出自汉代韩婴所作《韩诗外传》。文曰："鸡有五德：首戴冠，文也；足搏距，武也；敌敢斗，勇也；见食相呼，仁也；守夜不失，信也。"归纳起来就是文、武、勇、仁、信"五德"。

这"五德"，也正是我们中国人所拥有的品质，文化博大、勤劳勇敢、宅心仁厚、慷慨大度、诚实守信。

葛啸天把他这个创意一说，山野里顿时响起一片欢呼声，正坐着休息的人们站起来，跳跃着，赞叹着，众人纷纷举起矿泉水瓶子与葛啸天相碰庆贺。

大家一致认定，这个独树一帜的创意，高度吻合花江峡谷大桥现代化的建设要求，因为现代的大桥建设，已突破传统单一的通行功能，更多探索它的综合性功能。

花江峡谷大桥，它不再只是一座桥，而是通过一座桥，盘活一方经济的一局大棋，更是打通周边区域与全国的联动，甚至是与世界的连接。

早在花江峡谷大桥建设之前，建设者们已高瞻远瞩定下发展目标，为其注入了"桥旅融合"的基因。他们依托花江峡谷大桥这一强IP优势，整合重点文化旅游资源，打造出集峡谷桥梁、峡谷风光、罗甸板庚滩、布依风情、红色旅游、悬崖度假及户外极限运动等资源为一体的以"一江一桥一滩两村"（北盘江，花江峡谷大桥，罗甸板庚滩，花江村、董箐村）为核心的国际旅游新地标。

没错，是国际旅游新地标，这样的手笔和气魄，这些建设者们当之无愧。

在贵州省黔南布依族苗族自治州罗甸县，中美地质学家经过多年联合考察，惊喜地发现了世界罕见的三叠纪板庚滩。

在几亿年前，板庚是一片汪洋大海，后来，由于地壳运动，海水消退，于是，海底的山峦露出水面。几亿年后的今天，板庚一带地下是深不可测的巨大湖泊，有无数秘密尚待探索；地面上则是令人心醉的美丽风景。

这场巨大的地壳运动发生在三叠纪时代。

对于三叠纪，人们所知甚少，也鲜有人提起，倒是对侏罗纪时代并不陌生，这得益于国际大导演斯蒂文·斯皮尔伯格那部伟大的电影《侏罗纪公园》。

这部影片遵循好莱坞冒险电影的套路，讲了一名作死博士召集了大批科学家，他们利用凝结在琥珀中的史前蚊子体内的恐龙血液提取出恐龙的遗传基因，将已绝迹6500万年的史前庞然大物复活，使整个努布拉岛成为恐龙的乐园，即"侏罗纪公园"。于是恐怖的事情发生了，所有的恐龙逃出了人类的掌控，它们横行天下，对人们肆意追逐残杀，场面相当残暴和血腥。

侏罗纪，是爬行动物和裸子植物盛行的时代，恐龙成为陆地的统治者。

按照从前到后的顺序来说，三叠纪比侏罗纪早，它处于寒武纪和侏罗纪之间，是公元前2.5亿至公元前2亿年的一个地质时代，它的开始和结束各以一次灭绝事件为标志，一场长达200万年的雨，还有一场长达500万年的火山爆发。

这样的灭绝事件，导致了70%的陆地脊椎动物和90%的海洋生物都从地球上消失了，这个时代是古生物群消失，现代生物群形成的过渡时期，也是真正的恐龙时代的开端。

贵州罗甸板庚滩，它与三叠纪时代有着怎样的关系？它为什么就成了国际超级大IP？它有什么独特的价值呢？

中美地质专家一致认为，贵州罗甸板庚滩是距今2亿多年前的三叠纪环境沉积，那片地域是侧斜的，从底部到顶部连接在一起，暴露于地面，通过对它的研究，可以直接追溯三叠纪是如何发生，如何侧向发展，如何垂向增生、收缩和最后被淹没消亡的过程。它在当今世界上绝无仅有，因此具有极其重要的科研价值。

世界地质学界流传一句话：研究三叠纪，不研究大贵州滩难有进展，看大贵州滩而不看罗甸板庚滩等于没看。

不知斯皮尔伯格先生对此有何想法，三叠纪，会不会又触发他的创作激情，给我们呈现一部惊心动魄的大电影呢？

因为贵州罗甸板庚滩的特殊意义，将在这里建一个世界上最大的三叠纪国际研究基地，它将与即将建成的花江峡谷大桥相映生辉。

同时，此处景色壮美，是典型喀斯特地貌，它千姿百态的红色石头，就像燃烧的火焰。而那密布的洞穴，无数的暗河，还有神秘的天坑，这些大自然的神奇造化，都将给人们旅游带来无限的快乐与震撼。

葛啸天经过苦思冥想，关于大桥造型的创意是有了，但花江峡谷大桥在建设中，隐藏着数不尽的难关。

这里地势陡峭，大桥625米的高度，相当于两百多层楼的高度，受峡谷风影响，这里风场复杂，监测到的最大风速为12级。

针对这个问题，技术团队通过风洞试验、数字仿真技术研究，主梁首次采用水平稳定板抗风等技术一一进行解决。既节约了造价，又能作为空中竞速跑道，开展旅游项目。

对于花江峡谷大桥而言，主塔建设是"最难啃的硬骨头"。

经过一次次试验探索，施工团队研发出了山区峡谷超高索塔竖向移动工厂整体式爬模系统，让花江峡谷大桥实现了智能化建造。

它到底是一种什么样的系统呢？

这个系统采用建筑信息模型（BIM）与计算机辅助设计（CAD）三维模板体系精细化建模，以液压系统为主动力，构筑"截面递减爬升平台+施工平台顶架+内挂平台"的整体式造塔平台。整个空间集设计研发、模架爬升、钢筋部品调位、混凝土精准布料、自动振捣、峡谷风环境监测、智能养护、安全监控、防雷避险及逃生通道等集成控制于一体……

目前，花江峡谷大桥的建筑工地上，建设者们正以每天16小时的工作强度夜以继日地奋战。

李明亮告诉葛念镜，花江峡谷大桥建成后，不仅主桥跨径居山区桥梁跨径世界第一，而且它将超越已建成的北盘江大桥，成为新的山区峡谷世界第一高桥。

"北盘江大桥，就是咱们看过的那个？在你们家附近。"

"对头，北盘江大桥桥面到水面距离565米，现在花江峡谷大桥是625米。贵州桥梁，没有对手。"李明亮很自豪。

"世界第一高桥啊！这是高手的寂寞，能打败自己的只有自己。"葛念镜感叹。

李明亮不同意文艺女青年的说法,才不寂寞呢,这有啥寂寞的,这是自豪好吧。贵州是"世界桥梁博物馆",花江峡谷大桥是又一张世界级名片,啪地甩出去,全世界瞩目。那些记者们天天都在喊,万桥飞架,万桥越黔山,这都是"中国速度"和"中国高度"的最佳证明。

太棒了,出发!直奔花江峡谷大桥。

第二十一章 猫道惊魂

群山巍峨，沟壑丛生，深深的峡谷底部，江河澎湃宛如一条碧绿的缎带，蜿蜒而去。

放眼远望，只见那嵯峨黛绿的群山，满目苍翠的树林，与湛蓝辽阔的天空，构成一幅天高地阔的壮美山水画。

花江峡谷大桥的建筑工地，就在悬崖峭壁之上，一座巨型高塔直冲云霄。

葛念镜和李明亮来到建设中的工地，唯有一条泥泞弯曲的山间小道通到此处，李明亮说这是为了建设大桥修的临时路，大桥通车后，这条小路即基本废弃，只为村民上山下田提供方便，另有平坦大路从各个乡镇直通大桥，实行整体快速连接。

葛念镜想到父亲当年修桥，工地离最近的县城有几十千米，没有车行路，所有物资都要靠工人用背篓背到工地，眼前这泥泞路虽说颠簸不平，比当年条件已好了很多。

工地上，风很大，卷起尘土飞扬。

站在那座高塔下，葛念镜用手拢住被风吹翻的头发，她仰头望去，湛蓝的天空若隐若现有几个红色小点，定睛再看，那小点是移动的。"快看，那是什么？"她指着高处惊讶地问道。

"那是工人在干活。"李明亮觉得好笑。

"啊，他们怎么上去的？太危险了吧。"葛念镜头晕眼花，她揉揉眼睛，仰脸再看，却什么也看不清了。

"有电梯，你看那边。就从那里上去。"李明亮指着高塔底部说道。

葛念镜走近了看到那里站着几个人，有人扛着摄像机，有人拿着话筒，陪同的人穿着安全生产字样的服装，比比画画跟他们讲解着什么。

他们走上一个平台，原来高塔下部真有一部电梯，此刻门打开了，那几个人一起走进去，电梯的门随即关上，葛念镜的眼睛一直追随着他们向天空升去。

"我也要上去。"葛念镜突发奇想。

"那不行，闲杂人等不能上去。安全生产管理很严格的。"李明亮一脸严肃。

"他们都能上去，我为什么不能？"

"你可真逗，他们是记者，来采访的。"

"我不是闲杂人等，他们是写桥的，我是画桥的，都是宣传咱们大桥精神嘛。"

"你别闹了，肯定不行。"李明亮很坚定。

"我要登上世界最高桥,从此变身大女主,你不要做我的绊脚石哦。"葛念镜双手叉腰,仰望着高塔。

葛念镜四处看看,眼睛一亮,她看到不远处有个领导模样的人正在跟工人交代什么事情,工人不停点头。她立刻扯扯李明亮的衣角:"那个人是谁?"

"我们施工经理,你可别到处瞎蹿,被他逮住,肯定要训你。"

"太好了,你不许动,原地等我。"葛念镜转身向施工经理跑去。

李明亮也不知道她搞什么名堂,只见她和施工经理比比画画,说着什么,而后经理进屋拿了两个红色安全帽递给她。

"搞定,经理同意了,他让你陪我上去。"葛念镜飞快地回来,得意地打个响指。

"啊,你咋说的?"

"我就说,我和刚才那些记者是一起的,我在后边跟你了解情况,就掉队了,经理让你陪我上去。机智吧哈哈。"

"你可真行,把我也拖下水了,万一我为这事丢了工作,你要负责我一辈子。"李明亮低声抱怨着,顺手接过一只安全帽。

"负责,负责,万一你丢了工作,就给我当助理,开开车,搬搬行李啥的,也挺好。"葛念镜开心地调侃他。

"不可能,我明天就不陪你了。"

"啊,为什么?"葛念镜一愣,笑容凝滞了。

"我明天假期就结束了呀。"

"唔……"葛念镜感觉兜头一盆冷水泼下来,心情立刻低落了，各种复杂的情绪乱糟糟涌上心头。她机械地戴着红色安全帽，摆弄着搭扣。

"你为什么不早说？"她压抑着，语气中还是带着浓浓的不悦。

"没必要说呀。"李明亮漫不经心地笑了。

"怎么叫没必要？你根本就不重视。"他竟然笑了，她更生气了。

"……这有什么好重视的，我还得跟你打个报告，三请示、五汇报吗，呵呵，你想啥呢。"李明亮真的搞不懂女人的心思。

看看，他还能笑得出来，他就是没心没肺，他就是不在乎。他为什么要在乎？不过就是萍水相逢，不过就是临时搭伙，不过就是临时起意……葛念镜，你搞什么，不过几天的时间，你就难分难舍了？说好的水泥封心呢？说好的内核稳定呢？说好的不近男色呢？

你这个没出息的家伙，原来你已经习惯了，有他在身边处理大大小小的事情，不知不觉间，你竟然对他滋生了依赖。可耻！

意识到这一点，她大吃一惊。赶紧在心里告诫自己：葛念镜，你给我清醒一点，不要叽叽歪歪，不要对男人充满期待，他们只会让你变成弱智的恋爱脑。

心念至此，她欻一下扣好了帽子锁扣，挺直腰杆，一副无所谓的口气说："好哇，终于快散伙了哈。那你说说花江大桥吧。"

"OK，我给你恶补一下知识，明天你可就没机会喽。"

李明亮介绍道，我们的技术团队自主研发了超高混凝土泵送、轻型煅焊结构索鞍、大吨位智能缆索吊等一系列新技术，开展了超大跨径猫道抗风研究、隧道锚开挖及山区峡谷风研究……

在浩瀚的知识海洋里，一头雾水的葛念镜终于逮住了一个熟悉的字眼——"猫"。她在大学当老师时，和学生们救助过好多流浪猫，给它们打疫苗、绝育、治疗伤病，等等，现在那些猫孩子都幸福地生活在校园里，被师生们宠成了宝贝。

猫，她是懂的。猫道，虽然不懂，但一定跟这些小家伙有关系吧。

"猫道是什么东东？跟小猫咪有关吗？"

"你……继续发挥文艺生的想象力。"李明亮惊讶地瞥她一眼，做个请继续的手势。

"真跟喵星人有关啊？太好了。"葛念镜兴奋地搓着双手，她听李明亮说大桥建设已到3.0时代了，要搞桥旅融合，既然能在大桥上建星空咖啡屋、情侣酒吧，那肯定也能建个喵星人过江的通道呀。

"是搞成一个景观，就像猫咖那样，大家上来观景，还能顺便撸猫是吧？"

在葛念镜讲述她的奇思妙想期间，李明亮神情郑重，双手不停做出向下按压的动作，提醒地："嘘，小点声，小点声。"

"真是这样啊！那我有空时来打工，我学生肯定也会争着来，她们可喜欢猫啦。"葛念镜眉飞色舞。

"唉！拜托，你打住吧，我都被你气冒烟了。"李明亮一声长叹。

"怎么了？"

"实话跟你说，桥三代小姐，此猫道，非彼猫道！"

难道又暴露了自己的无知？葛念镜撇撇嘴："行吧，给你一分钟，请开始炫耀你的才华。"

李明亮转头四处看看，周围不断有工人走过。他正色地："我好心提醒你，千万别跟他们说这些外行话，会让人笑得满地找牙。"

"我本来就不是专业人士，有什么好笑的。"葛念镜不服。

"你醒醒，你爸是葛啸天啊！人家会说葛工他女儿……"

"得，得，我不说，行了吧。"

猫道竟然跟猫没关系，那么猫道到底是什么呢？

原来猫道是悬索桥施工必备的临时结构，为主缆架设、索夹和吊索安装、钢箱梁吊装、主缆防护等提供施工操作平台，也是材料及工具的运输通道，它的使用从始至终贯穿整个悬索桥上部构造的安装施工过程，猫道面层由承重网、步行网及防滑方木组成。

李明亮对自己的讲解很有信心："我这样说，你能听懂吧？"

"太专业，听不懂。"葛念镜又进入知识的盲区。

"这理解能力，啧啧，算了，文艺生，不强求。"

李明亮随手从旁边拽了一根灌木枝，在泥地上画起来："你看啊，这是大桥的两座主塔，主塔塔顶跨越着两根主缆，主缆就锚固在大桥的两个锚碇上，这两根主缆将大桥主梁吊起来，由此将各部分组成大桥的整体，这个，你能听懂吗？"李明亮看着眉头紧皱的葛念镜。

"凑合，不是说猫道吗？"葛念镜嘀咕着。

"你别凑合，能就是能，不能就是不能。"李明亮板起脸。

"要说听懂了，好像也没有，要说没听懂，好像也不对，因为你一直在哗哗叭。"葛念镜实话实说。

"哎，你这人，怎么这样？太不认真了，就你这样，要在我们公司早被撵回老家了。"李明亮有点急了。

"哎，我又不是你员工，我是你朋友……不，咱俩连朋友都算不上，咱临时搭伙，对不对？所以你不要动不动就刷优越感，什么你听懂了吗？你学会了吗？巴啦巴啦的，这样显得你情商很低好吧。"也许是对自己无知的羞愧，葛念镜突然之间一股无名火蹿起来。

"……啥，我刷优越感，那我怎么说？你教教我。"李明亮也有点不耐烦了，他实在搞不懂，女人真是像雾像雨又像风。

"你应该说，'我讲清楚了吗''我说明白了吗'。"葛念镜拉下脸，加重语气。

李明亮看她真生气了，愣了愣，继续在地上比画着说："行了，你别生气，我继续说猫道。"

原来在主缆架设之前，两座主塔之间是空的，要想架设主缆，就必须在空中铺设施工通道，以供工人们作业。用大白话说，猫道是悬索桥施工时架设在主缆之下，平行于主缆的线形临时施工便道，又被称为"悬空的生命线"。

"……我说明白了吗？"李明亮故意加重最后一句话的语气，以表达自己的不满，他一使劲把手里的木棍远远地扔出去。

葛念镜转向李明亮刚要张嘴，一股风扑面而来，裹挟着沙子灌到嘴里，让她一下子就闭嘴了。

她低头咳吐着嘴里的沙子，一时间委屈、愤怒、羞愧等各种复杂的情绪在翻腾，一念天堂，一念地狱。

据说一个人每天能产生五万个念头，人每时每刻被这些私心杂念缠绕着，裹挟着，不得安宁，摄心安神是多么重要。

问题是，她为什么突然就心神不安了呢？是因为明天他就不能陪伴自己了吗？

一时间，两人都无话可说，气氛有点尴尬。

正在这时，不远处传来大呼小叫的声音，原来是电梯下来了，那群参观的人从空中回到地面，正在发出各种惊叹。

葛念镜快步向电梯走去，李明亮后面跟上，两人都无话。

进了电梯，葛念镜大吃一惊，这竟然也能叫电梯？

里面空间很狭小，勉强能站立四五个人，靠边一个超级简陋的操作台，有个类似拖拉机那样的方向盘控制方向。四面围着一些破铁板和木板，用铁丝草率地捆绑在一起，外面的情景，一览无余。风从缝隙呼呼灌进来，头发被吹得乱飞。

轰隆一声闷响，电梯启动了，机器剧烈颠簸起来，围在四周的木板似乎随时会散架子裂开。葛念镜心有余悸地透过缝隙瞅了一眼外面，就看见地面越来越远，自己已经置身危险的空中。

葛念镜看向司机，再吃一惊，开电梯的竟然是一位女性，她三十岁左右，身材苗条，眉清目秀，一张脸被晒得红红的，是长期野外工作留下的痕迹。

电梯越升越高，眼看着脚下的山峰、溪流越来越小，她的心扑通扑通狂跳起来，再看那女司机，从容淡定地操作着机器，她

295

不敢再看外面，暗自把两手紧紧握在一起，告诫自己：镇定！

电梯一直向空中升去，她的心狂跳起来，手心开始冒汗。

她害怕地闭起眼睛，不敢再看外面，也许有一个世纪那么漫长，忽然当的一声，机器停住了，她站着，一动不敢动。

"到了。"女司机说道。

葛念镜睁开眼睛，看见李明亮正看着她，低声说："要不，别去猫道了，就站在这看看。"

他已经感觉到自己在害怕，不能让他嘲笑，不能退缩，她想到这里，牙一咬，心一横，向通道走去。

李明亮立刻快步走到前边，向她伸出手："拉着我的手。"

他不说这话还好，一说，葛念镜的犟脾气立刻上来了，她甩开他，大步跨过中间的隔断，突然，猫道一下子逼到眼前，她立刻就呆住了。窄窄的一条网子横在半空，向前无限延伸，两边护栏也是网状的，她试着走了两步，脚下的网子竟然摇晃起来，一阵巨大的眩晕涌来，她觉得自己像一只蜘蛛，挂在细细的蛛网上摇晃，随时就会啪嗒一声跌下去……

李明亮上前扶住她，低声地："要是不行，就回去。"

葛念镜内心崩溃，还在做最后的挣扎，她一把抓住了李明亮的手，犹如抓住救命稻草。

再看那窄窄的猫道上，那些正在干活的工人，或者搬运物资，或者拧紧螺丝，从容淡定、有条不紊，一个个宛若空中飞人，脚下是万丈悬崖，而他们却在晃动的网子上闲庭信步、如履平地。

他们都可以，我也可以。葛念镜暗暗给自己打气。

李明亮拉着她小心翼翼向前走去，脚下的猫道更剧烈地摇晃起来，她不小心扫了一眼脚下，万丈深渊，有多高？记得李明亮好像说过有两百层楼那么高……

突然不知哪里吹来一股狂风，从所有网子的缝隙里杀出来，尖锐地呼啸着，向她扑过来，她被吹得东倒西歪，无法站立，头发与衣服在风中胡乱飞舞，整个人似乎已被巨大的力量卷走了，她的意志在瞬间被狂风击碎。她嗷的一声，吓得闭上眼睛，浑身瘫软倒在猫道上，一步也挪不动了，那风力却更劲了，风声也更锐利了，猫道剧烈地晃动起来。她头晕目眩地怪叫起来："啊，啊……"

"没事，你别怕，是安全的。"李明亮赶紧安慰着，想把她拉起来。她浑身颤抖趴在猫道上，双手死死抠住网眼，力量极大，李明亮一时竟然将她拉不起来。

"我背你下去，咱不看了啊。"李明亮好言相劝，葛念镜已彻底崩溃，她哽咽着，眼泪把眼睛都糊住了，仅存的意志告诉她要保持矜持，可这不是靠意志能控制的事情啊。

正在干活的工人发现了这边的意外，他们跑过来，要命啊，他们竟然跑过来了，这网子晃得更厉害了啊，随时会断裂，会破碎，会把人甩出去……

几个人上前七手八脚一起动手，终于把葛念镜从猫道上拉起来，抬进了电梯。

葛念镜瘫坐在地上，李明亮蹲下来用手抱住她，她还在抽泣，恍惚听见那几个工人的笑声在风中飘荡，肯定是在笑自己吧，她把脸埋得更深了。

"没事,很安全的,马上就落地了。"那个每天都在上天入地的女司机安慰道。

安全的,安全的,怎么就安全了?连这个破电梯都在狂风中剧烈颤抖,发出咣咣的巨响,随时都会轰一声坠落。而那个操纵杆癫痫一般在疯狂颤抖,女司机连手都搁不住,她抽空推一把,被弹开,再推一把,又被弹开,可是,她竟然敢说是安全的。

苍天啊,为什么他们都睁着眼睛说瞎话,这真的很不安全啊!

似乎过了一个世纪那么久远,总算是落地了。

李明亮连拉带拽把葛念镜从电梯里弄出来,她双脚一沾地,身子一软,就势坐在地上,这才感觉自己活过来了,不禁长长呼出一口气。

"这个稳如雄鹰的女人,流下了热泪。"李明亮幽幽说道。

"滚,雌鹰。"葛念镜破涕为笑。

她轻轻拍打着胸口,嘀咕着:"丢……死人了。"

"不丢人,有个男记者也这样。"

"真的?"

"他吓得尿裤子了,哭得比你还大声,嗷嗷的。"

"你千万别……别跟人提。尤其我爸。"

"我不提。谁都不提。"

"你发誓。"

李明亮举起右手,一本正经地:"我李明亮对天发誓,决不向任何人提葛念镜在猫道被吓傻了。"

"没傻。"葛念镜纠正他。

"目前尚不确定智力是否受损。"

"都怪你,为什么不早点告诉我上面有风?"

"有风很正常啊,峡谷里的风,风力最强能达到12级,我记得跟你说过。知识点,你又忘了。"

"那些工人怎么办?他们不恐高吗?"葛念镜担心地问。

"恐高?你太逗了,我们早习惯了,风吹日晒、狂风暴雨,都得干活呀,否则工期怎么保证。"

李明亮带葛念镜去了他的宿舍,葛念镜洗干净脸,又喝了一瓶力量帝的维他命C水,才终于慢慢恢复了平静。

葛念镜看着简陋却干净的单人宿舍,所有东西收拾得干干净净,被子叠得整齐如豆腐块,这个男人身上有军人的特质。好吧,她承认自己对他有不舍,有心动,也有挣扎和担忧。

唉!突然李明亮长长叹息了一声:"太可惜了,我刚才把你背下来就好了。我又错过了一个机会。"李明亮郁闷地说道。

原来,十多年前,有一对年轻人在猫道上也发生过一场意外。

那是秋季一个阴雨天,小雨绵绵,连续下了好几天,天空阴云密布。

一位年轻的男技术员和往常一样在猫道上巡查,同行的,还有一位刚到公司不久的女技术员。她青春靓丽,平时不苟言笑,是个事业心很重的女孩。他们两人不熟,平时也没怎么说过话。

阴雨淅沥,冷风呼呼地扫过面孔,像尖锐的小刀子,刮得脸皮生疼。

这男孩和女孩穿着雨衣、雨靴走上猫道巡查,这是一座正在建设中的大桥，作为技术人员，在大桥的建设过程中，他们会始终跟进整个过程。

对他们来说，这是极为平常的事情，每天都要做，并没有什么悬念，然而那一天，悬念突然就发生了。

他俩戴着安全带一前一后走在猫道上，迎面走来好多工人，他们干了一上午活，要下去吃午饭了。两人边走边跟工人们打着招呼，询问着工程的事情。

不知不觉中，雨势大了，狂风突然就来了。这也是常见的情况，山谷里的风总是来得猝不及防。

他们两人顶着风，抓住围栏继续向前走，想把前边一段工程巡查完。走到猫道大约两百米远的地方，突然女孩脚下一空，整个人飞了出去，原来猫道有一处地方被风吹翻了。

幸运的是，女孩身上的安全带暂时救了她一命，她被吊在半空，身体在狂风中激烈摇摆，情况非常危急，不知道她的安全带能撑多久。

男孩听到咔嚓一声巨响，伴随着一声尖叫，他本能地回头，就发现了身处险境的女孩。他立刻返身回来，一边大声安慰她，一边快速思考解救的办法。

他趴在猫道破损的豁口处，试图把女孩拉上来，无奈强劲的风增加了巨大的阻力，靠他一己之力，根本无法完成这个任务。他大声呼喊："有人吗？快来救人啊！"

呼呼的风声淹没了他的喊声，没有人来帮忙。更糟糕的是，因为突然而来的变故，女孩极度恐惧，她本能地挣扎着，越挣扎越惊慌无力。

男孩大声安慰她:"你别害怕,我一定会救你的。"

没有其他的办法了,这男孩决定冒险一试,他顺着豁口处爬了下去,他的身体也悬空了,好在他的一只手攀住了钢缆。

这男孩用另一只手抓住女孩的安全绳,一点一点向回拉,他的目标是把她拉到靠近钢缆的地方,只要她能抱住钢缆,整个身体有了依靠,就会减少很大的危险。

狂风呼啸,他想单手拉动一个吊在半空的成年人,极其艰难。他在心里告诫自己无论多难,都绝不能放弃。

寒冷和恐惧使女孩在狂风中瑟瑟发抖,她凭着仅存的一点理智配合着男生,一点一点艰难地挪动着。终于按照男孩的设想,女孩靠近了钢缆,男孩已累得大汗淋漓,他咬牙坚持着,奋力擎起女孩的身体。

终于,战战兢兢的女孩抱住了钢缆,她吊在半空无所依傍的身体,总算有了依靠,她惊魂未定终于哭了出来。

男孩也抱住了钢缆,他累到虚脱。这一场奋战已穷尽他的洪荒之力。

他们暂时是安全了,但他们已无法回到猫道,只能紧紧抱住悬空的钢缆,等待救援,或者等呼啸的狂风停止。

两人就这样被挂在空中有半个多小时,生死未卜,狂风还在呼呼地刮,他们的身体在风中摇摇欲坠,而脚下就是万丈深渊。

男孩比较冷静,一直在安慰女孩不要怕,不要惊慌,要尽可能地保持体力。

人在极致的险境中,总会比较悲观。女孩很担心,她说:"我真的没力气了,万一我的安全绳出故障了,我随时会被风卷走，摔下去。"

男孩安慰她："没事，万一你真的要摔了，那我就先抱住你，解开我的安全绳，给你当人肉靠垫，这样能缓冲对你的伤害。"

虽然男孩的说法不一定可行，但至少给女孩带来很大的精神支撑和鼓励。

后来狂风渐渐弱了，男孩先爬上了猫道，他用尽全力把女孩也拉了上去，那女孩连惊带吓已全身瘫软，不能行走，男孩就把她背了下去，再后来，两人就相爱了。

这一对年轻人，就是葛念镜的堂哥葛文正和堂嫂，他们从最年轻的技术员做起，然后是助理工程师、工程师，再到高级工程师，踏踏实实走到今天，从稚嫩到成熟，从弱小到强大，如今两人都能独当一面，他们都担任过大桥的总设计师，是交通界有名的桥梁伉俪。

葛念镜从不知道，堂哥堂嫂经历过这样的惊魂时刻："哇，真没想到，葛思桥的爸妈，还有这样的爱情故事。"

"可惜啊，我没这福气。"李明亮满脸惆怅。

葛念镜吸了一口气，郑重其事道："以后，我不再叫你'一根筋'了。"

"那叫啥？"

葛念镜掏出手机，飞快把李明亮的微信名改成了：筋一根。然后把手机举到他面前，让他看，自己不好意思地把脸转到一边去。

李明亮怔怔地看着，突然悟出"桥三代，筋一根"是一副对子、一对儿的意思，他跳起来："啊，啊，太意外了。妙！改一个字的顺序，就是一对儿！"

葛念镜红着脸："你要一根筋，就给我爬开；你要是筋一根，就过来。"

李明亮看着葛念镜故意说道："你都三代了，我的筋才'一根'，原来是穷啊！但是筋一根又如何，他顶天立地！他坚如磐石！"

"滚！"葛念镜一下被他气笑了，随手抓过床上一个短柄笤帚佯装打他。李明亮抓住笤帚的另一端，向自己这边一拉，葛念镜就倒进了他的怀里。

第二十二章 凤凰意象

这里是最适合写生的地方。

坐在山巅，放眼远眺，满眼苍翠扑面而来，似乎一下子被绿色的海洋包围了。

葛念镜的画板上，有一幅山河壮美的图画，浓的绿，淡的绿，深的绿，浅的绿，静的绿，动的绿，各种各样的绿色互相映衬、相得益彰。有一座大桥横跨两座大山之间，雄伟屹立。是生命，是艺术，是光影，是梦幻，更是大自然神奇之手赐予她的恩典。

葛念镜坐在那里，静静地一动不动，就这样坐了有两个时辰了，似乎她已经在这大片绿色中入定了。

起先李明亮陪她坐着，后来怕干扰她写生，就在周围闲逛，他到底是山里长大的孩子，看见什么都感觉亲切。

那些高大的树木，有榕树、枫香、倒鳞木等，像森林卫士，齐刷刷地列队站立。矮的丛生的灌木，如荚蒾、苦竹、藤竹、黄荆条，则郁郁葱葱，荚蒾开着白色的花朵，精致美丽。

后来他在那些灌木丛中发现了惊喜，便跑过来叫葛念镜。

"嗨，你没走火入魔吧，怎么一动不动呢？"他用手在她面前晃一晃。

"我在看阳光，看它在山峰上移动的光影。"

这都能看出来？李明亮看看山，再看看水，没发现她说的光影。

对葛念镜来说，这却是她的基本功。当光线移动时，山峰、树木，还有江水，它们的轮廓和颜色都处于变化中，这些，她都可以用笔墨的浓淡将之表现出来。

李明亮建议她休息一下，去看他发现的一些好东西。

两人手拉手来到一片灌木丛，原来这里有很多鲜红的莓果。那红艳艳的果子衬着碧绿的叶子，煞是可爱。

葛念镜大喜过望，野莓果的灌木枝上长着很多尖刺，李明亮怕扎着她的手，他负责采摘，让她双手接着。

只一会儿工夫，葛念镜的掌心有了一大捧红色的果子，李明亮向她嘴里塞了两颗莓果，她一口咬下去，酸酸甜甜，酸得眯起了眼睛，突然她的眼神凝滞了。

她看到一只小鸟，它就站在灌木丛的一根枝条上，体态秀美灵巧，羽毛华丽多彩。头顶和身上大部分羽毛是翠绿色的，闪烁着绸缎般的光泽。最惊艳的是，它脖颈和胸前的羽毛是大红色，犹如优雅的女士，身穿翠绿长裙，戴着红色的三角丝巾。

这只小鸟睁着圆圆的眼睛好奇地看着葛念镜,葛念镜也看着它,似乎她们是神交已久的朋友,突然相见。

那小鸟呼的一下振翅飞起来,顿时,它美丽的身影像一道绚丽的彩虹耀亮蓝色的天空。

葛念镜看着小鸟消失的地方发愣,这只不知名字的小鸟,让她想起那只错失的凤凰,突然萌生出一个想法,应该把凤凰画进她那巨幅山河图中。

两人回到画架前,葛念镜从手机里查找出一些凤凰的图片和资料,越看越激动。她觉得这只小鸟就是来提醒她的,要为凤凰留下浓墨重彩的一笔。

"你把山鸡画到那幅万桥图里,真的好吗?"李明亮问道。

葛念镜歪着头看他。李明亮意会,立刻改口道:"哦,是凤凰、金鸡、锦鸡,就是不能叫山鸡,它们入画合适吗?"

对凤凰名字的执念,葛念镜也不知道从何而来,想想也是可笑。

葛念镜从手机里找出一张《锦鸡芙蓉图》:"你看,这张画,画的就是锦鸡,你觉得合适吗?"

"还行,挺好看的。"

"你知道是谁画的吗?"葛念镜看他摇头,加重语气告诉他,这是北宋皇帝赵佶最著名的《锦鸡芙蓉图》,国宝一级文物,现在就珍藏在北京故宫博物院。竟然还有人担心锦鸡不能入画,真可笑。

"宋徽宗?就是那个不理朝政,一心沉迷琴棋书画的皇帝吗?我记得中学历史课里,他和儿子宋钦宗好像就是'靖康之耻'的主角吧。"李明亮眼睛一亮。

没错,他不是好皇帝,却是个好画家,尤其擅长人物花鸟,还创立了"瘦金体",反正后人评价他"宋徽宗诸事皆能,独不能为君耳"。

说到这个人物,想起他制造的那段不堪提起的耻辱史。李明亮连连摇头叹息。

他这幅画,画得真好,到底好在哪里呢?李明亮却说不出来。

葛念镜耐心地给他讲解,这画采用双钩法,构图疏密有度,线条细劲灵动,色彩晕染浓淡相宜。画者用精准的笔触将锦鸡、芙蓉花、枝叶和蝴蝶表现得栩栩如生,同时将锦鸡凝眸蝴蝶,以及它站立时将枝条压低摇曳之姿,也尽显纸上,整体风格富丽典雅,正所谓"形神兼备,曲尽其妙"。

李明亮仔细辨认:"你这一分析,还真是,这个枝条,被它压得垂下来了,好像在轻轻摇晃呢,简直神了。"

"你再看徽宗的题诗,他是这样夸赞锦鸡的:'秋劲拒霜盛,峨冠锦羽鸡。已知全五德,安逸胜凫鹥。'我考考你这个学霸,这个五德是什么意思呢?"

"五德……"李明亮挠头,"讲文明、讲礼貌、讲卫生、讲……秩序,对,还有讲道德。刚好五个。"他扳着手指头数着。

"你是来搞笑的吗,兄弟。"葛念镜捶他一下。

"我讲大桥时,你也是这样瞎掺和的嘛。不过……画画感觉还是挺好玩的。"

葛念镜在画板上铺一张新纸，拈笔蘸墨，寥寥几笔勾勒出一只飞翔的墨色凤凰，她只是勾勒出了它的身体，而后把画笔塞到李明亮手里："来，你把锦鸡的尾巴画上去。"

李明亮瞪大眼睛，连连摇头："你……开什么国际玩笑，我根本不会画呀。"

"画坏了也没事，你大胆地画，这是写生作品，我当笔记用。"葛念镜固执地把笔塞到他手里。

李明亮闻言，立刻兴奋地捋起袖子，他摆弄着毛笔，颠来倒去，终于握住了。他看着手机上的图片，再端详着宣纸，皱眉思索着片刻，终于大笔一挥，那只锦鸡尾巴处出现很突兀的一笔，像一截朽木，他咬牙再添一笔，像两截朽木搭在一起。

"哎呀呀，被我破坏了。"本来他想得很容易，一挑一勾，尾巴就出来了，没想到画笔到了手里根本不受控制，他泄气了，赶紧把笔塞给葛念镜，好像它是烫手的烙铁。

葛念镜看着那两截枯木，忍不住笑了："你刚才画之前，运筹帷幄的，脑子里想啥了？"

李明亮说他想得可好啦，他想画出锦鸡飞翔时的姿态优雅美丽，它的羽毛张开，要强劲有力的，带着动感和力量，总之要表现出一种蓬勃向上的东西。

其实李明亮说得没错，只是表达得没那么专业而已。葛念镜告诉李明亮，中国画的精髓，要具有"以意造形、以意驱形、以意写形"的美学思想。在创作的过程中，画家必须把自己的主观情感与客观物象实行统一，达到以形取意的功能。具体表现在形式上，就是你如何把"意"与"象"高度完美地融合在一起。

"我可没想那么多呀,说得好像我真懂一样。"李明亮撇撇嘴自嘲道。

那当然,他说出了大概意思,不代表就能做出来。这需要长期的专业训练,就像葛念镜,她也是经过无数次的练习和思考,才能将"意"与"象"结合起来。

此刻,葛念镜要把凤凰和大桥这两个元素结合起来,也是出于中国画的美学思想考虑,她要从时代背景、艺术技法、文化内涵、人文精神等多个角度去呈现那幅长卷的主题。

李明亮认真地听着,他若有所思,心里忽然豁然开朗,凤凰浴火,而后涅槃。凤凰的肉体在承受了巨大的痛苦后,轮回并永生,而它的精神永远不灭。正如葛镜、奢香夫人、川藏线上那些烈士等等,他们都是浴火的凤凰,虽死犹生。

人们喜欢凤凰,恰恰是因为这种永生的神鸟,它扛起所有的痛苦和灾难,把幸福与希望留给了世人。它已经超越本身,上升为一种精神意象。

自古以来,凤凰就是中国传统文化的一个重要组成部分。早在距今约六七千年前的中国原始彩陶文化中,就有凤凰形象的雏形。在距今三千五百多年前的商代青铜器上,也出现了凤凰花纹。其后,中国历代艺术作品与装饰品中,都出现了大量凤凰的形象,凤凰与龙一样,早已成为中华民族的一种文化意象。

葛啸天要在花江峡谷大桥上塑造凤凰,葛念镜要在百米长卷上表现凤凰,其实他们要表现的都是一种意象:太平盛世,社会繁荣。

两人一起站在山顶,吹着风,抬眼远眺,壮丽山河尽收眼底，身边站着自己爱恋的人，正在做着自己热爱的事，葛念镜感觉从未有过的开阔与幸福。

傍晚时分，他们开始下山。

下山的小路，一侧紧贴山崖，一侧是深深的峡谷。

这里是蝴蝶和百鸟的天堂，它们舞姿翩跹、欢唱雀跃。小路的崖壁上长着很多幽静的兰花，喜阴湿的绞股蓝，还有绿色的蕨类植物，它们形状奇特美丽，长在深山无人识。

这些蕨类植物，就是传说中的生物活化石，一丛丛蓬勃碧绿，细长的叶子呈齿状排列，隐匿在古老的山野之中，看似低调含蓄，不事张扬，却是地球上最为悠久的陆生植物，曾与恐龙生活在一个时代。

经过李明亮的指认，葛念镜认识了金线蕨、肾蕨、鹿角蕨、蓝星水龙骨、凤尾蕨，据说它们曾经长得十分高大，最高的有十几米，经过亘古漫长的演变，才变成现在这样矮小的丛株。

有一种蕨类，叫鸟巢蕨，名字很奇特，它碧绿的叶子像海带一般宽大修长，簇拥在一起呈鸟巢状，那奇异俊秀的风姿，让葛念镜心动。李明亮用石块凿开泥土，挖下一棵繁茂的鸟巢蕨送给她。

两人坐在山路上休息，感受山风徐来。

"它太神奇了，这小小的一棵植物，却包含着过去、现在和未来。"葛念镜十分欢喜地抚摸着那棵鸟巢蕨的叶子。

"它喜欢阴凉湿润的环境，你要每天给它浇水哦，这样你每天都能想起我。"

"哦，原来是为了你的私心呀。"

"当然了,这棵绿蕨能释放大量的氧气,养在你的卧室,净化空气,愉悦你的心情,就像我每天都在陪伴着你。"李明亮的情话越说越上头,他自己都有点不好意思了,赶紧转移话题。

"哎,你看那边,将来要修一个观景台,看花江峡谷大桥。"李明亮指着不远处的一片山坡。

"那个位置,太低了吧。为什么不像平塘大桥那样,把观景台选在山上呢?一览众山小的感觉多好。"那是山谷往上蔓延的一片坡地,葛念镜实在看不出有何优势。

李明亮说,其实平塘大桥的选址,他们并不满意,因为受周围地势影响,只能勉为其难。

他的回答,让葛念镜很是纳闷。平塘大桥的选址都不满意,那这个世界第一高桥花江峡谷大桥的观景台选在低处,岂不是更糟糕了?

"这你就不知道了吧,根据周围自然环境,我们将为花江峡谷大桥建三个观景台,仰视、平视、俯视,厉害吧?"李明亮卖着关子。

原来是这样,三个观景台可以全方位观赏这座世界第一高桥。

离别,终于还是来了。

在花江峡谷大桥的建筑工地上,两人依依不舍地告别。

众目睽睽之下,李明亮迅速而有力地拥了她一下,低声地:"你好好的哦。"

葛念镜发动车子,开出十多米远,从后视镜看见李明亮还站在路边。她停下车子，从车窗招招手。

李明亮快步跑过来。

葛念镜："问你一件事，很重要。"

李明亮："嗯，你问。"

这个问题困扰葛念镜好久了，她终于还是问出来了："你觉得，我有女人味吗？"

李明亮一愣扑哧笑了："吓死我了，原来你才是一根筋。"

葛念镜板起脸，佯怒地："我打死你。"

"小姐姐，温柔一点哦，别动不动就夯毛。"

"你什么意思？你就是说我没女人味对吧？来，来，你上车，咱俩好好说道说道。"

李明亮绕到一侧，坐到副驾驶座位上。

葛念镜故意板起脸，逼问道："你说，女人味是什么？是丰乳肥臀蜂腰，一说话就腻腻歪歪？还是浓妆艳抹把脸涂得像个失血的瓷娃娃？是明明能扛起一百斤的麻袋，却假装连矿泉水瓶都拧不开？还是苦心钻研江湖早已绝迹的御男术，把狗男人迷惑得滴溜溜转？"

信息量有点大，李明亮大脑快速运转着。

葛念镜瞥他一眼："反正，这些我都没有。你看着办。"

"女人味是清醒独立，是自尊自爱，是诗人萨松说的：心有猛虎，细嗅蔷薇。女人味是有感性的柔美，也有理性的坚强，要说这么完美的女人，你就是，没有之一。"李明亮说起情话来，功力愈发深厚。

"可是，我觉得我是雌雄同体的女汉子。"

"波伏娃说，伟大的灵魂都是雌雄同体的。"

"去你的，我前男友跟我分手时说，我是雌雄同体的女汉子，没女人味。"她仍然耿耿于怀。

"感谢他有眼无珠，否则我就没机会了。"

葛念镜皱起眉头："我想想就生气，当时分手没骂好，回来气得我两天吃不下饭，我当时应该狠狠骂回去，骂他没男人味，骂他庸俗浅薄，骂他声色犬马，骂他低级趣味……"

李明亮点头："超级棒，骂得好。"

"我当时被气坏了，大脑一片空白，像个傻子一样浑身颤抖。回家后，我复盘了全过程，总结了重点，加了几个排比句，就直击要害那种。哼哼，等哪天再见到那个狗东西，我一定能超常发挥，把他骂得狗血喷头，对他的灵魂进行一万点暴击。"葛念镜慷慨激昂。

"宝贝，万一，他换个话题，不再提女人味，他说别的，比如你的身高、性格、长相等等呢，你怎么办呢？"

葛念镜一愣："噢，换话题了？那怎么办？我没准备呀。"

李明亮用一根手指敲敲她的额头："你呀，你怎么那么可爱呢。不爱了，看什么都是错，如果爱，怎样都是好的，哪怕缺点，都迷死人。就像此时此刻，我看你，哪儿哪儿都是美好的，简直毫无瑕疵。"

葛念镜顺势靠在他胸前，那么坚硬的胸膛，硬得像块铁板，好有安全感，她低声说："其实，我……舍不得走……"

"你大点声，我听不见。"李明亮故意的。

"我说，我不想走。"葛念镜支支吾吾。

313

"你说什么?我听不见,再大点声。"李明亮一脸坏笑。

葛念镜终于醒悟了,她一把拧住李明亮的耳朵:"你这个坏蛋,一肚子坏水。"

李明亮大笑着拉开车门,跳下车去,大喊着:"媳妇,我爱你!我爱你!"

这个没心没肺的"一根筋",他的声音太大了,似乎漫山遍野都是他的回声。不远处几个工人看过来,哈哈大笑,吹起口哨。

葛念镜满脸通红,一脚油门踩下去,车子腾起一股烟尘飞奔而去。

第二十三章 沉重的肉身

"嗨,你的肉身在哪里?"沙哑的嗓音,带着沉重的混沌。

"它在休养生息,它走得太快,正在等待灵魂跟上来。"

"我这沉重的肉身,已经和灵魂反目成仇。"

"可怜的孩子,这是生命不能承受的分离。"

"你觉得我会好吗?"

"会,当然会,一定会。"

"我不会好了。"苏锦长长一声叹息。

葛念镜告诉苏锦,你的大脑,它是一部机器,你是它的主人,你负责下命令,它负责执行。控制大脑其实很容易,大脑只有两个开关,一个是正向的开关,一个是负向的开关,你经常按下那个正向开关,就会越来越好。如果你经常按下负向的开关,结果不言而喻。

葛念镜在去花渔洞大桥的途中，接到了苏锦的电话。她把车子停在服务区，跟这个锦衣玉食却郁郁寡欢的闺蜜聊天。

不，这不是闲聊。

苏锦说，她已经很久没好好睡觉了，她每天都在崩溃的边缘。蓝天凤回家了，快有一个月了，他像个镇宅神兽一样每天窝在家里，苏锦很怕控制不住和他打起来。

"这不是你期待的生活吗，朝夕相处。"葛念镜很疑惑地问道。

苏锦很委屈，她期待的是两个人一起吃饭，一起睡觉，手拉手去逛街，去看电影，或者一起去看她奶奶，每天有说不完的情话，可是……一阵沉默之后，苏锦的声音哽咽了。

从她断续的叙述里，葛念镜拼凑起事情的大概。

一个月前，很少回家的蓝天凤回家了。

但是蓝天凤总是冷冷的，很少笑，也很少跟苏锦说话。他没有跟苏锦住一个卧室，而是住到了楼下的一个房间。

偶尔他们会在一个桌上吃饭，蓝天凤总是木着一张脸，不说话，也不与苏锦进行眼神交流，他吃得很少，似乎他是《来自星星的你》中那个冷面星人都教授，不食人间烟火，只喝水和果汁就能维持生命。

蓝天凤自己不出门，也不让苏锦出门；他不见人，也不让苏锦出去见人。他待在自己的房间里，偶尔需要什么东西，就让外卖直接送上门。

他们很久都没有好好吃顿饭了，天天外卖，让苏锦吃到想吐。那天，苏锦让外卖送了很多蔬菜、鲜肉和各式海鲜，她要给蓝天凤做一场饺子宴，重温昔日的温馨时光。

苏锦的饺子宴，十分隆重，她将用八种馅料，包成八种风味的饺子。这些都是蓝天凤最喜欢的，有鲅鱼茼蒿馅、韭菜黄花鱼馅、韭菜皮皮虾馅、扇贝韭黄馅、青椒鸡蛋海米馅、虾仁鲜肉韭菜馅、鲜肉茄子韭菜馅、鸡肉黄瓜虾仁馅。且个个皮薄馅大汤汁多，十分美味可口。

并非因为苏锦心灵手巧，她原本不吃饺子，只吃馄饨，更不用说亲手包饺子了，这对她来说是一场挑战。因为爱上了蓝天凤，他的老家在山东青岛，为了慰藉他对故乡美食的迷恋，她特意跑到青岛去学习了三个月，终于掌握了美味饺子的秘籍。

蓝天凤曾经说过，苏锦仅凭饺子宴就能永远收住他的心。

这样的饺子宴，虽然每种馅只包那么几个，却需要花一整天的时间来做准备，一贯十指不沾阳春水的苏锦不厌其烦，只因为爱那个人。

那是多么美好的时光，苏锦扎着围裙包饺子，蓝天凤就站在旁边给她演奏一曲克莱斯勒的《爱的喜悦》，他穿着黑色礼服，戴着白色领结，含情脉脉地为她演奏小提琴曲，那浪漫喜悦的旋律，每一个音符都在心尖上舞蹈，扣动着心弦荡漾出幸福的涟漪。

那样的时刻，他们的眼中有亮晶晶的小星星在闪动，太幸福了，以至于苏锦内心会涌起莫名的害怕，害怕上天会嫉妒他们，给过大喜，再给他们大悲。

苏锦在厨房准备饺子馅，满脑子都在上演曾经的那些浓情蜜意，她听到蓝天凤房间的门打开了，他犹豫了一下，慢慢走过来，一步，一步，他走过来了，会出现什么情况呢？

一个拥抱？从背后环抱住她，把脸埋在她的脖颈处，气息在耳边拂动，痒痒的。

或者是一曲《爱的喜悦》？他已经很久没有为她演奏了，那些与爱有关的音符，马上就要从沉睡中苏醒了……

并没有，不是苏醒，是惊吓！

蓝天凤突然冲过来，他将案台上的各种配料全都扫到地上去，疯狂地用脚踩着，他边踩边咒骂，他骂她愚蠢，骂她庸俗，骂这个混蛋的世界，他像一头发疯的野兽，挥拳砸向橱柜的玻璃，参差的玻璃碎片划伤了他的手背，鲜血淋漓，他张开嘴吸着手背，如同鲨鱼闻到血腥味，他挥动拳头更疯狂地砸向玻璃。

苏锦冲上去想拉开他，被他狠狠推开，她一脚踩在爱心饺子馅上，身体站立不稳，惊叫一声轰然倒地。

蓝天凤停住手，这砰的一声响，似乎惊醒了他。蓝天凤有些惊讶地看看苏锦，又看看厨房里这一片狼藉，他的目光重新回到苏锦身上，眼神闪过一丝柔情。

不是不渴望，他能伸出手将自己拉起来。

不是没可能，他的眼里毕竟有柔情闪过。

可是，终究是没有。他看着身上沾满面粉和饺子馅的苏锦，长长呼出一口气，冷冷地说："分手吧，我厌倦了。"

呵呵，终究是没有《爱的喜悦》，克莱斯勒先生，我记起来了，你还有一首《爱的悲哀》对吗？它更适合我。

沉默，巨大的沉默。

空气中，只有那些剁碎的韭菜、青椒、茄子，还有那些鲅鱼、黄花鱼、大对虾，它们在争先恐后地散发出味道，不甘心从一场大戏中退出。

蓝天凤慢慢走回房间，似乎他已用尽所有的力气，每一步都艰难且沉重。

苏锦坐在满地狼藉中，她抓起一把面粉攥紧了，高高地举起来，然后松手，雪白的面粉纷纷扬扬飘散，她看到爱的尘埃，层层坠落。

她笑了，她哭了，她在飞扬的粉尘中，向着这个世界大声咳嗽，打喷嚏。

苏锦说，蓝天凤一定是爱上了更好的女人了，想抛弃她，又没法跟她开口，才故意冷落她。

葛念镜并不赞同苏锦的看法，她有一种直觉，蓝天凤可能遇到了什么坎。

"是我配不上他，我们刚在一起时，所有人都说这是现实版的王子与灰姑娘。十年前，我还是年轻的灰姑娘，十年之后，灰姑娘的红利，我已吃完。"苏锦很消极。

"我真觉得老蓝有事瞒着我们，他一定是遇到大事了，他会不会被人骗了？掉入啥陷阱了？"

"不会的，他那么聪明的人，谁能骗得了他呀。"苏锦很肯定。

葛念镜还是坚持自己的看法，小人物会遇到小骗子，大人物会遇到大骗子。商界的骗子人们知道的多了去，艺术界的骗子更夸张。她知道一个人，名画伪造大师汉·凡·米格伦，他的赝品欺骗了纳粹，欺骗了荷兰，欺骗了当时全世界最著名的收藏家和鉴赏家。她知道,老蓝那个圈,很浮夸的。

"就算他被人骗了,那他也不应该这样对我,肯定是有别的女人。"苏锦一口咬定。

葛念镜吁出一口气,她也真是服了,一个被爱情迷住双眼的女人,是瞎的,什么都看不见。成天爱呀恨的,也就那点破事。

葛念镜不得不郑重其事地告诫她:"苏锦,你听着,从现在开始,从你那狗不理的爱情中跳出来,仔细观察老蓝的一举一动,随时向我汇报,咱俩一定能找到真正的原因。"

"你真觉得他不是另有所爱?毕竟我们在一起十多年了,原来还讲七年之痒,现在三年就痒了,有些人更快,三个月就痒了呢。"

"别管那些,就算他另有所爱,你也把他抢回来。"

"抢男人?我没尊严啊?!"

"你有个毛的尊严,你有尊严,但凡他提分手,你就收拾行李滚蛋了。"

"也对,在尊严和蓝天凤之间,我肯定跪着选老蓝。"

"那你就给我支棱起来,不许死,不能把老蓝让给你眼红的女人。"

"嗯,冲动了,我要真死了,那不就是给小老婆攒包袱嘛,我那些金银细软,还有限量版包包,肯定都成她的了。那我能气得炸坟,直接从里边跳出来。"

葛念镜告诉苏锦,她估计老蓝是出大事了,比如投资失败、破产,或者欠了巨债之类的。

"真的吗?那可太好了。"苏锦开心地叫道,立刻又压低声音，吃吃地笑起来。

"哎，你是真傻还是假傻？"葛念镜哭笑不得。

"只要不是女人，我都能接受。他没钱了，我就用私房钱养他，私房钱花光了，我就出去赚钱养他。就这么说吧，我甚至希望他瘫了，就再也不会有女人惦记他了。不怕贼偷，就怕贼惦记，万一他真残了、废了，就剩我一个人对他好了，那我每天推他出去晒太阳，给他包八种馅的饺子……"

葛念镜让苏锦赶紧闭嘴，真是忍无可忍了，她的超级恋爱脑，已经恶化成精神病了。

葛念镜是旁观者，在她看来，蓝天凤真的很反常，他跟以前不一样，也许他投资失败了，或者真的破产了，对老蓝这样的男人来说，这都是致命打击。因为他们的天命，就是要占有更多财富和更高地位。

挂上苏锦的电话，葛念镜长长叹口气，多么残酷的爱情。

这时她接到李明亮发来的短信，他说：山有木兮木有枝，心念君兮君不知。

葛念镜迎着风抬起脸，她闭上眼睛，感受风穿过发丝，就像穿过空空荡荡的生命，如此丰盈而灵动。

看看，爱情不止残酷，还有很美好的一面。那么爱情到底是什么呢？不知道，不确定，不可说，它是动态的，永远处于变化中，至于未来会怎样，顺其自然吧。

这是爱情的一体两面，无所谓好与坏，它们都重要。

既然享受了爱情的甜蜜，也要畅饮它的毒汁。

没关系，她对自己说：我准备好了，我允许一切发生，凡事发生，必有利于我，一切都是生命给我的礼物。

初秋时节，她终于奔赴这场约会，与一座桥。

水天一色，层林尽染，这片山林五彩缤纷、绚丽夺目。大自然以最奇妙的方式将各种深浅不一的黄、绿、红、褐搭配在一起，呈现出令人赏心悦目的景色。

已经看过那么多大桥了，现在，葛念镜决定去看一座小桥，那就是花渔洞大桥。

没有伟岸的身姿，没有天价的投资，没有超大的跨度，它长不过300米，造价仅1.1亿元，在贵州众多动辄十多亿的宏大桥梁项目中，它似乎微不足道，似乎平淡无奇，却在激烈竞争中脱颖而出，一举获得第39届国际桥梁大会"古斯塔夫·林德撒尔"奖。没错，让葛念镜心心念念的平塘特大桥也曾获得过这项大奖。

那就说说花渔洞大桥的前世今生吧。

花渔洞大桥初建于20世纪90年代，位于国道G320线上，它跨越美丽的红枫湖国家5A景区，更重要的是，它处于饮用水源保护区，因为年代久远，无法满足现代通行的需要，在2014年被鉴定为四类危桥，必须拆除重建。

那么问题来了，如何保护周围自然景观？如何保护饮用水资源？如何保证主干道正常通行？

一系列的新问题，难不倒贵州建桥人，高难度的挑战，反而激发出他们更多的聪明智慧。经过设计团队深度思考与勘察，他们制定了全新的设计思路："旧桥建新拱，新拱拆旧桥。"

具体来说，就是先修建新拱，将旧桥扣挂于新拱之上，逐段切割，最后安装新桥桥面，以巧夺天工的方式，成功完成了桥梁重建任务。

就这样，花渔洞大桥采用造型美观的180米中承式提篮钢管混凝土拱桥，替代了原来的桁式组合拱桥，最终实现了"水源零污染、景区零干扰、废料再利用、景观新地标"的建桥宗旨。

打个比方来说，花渔洞大桥新旧交接的创新模式，堪称一场桥梁界的心脏搭桥手术，每一步都要精密计算、精准规划、精确实施。正所谓螺蛳壳里做道场，方寸之间大腾挪，最终成功将"零污染"、"零扰动"、"零排放"付诸现实。

毫无疑问，这是一个奇迹，没有一块混凝土掉入红枫湖中，没有一滴污水流入红枫湖内，当火红色的大桥彩虹式横跨湖上，火红的桥拱与碧绿的湖水，形成夺目的视觉盛宴。

它怎能不令人赞叹呢，小而美，小而精，小而强，从技术含量、环保价值和美学价值，花渔洞大桥都标志着贵州在山区峡谷桥梁"小而精"建设方面达到了世界认可的全新高度。

花渔洞大桥下，红枫湖的魅力，则在于它融高原湖光山色、岩溶地貌、少数民族风情为一体。红枫湖边，枫叶红似火，湖波绿如烟。

北京香山红叶，因名胜古迹众多，而闻名天下；巫山红叶，因"旦为朝云、暮为行雨"的仙女妖姬而染上神秘色彩；红枫湖的红叶，不在京城，不在高山，也不在峡谷，而是在一片烟波浩渺的湖边，它奔放的激情与绿宝石般的湖水相映生辉，共同描画出醉人的画卷。

这样的美景，怎能抗拒！

夕阳西下，葛念镜泛舟湖上，容颜俊美的苗族少女轻舟慢摇，她于舟上四望，但见群山环绕，山水相连，有鸥鹭翔集，有鱼群蹁跹。两岸岩壁之上，群鸟鸣唱。

岸上，漫山遍野的红枫映着晚霞，如跳动的火焰。

摆舟姑娘浅唱歌谣，将小船摇进溶洞中，这里又是另一番景象。洞中钟乳石镌刻着千万年的记忆而来，似在诉说远古的故事。它们千姿百态、鬼斧神工，带来匪夷所思的震撼，如群鸟飞翔，如群兽狂奔，如人间生活场……

也许只是在某一瞬间，天崩地裂，将所有这一切人间物象定格，从此它们静止、沉默，被石化，被封印，直到无尽的沧桑流变，世代更迭后，它们再一次呈现于世，却缄默不语，对于曾经的秘密只字不提。

出得洞来，夜色已阑珊。

葛念镜坐在苗家吊脚楼前，吃一顿热气腾腾的烙锅。

何为烙锅？就是在平底锅里刷上油，将洋芋、豆腐干、红薯片、鸡肉、牛肉和各种蔬菜放在上面烙制。老板给葛念镜发了一个小围裙，她自己动手边烙边吃，丰俭由人，咸淡自取。

当洋芋和五花肉在铁锅里滋滋啦啦地响着，散发出阵阵清香，那一瞬间，她心软到泪目，这烟火味，温暖了她疲惫的肉身，抚慰了她漂泊的灵魂，她从幻境回到人间，想起猫道，以及猫道上那种惊心动魄的失重感，心里有一个声音说：嗨，李明亮，我想你了。

美好的爱情一定是双向奔赴的，心动是双向的，想念也是双向的，正如波伏娃所说：我渴望能见你一面，但我清楚地知道，唯有你也想见我的时候，我们见面才有意义。

作为一个90后的女孩，葛念镜懂得置身观察者的立场，观察坠入情网的那个自己，看此种情景中的那个自己，是否已削弱了独立意识，在不知不觉中滋生了依赖，依赖爱情中的情绪价值。

这是双刃剑，可以抚慰心灵，也可以瓦解斗志，犹如温水煮青蛙，慢慢失去自我与自主，她警惕着自己在爱情中的变化，警告自己不要变成另一个苏锦。

对李明亮这个筋一根来说，爱是简单的，思念也是简单的，想一个人，就是想尽一切办法到她身边去。哪怕所爱隔山海，山海皆可平。

这个周末，李明亮赶来与葛念镜相见。

第二十四章 鸡鸣三省

这一程,葛念镜要去看鸡鸣三省大桥,李明亮陪同前去。

一鸡鸣,三省闻!

三座悬崖呈三角形对峙,各属于四川、贵州、云南三省,群山巍峨、凤翥龙蟠、万丈沟壑处的谷底,一条三岔河湍急地流向三省。

其情景,正如清朝贵州毕节世袭大屯九世土司余珍在诗中所言:"一步经三省,依稀万里游。山深蛮鸟噪,风急暮猿愁。落日横人面,奔云撞马头。客心孤回处,搔首看江流。"鸡鸣三省交会处的凶险,曾令文武双全的大土司也一筹莫展。

而今,天堑之上,一座大桥横跨两岸,它就是修了三十八年的鸡鸣三省大桥,因为它的诞生,三省老百姓结束了千百年来爬山渡河的历史,从此将两岸两个半小时的车程变成一分钟。

没错，这座桥修了三十八年。

它位于川滇黔三省交界处，因"一鸡鸣，三省闻"而得名。乌蒙山区悬崖陡立，天鸟飞绝，险峻的天然环境曾帮助当年的红军摆脱敌军追击，后来却因为它是交通死角，而严重阻碍了经济发展。老百姓被困在大山里，里边的出不来，外边的也进不去。

尤其因为峡谷三岸均为悬崖峭壁，想修一座桥，必须经过长期的勘测勘察，然后要提前对被选中的山崖进行加固，确保作为桥墩的两侧山崖不会出现沉降，同时，也要避免滑坡、危岩等各种地质灾害在桥梁建设区域发生。

还有一个原因，鸡鸣三省大桥周边地形极其复杂险峻，各种大型装备很难运到桥梁建设之处，就算把搅拌过后的混凝土运送到桥墩之上进行浇筑，对于建设人员来说也是很不容易的事情，基本所有的材料都靠人用背篓背上来。

曾经有一位学建筑出身的老省长，他就出生在此处的一座大山里，后来他一路读书提升专业能力，升任到主管建筑的副省长。他办公室里有张十几米长的办公桌，因为桌子太大，站在地上够不着，他就经常趴在桌上画图纸。

作为一个交通狂魔，他曾经几次动念想在鸡鸣三省处修一座大桥，以解决父老乡亲的交通之苦，却都因各种原因而无奈作罢。

后来有一年，他接到老家加急电报，说老母亲病重已到弥留之际，期待他回家见上最后一面。一大早，他立刻带上秘书坐车向老家赶去，行至半途，再无车行之路，他和秘书下车继续步行。

他们在崎岖的山路上跋涉，筋疲力尽，行至傍晚，路遇一民舍就去讨口水喝。村民很热情，留下他们休息、喝茶，吃一个煮洋芋，或者一块高粱饼子充饥。

山里的村民对这样的情形司空见惯，已形成习俗，总是尽力为赶路人提供一些帮助，他们就像接力棒，分散在行路人的途中，一户接一户地，最终帮助赶路的人到达目的地。

经常有些在山外闯荡世界的人回老家，会随身背二三十斤糖果，每到一家讨水喝时，就抓一把糖果给孩子们。对孩子们来说，这颗小小的糖果不仅甜到了心尖尖上，更是带来外面世界的新奇和神秘。

老省长喝着热茶跟村民打听回家的路线，村民告诉他就算顺利，也要半夜才能赶到，劝他在自家留宿，待第二天早起赶路。老省长回家心切，询问是否有近路可抄？最后村民想起一条乡医挖药材的山路，可以节省两三个时辰，但极其凶险，一般人都不敢走，况且夜晚恐有野兽出没。

老省长担心不能见老母亲最后一面，再加上自己从小在山里长大，爬山下沟，并不惧怕，遂决定抄近路回家，秘书来自内地走不惯山路，怕出危险老省长坚持让他留下。

村民见留不住他，遂做了两支火把，亲自护送他一起走进漆黑的暗夜里。

在村民的带领下，老省长继续在夜色里向老家赶去。夜晚的山林阴森恐怖，不时有野兽的低吼传来，夜风吹动树木，婆婆晃动，如魑魅魍魉。

第二天中午时分，老省长总算跟跄着来到了自家茅屋前。他神疲力乏，磨破的脚底板疼痛钻心，就在这时，他听到从屋里突然传出众人悲伤的哭声，心里知道，母亲已经走了！

他心气一松，双膝一软扑通跪在地上，一步都走不动了。

来往吊唁的乡亲们从他身边走过，也没人认出他就是这家的长子。

突然有一只大狗咆哮着猛地向他扑过来，一口咬住了他的手背，凶狠地撕咬起来，顿时他的手上鲜血直流。他认出这是自家的黑狗，众人赶紧上前阻拦，此时，他的妹妹才终于认出跪在地上的人，竟然是自己的大哥。

老省长再也绷不住了，他号啕大哭起来，边哭边捶打着自己的胸口骂："不孝啊，我没用，狗都不认识我……"

老省长跪在地上磕头，众人拉他，他也不肯起来，他心中充满了自责。他不孝的，不只是自己的母亲，还有所有在贫穷中挣扎的父老乡亲。

这样的故事，总是让葛念镜心绪难平。

她站在山顶，看着那三座悬崖，如虎踞龙盘，如今在这猛兽的背上却架起了一座大桥。她心里明白，这哪里是一座桥，这分明是希望，是未来。

她在山顶上选一位置支起画架写生，李明亮从各个角度给她拍照，这位临时男秘书倒是鞍前马后、尽职尽责。

他拍完照片从旁边一村妇那里买了两斤碧绿的脆李，村妇帮他洗干净了，他乐颠颠地把李子送到葛念镜嘴边，她咬一口，甜蜜溢满心间。

那村妇不时打量正画画的葛念镜，后来竟然凑上来，蹲在旁边认真地看着,一脸的羡慕。

葛念镜冲她笑笑,她也羞涩地笑了,年龄应该不大,健康、质朴、勤劳,双手骨节粗大,一看就是常年劳作不停的人。

"我修过这大桥。"当她开口说话时,葛念镜吓了一大跳,立刻对她刮目相看。

原来人家是有故事的人。

她叫春花,是个彝族姑娘,就住在对面云南的山头上。山歌大赛时,她认识了一个汉族小伙子,就住在四川的山头上,后来两人相爱了。

春花嫁给汉族小伙后,经常会想娘家,想念自己的父母,可是她每次回娘家,都要跋山涉水走上一天半的时间,十分辛苦,费时又劳神,还非常危险。

有时候,她在这边山头,她妈妈就在对面山头,互相喊话唠着家常,彼此都听得清清楚楚,可是若想到亲人身边去,却难如登天。说起来心酸,有时候,春花在四川这边山头抹眼泪,她妈妈在云南那边山头抹眼泪。

什么时候才能修一座大桥打通两岸人们的往来呢?

想呀念啊,等呀盼啊,好消息终于来了。由四川省公路设计院设计并监理,鸡鸣三省大桥终于动工了。

春花和她老公高兴坏了,他们都跑到工地上去做工,她还跟老公学会了开塔吊,负责给在半空工作的工人们运送钢筋和水泥。她每天都在工地的最高点腾云驾雾,距离水面256米高。

"哎呀,你不害怕吗?"葛念镜脑门一凉,想到自己曾在花江峡谷大桥上的那番窘迫,至今仍心有余悸。

"刚开始也怕,我浑身冒冷汗,不敢动弹。"

"那你后来怎么克服的呀?"葛念镜满脸崇拜地看着她。

"后来嘛,天天在半空晃悠,一晃就是一天,麻木了,也就不怕了。"春花不好意思地笑笑。

春花说大桥当时是从两边开始修的,云南和四川工地两岸各有一个塔吊,她在云南那一边工作,她老公在四川这一边工作。她每天要坐着索道吊笼过河去云南那边,吊笼是用铁皮和钢筋焊的,很简易,没有座位,一开动便不停摇晃。310米的路程,要晃20多分钟,似乎随时会掉到几百米下的河里去喂鱼。春花一开始也很害怕,后来就安慰自己:怕啥呀,掉下去也就几秒钟的事。

葛念镜和李明亮对春花竖起大拇指,李明亮:"你好厉害呀,牛郎和织女中间隔着天河,你和老公中间隔着赤水河。"

"嗯呐,我俩每天隔河相望。"

"哎……"葛念镜突然感觉不大对劲,疑惑地问道,"你老公为什么不到云南那边去呀?他每天坐吊笼,总比你坐好吧。"

春花赶紧摇摇头,她说这个露脸的机会,可不能让给老公,她每天在云南那边开塔吊,娘家村里的老老少少都跑来看她,向半空中的她竖起大拇指。她爸那会儿天天喝着小酒哼着歌,可得意了,人家都夸他闺女有出息,能修大桥。春花开心地咯咯笑。

葛念镜是真喜欢眼前这个叫春花的姑娘,清澈得如山泉,灿烂得如夏花,却又明亮得如阳光。

"修桥那会儿,你苦不苦?"葛念镜看着她粗糙的双手,还有与年龄不符的满脸皱纹。

"不苦,一想到大桥快修好了,一点都不苦。过日子嘛,心里有盼头,就美滋滋的。"

春花告诉他俩,那会儿因为交通不方便,修桥的工人都很少回家。下班后,男的下棋、打扑克,女的就上山挖药材。

春花喜欢种花,她就到山上挖野花,有野百合、野兰花、野牡丹等等,千姿百态的野花,可多了。她拿回来栽在方便面碗里,还有那大桶雪碧瓶、洗衣液的塑料桶,拦腰割一块,洗干净了,种上花,开得五彩缤纷。

春花还买来大把向日葵的种子,撒在工地宿舍的门前,每天浇水施肥,它们茁壮成长,很快就金灿灿地开出了一大片。

向日葵追寻着太阳的方向,活出了自己的美丽和精彩。

葛念镜眼前出现这样的景色,绿色的山野里,大片黄艳艳、金灿灿的向日葵璀璨绽放。它们在阳光里,轻轻摇曳,从晨曦乍露的黎明,到夕阳洒金的黄昏,向日葵一直跟随着光明,紧追不舍。

为什么人们那么喜欢这种花朵?

因为不是所有的花都叫向日葵,因为不是所有的花都向阳而生。

为什么眼前这位名叫春花的女子,如此地普通,却如此地不凡?

因为她就是向阳而生的女子。

葛念镜眺望着前方的山谷,看完四川,再看贵州,看完贵州,扭头再看看云南,这真是一种奇妙的体验。

天涯变咫尺,天堑变通途。

春花告诉葛念镜,大桥通行那天,周围三省的老百姓都跑来踩桥看桥。汉族、苗族、彝族、土家族、白族、哈尼族等各族老百姓都穿上节日盛装,在大桥上载歌载舞,欢笑声响彻云霄。

春花的娘家人和婆家人都来了,老亲家在桥上手拉手话家常。以后他们再也不用为见面犯愁了,想来就来,想走就走,有了这座桥,走路半小时,开车一分钟。春花说她家现在有两台车,一台拉货卖钱,一台出门旅游串亲戚。小日子过得红红火火,家里有果园,有牛羊,每天做梦都能笑醒。

春花兴致勃勃讲她家红火的小日子,李明亮一直看着春花傻笑。一条路,一座桥,改变一群人,改变一个城市,改变一个省,甚至对整个国家战略都起到重大作用,对于李明亮来说,这样的事情,他可是太了解了。

就拿眼前这鸡鸣三省大桥来说,它的诞生,直接让桥梁两侧的四川省泸州市叙永县和云南省镇雄县,都得到了致富机会,原本卖不出去的煤、硫铁矿、冰脆李和烟草等等,都能通过大桥顺利运送出去,从而让这两个县的商业体系迅速架构起来,并形成盈利闭环。

春花对自己的生活很满意。她美滋滋地说,大桥建成后,全国各地的人都来参观,她们这里都成旅游景区了。开饭馆、开旅馆、卖土特产,干啥都行。只要人勤劳,动动手,在哪儿都能挣钱。

果然,这山上山下,都是来旅游看景的人。

该下山了,葛念镜与春花依依告别,两人互相加了微信。

顺着蜿蜒的小路前行,小路两边高大的树木,遮天蔽日;灌木繁茂，挂满浆果；最矮处，贴地生长着大片绿色的藤蔓、青草和野花。

森林是浩瀚的，静美的，看似杂乱，细细看去，各种植物却都根据自己的习性呈现天然的层次感，各得其所，自得圆满，这原始而繁盛的生命，都是大自然缔造的奇迹。

"我们俩能相遇，也是上天的奇迹。"李明亮感叹道。

"哟，就咱俩这点事，还惊动上天了。"葛念镜揶揄道。

两人说着话，一路向山下走，来到一大片平坦的坡地，就听得哗哗的流水声，像一曲欢快的奏鸣曲。

原来这里有一条小河。

河岸边，是大片繁茂的竹林，滩涂之上，无数的野花争相开放，红的艳丽，粉的娇嫩，白的皎洁，黄的明艳，紫的神秘……清风徐来，顿时暗香浮动。

葛念镜跑到河边，但见河水清澈，各色鹅卵石静卧水底，十分可爱。她伸手捞起几块小小的鹅卵石，那白色的小石头，圆润光滑，令她爱不释手。

几名来此考察的地质队员正在河边野炊，他们热情豪爽，葛念镜和李明亮立刻加入他们的团队。大家一起采蘑菇，挖野菜，又砍了竹子来蒸米饭。

这竹子大有用途，笋子炒肉，鲜嫩美味；老笋筒砍成酒杯，盛满佳酿；中段嫩笋筒割出一个盖子，把糯米拌上香肠、腊肉、青豆、野山桃，蒸出的竹筒米饭，清香软糯、芳香四溢。

葛念镜和这些素不相识的人，聚在河边，听溪水哗哗，享清风拂面，手捧竹筒蒸饭，大快朵颐！正是我看青山多妩媚，青山看我应如是。

这样的日子，她确信一直过下去，自己也不会厌倦。

但是，有一个电话打来，将这一切都破坏掉了。

是蓝天凤，他说："你来，越快越好。"

这个诡秘的人，终于露面了。蓝天凤给葛念镜发了一个定位，让她尽快赶过去，说有重要的事情。这个位置不在贵阳，而是在成都。

葛念镜查了一下，是成都新区的一个别墅区。她内心疑惑，不知这个甲方是什么意思，为何要跑到成都去见面，而不是贵阳。

她想了想，拨通了苏锦的电话，起先她没接，过了半小时苏锦打过来了。她压低声音告诉葛念镜，此时她在成都，前几天晚上蓝天凤不知发什么疯，突然非要来这里，苏锦说，她从不知道蓝天凤在成都还有一个家，屋里家具家电一应俱全。

"这个狗东西，不会是养了个外室吧。"苏锦气呼呼地骂道。

"以你那福尔摩斯的侦探能力，没发现什么蛛丝马迹？"葛念镜揶揄道。

"从那天过来到现在，我就差掘地三尺了，什么也没发现。"

"你省省吧，他要怕，就不带你过去了。"

苏锦说根本不是蓝天凤带她来的，是她又哭又闹，非要跟着来的。蓝天凤当时背个挎包要出门，她就缠住他非要跟着，没想到他一脚油门杀到成都来了。苏锦就傻眼了，这不是外室是什么？他家外还有家呀。

"你得了吧,看他瘦成一道闪电那样,成天阴叨叨,半死不活的,还有心思去找女人?"

"那你是误解男人了,越半死不活,越需要强心针。"

苏锦觉得蓝天凤隐藏得很深。他都不跟她多说话,就是怕说得越多,暴露得越多。她越寻思,越觉得这人不地道,没准私生子都有了,没准还不止一个呢,可能是龙凤胎啊!他很早以前就说过要儿女双全。妈蛋,这么多年不跟我生,肯定是和别人生了呀!

"你打住,你这宫斗大戏都能写六十集了。"葛念镜又好气又好笑。

葛念镜告诉苏锦,蓝天凤邀请她去成都,她马上就赶过去。

"你快来吧,实在不行,咱俩把他绑起来严刑拷打,逼也要逼他说出实情。"苏锦说道。

疯了,都疯了。葛念镜苦笑着摇头。

第二十五章 薰衣草之恋

蓝天凤的那栋别墅在哪里呢?

进入大门,是一条幽深雅致的小路,曲径通幽处,一幢幢具有乡村风情的独栋别墅,散落在茂林修竹的掩映之中。大片绿色的草地,满眼都是盛开的鲜花,婷婷的美人樱、金灿灿的雏菊,它们怒放的生命激情,绚丽迷人。

在别墅群的最外侧,是大片的湖水,形成了天然的一道屏障,将整个别墅区围在中间。

终于,车子来到一座独栋别墅前。

这栋别墅总共两层,古风浓郁,石头的墙体,木头的廊柱,雕刻着花纹的木门和木窗。墙角,桂树在开花,柠檬在结果,半人高的山石上爬满蕨类植物青葱的身影,突然有几束血红,跳入眼帘,在繁茂的绿色中,红得突兀,红得刺眼。

那是什么？令葛念镜心底隐隐不安的红。

来不及细看，车子已驶到木楼正门停下，一条鹅卵石铺成的小路蜿蜒通向屋子，葛念镜与李明亮下车。

小雨绵绵地下着，那些树木花草的叶子、鹅卵石小路，都被雨水清洗得干干净净，整个世界雾气蒙蒙，净美得像一个恍惚的梦。

"呀，太美了，这是世外桃源吧。"李明亮感叹。

这样一座房子，是葛念镜的梦中情屋。她几乎一刻心动，一眼万年。

"我就不进去了，省得受了刺激，心里不平衡哈。"李明亮调侃道。他这点很好，坦白、率真，不会假装不在乎，也不会在心里拧巴。这样的姿态，葛念镜很喜欢。

李明亮跟葛念镜告别，他把车开走了，两人约好，他周末再来。

苏锦听到声音，从屋里出来迎接葛念镜，两人搂抱在一起，苏锦紧紧抱住她的腰，把脸埋在她肩膀上，幽幽说道："救命的，你终于来了。"她肉眼可见的憔悴和疲惫。

一种奇怪的预感，让葛念镜抬头看向一楼临街的窗户，在半掩的窗帘边，她看到有个人影在晃动。

是他，无疑。

蓝天凤并没有出来见她。

苏锦简单搞了点吃的给葛念镜，也无非是面包和牛奶、熏牛肉之类。苏锦坐在旁边，用老母亲的眼神看着她狼吞虎咽。

葛念镜的手机短信不时响起，是李明亮，各种小情话呼呼飘过来：尚未离开，已开始想念，无人处，暗弹相思泪。

妈呀，明明一糙汉，说起情话，恍如情圣附体。看得葛念镜面红耳赤，她嘴里咬着面包，低头给李明亮回短信。

"嗨，你有男朋友了？"苏锦敲敲茶几。

葛念镜慌忙掩饰道："啊，我连高跟鞋都不穿了，还要什么男人。"

"一脸花痴相，一看你就是坠入爱情的小水沟了。快坦白，何方妖孽把你收了？"苏锦故作威胁状。

既然已经说到这了，也不好再隐瞒，葛念镜老实承认确实有男朋友了。

"我原来的理想人生是，不用结婚，还有花不完的钱。也不知道咋搞的，又上套了。"葛念镜自嘲。

"是祸躲不过，既然来了，就笑纳吧，否则漫漫长夜，一个人孤独寂寞冷的。"

"可是爱情有很多烦恼呀，像你和老蓝。"

"我是半瓶死水里躺着一条咸鱼，人生也就这样了。你不一样，你还没被生活踩蹋过。"

"你俩，最近怎样？"眼前的苏锦，是最让葛念镜担心的。

苏锦突然探过身子压低声音说，她听到蓝天凤经常哭，有时在房间，应该捂着厚被子。有时在卫生间，假装洗澡，把水龙头开到最大声。还有时候，他把音乐开到最大声，他以为他隐藏得很好……苏锦生无可恋地叹息着。

葛念镜安抚地轻拍她的肩膀，突然看见苏锦头上有根白发，伸手随意一拨，却发现有很多根，她顿感心累，真是多情应笑我，早生华发。

明明一手好牌，却打得稀烂。美貌这张牌，单出，是灾难。若搭上智慧、见识，或者资源，那才是王炸。

葛念镜心里对自己说，葛念镜，你给我记住，不要依赖任何人，任何时候，都不要失去自我，看看苏锦，追你的男人再有钱、再优秀，那都是他的事，跟你无关。你要永远保持独立赚钱的能力，这是你的尊严，也是你的退路。

"现在，我该怎么办？"苏锦喃喃自语，一脸无助。

"没事，有我。"葛念镜笃定地回应她。

其实葛念镜更想告诉苏锦，生为女人，命运的方向盘必须掌握在自己手里。你得把这句话刻在脑子里，融化在血液中，直到把它带进坟墓。

可是对苏锦而言，现在说这些，还来得及吗？

一楼大厅，有一张宽大的画案，足足十多米长，上面摆着纸墨笔砚。

葛念镜一看见这大画案，就跃跃欲试，她把自己的画稿、草稿和笔墨都摆在上面，特意把那些已完成的作品放在一边，待蓝天凤挑选，看上的，他就拿走。

墙上挂着两幅花鸟画，应该是蓝天凤早年的作品，一幅蝶舞牡丹图，一幅蜻栖荷花图。他采用宾主、呼应、虚实、疏密、动静、奇正、取舍等对立与统一的法则来完成结构布陈，留白部分极为巧妙，在笔墨的有与无之间，张弛有度、浓淡相宜，形成绝妙的意象空间。

蓝天凤笔下的花鸟，笔墨清新不艳俗，带着一股跃然纸上的灵气。当然，灵气，也是花鸟画的一个重要标准。画家需要有极强的造型能力，也要有极强的抓取形神兼具的能力。

毫无疑问，蓝天凤完成得很出色，作为一名专攻花鸟画的画家，他在国内美术界有着重要的影响力。

可惜了，这样一位年轻的画家，前途无量，为何就封笔了呢？

葛念镜站在画案前，一边完成自己的一幅山水作品，一边思考这个问题，她心绪烦乱，笔触沉重而凝滞。算了，她干脆搁下笔，上楼去休息。

午睡起来，葛念镜从二楼看见蓝天凤在后院。

她立刻下楼去找他，决定和他好好聊聊。

蓝天凤坐在后院的亭子里喝茶，玄青色的中式棉麻衣裤，宽宽大大地罩在身上，脚上踩一双老布鞋，像修仙的世外高人，看了他的脸，就不像了，是消沉的遁世者。

葛念镜顺着碎石小路走过去，在他对面坐下，她给自己倒了一杯茶。茶是凉的，苦的，她不说，慢慢咽下去。

雨大了，淅淅沥沥落在小路上，后花园里，矮的草，已被雨水浸没。

"你让我来成都，有事吗？"她也不啰唆，直截了当问道。

蓝天凤没有说话，他沉默着。

葛念镜不急，她等着，对待这种奇怪的生物，要按照他的节奏来。他总会说的，否则不会叫她过来。

"遁阴匿景，静言勿哗。"蓝天凤缓缓吐出这几个字。

341

"喊，你要真能遁入桑门，倒也好，省得害人害己。"葛念镜嘴毒，既然病重，那就下猛药吧。

"你看，那些花。"蓝天凤倒也不生气，他指着院子里那些紫色的花。

是薰衣草。整个院子里，种着大片的薰衣草。

那点点碎碎的紫色绵延着，连成一片，浓浓淡淡，深深浅浅，像紫色的烟雾，又如紫色的霓裳，美丽缥缈、如梦如幻。

"为什么不种些别的花呢？"葛念镜发现整个院子里，除了凉亭边那几丛繁茂的竹子，只有薰衣草。此时，它们半个身子浸在雨水中。

"我喜欢薰衣草的故事，很唯美。"蓝天凤说。

"老蓝，你骨子里还是个诗人，有那么多的哀愁。"葛念镜笑起来。作为曾经的文艺青年，在网上写爱情爽文的葛念镜，她当然知道薰衣草的传说。

据说，很久很久以前的普罗旺斯，天使偷偷与一位名叫薰衣的凡间女子相恋，他洁白的翅膀，也为了她而脱落。天使每天都忍着锥心蚀骨的剧痛，却因为爱情而很快乐。

这时村中的老奶奶赶来，把一束药草交给女孩，让她用来试探对方的真心，据说，药草的气味能让不洁之物现形。于是，少女将药草丢在天使的身上。突然天使就消失了，只剩一阵紫色的轻烟在山谷里飘荡。

天使被抓回了天国，那段他与薰衣相爱的时光也被删除了。在被贬下凡间前，他用自己的灵魂化作一滴眼泪，那眼泪又化作一只蝴蝶，去陪伴他最心爱的女孩。

而薰衣还在傻傻地等着他回来,并不知道那只日夜陪伴她的蝴蝶,就是爱人的灵魂。后来,她化作一株小草,每年都会开出淡紫色的花朵,花香四溢,呼唤着爱人的归来。

"他们的爱情,那么纯粹。"蓝天凤轻声说道。

"老蓝,在你和苏锦之间,没有老奶奶,没有毒草药。"葛念镜的意思很明显,她就差点说:你不是天使,你就是个个色的凡夫俗子,因为有几个臭钱,被惯得一身毛病。

算了,忍忍,给他留点脸,毕竟是甲方。

"你画完大桥之后,还可以再画一组画,保证有市场。你一定会因此爆红。"蓝天凤突然来了兴致,他坐直身子。

"你说。"

"你画一系列花草,跟爱情有关的,比如昙花、曼陀罗、迷迭香、栀子花,等等,既要画出花草本身的神韵,也要表达出它寓意的故事。"蓝天凤的眼睛有了些许光彩。

葛念镜心想,你怎么不画呢?你可是专攻花鸟的。沉吟了一下,还是没有说出口。也许自从蓝天凤经商后,他的笔就秃了,再也没有创作灵感了,他的灵感,已被金钱腐蚀了。

不管怎样,对一位画家来说,这都是悲哀的事。

"比如洁白的昙花,素有月下美人之称。昙花一现,只为韦陀,可是韦陀日日从她身边经过,却从未认出她。还有彼岸花,你知道这种花吧?"蓝天凤眼神灼灼地望着她。

葛念镜激灵一下,她突然想起刚来时,在木楼门前匆忙一瞥之下看到的那团血红,妖艳而刺目。

"你种了彼岸花?在门前。"她惊讶地问道。

"是，红色的曼珠沙华，你看到了？"

葛念镜皱起眉头，感觉被一股阴冷之气笼罩。血红的彼岸花，也叫曼珠沙华，传说中，它是开在黄泉路上的花。两个相爱的人，受了神的诅咒，惩罚他们一个变成花，一个变成叶，然而却是花叶不相见。只见叶子不见花，再见花时叶已逝，他们相恋相惜，却永不得相见。

那是谁和谁爱到泣血，爱到破碎，才被立下如此狠毒的诅咒？

葛念镜感觉到冷，是这弥漫的雨水？还是曼珠沙华的故事？她下意识地缩起肩膀。

"罢了，罢了，老蓝，都是凄艳、悲伤的爱情。可你是个现实中的人啊。"葛念镜觉得他已走火入魔。

"我以为，你懂我。"蓝天凤轻轻吁出一口气。

"我不懂你，我更喜欢'你挑水来我浇园，夫妻双双把家还'那样的糟糠爱情。"葛念镜不装清纯。

"我以为，你能看到故事背后的东西。"

"背后？是什么？"葛念镜不解。

"是真情，是纯粹的真情，超越了金钱与名利。"蓝天凤有点激动，身体在微微抖动。

葛念镜很奇怪，蓝天凤为什么会如此激动，不就是真情嘛，她觉得并不缺呀，比如她和苏锦，她和李明亮，再比如爷爷奶奶，爸爸妈妈，还有那些偶遇的陌生人，比如开吊车的春花，消防队的老道，唱山歌的香香，等等，都有真情，为什么到了蓝天凤这里，就成了稀缺品呢？

葛念镜一时间沉默下来，她觉得老蓝似乎陷入了某个泥潭，他在拼命挣扎，想抓住某个救命的东西，以防止自己彻底地陷下去，他也在拼命暗示葛念镜，希望她能懂他……这样说来，难道自己就是他的那根救命稻草？

她被这念头吓住了，抬头惊讶地看着蓝天凤，想从他脸上找出些蛛丝马迹。

这时就听得屋门一响，苏锦的声音传过来："你们喝茶呢，怎么不叫我？"

苏锦撑着伞，端着一大盘水果走过来，是水果拼盘，各种各样的水果都有。

苏锦把果盘放到桌子上，她还未坐下，蓝天凤慢悠悠地站起来，面无表情地说："我累了。"

苏锦愣了，葛念镜也一脸尴尬，两人一起目送他的身影晃晃悠悠地进屋去了。

"他躲着我，他在躲着我。"苏锦把手中的伞扔进雨中，她气得浑身颤抖。

苏锦重重坐下，她的目光转到葛念镜脸上，飘忽不定，心里有一股疑惑升起，他们在说什么？要瞒着自己。

葛念镜一时无语，她也看出来了，蓝天凤要告诉她一些事情，但是不想让苏锦知道。

雨越下越大了，浓浓的雾气裹住了两个人。

暮色重了，她们坐得那么近，却无法看清彼此的脸。

一直在下雨，小雨下了两天。

整个世界雾气蒙蒙,后院的薰衣草绿色的枝叶大部分已被雨水淹没,只剩最顶端那些紫色的花束,还露在外面奋力挣扎,孤苦无依。

蓝天凤一定很心疼,他的薰衣姑娘。

葛念镜一直都没再找到机会与蓝天凤聊天,他大部分时间都躲在自己的卧室,也不知道在里边干吗。难道这个鸟人在修仙吗?

中午时分,雨势突然猛了,风也大了,外面的世界风雨飘摇。

风雨交加,心绪烦乱,没有什么比好好吃一顿,更能抚慰人心了。

葛念镜打开冰箱,发现里面塞满各种食材,她成功说服苏锦,两人一起动手做出一桌丰盛的午餐。有烤猪排、可乐鸡翅、油焖大虾、西芹百合、炝炒豌豆苗、菌子鸡汤。苏锦还做了蓝天凤最喜欢的松鼠鱼。而后葛念镜站在蓝天凤房门前执着地敲开了他的门。

蓝天凤晃了出来,他胡子拉碴,头发凌乱,一张脸白得像纸。但不管怎么说,他总算是出来跟大家一起吃饭了。

这一顿,大家喝了一点红酒,吃了温暖的食物,心情愉悦起来。

蓝天凤来了兴致,他带着葛念镜参观屋子,苏锦也兴致勃勃跟在后边。蓝天凤说,那些家具,都是老物件,能维持原貌的,最大限度保留它原有的特色,只做除尘,稍作打磨,涂上清漆。

怪不得,葛念镜总有一种遥远的年代感,这就对了。

苏锦嘀咕道:"我就喜欢华丽的、奢侈的,在你们眼里纸醉金迷那种风格。"

一楼大厅那张大画案，是蓝天凤的珍宝。葛念镜暂时用它来作画，上面放着她的几十幅作品和一些写生草稿。

蓝天凤浏览了一下她那些画作，不做任何评价。他继续说这张画案，它用了六百多块木板拼凑而成，木板都是从朽烂的老柜子上拆下来的，那些木板长短不一，每一块都有着不同的花纹。

"画家要衣食无忧，才能画出好作品。"蓝天凤刻意地瞥了葛念镜一眼。

葛念镜心里说，这没关系吧，人家蒋雨浓穷得衣不蔽体、寒不遮风，照样是大师。没有毛笔，他就用马鬃鸡毫扎；没有砚台，他就用瓦石凿磨；没有画案，干脆找了一块棺材板架起来；没有纸，也没关系，他撕下糊窗的毛纸，照样悬腕挥毫、笔墨酣畅。葛念镜对雨浓大师的敬佩是真心实意的。

蓝天凤瘦骨嶙峋的手指在那些木纹上轻轻抚摸，游移，似乎有一些古老的人、古老的故事正在慢慢复活。

苏锦脸色难看，她不再说话，她开始往后退，离那些老家具远远的。

这个房子，蓝天凤说他花了五年时间才打磨好，家具是古老的，或者木头，或者石头，凝重、质朴；为了冲淡这种沉郁之感，他请了现代设计大师来打造；对墙面和地面部分，大面积使用金色与明艳的蓝色、绿色撞色设计，使之在古朴中有庄重之气，在典雅中有富丽堂皇之感。

蓝天凤骄傲地讲解着他的这些宝贝。他说："这屋子里大部分的家具，都是从黔西南收购来的老物件。它们的年龄都比我们大，有的一百多岁，有的三百多岁……"

"这些，都是别人用过的东西？"苏锦终于忍不住了。

"嗯，主人都不在了，它们还在。"

"你为什么不早点说？"苏锦质问蓝天凤。

"你没问，你也不喜欢。"蓝天凤淡淡的。

葛念镜刚想说话，立刻又闭嘴了，既然他们已剑拔弩张，她就不好说自己喜欢了。

"这是死人的东西啊！这个屋子里，到处都是死人的东西。"苏锦脸色煞白，她显出惊恐的神情。

"不喜欢，你可以走。"蓝天凤冷冷地。

"……不！我就不走，急死你！"苏锦浑身颤抖，她恶狠狠地扔下这一句话，转身冲上二楼，把地板踩得砰砰响。

一时间，蓝天凤和葛念镜都沉默了。

苏锦对死亡有着深深的抗拒，葛念镜想到苏锦的心病。当年她和少年铁子爱得那么深，铁子出事后，她也是把他送的所有东西一把火烧掉。她说如果有一把刀，她愿意把脑海中关于铁子的记忆都切除掉。

不是不爱，不是冷漠，是脆弱，是不能看，不能想，不能面对。

苏锦说生死两道，人鬼殊途，她只想做个没心没肺的活人，连梦里，也不要来拜访。

苏锦愤然离开，蓝天凤轻轻叹口气，他疲惫地在一把椅子上坐下，并示意葛念镜坐在他身边的椅子，两人靠得很近。

"你喜欢，对吗？"蓝天凤幽幽问道。

"这不重要。"葛念镜很是尴尬。

"很重要。"顿一顿,他再低声说道,"这房子,送给你。"

蓝天凤的眼睛看向二楼的方向,葛念镜的视线也跟过去,两人不约而同地压低声音,他们都不想让苏锦听见。

葛念镜内心大惊,战战兢兢道:"你……你已付过报酬。"

他目光灼灼地看着葛念镜,她内心慌乱,挪开目光,心里骂道:妈蛋,世上哪有这样的甲方,又是送别墅,又是高额定金,老娘可是卖艺不卖身。

"老蓝,你,在打我的主意?"葛念镜干脆打直球。

"对,我要你以身相许。"蓝天凤并不回避。

"终于,我闻到了你散发的人渣味道。"

"我是个商人,用钱绑定的关系,最牢靠。"

"谢谢提醒,我差点忘了,你是万恶的资本,具有卑鄙的灵魂,下贱的手段。"

"你很难成大事,因为你看不到事物的本质。"

"如果成大事的标准是和魔鬼交换灵魂,我放弃。"

"我本人对你不感兴趣。你要许的人,不是我。"

"啊……老娘真是开了狗眼,还有幕后大佬啊!他是我哪辈子的灵魂伴侣追到这辈子来还债了!"葛念镜嘲讽道。

"苏——锦。"蓝天凤淡淡吐出两个字。

葛念镜大吃一惊,她愣住了,一时间还无法消化这些复杂的信息。混乱,太混乱!

"我病了,绝症,我要把苏锦托付给你,你是她唯一可以信赖的人。"蓝天凤定定地看着葛念镜。

"……不是,你等会儿,你得了什么病?你那么有钱,你可以全世界去找最好的医院,最好的医生,你还可以……"蓝天凤竟然得了绝症?葛念镜瞬间浑身冰冷,她起先是不信的,当她在脑海中迅速闪过蓝天凤的种种怪诞之后,她不得不信了。

事情,其实很早前就开始了,那么明显,只是她和苏锦都忽略了。

蓝天凤淡淡地:"我找过,没用。"

"你……你不要放弃呀,现在医学这么发达,西医不行,就找中医,中医不行,还有江湖偏方。总之,总之,肯定有办法。"葛念镜很慌,声音不受控制地发飘,他竟然……得绝症了,老天爷!

"你以为,我不想活?"蓝天凤一声叹息,他脸色惨白,泛着青色,越看越像行将就木。

怎么会这样?原来是这样!竟然是这样!

葛念镜情急之下,抓住蓝天凤的手,她看着这个可怜的人,一时间泪眼婆娑,千言万语,竟然无话可说……

突然,就听得轰的一声响,苏锦从楼下飞奔而下。原来她一直在偷听,就躲在二楼的楼梯拐角处,虽然她听不清他们在说什么,可是她看见了,她看见他们两个人手拉手,十分缠绵。

苏锦冲到葛念镜面前,气结地:"是你,竟然是……你……"

她那么信任的闺蜜,竟然是个绿茶、白莲花、蛇蝎婊……苏锦心如刀绞,她抓起桌上一杯茶,一扬手唰地泼到葛念镜脸上。

蓝天凤虚弱地叹了一声,他晃晃悠悠地向自己卧室走去,好像欲乘风而去。

哀莫大于心死,苏锦撑住桌子,才站稳了身体,她恶狠狠地盯着葛念镜,瞬时泪流满面。

"这烂俗的剧情。"葛念镜抹着脸上的残水。

苏锦喘息着,闺蜜的背叛让她万箭穿心,泣不成声地:"你……你竟然……"

葛念镜上前扶住苏锦:"行了,咱俩不演《甄嬛传》。老蓝,要……死了。"

苏锦直勾勾地看着葛念镜,一时间不能明白她在说什么。

葛念镜让苏锦坐下,免得她突然受惊跌倒在地。她把前后情况大致一梳理,认为蓝天凤没有说谎,他肯定是得绝症了,苏锦木木的,石化了一般……

"啊……"苏锦突然惊叫一声,从椅子上跳起来,她惊讶地低头看着脚下。与此同时,葛念镜也发现了异常情况。

不知何时,屋子里,竟然进水了!

清澈的水,在地面上浅浅一层,正在迅速聚集、蔓延,顺着它的来路,葛念镜发现水是从后门缝隙涌进来的,它们贴着地皮无声无息地包抄而来。

她下意识地抬头看向窗外,后院一片白茫茫的积水,那些薰衣草,连紫色的烟雾也看不到了,它们已全部被淹没。

白花花的雨水簇拥在门口,漫过门前的台阶,正向屋里涌进来。

葛念镜与苏锦呆呆地看着对方,一时间不能明白发生了什么。积水从四面八方蔓延过来,迅速铺满了地面。

"快,拿东西,堵住!"葛念镜跳了起来,她抓起厨房的地垫堵在后门处。

351

"进水了，我屋里进水了。"蓝天凤打开卧室的门，惊慌地跑出来。

"前门，前门也进水了。"苏锦惊恐地喊道。

前门、后门的门缝都开始向屋里灌水，水已变得浑浊，黄色的洪水快速没过脚背，并迅速升高到小腿肚，洪水来势凶猛冲开阻挡的垫子，源源不断地冲进来。

三个人在水里狼奔豕突，企图堵住进水口，起先是地垫、靠垫、蓝天凤卧室的枕头、被子、羊毛地毯，甚至一楼的窗帘也摘下来了，所有能用的东西都堆在进水口，可是洪水直接从房门半腰高的缝隙处喷射进来，发出巨大的哗哗声。

突然间，意想不到的事情发生了，所有的门缝、窗缝、空调孔、厨房下水口都开始向屋里疯狂灌水，马桶像喷泉，喷射出巨大的水花。

堵不住了，真的堵不住了！

一时间，水势汹涌，不可抵挡。黑色的浊浪在屋内翻滚，散发着恶臭，这意味着地下水已储满，水位将继续上涨。

放在门口的几双塑料拖鞋，在水面上漂游，奇怪而恐怖。水位已涨到膝盖，三个人站在水中都有点蒙，一时不知如何是好。

这一瞬间，蓝天凤突然清醒了，他大喊着："快，把重要的东西搬到楼上去。"

葛念镜如梦初醒立刻扑向画案，去抢救她的画，电脑、手机、充电器，她把这些东西装进一个大袋子，送到楼上。

蓝天凤冲回卧室，东一把西一把，胡乱抓了些东西塞在背包里。苏锦梦游一般把柜面上能抓到的首饰、包包随便捞了几个就逃到楼上。

三个人一起跑到二楼,放下东西,冲到阳台玻璃门前向外看,这才发现屋外已是一片汪洋。暴雨如注、狂风大作,地面那些低矮的花花草草山石,全都不见了,它们已被洪水吞没。只剩那些高大的树木,在肆虐的狂风与巨浪中战栗、狂舞,挣扎着欲逃之夭夭,却又无力逃脱。

门前那条三十多米宽的道路,已变成宽阔的河流,湍急的巨浪翻涌着奔腾而过,河面上漂浮着各种各样的东西,水桶、木板、椅子、谁家的篱笆门,还有鲜红刺眼的衣服,令人心惊,不知它的主人是否安好……

整个世界一片白茫茫,似乎末日已来临。

"什么情况?这什么情况?"蓝天凤怔怔地自语。

"快看,我的车啊!"苏锦指着外边惊叫起来。

葛念镜顺着她的手指看过去,停车位上,那辆彪悍的奔驰大G水位线已漫过车窗,并发出嘟、嘟、嘟的报警声,它危在旦夕,而它的主人,无能为力。

再看对面邻居家那辆红色的宝马轿车,更悲惨,在汪洋中只露出一线红顶。

苏锦说对面住着一个美丽的女人和她八十多岁的老妈妈,她曾经看见母女俩在街上散步,但是没有说过话。

三个人担心着对面邻居的安危,冒着风雨拉开阳台门冲对面呼喊。还好,很快一个女人的身影出现了,隔着中间繁茂的树木,他们交换着彼此的情况,家里都进水了,目前人都躲在二楼。

女人说她妈妈受了惊吓，血压升到200了，头晕恶心呕吐，她打了急救电话，急救车进不来。她打了110，警车也进不来。大家闻言，心里凉了半截，这才意识到情况真的很危急了。

突然，蓝天凤抓住阳台的铁护栏，爬了上去，他半个身子已翻到护栏外。葛念镜下意识地一把拉住他，她吓出一身冷汗，这个绝症患者难道已经崩溃，要自我了断吗？

蓝天凤挣扎着，葛念镜紧紧拽住不放："你不能死啊……"

蓝天凤明白了葛念镜的心思，他指着外面急赤白眼地叫道："猫，有一只猫。"

猫？竟然真有一只猫！

就在二楼空调的外机缝隙里，它蜷缩成一团，看不清面目，小小的，比拳头大一点点，灰扑扑，像一堆枯树叶。可是蓝天凤竟然发现了，它是一只猫。

它瑟缩在外机的缝隙里，外机下面，是无边的汪洋，是它在颤抖？还是巨浪拍打着外机在颤抖？

蓝天凤执意要救这只小猫，他一口咬定它还活着，它很害怕，它爬到这里，就是祈求他能救自己，它用蓝色的眼睛一直看着他。

葛念镜和苏锦看不到猫咪蓝色的眼睛，如果不是蓝天凤坚持，她们甚至看不出来那里有一只猫咪。它真的像一团枯萎的树叶，或者一块破旧的脏抹布。

可是如何救这只猫咪呢？

这是个难题，外面一片汪洋，外机的位置离阳台较远，救它很危险，也可能会搭上一条性命，怎么办？

第二十六章 无面天使

那只小小的猫咪，随时会被呼啸的风卷走，抛入汪洋。

蓝天凤铁了心，非救它不可。

蓝天凤攀着阳台的栏杆，爬上了窗外那棵高大的白玉兰树，顺着树干下到与外机持平的位置，然后他双手攀住一根粗大的树枝。树枝的走向是朝向外机的，他穿着拖鞋的双脚踩在凹凸的墙上，身体倾斜着悬在半空，慢慢地向前移动。

风还在刮，雨还在下，蓝天凤的一只脚艰难地寻找着落脚点，一个不慎，他的拖鞋掉落水中，立刻被洪水卷走了。

苏锦吓得捂住嘴巴，把一声惊叫压下去。

蓝天凤的衣服被淋湿了，贴在身上，他双手抱住树杈喘息，像一只风筝搁浅在树上，随风摇晃。

葛念镜和苏锦站在阳台上，心惊胆战。她们眼睛一眨不眨地盯着蓝天凤,他把另一只拖鞋也甩掉了,光脚在墙面上探索合适的位置。

他一点点靠近空调的外机,近了,更近了。终于,他伸出手一把抓住那团灰扑扑的小东西,从胸前的领口塞进了怀里……

战战兢兢,千辛万苦,终于,蓝天凤安全回来了。

他小心翼翼从怀里掏出那个小东西捧在手心,惨白的脸上露出了明亮的笑容。

它还活着吗?拳头大小的一个小东西,它稀疏的灰毛湿漉漉地粘在身上,沾满了雨水和泥巴,瘦弱到极致的小身体露出几根细如牙签的骨头。

它的脑袋呢?在哪里?葛念镜仔细端详,才发现它的头深深垂在胸前,只有鹌鹑蛋那么大,它一动不动,微弱起伏的肚皮,证明它还活着。

葛念镜伸出一根手指小心翼翼地挑起它的脑袋,三个人顿时吓了一大跳。那张小脸面目全非,看不清眼睛鼻子和嘴巴,它们全被脓和血痂糊住了。

它竟然没有脸!

三个人对视,不约而同地吸了一口冷气。

那么,这个小东西,它是怎么活下来的?它又是怎么爬到空调外机上的呢?靠它自己是不可能办到的。也许,是它的妈妈一直在照顾生病的它,洪水来临前,猫妈妈拼尽全力把孩子放到那个貌似安全的地方。

如果是这样,那么猫妈妈呢?她去了哪里?她现在还好吗?

"去医院,它必须去医院。我要它活着。"蓝天凤把那小东西捧在手心,他激动得有些歇斯底里。

"老蓝,你冷静,我们想想手边有什么能救它的。"

"有急救包,里边有酒精和棉签……可是,在楼下。"苏锦叫道。

葛念镜转身往楼下跑,跑到二楼楼梯口,她突然就愣住了,洪水已经漫到第四个台阶,预估室内水深快1米了吧,她扶着楼梯慢慢走下来,站在与洪水接边的地方,打量一楼,真是奇怪的景象啊。

屋里大部分东西都看不到了,刚刚不久他们还在这里吃饭、喝酒、聊天,然而此刻所有他们的痕迹和气息都被一只狂暴之手抹掉了。除了那些高大而沉重的柜子露出半截腰身,其余的东西都被洪水淹没了。

那么多的东西,都漂在水面上,草帽、葛念镜的运动鞋、苏锦的限量版香奈儿、蓝天凤的古籍、画轴、各种玻璃制品,紫砂壶、碗筷、古董花瓶,等等。还有那些没来得及处理的垃圾,菜叶、蛋壳、塑料袋,而那条松鼠鱼实在诡诞,它有完整的脑袋,拖着一具白色骸骨游在水中,似幽魂归来。

它们不分高低贵贱都神秘地复活了,簇拥在水面上,呼朋唤伴,盘旋倾轧,似乎正在上演一场自杀式的集体狂欢。

葛念镜已经下不去了!

一楼已变成不可测的深潭,暗流涌动,漩涡莫测,水面滋滋鸣响,是泄露的液化气?是窜动的电流?是潜藏在洪水中未知的鬼魅……眩晕,巨大的眩晕涌过来,她紧紧抓住木楼梯,以防自己掉进那诡异的深潭。

一时间，葛念镜脑子里空空如也，她木然地在台阶上坐下来，将一双赤脚伸进黑色的水里，是恐惧？还是绝望？不知道。这一切，是一场巨大的拼命挣扎却醒不过来的梦魇。

突然她的电话响了，是李明亮，李明亮焦急地问她现在好不好。

"不好！我一点都不好。"葛念镜告诉李明亮他们三个人被困在这里了，雨还在下，水位还在上涨，情况很不好。

原来李明亮看到报道说这个区域连续几天暴雨，引发了山洪暴发，他立刻开车赶过来想接她们出去，可是高速公路已被洪水冲毁了，他正在抄乡间小路赶过来。

李明亮嘱咐葛念镜，不要怕，他绝对会来救他们的。在他赶到之前，他们一定要保持体力，保持冷静，保证有干净的食物和水。晚上，三个人要轮流睡觉，必须留下一个人观察情况，防止房屋倒塌，或者其他突发情况，切记，保证身体干爽，不要站在水里，防止漏电……

葛念镜听到这里，立刻把双脚从水里拿出来了，自己忍不住呵呵笑起来，如果水中真的有漏电，此刻她早抽搐不止了。

"你还笑得出来，说明心态没崩，不愧是老葛家第十七代传人。好样的。"李明亮夸赞道。

"咳，万一，我是说万一，我没出去，我工行卡里还有55万，都留给我爸妈。你还年轻，就不留钱给你了，钱多了影响你奋斗。我那辆车给你，方便你有空多去看看我，我的意思是……你不要忘了我，毕竟我还这么年轻……"葛念镜自己说着被带入情境了，伤心地哽咽起来。

"葛念镜,你听好了,老老实实等着我。我肯定会去救你,如果顺利,我天黑前就能赶到……"突然,李明亮的声音消失了。

"喂,喂……"葛念镜惊讶地看看手机,没有信号。她立刻拨打微信语音电话,也无法接通。

这意味着,手机信号和语音电话信号,全都断了!

很快,更坏的情况接踵而来,断水、断电、断信号、断网络。求救电话,报警电话,亲人电话,统统打不通。

整个世界陷入混沌状态,所有现代的文明与科技都消失了,退出了人类的生活,他们进入原始的荒蛮状态。

暮色慢慢浓了,天快黑了。

葛念镜和苏锦坐在二楼阳台的玻璃门前,看着对面的邻居家。

她们看着洪水继续上涨,漫过门口的两只石狮子,淹没了石榴树,淹没了丁香丛,而后慢慢淹过大门的门框……

突然,在二楼玻璃门的缝隙处,葛念镜透过玻璃看到长长一条蠕动的黑线,凑上去,她才看清是无数逃生的蚂蚁,它们趴在门缝处,身体叠压着身体,挣扎、扭曲、攀爬,有的爬上来,有的跌下去……

葛念镜默默打开门,放它们进来。

都是逃难的生灵,此时,他们和蚂蚁是一样的。

葛念镜抬头看着外面无边无际的洪水,那些聪明的小狐狸、胖嘟嘟的小刺猬,叽叽喳喳的小老鼠,不爱晒太阳的小花蛇、饶舌的小麻雀,树叶上的小蜗牛,还有流浪的猫猫狗狗,此刻它们都去了哪里？它们有没有找到避难的地方？

葛念镜的心里突然涌过一股寒意，她从幻想中清醒过来，李明亮说一定会来救她们，也无非是一厢情愿罢了，这白茫茫一片汪洋大海，难道他插翅膀飞过来吗？！

不能依靠任何人，也不能把希望寄托于任何人，别人不是不救，而是无能为力，她必须自救。

人一旦清醒，思维就清晰起来。葛念镜预测李明亮一时半会儿进不来，洪水发生得太突然了，就算外边组织救援，也没那么快。而且受灾的应该不止别墅区，周围那些村庄可能也无法幸免，有很多人都需要救援。

想到这里，葛念镜意识到他们可能会被洪水围困多日，未来会怎样？不知道。不管怎样，她都不能坐以待毙。

葛念镜决定下去找点吃的，还有水，如果运气好，把急救包也拿上来。

天已经完全黑了，一楼漆黑一片。

没有蜡烛，没有手电筒，万幸苏锦找到一截香薰蜡烛。她点亮了，站在楼梯上，给葛念镜照着亮。

葛念镜下到水里，原以为水能到胸脯的位置，下去之后才发现已经到脖子了，冰冷的水让她一阵哆嗦，差点退回去，扭头看了一下坐在台阶上可怜巴巴的苏锦，她一咬牙，划着水继续向前游去。

她游到了厨房的位置，抓住了水面上一只小茶几，把它扣过来，就成了一个临时的储物台。她从水面上捞起两小罐干果，一包薯片，还有一包面包，可惜面包的封口进水了，她恋恋不舍地把面包重新扔回水里。然后她惊喜地发现一包哈尔滨烤肠,里边有五根手指长的烤肠,葛念镜如获至宝地捞了起来,谢天谢地。

很遗憾,她没有找到急救包。

葛念镜记得在厨房的柜子那里,有牛奶和两箱水,她用脚试着去踩,换了几个地方,终于踩到了纸箱类的东西。她内心一喜,干净的水,对他们来说太重要了。她踹了几脚,没踹动,就先放弃了,决定第二次再来取。

葛念镜转身推着茶几上的战利品游到楼梯口,一点点向上推,苏锦把东西搬到楼梯上,卸完茶几上的东西后,葛念镜再一次游回了厨房。

她的身体在水中不时磕到柜子上,或者撞上一些不明物体,水中掩藏着无数的凶险。她肯定受伤了,因为感觉到刺痛,也顾不上理会了。

她重新回到发现矿泉水的地方,试探着找到了那箱水,踢了几脚,太重了,漂不上来。它浮起,又落下,她一路在水中踢着,慢慢挪动它的位置,直到把它赶到楼梯口。而后她扶着楼梯,一阶一阶把它踢过水中的台阶,等到那箱农夫山泉终于露出水面时,三个人发出胜利的欢呼。

在朦胧的烛光中,葛念镜第三次回到水中时,她甚至找到了某种快乐,就是那种再苦再难,老娘都有办法活下去的倔强。

她在水中捞起一瓶茅台酒,又捞了三双鞋子,他们跑上楼时都穿的拖鞋,万一房屋倒塌,穿着湿漉漉的运动鞋逃生,也强过光着脚上路吧。

葛念镜回到了二楼,带着她的战利品。

361

蓝天凤用瓶盖给那只小猫咪喂了点水，它太小，还不会喝。他把它团在手心里，捏开它的嘴巴，一点一点喂进去。

蓝天凤，那个干净到洁癖的男人，竟然把这个满身污泥，一脸脓血的小东西视若珍宝。

"真丑，像只灰老鼠。"苏锦感叹。

"丑宝，臭宝。"葛念镜打趣道。

"不丑，它是我的无面天使。"蓝天凤很郑重。

它真的是无面，因为它似乎没有脸，至于天使，从何谈起呢？

蓝天凤的表达有些混乱，他说还没有想得太明白，但是他很清楚，这个小家伙来到他的身边，是宇宙给他发出的信号，让他看到一条生命，它要活着，它活着的愿望如此强烈；而他，是可以帮助它，拯救它的。

因为这场拯救，蓝天凤觉得自己很重要。

或许，从某种意义上来讲，蓝天凤是在拯救自己。

蓝天凤兴致勃勃地说，以后小家伙的官方名字叫蓝妞妞，他就是蓝妞妞她爸。他神情愉悦，被这个无面的小东西迷住了。

当夜，三个人凑在香薰蜡烛下，写下生命急救清单。

核心是，不要慌乱！保持体力！保持冷静！等待救援！

他们还准备了三种自救方法：一是搜集各种空瓶子绑在一起备用。二、撕了两个床单和一个被套，拧成三股麻花绳子，备用。万一房屋倒塌，就用绳子把不会游泳的蓝妞妞她爹妈绑在阳台外面那棵白玉兰树上，防止被洪水冲走。第三条，他们三个人合力拽下两个衣柜的门，打造成两个诺亚方舟，上面绑了自制的绳子，以备落水时使用。

做完这一切，已是半夜。

第一程，葛念镜先负责站岗放哨。她扯下浴室的防水帘把她那些画卷了起来，包扎好，希望它们有命能重见天日。

苏锦和蓝天凤依偎着靠在床头，蓝天凤的胸前放着他的宝贝蓝妞妞。小东西精神好些了，它虽然没有脸，可是它知道寻找爱，伸着小脚丫，在蓝天凤胸前轻轻地踩奶。不久，困极的一家三口，睡着了。

葛念镜吹熄蜡烛，她在二楼楼梯上坐下，看着脚下那一潭黑水，泛着诡秘的波光，不时听到哗啦一声响，有更多的家具倒下了。

借着朦胧的微光，她依稀能看到沙发、椅子、鞋柜和酒柜，还有两个冰箱，巨大的浮力让它们全都漂在了水面上。

"好了，老天爷，我尽力了。剩下的，交给你了。"葛念镜双手合十，默默地低头鞠了一躬。

命运会怎样呢？

不知道，水位在继续上涨，允许吧，我允许一切发生。

这是第二天，雨小了，风停了，水位不再上涨。

中午，太阳出来了，它甚至从云缝里恩赐了几缕阳光，普照着万物。多么伟大的阳光，他们从未如此感受到阳光的神圣和尊贵。

更激动人心的事情发生了，他们听到了飞机的轰鸣声。有飞机在上空盘旋，苏锦和蓝天凤站在阳台上大声呼喊："救救我们，我们在这里。"

葛念镜找了一条红色的裙子绑在木棍上，站在阳台上拼命挥舞，希望天上的飞机能看到她的求救信号。

飞机盘旋了一圈飞走了，葛念镜看见对面邻居也用红色的东西在求救，她再探出身子四处打量着，从各家窗户里，也都伸出了各色的求救信号，大家都在想办法自救。

于是这些素不相识的人，隔空喊话，互相安慰着，彼此打气。

到了下午，狂风又起，暴雨再次肆虐起来，整个世界又陷入一片混沌之中。

没有人进来救援，也没有人能出去。

蓝天凤把葛念镜叫到一边，很严肃地跟她谈话，他让葛念镜游泳离开，他知道她参加过长江冬泳比赛，还拿过奖，以她的水性，她一定能安全逃出去。

葛念镜没等他说完，就拒绝了，她不可能把苏锦和蓝天凤留在这里，独自逃生。在她的人生字典里，没有这样的字眼。她知道自己留下来，就是他们俩的定海神针。不，他们仨的。

是的，她要留下来，跟他们一起等待救援，等待奇迹。

这一天，大家话都说得少。

水要省着喝，薯片要省着吃，每人分了十颗腰果，两颗核桃，每人一根烤肠。这是一天的食物。

蓝天凤把烤肠嚼碎嚼细，一点一点喂给蓝妞妞吃，满脸慈祥地微笑。

葛念镜想到一个词：含饴弄孙。

天慢慢黑了,黑暗正在一点一点将他们吞噬。

虽然谁都没说,其实每个人都期待能在天黑之前,逃出去,因为黑夜是最难熬的。

蜡烛只剩下短短的一截,除非必须,否则不舍得点燃,他们在黑暗中静坐,任由巨大的未知再一次将他们笼罩。

要忍耐!要冷静!要相信奇迹每时每刻都会发生!

他们分别值班,轮流休息,留命以待沧桑。

这是第三天,天空阴沉,小雨淅淅沥沥。

外面的世界白茫茫一片,没有蛙鸣,没有鸟语,整个世界空空荡荡。

很多的植物,很多的动物,都死了,门前的汪洋中漂浮着各种动物的尸体。

葛念镜看到洪水快上二楼了,就差最后一个台阶,漫长的等待,仍然没有救援,仍然没有任何外界的信息。

三个人坐在床前的地毯上,看着外面的洪水,也看烦了,饥肠辘辘,无事可做,那就吃东西吧。

于是又到了分食物的时刻了。

所剩无几的食物,每人两颗核桃,十颗腰果,三个人分一根烤肠……蓝天凤给蓝妞妞留了一根,这是老父亲能做到的最大慈爱了。

气氛有点沉重,葛念镜不喜欢,她转头四处看了看,突然发现了她从洪水里抢回来的那瓶茅台,简直是天赐的恩典。

茅台酒密封性很好,并不曾被污染,依然严丝合缝,她拧开盖子，一股浓浓的香气弥漫而来。

葛念镜找了一个空的矿泉水瓶子，把酒倒了半瓶进去，她自己先喝了一口，一条热辣辣的火龙从喉咙直蹿小腹，她登时精神一振，整个身体都暖和了。

"老蓝，我请你喝酒……"她伸手把装酒的瓶子向蓝天凤递过去，却突然被眼前的一幕惊呆了。

不知为何，蓝天凤脸色煞白，身体微微颤抖，他蜷缩着身子坐在地板上，竭力想用双手捧住蓝妞妞，然而他的两手却不受控制地抖个不停，蓝妞妞跌到地板上，他伸手去捡蓝妞妞，颤抖的手却无论如何也拿不准。

苏锦也发现了他的异常，惊讶地问道："你怎么了？亲爱的，你冷吗？"

蓝天凤突然狂躁起来，他两手在胸前胡乱地抓挠着，似乎那里盘踞着一条毒蛇，毒蛇缠绕而上，紧紧缠住他的脖子，他的双手扼住自己的咽喉，与那条毒蛇对抗着，由于用力过猛，他张大嘴巴艰难地喘息着，像一条离开水的鱼，被扔在沙滩上，即将窒息。

葛念镜目瞪口呆地看着蓝天凤，这一瞬间，她突然想起那次课堂上，有一个学生抑郁症躯体发作，几乎也是蓝天凤此刻的情形。

"老蓝……你……"葛念镜张口结舌。

"酒……酒……"蓝天凤用血红的眼睛瞪着葛念镜。她赶紧上前把瓶子递到他嘴边，蓝天凤咕咚咕咚喝了两大口。

苏锦把吃的也送到蓝天凤嘴边，他一边大口吃东西，大口喝酒,一边无声地流泪,过了大半个钟头,蓝天凤的情绪终于平缓些了。

"是……抑郁症?"葛念镜小心翼翼地问道。

"是双相情感障碍。"既然瞒不住,蓝天凤索性坦白了,他原本一直靠药物控制病情,因为突发洪水,他的药没来得及带上楼,于是在毫无预兆的情况下突然发病。

很多年了,他一直瞒着所有人,太累了,他真的太累了,再也撑不住了。他不再纠结,终于说出了他的病情。

酒在三个人手里传来传去,你一口,我一口,越喝越上头,也许这是最后时刻了,他们开始掏心掏肺。

"我听说,能治好的,我还以为你是癌症呢。你又要分手,又要托孤的。真是的,把我和苏锦吓坏了。"葛念镜没想到,蓝天凤说的绝症,竟然是双相情感障碍。

蓝天凤叹息着摇头,没得过这个病的人,无法感受那种痛苦。抑郁症是情绪低落,而双向情感抑郁就像坐过山车,在空中旋转翻腾,上天入地,最后坠落深渊。好的时候,他是天才,激情飞扬,精神亢奋;坏的时候,他是疯子,万念俱灰、痛哭流涕。真可谓一念天堂,一念地狱。

苏锦心如刀绞,她终于懂了,蓝天凤的反复无常,对她的忽冷忽热,都是因为他病了。

长久以来,蓝天凤把自己包裹得太紧密了,一旦打开心门,他有那么多不堪的往事,他表面高傲,内心却脆弱而自卑。两岁时,父母离婚,他再也没见过亲生母亲,她长什么样子,高矮胖瘦,他全都不知道。母亲恨父亲,也恨这个孩子,她连一张照片都不肯留下来。

蓝天凤的父亲是著名画家，名利双收，终日被那些追名逐利的美艳女人所围困。母亲走后，他很快又娶了一位小15岁的老婆。这个继母，对蓝天凤不好。

一个幼小的孩子，如果被父母抛弃，他的内心会滋生死亡的恐惧，因为他无法独立生存，必须依靠父母给他提供食物、水、关心和爱。父母的抛弃，意味着死亡的威胁，这种恐惧是潜意识层面的，会深深扎根于心里，就算后来这个孩子长大了，这种恐惧仍然会埋在他的生命深处，成为他的生命底色。

有些人经过痛苦的自我觉醒与生命重建之后，他获得力量，拥有了幸福的生活。反之，如果重建未达成，可能会出现两种情况，一种攻击自己，第二种则攻击他人，甚至成为反社会人格。

很不幸，蓝天凤属于前者，他来自原生家庭的创伤没有得到疗愈，他脆弱、多疑、反复无常，而特殊的职业与压力，又加剧了他的创伤，进而引发焦虑与抑郁。

曾经，蓝天凤以为他和苏锦的爱情能拯救他，于是他像落水的人死死抓住苏锦，后来却发现，他若再不松手，两个人可能会一起淹死。

有十多年了，蓝天凤从未睡过一个安稳觉，每周他都要飞到香港，找最著名的心理治疗师上课，一次好几万，只求能睡一个好觉。然而就是这一个小小的心愿，他都实现不了。

他不敢告诉任何人，他生病了。因为他是人人羡慕的蓝天凤。他总是摆出一副我很厉害，我很强大，一切局面我都能控制的姿态。他害怕别人一旦知道，就会嘲笑他太脆弱，太自私，太无用,太矫情。于是他一直在人前假装自己很正常。

但是,真的太难了,抑郁症躯体反应发作时,他经常心慌、心悸、冒冷汗、浑身颤抖,根本握不住笔,更无法画画,对一名画家来说,这是最致命的打击。

他苦苦支撑了十多年,现在他累了,撑不住了,他想放弃,他觉得自己随时可能离开这个世界。他伸出手腕,露出好多条深深浅浅的伤痕。

"我不想让苏锦替我承担这些,我希望她恨我,这样等我走了,她才能开始新生活。"蓝天凤终于说出他的良苦用心。

苏锦已哭得浑身发软,她心痛得说不出话来,只是紧紧抱住蓝天凤的胳膊。这个男人,她从未想过放弃。

既然敞开心扉,蓝天凤也不再遮遮掩掩,他说自己不是好人,因为他做过一些沽名钓誉、助纣为虐的恶心事;他也不是坏人,因为他会自责,会忏悔,会时时被良心拷问。

"没有真情,没有道德,很多时候,我觉得所有人都是冲着钱来的。他们自私自利、唯利是图,我在骗别人,别人也在骗我。全是局中局,套中套。让人厌恶,也让人绝望。"蓝天凤苦笑。

"我大致明白了,你骗别人,别人也骗你,骗来骗去,大家都不人不鬼的。你们无节制地追求名利,最后却被名利反噬了。"葛念镜对艺术界包装炒作那些事不大懂,她觉得大致应该是这样吧。

蓝天凤默默地点头,承认她说得有道理,因为他的世界有太多虚伪、虚假、虚无,所以他极度渴望真实、真诚与真情,他想在离开这个世界前,做一些有意义的事,让大家看到真正的艺术之美,那就是让葛念镜画大桥。

蓝天凤始终觉得桥是很神奇的存在,能让人们从此岸到达彼岸,可是精神之桥呢?人类的精神之桥是如何搭建的?他始终在苦苦寻找着。

葛念镜懂了,蓝天凤不缺钱,也不缺药,他缺爱,是超越了"小我"的那种爱。

他们坐在窗前,看着窗外,一瓶酒在他们手里无声地传来传去,美酒让他们的身体温暖起来,也让他们的心更近了。

外面的世界,风雨仍在飘摇,却好像离他们很远了,远得像一个梦,恍惚而迷离。又像在看一场别人的电影,紧急,却不迫切;危险,却与自己无关。

渐渐地,他们都醉眼蒙眬了,恍惚中,她似乎听到李明亮的呼喊:"葛念镜……"

"葛念镜,我是李明亮……"葛念镜一激灵,不是做梦,她真的听到了李明亮的呼喊,她站起来扑到阳台打开门:天哪,那个一根筋,他真的来了!

他开着冲锋艇,就停在楼下的汪洋中,这火红的冲锋艇,它是诺亚方舟突然降临,它是生命之火在跳动,在燃烧。

冲锋艇上还有两个救援队员,他们都穿着橙色的救生背心,从来没有一种颜色,美得如此震撼,美得如此动人。

苏锦和蓝天凤也跑过来了,一起激动地看着楼下,李明亮兴奋地挥舞着双手:"嗨,老婆,我来啦!"

"向哪边磕头,才能找到这样的老公?"苏锦握住栏杆感叹道。

"向南吧,毕竟挺难的。"葛念镜咬住嘴唇,眼里有小星星闪过。

一片汪洋之上。

李明亮驾驶冲锋舟向小区外行驶。

葛念镜身后背着她用油布包裹的画卷,露出长长一截,使她看起来像个剑客。蓝天凤怀里揣着蓝妞妞。苏锦只背了巴掌大一个小包包。对面姐姐带着老妈的降压药、降糖药,老妈怀里抱着她的小狗。

最后时刻,真的什么都带不走。

外面的世界,水位深达六七米,汹涌的洪水中,他们看到水面上漂浮的汽车、翻掉的皮筏艇、搁浅挂在树上的冲锋舟等等。

葛念镜和获救的几个人一起坐在冲锋艇上,他们看着沿途的惨状,沉默,没有人说话。

救援,其实从第一天就开始了,从外到内,一家一家摸排。因为小区内情况复杂,救援工作缓慢而艰难,多艘皮筏艇被划破,后来紧急调用的冲锋艇也一次次被洪水掀翻,有志愿者遇难……

半个多钟头后,他们终于被送到大马路洪水较浅的地方,李明亮转身又和救援队员冲进洪水中,他甚至来不及和葛念镜好好告别。

葛念镜看着他的身影和冲锋舟远去,默默合掌,心里祈祷,祈祷李明亮和所有人都平安,都顺利。

"上辈子,你把木鱼敲漏了,才遇到这样的男朋友吧。"蓝天凤安慰地拍拍她的肩膀。她忍着泪,使劲点头。

路边停着七八辆大巴车,从四面八方被解救出来的灾民,被引导到大巴车上,等待被转送到市里临时救助所。葛念镜、苏锦、蓝天凤和从别墅区被解救出来的十几位邻居一起上了车,同车的,更多是附近村里的灾民。

此时,大家是一样的,同为灾民。一样的狼狈,一样的落魄,一样的际遇,没有高低贵贱,只有同病相怜。大部分人都是光脚踩着拖鞋,怀里抱着一只猫,或者狗狗。

所有的功名利禄,没有一样能带出来,都放下了。只有生命,是放不下的。

活着,已是最大的福报。

大巴车在水中缓缓前行,车轮溅起巨大的水花,车上的灾民一起看着车窗外,他们已安全获救,奔向光明,然而却有无数的人逆光而行,冲向危险。

那路边的武警战士、军用装甲车、民用吊车、蓝天救援队、外地支援的大卡车满载冲锋舟、大大小小装满救援物资的卡车、无数蹚水跋涉的志愿者,他们满身泥泞、扶老携幼……

让生命帮助生命!让生命感动生命!让生命成就生命!

大家默默看着这一幕,无语,眼中泪光闪烁。蓝天凤趴在车窗上,看着窗外,哭得身体颤抖难以自制,他的心,从没有被如此温暖过。

泪水模糊了葛念镜的双眼,突然,她猛地站起来,大喊着:停车!停车!

大巴车停下了,葛念镜把那个画卷塞给蓝天凤,匆匆说道:"收好,我去当志愿者。"

葛念镜转身向车门跑去,却猛地被人一把攥住了胳膊,是跟上来的苏锦,她目光灼灼地看着葛念镜:"我也去。"

两个女孩手拉手迅速跑向门口,跳下车,跳入了齐膝的洪水中。

车上又有一群男人起身,他们撇下妻儿老小,无声地纷纷拥向车门,毫不犹豫地下车了。

蓝天凤抱着蓝妞妞坐在位子上,他透过玻璃看着葛念镜和苏锦迅速融进志愿者的队伍。他默默地看着,一言不发、一动不动,他没有下车,心里明白自己该做点什么了。

获救的蓝天凤,匿名给灾区捐了一千万。没人知道这个捐献者的真实情况,他只留下一个匿名:无面天使。

苏锦在当志愿者时,她作为新闻人的血脉苏醒,直接冲上抗洪第一线,用手机拍摄了大量图片与视频,又采访了很多亲历者,她在第一时间赶写了多篇新闻稿发给了报社和电视台。

苏锦客观而真实地向人们呈现了灾情,同时也展现出军民万众一心抵挡灾难的决心和顽强意志,令无数读者和观众感动。

当苏锦奋笔疾书时,她惊讶地发现自己充满了力量,那个曾经的新闻女王终于满血复活了。

第二十七章 万桥山河图

两年后。

在郊外一间空旷而杂乱的大房间里,葛念镜为她的长卷《万桥山河图》画下最后一笔。这一刻,她所有的心气突然泄了,六百多个日日夜夜的折磨,无数的夜不能寐,无数的食不知味,无数的辗转反侧,在这一刻,终于都释然了,她整个人突然就空了,魂魄似乎已与这幅画融合在了一起。

此刻,她是一个空心人。

她丢下笔,颓然坐在地上,她看着长长的画卷从桌上蔓延到地上,堆起一座小山。屋子里,到处都是废稿、颜料、调色板和画秃的毛笔。

她看着这间屋子,她闭关了两年的地方,一时间百感交集。

当初葛念镜租了郊外这个安静的房子来画画,一旦开始百米长卷的创作，她就一头扎进去了。她很少出去见人，也拒绝别人来见她，每天会有个阿姨来给她送一次饭，放下就走，两人极少说话，更不会拉家常。

李明亮每两周来看她一次，带来她需要的生活用品。葛念镜在创作长卷时，也会创作一些不同尺寸的作品，李明亮帮她拍照发给蓝天凤，供他挑选，而后邮寄给他。

现在，这幅长126米、宽1.3米的《万桥山河图》终于完成了。从构思到草图、勾描，再到画稿，再到无数次的修改，只有葛念镜自己知道她耗尽了多少心血。

《万桥山河图》的构思，葛念镜将其分为九个篇章，即黔中篇、黔西篇、黔西北篇、黔北篇、黔东北篇、黔东篇、黔东南篇、黔南篇、黔西南篇。她以全景式的方式将贵州大地不同地貌特征集中呈现在一幅长卷中，重点表现六十六座大桥的雄伟壮观，同时她以每座大桥为中心辐射周边景物，对贵州大地的喀斯特地貌、丹霞地貌、大瀑布群、高原丘陵、原始森林、大江大河、历史古迹、现代化城市、红色革命文化、少数民族村落等标志性元素，都进行了出神入化的演绎。她以饱蘸激情的笔墨创作出这幅思想性、艺术性、观赏性以及现实性兼具的大作。

在构思之初，葛念镜便重点考量自然景观与人文建设这两个元素，在表现大山大河大桥的同时，她把各种现代生活场景也有机地融合在长卷中，如高楼林立的城市、现代化飞机场、美丽新乡村、高速公路、江河中的游轮等等。

李明亮来看葛念镜，他站在这幅百米长卷前，不禁热血沸腾，《万桥山河图》呈现出的俊逸豪迈与浑厚大气，有一种直击

375

人心的震撼。

李明亮也带来了好消息，世界第一高桥花江峡谷大桥已全部竣工，不久后就会迎来它的通车庆典仪式。

双喜临门，两个年轻人兴奋地拥抱在一起。

不久之前，葛念镜曾到花江峡谷大桥去写生。她坐在山巅，眺望着大桥，一看就是大半天，她在"探物理、绘物态、求物情、致物境"。葛念镜要把花江峡谷大桥的雄伟气势，呈现在她的《万桥山河图》中，这座桥也是她百米长卷的最后一个部分。

那天，群山层峦叠嶂，河谷沟壑纵横。

在黔山秀水间，一座雄伟的大桥犹如巨龙穿云驾雾，横跨于崇山峻岭之间，它就是跨越"地球裂缝"的花江峡谷大桥。这座巨大的钢桁梁悬索桥，超越了连接黔滇两省的北盘江大桥，以1420米的主桥跨径和625米的桥面至水面高度，成为新的世界第一高桥，同时还刷新了世界山区桥梁最大跨径纪录。

而今，葛啸天主导设计的花江峡谷大桥已竣工，葛念镜的百米长卷也已完成。

匆匆两年，葛念镜已跨千重山，越万道河，她读万卷书，行万里路，且阅人无数。在这场行走的过程中，她将名山大川、世间万物悉数了然于心，真正做到了胸有丘壑，下笔生烟，化万千气象，运诸笔墨，将所有这一切都呈现在她的作品中。

偶尔，在葛念镜和父母闲暇的日子，她们一家三口会欢聚一起，去吃美食，看美景。不，是一家四口，现在李明亮也成为这个家庭的重要一员。

对于李明亮，葛念镜的父母十分认可，他们愿意把女儿托付给这个年轻人。是的,对葛念镜来说,新的人生如画卷正在徐徐打开,会有惊喜,也会有意外,没关系,都是最好的安排。

葛念镜觉得自己真的长大了,她不再是那个任性的孩子,她懂得了换位思考,当她设身处地站在父母的处境思考时,她终于能理解父母的身不由己,也能理解他们已竭尽全力。

她承认,其实自始至终,父母都是爱她的,只是父母表达爱的方式,不是她喜欢的那种而已。现在她知道了,允许父母做父母,允许自己做自己,这才是父母与孩子之间最深刻的爱,也是最智慧的爱。

一切都很美好,只是有一件事,令葛念镜感觉不安。

李明亮站在那幅画前,如释重负地说:"你终于可以向你的甲方交差了。"

这一刻,葛念镜总算是下定了决心,她告诉李明亮一个惊人的消息:她要毁约!

这件事情,困扰她很久了,葛念镜经过反复考量,这幅刚刚完成的《万桥山河图》她决定另做安排,不给蓝天凤了。李明亮闻言大吃一惊,虽然他还不知道原因,但会无条件地支持她。

李明亮陪葛念镜去乡下找蓝天凤,跟他商量这件事。此时的蓝天凤和苏锦住在农村,那是苏锦的老家,听说他们把奶奶也接来一起住了。

寻找蓝天凤,一路走来,田园美景令人沉醉。用宋代诗人邵雍的那首诗最能概括:"一去二三里,烟村四五家。亭台六七座,八九十枝花。"

小院门前，盛开着大片向日葵，这些向阳而生的花朵，金灿灿、明艳艳，衬着墨绿的枝叶，生命力蓬勃，蕴含生机无限。

走近院子，满畦蔬菜、几架瓜果、遍地花朵盛放。蓝天凤和苏锦正蹲在菜地里摘辣椒、割韭菜，准备做饭款待他们。

蓝天凤站起身来，他肩膀上趴着一只中华田园狸花猫，皮毛华美，眼睛炯炯闪亮，它虎视眈眈地盯着来人。

"蓝妞妞，你大姨妈来看你啦。"苏锦冲那狸花猫叫道。

这蓝妞妞今非昔比，它已变身一只美丽的猫咪，体型健美，眼睛如绿水晶熠熠生辉，它还是一位优雅的美少女，戴着白手套，围着白围巾，仪态典雅。

他们在院子的葡萄架下喝茶，此时的蓝天凤已变成一个黑脸的壮汉，粗胳膊粗腿，手上青筋暴突，他整个人已由L码变成XL码。

蓝妞妞从蓝天凤的肩头下来，窝在他身上，父女俩好得形影不离。

"妞妞是我的无面天使。"蓝天凤这样评价他的狸花猫。

他说，以前他看电影，或者看书，总以为天使是美丽的、纯洁的、干净的。那天当他在洪水里救起蓝妞妞时，它病得奄奄一息、肮脏、丑陋，满脸被脓血糊住，它甚至没有脸。

后来当蓝天凤救治它，靠近它，爱它，才发现它是来拯救自己的天使。

逃离洪水之后，蓝天凤就带蓝妞妞去了宠物医院，医生告诉他，这个毛孩子浑身是病，衣原体感染、支原体感染、耳螨、猫癣、后腿骨折、内脏出血，等等。医生说如果细菌伤及眼球，这辈子,它很可能是个瞎子,它的耳朵也不灵敏,还有它的后腿,总之,情况很不乐观。

"没关系,就算她又聋又瞎又瘸,它也是我的宝贝。"蓝天凤毫不犹豫。

蓝天凤每天陪着蓝妞妞去医院打针输液,晚上再把它带回家,不想让它孤零零地待在陌生的地方。也许是想到小时候的自己,也曾这样被孤零零扔在陌生的地方,他受过的苦,他不允许蓝妞妞再受。

后来蓝妞妞好了,它不聋不瞎不瘸,它变得健康又健美,医生说蓝妞妞创造了一个奇迹。

蓝天凤觉得,这是对于生命的渴望,让蓝妞妞创造出了奇迹。苏锦却觉得,是因为被爱,让蓝妞妞创造出了奇迹。

蓝天凤是开心的,也是多愁善感的,他一想到蓝妞妞的寿命最多也就十几年,他就很难过,觉得自己种下了一棵伤心树。

"不要为未来的悲伤担忧,至少因为你,妞妞有了幸福的一生。"苏锦安慰他。

蓝天凤也就释然了,不再去想分别,而是珍惜当下的幸福,他心里下定决心,从入手到入土,他都会对蓝妞妞负责到底。

蓝天凤救出蓝妞妞时,它应该不到一个月大,尚未断奶,就与妈妈阴阳两隔。它很依赖蓝天凤,他走到哪里,小家伙就跟到哪里。

它顺着蓝天凤的裤腿向上爬,像攀爬一棵大树,噌噌噌,一直爬到他的肩膀上,停驻在那里。睡觉也要跟他睡在一起,小小的脑袋枕在他的胳膊弯里。晚上蓝天凤起来上厕所,不管它睡得多香都会爬起来，摇摇晃晃蹲在门口，一边打瞌睡，一边等他。

起先，蓝天凤的衣服都是薄薄的真丝或者桑蚕丝，蓝妞妞噌噌爬"人形树"时，锋利的小爪子会直接扣到他的皮肉，伤到流血，又痒又疼，他忍着痛，含着笑，也不舍得训斥它。

后来，蓝天凤的裤子都换成了针织的运动裤，只为了蓝妞妞爬树时，爬得快，抓得稳。他的衣服也换成了运动连帽衫，只为了随时随地蓝妞妞能躲在里边睡大觉。

蓝妞妞住到乡下后，骨子里的田园血脉苏醒，每天都要出去玩耍。不愿出门不愿活动的蓝天凤只能陪护在它身边，一是担心它跑丢了，二是担心它被村里的大黑和发财欺负。一来二去，父女俩养成每天出门撒野的习惯。

每次出门，蓝妞妞就像一支箭嗖地射出去，蓝天凤也跟着射出去，他们在田野里奔跑，在花丛里捉蝴蝶，在小河边捞鱼，跟树上的小鸟对歌，躺在大石头上晒太阳……等到玩累了，蓝妞妞就爬上蓝天凤的肩头，用毛茸茸的小脸蹭蹭他，他就驮着它回家。

夕阳西下，花儿在开放，鸟儿在欢唱，父女俩走在乡间的小路上，蓝天凤一脸傻笑，蓝妞妞蹲在他的肩头，目光炯炯，如同护驾的神兽。

蓝天凤说得没错，蓝妞妞就是他的无面天使，它来是为了告诉他：缺爱，那你就付出爱，于是，你就不缺了。

付出爱，是如此幸福的事，蓝天凤懂了。

他终究是明白了，这世上最疗愈人心的事：多晒太阳，奔跑起来，拥抱大自然，跟温暖的生命在一起，做温暖的事。

现在,他跟苏锦一起在乡下生活,每天都有很多事要做,算计着节气,种瓜种豆,给蔬菜松土施肥浇水,买了全套的修剪工具,自己修剪苹果树和月季花的枝条,跟奶奶学酿酒,自己做饭,吃自己种的蔬菜。

他真的好忙啊,没有时间发呆,没有时间胡思乱想,狗里狗气的蓝妞妞,每天都缠着蓝天凤带它出去遛弯,似乎他一大早睁开眼睛就开始忙,忙得肉身疲惫,都来不及惆怅,天就黑了。

蓝天凤的眼中装下了很多事,心里装下了很多人,菜地、花朵、猫狗、清风与明月、隔壁孤寡的老人、村里和他一起下棋的村民,当蓝天凤不再整天"我……我……我……"的时候,他双脚踩在大地上,看见了每一个生命的苦,也看见了每一个生命都在努力地绽放着光芒。

正如托尔斯泰老人家所说:"如果你感到痛苦,说明你活着。如果你感受到他人的痛苦,那你才是个人。"当蓝天凤感受别人的生命时,他的内心充满了悲悯,他知道了,痛苦的并不只是他一个人,痛苦是活着的一部分,也是生命的常态,当你接纳它,许可它,它就不能再侵蚀你。

蓝天凤坦然了,从容了,内心开始有了能量。他终于慢慢放松下来,不再依赖他的心理医生,只要按时吃药,他就能正常地控制自己的身体了,躯体化反应也越来越少。

蓝天凤说话时,苏锦就安静地坐在他身边,目不转睛地看着他,但笑不语。她穿宽大的棉布袍子,皮肤通透清亮,闪着光泽。

现在的她,每天看书写文章,她的理想是,下半辈子当一名作家，用手中这一支笔，写尽四季，写尽这人间冷暖。

"你的心愿终于完成了，每天陪老蓝晒太阳。"葛念镜笑她。

"感谢老天，是最好的安排。"苏锦莞尔。

"告诉你们一个好消息，我的睡眠状况好多了，有时候，我甚至能一觉睡到大天亮。"蓝天凤嘴角上挑，能睡好觉的人，果然都有好心情。

此时不提，更待何时？

"老蓝，那我告诉你一个坏消息。就是那幅长卷，我不准备给你了。"葛念镜终于找到开口的机会。

蓝天凤一怔，看着她，这个消息很突然，他不能明白葛念镜是什么意思。

"那幅画，我完成了，但我不想给你了，我要把它无偿捐给贵州桥梁博物馆。"

蓝天凤眼皮倏忽一跳，他脸色顿时阴郁了，沉默地看着葛念镜。

"我想在花江峡谷大桥上展出，它是目前世界第一高桥，我希望在它举行通车庆典的那天，这幅画，能让更多人看见。"既然开弓没有回头箭，葛念镜一口气说完。

苏锦惊讶地看看葛念镜，又看看蓝天凤，两个都是最亲的人，她不知道该说什么，索性沉默。

"违约，意味着，高额违约金。"蓝天凤重重说道，他的手攥住椅子扶手，看得出他在极力压抑自己的情绪。

"我知道。"葛念镜低声说道。

"我们商量过，一起慢慢还你。"李明亮轻轻拍着葛念镜的手，给她鼓励。

对蓝天凤来说，这绝对是个意外情况，他长长舒出一口气，靠在椅子上，紧紧蹙起了眉头，他微微闭上眼睛，不再看他们。

葛念镜和李明亮对视，两人默默地站起来，准备离开。

苏锦与葛念镜无声地拥抱了一下，两人都眼圈泛红，但无话可说。

也许，这一段友情，终于就此搁浅了吧。

葛念镜走后，苏锦很想知道蓝天凤会怎么处理这件事，她刚一张口，蓝天凤已经看透她的心思，他摆了摆手，苏锦就悄悄地走开了，留下他独自陷入沉思。

葛念镜突然违约，让蓝天凤很生气，最初的懊恼情绪过后，他转念一想，凡事发生必有利于我，这是一场危机，所有的危机中都一定隐藏着转机，而高手能从危机中抓住转机，让事情跃升到一个更高的维度。

蓝天凤自诩是个高手，能够看清事物的底层逻辑。当事情发生时，他总能从事件中迅速抽离出来，以上帝视角，进行通盘考量。你可以说这是商人的运筹帷幄，你也可以说这是大局观。

葛念镜可以不计后果，一冲动就把画捐了，但是蓝天凤不可以。他很清楚，冲动，是艺术家才华的一部分，却是商人的死穴，一招致命，谈不上好坏，身份不同，目标路径不同。

于是蓝天凤开始查阅关于花江峡谷大桥的资料，从中寻找转机，半个小时后，蓝天凤有了一个大胆的设想，他给老板打去了一个电话。

蓝天凤告诉老板，贵州建成了世界第一高桥，这是贵州的大IP，也是世界级的大IP，围绕这一中心，将有世界各地的人们来参观，我们要宣传营销签约画家的作品，这是最好的曝光场所。未来随着这一超级IP的增值，它的广告展位将无比昂贵。如果能跟这个超级IP绑定，我们将拥有永久性的免费展厅，全世界来此打卡的网红都将是我们的义务宣传员。

老板的商业嗅觉很敏锐，他一听深以为然，与其等将来与众商家高价竞争这个国际超级大IP，不如前期进行深度绑定。蓝天凤适时提出捐款+捐画的合作方式，他强调借世界第一高桥通车庆典的好时机，推出新签约画家葛念镜的百米长卷，一定占尽天时地利人和。

老板欣然同意，事情顺利推进，于是神奇的事情发生了。

蓝天凤所在的公司要给贵州桥梁博物馆捐三千万，其中就包括葛念镜的这幅长卷《万桥山河图》。紧接着，蓝天凤找到了葛念镜的父亲葛啸天，委托他联系了相关部门，达成了这件事。同时他又建议把桥梁博物馆设为中国青少年健康教育基地，博物馆一方欣然同意，并聘任蓝天凤为贵州桥梁博物馆的名誉馆长，受邀参加不久后的大桥通行典礼。

这个结果，并不意外，因为各方的利益都兼顾到了，这也是高手做事的原则，利人又利己。

第二十八章 以金做器 器器皆心

朝思暮想，这一天终于来了。

这是一个祥云瑞彩的好日子，蓝天辽阔、群山巍峨，花江峡谷大桥通车庆典在今天举行。各族人民穿着节日盛装拥到大桥上，他们把锣鼓敲得震天响，鞭炮噼里啪啦炸出绚烂的花火，快乐的人们载歌载舞，举杯庆贺。

各方领导来了，各路媒体来了，各地参观旅游的人们，也闻风而动，他们与大桥的建设者们一起来见证这个伟大的时刻。

谁能想到，就在大桥主桥墩里竟然隐藏着两层建筑，最顶层是一个几百平米的观景阳光大厅。这是桥旅融合最大胆的设计，也是最富创意的设计。

此时的阳光大厅里，人头攒动、人声鼎沸，络绎不绝的参观者通过电梯上到六百多米的高空，而后进入大厅。

葛念镜的百米长卷《万桥山河图》悬挂于整面墙上，长卷采用大青绿山水画法，以石青、石绿为主色调，深、浅赭色为辅色调，大桥部分则以金、银、红、黛蓝、茶白、金秋黄、普鲁士蓝等色彩重点突出，落笔大胆、运腕洒脱，浓墨重彩跃然纸上。

六十六座雄伟的大桥，或跨越莽莽群山，或横贯险峻江河，或穿行于云山雾海，如巨龙奔腾，如彩虹当空，如银练飞舞。画者将笔墨的枯湿浓淡、轻重疾徐，尽在掌控间，她创造出的宏大意象，令人震撼。

细笔处，则饱满细腻，灵巧生动，大桥上行驶的汽车，田间劳作的农人，采摘野果的孩童，山间凤凰于飞等等，则运用鲜艳的色彩，墨色浓淡相宜，光影明暗有致，栩栩如生的生活气息扑面而来。

葛念镜的这幅《万桥山河图》大开大合，精湛的功力正如大师所言："山水，远观之以取其势，近观之以取其质。"她在贵州大地行走，获得了源源不断的灵感，她将全部意象付诸笔墨，终于架构出这一派山河壮丽的恢弘气象。

人们站在这幅画卷前，夸赞不已，叹为观止。

对于这幅长卷的题和跋，葛念镜曾思虑万千，终未有满意之作，后来她也是突发奇想，索性用先人之作，岂不更合适。

于是，《万桥山河图》前面的"题"，她选用了先祖葛镜的那句诗："亘石昨庆桥成矣，江流湍急桥复圮。持一片心盟白水，桥不成兮镜不死。"

长卷后面的"跋"，她则选用了曾经的贵州巡抚张鹤鸣的诗：

英雄万代沧桑改，功德千年姓字题。

百尺长虹摇碧影，九溪烟霞带晴霓。

众人站在这幅长卷前，纷纷咏颂着古人留下的诗句，虽然时光从不曾停留，但总有一种东西，能将过去、现在、未来，连成不可分割的整体。

葛念镜在拥挤的人群中看到了她的学生老F，他带着女朋友和一群大学生来做义工，此时的老F正在忙着招待各方来宾。

不，那个少年，他现在不叫老F了，他叫"圣甲虫"。一种普通却勤劳无比的小虫子，它们以自己的方式让这个世界变得干净有序，"圣甲虫"同学以此为荣。

更让葛念镜震惊的是，她看到了蓝天凤和苏锦，他俩正在跟父亲葛啸天说话，看神情，似乎他们并不陌生。蓝天凤肩膀上蹲着蓝妞妞，小家伙从容淡定，众目睽睽之下，一副宠辱不惊的模样。

咦，老爹和蓝天凤啥时候认识的？他们在说什么？不会是跟毁约有关吧？

葛念镜暗自镇定一下，走上前去，貌似淡定地调侃道："你俩怎么来了？追债吗？"

蓝天凤微笑不语，不大像讨债人的嘴脸。当然，也可能是他隐藏得太深。

"是的，驴打滚的债，你这辈子，都别想还清了。"苏锦调侃道，她凑在葛念镜耳边告诉她一个惊人的消息。苏锦说，不用担心，蓝天凤已经把事情摆平了。

"我和你爸，现在是合作伙伴。"蓝天凤对葛念镜说道。

葛啸天笑眯眯地冲女儿点点头，表示同意。

事情的发展演变就像坐过山车，在这中间到底发生了什么？葛念镜目瞪口呆，大惊之后就是大喜，不用违约，可是太美好了。葛念镜如释重负赶紧向蓝天凤道谢。

蓝天凤笑笑，风轻云淡地说："这样，对我们都好。"

葛念镜感慨道："你们……可太坏了！都瞒着我。连我爸，也跟你们一条心。"

"我跟你爸说了，事以密成。既然你能不打招呼，就把画捐了。我也能不打招呼，把事圆了。这也算对你的告诫。"蓝天凤的话不重，却有"下不为例"的意思。

他的意思，葛念镜懂，本来自己违约在先，内心已很愧疚，没想到蓝天凤能给她兜底。

也不是不感激，只是说不出口。她郑重地点头，真诚地向蓝天凤伸出手，两个人的手握到一起，葛念镜狠狠地攥住他，摇了摇，她的意思，蓝天凤懂。

那么，蓝天凤到底跟他的老板说了什么呢？

葛念镜和苏锦都很好奇，蓝天凤却一笑而过，只字不提。

"你快说说，你和我爸是怎么达成合作的？"葛念镜追着他想一探究竟。

"嘘，稍安勿躁，作为特邀嘉宾，蓝总马上要上台讲话了。"葛啸天提醒女儿。

果然，开馆仪式很快就启动了。

主持人请蓝天凤上台讲话，见惯大场面的蓝天凤紧张得手心直冒汗。他说自己很激动，写了好几个发言稿，都不能表达自己的心情，干脆就把泰戈尔的一首诗《用生命影响生命》送给大家。

蓝天凤眼神炙热，他用深情饱满的声音朗诵着：

> 把自己活成一道光，
> 因为你不知道，
> 谁会借着你的光，
> 走出了黑暗。
> 请保持心中的善良，
> 因为你不知道，
> 谁会借着你的善良，
> 走出了绝望。
> 请保持你心中的信仰，
> 因为你不知道，
> 谁会借着你的信仰，
> 走出了迷茫。
> 请相信自己的力量，
> 因为你不知道，
> 谁会因为相信你，
> 开始相信了自己。
> 愿我们每个人都能活成一束光
> 绽放着所有的美好！

……

蓝天凤朗诵完了,他深深地给大家鞠躬。这首诗打动了人们心中最柔软的那一部分,大家热泪盈眶报以热烈的掌声,也许每个人都想活成一束光,温暖自己,照亮他人。

各路记者咔咔拍照,留下这美好的一刻。

接下来是花江峡谷大桥的设计方代表葛啸天讲话,他还是主打技术派。他告诉大家,贵州桥梁数量多、创新多、样式多,被称为"世界桥梁博物馆"。尤其让建设者们骄傲的是,此次花江峡谷大桥从投资、设计到施工建设,都是贵州本土企业完成的。施工中,小到一粒混凝土砂石,大到主缆使用的钢丝,都是贵州制造,这个世界第一高桥是纯纯的贵州本土制造。

葛啸天讲得神采飞扬,李明亮等人听得如痴如醉,葛念镜、苏锦和蓝天凤等人穷尽洪荒之力,仍然一头雾水,不是不想听懂,关键是实力不允许。

对葛念镜和苏锦她们来说,能理解的部分,就是"贵州交通发展史,也是人类文明的发展史,贵州交通已从筚路蓝缕的昨天,发展为如今的立体交通、智慧交通、科技交通"……

葛啸天的讲话赢得掌声如雷,主持人让在场的人们提三个问题。

"圣甲虫"同学高举双手大喊道:"我来,我来,大家不要争,请给年轻人一个机会。"

众人大笑,工作人员把话筒递给"圣甲虫"。

这位少年兴奋得满脸通红,他深深地给葛啸天鞠一躬:"老师,请接受我的膝盖,给你们跪了。你们太牛了,虽然我听不懂,但你们肯定是中国的骄傲。关于人生,请你给我们年轻人一句建议,好不好?"

众人哄堂大笑,葛啸天也笑了,现在的孩子都这么直抒胸臆了。他想了想,一时不知道说什么,哪有人一句话就敢指点人生的。

"老师,我太想跟你们学习了。我想知道怎样做人做事,才能不偏离初心,不焦虑,不自卑,做一个有价值的人。""圣甲虫"补充道。

葛啸天:"你这个问题,很好,也很有难度,我试着说说。"

葛啸天摘下了无名指上的一枚戒指。这是他的婚戒,戴了很多年了。他把这枚戒指举给大家看,问道:"这是什么?"

众人都笑了,这是戒指呀,金戒指。

"对的,这是一枚金戒指。《华严经》说:'以金做器,器器皆金,以心现物,物物皆心。'"

葛啸天告诉大家,用金子制作一个戒指、耳环、项链,或者其他任何东西,它的本质都是金子,不会因为外在形状的不同而改变。同理,用我们的心,去看待任何事物,显示出来的,都是我们内心的写照。一个善良的人,看谁都是善良的,一个恶毒的人,看谁都是恶毒的。

所以,世界是什么样子,取决于我们如何看待它。我们是什么样子,也取决于我们如何看待自己。

如果我们能够明白,生命的本质是金子,比如我们的善良、正直、勇敢、坚强，还有希望、包容、慈悲等等，都是我们生命的本质。只要我们的本质不变，不管命运把我们塑造成什么样的外在形状，高矮美丑，钱多钱少，地位高低贵贱，我们都是珍贵美好，独一无二的生命。如此这样，我们就会充满自信，充满希望，能够坦然面对各种各样的生活，也有勇气冲破人生的困境，活出生命的价值。

"记住，同学，我们都是珍贵的金子，我们配得上这世上所有的美好，我们也能创造所有想要的美好。"葛啸天郑重说道。

葛念镜越过激动的人群，微笑着看向父亲，她从不知道，她的父亲，除了技术狠活儿，还有这柔软的一面。

李明亮悄悄拉起葛念镜的手，挤出人群，接下来，他们将参加另一场众人翘首以盼的精彩活动。

这是一场为交通系统年轻人举办的集体婚礼，就在这座世界最高桥上，再也没有一处地方，比此时此地此景更能见证交通人的爱情。

花江峡谷大桥不仅仅是一座大桥，作为现代桥梁建筑的3.0版本，它已打造出世界级旅游景区和景点。建设者们将"桥旅融合"做到了极致，融入了地域文化、花江古寨文化、布依族民族风情等元素，在大桥的主梁、主塔、锚碇、引桥等部位巧妙融入旅游亮点。

全世界奔赴而来的人们，除了感受世界第一高桥的震撼，更能体验一把云上的日子。那人行玻璃通道、栈道、观光电梯、云中漫步、高空秋千、大桥高空蹦极、高空自行车、星光会馆等，每一处，都美轮美奂，令人欣喜若狂。

此时，星光会馆的大厅内，祥云绕屋宇，喜气盈门庭。彩灯高悬，红毯耀眼，红玫瑰、粉玫瑰开满整面墙壁，十二对新人的照片做成十二个小红心，组成一个大大的红心，向世界宣告他们的秘密：我们结婚了！

葛念镜的爷爷奶奶、爸爸妈妈，李明亮的妈妈和亲人，苏锦和蓝天凤，还有更多新郎新娘的家属都欢聚一堂。当婚礼进行曲响起时，十二对新人手牵手走来，红色的地毯、红色的灯笼、红色的玫瑰，新娘绯红的脸蛋，都散发着迷人的光彩。

所有的刹那惊艳，都在今天化为爱情的甜蜜。

所有的怦然心动，都在今天化为幸福的前奏。

葛念镜与李明亮脉脉含情地对视，莞尔的温柔，凝眸的深情，结下这一生一世的誓言。

李明亮掏出了结婚戒指，不是钻石，不是美玉，不是宝石，也不是黄金，却是这世上最珍贵的唯一定制款。它的珍贵，无与伦比。

这是李明亮亲自动手打造的戒指，材料选的是建造花江峡谷大桥的一种钢丝。这不是普通的钢丝，经过技术人员在实验室对它极限性的破坏性实验，能承受两百多万次反复的巨大拉伸受力，而不会坏掉。还有什么比这"一根筋"更坚韧，更牢固的呢？

于是李明亮把这种材料截了一小块，自己动手，夜以继日终于磨成了两个小戒指。葛念镜喜欢得不得了，她让李明亮分别刻上了两个字母L、G，代表两人的姓名。

"如果我们吵架，要吵两百多万次，才会散伙。"葛念镜调侃道。

"按照你我的年龄,这一辈子还剩两万多天,两百多万次,够我们用一百辈子了。"李明亮再一次显示出他的专业性。

"一百辈子?都跟你这个一根筋啊!可烦死我啦。"葛念镜夸张地大叫。

两人爆笑。

此时此刻,在今天的婚礼现场,葛念镜和李明亮把能承受两百多万次吵架的戒指戴在爱人的无名指上,这是彼此的约定,也是"爱一人白首"的执着。

温暖的阳光,芬芳的玫瑰,还有窗外那苍翠的群山,奔腾不息的河流,绿色的森林,那蝴蝶,那小鸟,那漫山遍野绽放的花朵……

所有可爱的小生灵们,来吧,快来一起祝福他们吧。

婚礼仪式之后,葛念镜突发奇想,她要穿着洁白的婚纱跟爸爸和李明亮一起骑着自行车,在云上漫步。

两个男人欣然同意,他们各自骑着一辆自行车停在她面前。

葛念镜双手提着裙摆,先是跑向父亲,犹豫一下,又跑向李明亮,坐在他的后座上。

"完了,我闺女不要我喽。"葛啸天打趣道,他从后面一撩腿上了自行车,双腿发力,又把车蹬得像风火轮一样飞快。

这一幕,太熟悉了。

葛念镜从后面看着父亲的背影,扑哧笑了,心想:这辈子,他可能都学不会从前边上车了。可是,没关系的,反正,我都会爱他。

葛念镜不再是那个柔弱迷茫的小女子，两年来，她在大地上的那场行走，已使她窥探了宇宙万物的风貌，也看清了生命的真相，如果一个人眼里、心里只有自己，世界会变得极为逼仄。如果一个人心里装着山川，装着大地，装着很多人，她的生命就会变得极为辽阔。

当她发现了这个生命密码，她的内在突然就有了支撑，她从容笃定、不慌不忙，她终于历练成一名温柔而坚定的女子，心胸广阔、深明厚慈。

李明亮看见葛念镜坐到他的自行车上，高兴坏了，他的"一根筋"又开始作祟，他弓着腰奋力蹬起车子向前追去，当他的车子蹭一下超过葛啸天时，他扭头冲着岳父大人开心地笑起来。葛念镜偷偷掐他一下，他吐吐舌头，乖乖慢下车速，与葛啸天并肩前行。

两辆自行车在空中栈道向前飞驰，透过玻璃，辽阔无垠的蓝天上，白云朵朵，千山万水都从他们脚下越过。

葛啸天歪头看着身旁的李明亮和盛装的女儿，眼睛一热，老父亲的视线竟然有些模糊了，他赶紧收回目光，注视着前方。

长长的玻璃栈道如卷起的绸缎徐徐展开，恍惚中，葛啸天似乎看见一位身穿长袍的老人出现在面前，他目光如炬，微笑不语，是老祖宗葛镜呀，他慈爱地注视着他们。

葛啸天追随着老祖宗的目光，脚下车轮飞驰，耳边清风徐徐，他穿越进了历史的回廊，感受着那一个个如雷贯耳的名字，也领略着他们掀起的时代风云。

群山巍峨、山河壮阔，在这片雄伟的大地上，有多少悲欢离合？有多少世事变迁？一代又一代人在这里活着，一代又一代人在这里死去，他们爱着这片土地，以血汗、以生命、以智慧爱着，直到把自己的身与魂全部献给它，留下无数的传奇在群山之间回响。

有四百多年屹立不倒的葛镜桥。有世界现存最古老的石拱桥赵州桥。还有神奇的广济桥，白天正常通行，晚上则分为两截，屹立在江面八百多年，集梁桥、浮桥和拱桥于一体。而位于重庆的亚洲第一廊桥古镇，则有四千多年的历史，闹市建在大桥上，吃喝游玩一条龙。

再看那些现代化高科技大桥，更是令世人瞩目，它们一座座拔地而起，以中国速度、中国技术、中国精神使中国由桥梁建设大国变身为桥梁建设强国。

位于江苏省的沪苏通长江公铁大桥，一经建成就拿下五项世界第一，它是全球首座四线铁路加六车道公路桥。

位于湖南省的矮寨大桥被誉为云端上的天路，堪称世界最牛吊桥。

还有南京大胜关长江大桥，它建成时是世界首座六线铁路大桥，六条铁路线处于同一个桥面之上，桥下江水翻滚，桥上高铁与地铁擦身而过。

而耗资1269亿元打造的港珠澳大桥，是世界历史上里程最长，海底隧道最深的跨海大桥，被称之为现代世界七大奇迹之一……

太多了，这些大桥如漫天繁星，点缀在中华大地上，架构起四通八达的交通命脉，从民生、经济到战略布局，都有着举足轻重的重要意义。而在每一座桥的背后，都有无数的人在默默地奉献。在葛啸天之前，有很多人，在葛啸天之后，仍然会有很多人。他们普通，却是战士，他们平凡，却是英雄，他们如同天上的星星一样熠熠生辉。

葛啸天突然有了一个奇妙的想法，他要动员女儿画一幅更辽阔的山河图。以中华大地为背景，以各省市的驰名大桥为中心点辐射周边典型地貌与景物，全景式的将中华大地最著名的桥梁呈现在一幅长卷中，气势恢宏地展现出万里江山如画，千秋伟业长春。

两辆自行车飞驰在世界最高桥——花江峡谷大桥上，时而葛啸天在前，时而李明亮在前，他们互相追逐着，驶向前方。大桥宛如一条巨龙穿行在崇山峻岭间，它从过去而来，跨越现在，向未来奔去。

……

夜色渐渐降临，花江峡谷大桥上，霓虹灯亮起。

人们惊讶地发现，在深蓝的夜空中，出现了两只美丽的火凤凰。它们随着霓虹的光影展翅飞翔，它们的七彩霓裳美轮美奂，绽放出璀璨夺目的光芒。

凤凰于飞，翙翙其羽。

2024年3月第4稿于重庆